# DAMON SUEDE
# À TOUTE VITESSE

# DAMON SUEDE

# À TOUTE VITESSE

Publié par
DREAMSPINNER PRESS

5032 Capital Circle SW, Suite 2, PMB# 279, Tallahassee, FL 32305-7886 USA
www.dreamspinnerpress.com

Édition e-book en français : 978-1-64080-726-6
Édition imprimée en français : 978-1-64080-727-3
Première édition française : avril 2018
v 1.0

Édité aux États-Unis d'Amérique.

Pour tous ceux qui ont déjà entendu, « Calme-toi. Il n'y a pas le feu ! » et qui se sont dit, « Si, juste là. *Je* suis le feu ».

# I

L'AVION CHUTA sans avertissement, comme une brique à travers les nuages. Patch rattrapa son ordinateur portable dans les airs et le tira contre lui, le plaquant contre le plateau-repas tandis qu'ils plongeaient. Tout aussi brusquement, l'avion remonta et se stabilisa, secouant les cabines.

Son estomac se retourna et une sueur moite gela son visage. Soit ils avaient traversé un trou d'air, soit le Texas essayait à nouveau de le tuer.

La jeune fille qui gémissait sur le siège près du hublot, du haut de ses seize ans et le teint rendu verdâtre par les turbulences, plaqua sa main sur sa bouche. Elle avait timidement discuté avec lui sur le tarmac, lui demandant des recommandations de musiques et un selfi dès qu'elle l'avait reconnu, ensuite elle avait bu un Monster Energy Lo-Carb et s'était rapidement endormie. D'habitude, il évitait de parler dans les avions, mais elle lui avait paru si perdue. À présent, elle semblait réellement sur le point de vomir.

L'automne était un appât à ouragan, mais il avait pris ce vol afin d'assister aux funérailles de ses parents. Ils devaient probablement avoir croisé une tempête monstre en périphérie de Houston. La cabine trembla et rebondit, puis se stabilisa à nouveau.

Patch agrippa les accoudoirs de son siège, ressentant une impressionnante nausée, et fixa le plafond. *N'y pensez même pas, putain !* Il prétendait parler à Dieu, mais il était plus probable qu'il s'adressait à ses défunts parents ou à son ange gardien, défiant l'Univers.

Il refusait de mourir et de donner cette satisfaction à Tucker Biggs.

Les haut-parleurs grésillèrent au-dessus de sa tête.

— Désolé pour ces turbulences, annonça le pilote d'un ton décontracté et absolument pas désolé.

La jeune fille près de lui au 23F gigota et gémit, les yeux plissés. Dès qu'il en eut l'occasion, il rangea son ordinateur portable dans son sac et attacha ses boucles noires en une courte queue de cheval.

*Perte de temps.*

La semaine précédente, ses parents avaient fait une course contre un train et avaient perdu. Blague cruelle. Son père était toujours passé à la dernière minute au passage à niveau près de leur ferme, mais le côté passager

1

avait subi l'impact cette fois-ci. Sa mère avait été tuée sur le coup et son père était mort durant le vol médical vers Beaumont. La seule personne qui restait là-bas était le meilleur ami de son père et Tucker aurait certainement préféré que le train percute Patch à la place.

L'avion tangua et ballotta. Patch ferma les yeux et compta jusqu'à l'infini.

Le vol en provenance de JFK était aux trois quarts vide et les hommes d'affaires épuisés autour de lui se plaignaient et geignaient.

Il entendit un bruit étranglé lorsque Miss 23F manqua de vomir, mais se retint. Il lui sourit en guise de compassion affligée. *Exactement ce que je ressens.*

La veille au soir, une avocate l'avait appelé une dernière fois au sujet des funérailles. Pour être juste, elle avait tenté de le joindre toute la semaine, mais il mixait à Ibiza et n'avait pas pu s'offrir une couverture cellulaire internationale. Il avait atterri aux États-Unis, déjà aux prises avec la dépression post-fête, et avait consulté ses messages dès qu'il avait rallumé son téléphone. Il avait contacté l'avocate avant même de débarquer et avait emporté son sac de vêtements de soirée chiffonnés jusqu'au comptoir United pour acheter, en urgence, un billet qu'il ne pouvait pas se permettre afin de rendre un dernier hommage à ses parents.

Ils l'avaient renié, mais il était toujours leur fils. Quelqu'un d'autre que Tucker devait être là pour leur présenter ses respects.

Son pouls bourdonna à ses oreilles. Il se cramponna au siège et retint son souffle, tentant de ne pas compter les secondes. Il avait attrapé le vol de 11 h 04 juste à temps pour mourir.

Autour de lui à présent, l'équipage agité essayait de calmer les passagers en faisant une autre annonce d'excuses que Patch ignora.

Près de lui, Miss 23F eut un nouveau haut-le-cœur.

Il sortit le petit sac à vomi de la poche du siège. Juste au moment où il le lui tendait, elle se pencha en avant et rendit son Monster Energy sur sa manche, ses genoux et le côté du sac.

— Oh mon Dieu, je suis tellement… gémit la pauvre fille, ses mains mouillées tremblantes et dégoulinantes. Je ne…

Les passagers autour d'eux restèrent bouche bée dans ce silence horrifié réservé aux humiliations publiques.

— Non. Chut.

Il laissa son accent s'insinuer pour paraître moins effrayant et secoua la tête.

2

— Ne t'inquiète pas. Tout va bien, ma belle. Je te le promets.

Sa manche et sa main étaient trempées, mais il avait certainement fait bien pire pour des raisons plus stupides.

Elle utilisa sa couverture de voyage pour essuyer le bazar. L'avion cahota à nouveau. Il lui adressa son plus beau sourire pour sceller le deal.

— Parole d'honneur.

Ses parents étaient morts ; rien ne pouvait rendre cette journée encore pire.

Le seul agent de bord sexy se fraya un chemin dans l'allée secouée, les mâchoires serrées et une poignée de serviettes en papier à la main. Patch lui fit un bref signe de tête afin que le gars ne traîne pas dans les parages pour assister à la suite. Elle n'avait pas besoin de se sentir encore plus humiliée.

— La vache, dit-elle en toussant et clignant des yeux. Je pourrais *mourir*.

— Ne t'en fais pas, répondit-il en secouant la tête dans un éclat de rire. Sérieusement, ça aurait pu être moi. Vraiment.

*Pauvre gosse.* Il lui passa les serviettes et essaya de sécher son bras. L'avion se stabilisa.

Elle s'épongea, lui jetant un regard d'excuse mortifié.

— Je n'arrive pas à croire que j'ai vomi sur un mannequin.

— J'ai fait bien pire. Promis. Durant mon premier défilé, j'ai vomi sur le créateur, dans les coulisses.

Sa grimace la fit au moins sourire.

— Déshydratation.

C'était vrai.

— Beurk.

Elle plissa le front en signe de sympathie. Il haussa les sourcils.

— Maillots de bain, même. Pour Andrew Christian.

Ce qui la fit glousser. Au moins, elle ne s'agitait plus.

La cabine trembla à nouveau, mais l'avion continua sa descente à travers les nuages denses.

— Nous y sommes presque, lui dit-il, comme un juge prononçant une sévère sentence.

Alors que les lumières augmentaient pour l'atterrissage, le steward sexy revint pour « vérifier » comment il allait et s'excuser pour le désordre. Bronzé et bien pourvu, il l'était, et qu'il l'ait reconnu grâce à son défilé de maillots de bain ou qu'il l'ait rencontré à une soirée, son timing craignait.

3

*Peut-être une prochaine fois, hombre.* Il laissa son regard fixé sur le hublot, au-delà de sa voisine malade.

— Mesdames et messieurs, nous amorçons notre descente…

*Sans déconner.*

— … sur Houston.

Enfin, les roues de l'avion touchèrent le tarmac sous le ciel gris et humide. Houston, aussi moite, plate et morne que d'habitude.

Son estomac se dénoua lentement tandis que l'adrénaline refluait. *Une perte de temps.* Son impatience se cabra et rua comme un cheval sauvage. Après les trente dernières minutes, il s'attendait à une frappe de missile ou qu'un fou ouvre le feu.

Pas de chance. À cette heure, ils atteindraient les portes avant 14 h 00 et commenceraient à débarquer à pas de tortue.

Dès que le signal des ceintures s'éteignit, il bondit pour attraper son sac, puis celui de la fille. Il allait devoir se changer dans les sanitaires avant de pouvoir récupérer un véhicule.

Tandis qu'ils attendaient que les gens descendent en traînant des pieds, Miss 23F le remercia et s'excusa à nouveau, lui assurant qu'il était le plus cool et le plus mignon. Ce qui était difficile à comprendre alors qu'il se trouvait au nord de Houston, couvert de vomi Lo-Carb, rentrant chez lui pour enterrer ses parents qui l'avaient banni, le faisant disparaître parce qu'il était un foutu pédé.

*Cool. Mignon.*

Plus vite il se débarrasserait de cela, plus vite il rentrerait à New York, là où était sa place.

Sorti de l'avion, Patch dépassa à la hâte les hommes d'affaires aux têtes de zombies qui piétinaient dans le terminal résonnant. Dieu merci, il n'avait pas de bagages enregistrés. Il fit une halte aux sanitaires pour faire une toilette de chat au lavabo et enfiler une chemise propre de son sac. Le pull plein de vomi alla à la poubelle.

Au comptoir de location, il vérifia son téléphone. Aucune nouvelle de l'avocate. Aucun appel du tout. Seulement un e-mail d'un club de Vegas avec une proposition de soirée qu'il ignora ; s'ils trouvaient un autre DJ avant qu'il refasse surface, il n'en mourrait pas.

L'employé dragueur lui remit le contrat de location et les clés.

Parking.

*Ici.*

4

Une Impala rouge. Son père détestait les voitures rutilantes. Bagnoles de pédés, disait-il. Là encore, son père n'avait plus son mot à dire. Si Patch avait pu louer un char tiré par des cowboys huilés en slip kangourou, il l'aurait fait.

Il balança son sac et sa sacoche d'ordinateur sur le siège avant. Il envisagea de faire une pause pour prendre un café, mais il ne voulait pas perdre de temps. À cette heure, sous la pluie, le trajet jusqu'à Hixville devrait prendre deux heures. Avec un peu de chance et pas de flics, la moitié.

À 14 h 34, il était sur la route 69 en direction de la 105, affrontant la tempête qui avait essayé de le tuer. Écœuré par la radio, il faisait défiler les stations cherchant autre chose que des chants d'Église, de la pop ou de la country, puis renonça pour siffler dans le silence de la route tandis qu'il luttait pour rester éveillé. Encore quelques heures, et il pourrait arrêter de courir. Maigre consolation.

Quelque part en périphérie de Kingwood, son téléphone sonna dans le porte-gobelet – lui fichant une trouille de tous les diables, mais le réveillant d'un coup. *Scotty.* Son ex était un DJ né en Caroline du Sud – musclé, ténébreux et aussi doux que de la mélasse.

*Dieu bénisse le réseau Sprint.*

Patch mit le haut-parleur et sourit avec un réel plaisir.

— Scotty ! Tu as eu mon message ?

Ils allaient ouvrir un club au printemps s'ils trouvaient des partenaires financiers. *Vélocité.*

— Quoi de neuf, Hastle ? J'ai peut-être entendu parler de ce bordel, mais je suis déchiré.

Scotty avait travaillé dans de grandes soirées hip-hop ces derniers temps, c'était comme cela qu'il avait trouvé cet espace incroyable, durant un tournage de fin de soirée dans une usine désaffectée... suppliant pratiquement d'avoir des cordes de velours à l'extérieur.

— J'aimerais pouvoir dire la même chose.

Patch jeta un coup d'œil dans le rétroviseur et se gara sur le bas-côté. Les appels en voiture craignaient et il ne voulait pas d'autres surprises.

— J'ai besoin d'une faveur, mec. Pour un set.

— Es-tu en train de me demander d'aller à Jersey ?

— Non. En ville. Peux-tu me couvrir au *Beige* ?

Le *Beige*, où il mixait régulièrement, faisait des after disco le dimanche.

5

— Les deux ou trois prochains dimanches. Huit cents en cash. Un set de trois heures, expliqua-t-il en riant. Tu vas adorer. De beaux mecs. Ça rapporte gros. Paiement facile. Et tu peux fumer tant que tu restes cool.

Faire miroiter la tentation. Ils étaient sortis ensemble environ dix minutes au printemps dernier, mais avec son herbe qu'il fumait au saut du lit, Scotty était bien trop décontracté pour simuler. Quoi qu'il en soit, Patch pouvait lui faire confiance pour exceller et ne pas foirer le job.

Scotty siffla de plaisir.

— Oh, je vois ! Tu trempes ta nouille dans un bel espagnol épilé pendant que je suis coincé ici à m'encanailler dans le Queens, travaillant dur avec cet agent immobilier très sexy pour nous décrocher un bail qui ne me coûtera pas un rein, grogna-t-il. Qu'est-ce qui se passe ? Tu as raté ton vol ?

— Non. Je suis aux États-Unis, mais je ne suis pas sorti de l'aéroport.

Il jeta un coup d'œil à son sac sur le siège passager. À un moment, il allait avoir besoin de vêtements aussi. Avec un peu de chance, ses parents n'auraient pas bazardé toutes ses fringues de lycée.

— Allez, mec. Où es-tu ? Double rencard ?

Petit rire chaud et endormi.

— Pas vraiment. Je suis à…

Il regarda le GPS.

— … Huffman, Texas. Population : on s'en tape. En chemin pour bien pire. Youhou.

Scotty prit une gorgée de quelque chose.

— Hum. Un peu de batifolage ?

— J'aimerais bien. Famille.

Il n'avait pas envie de parler de ses parents ou de l'accident.

— Une urgence.

— Désolé. Tu fais ce qu'il faut. Avec tes parents.

*Non. Ils sont morts.* Mais Patch hocha la tête en signe de gratitude, se sentant mieux après avoir parlé à une personne qui le connaissait, l'appréciait.

— Hum. Il n'y a personne dans les parages qui ait envie de me voir.

— Ils ont dû doser ton Dr Pepper, chéri. Tu as déjà attrapé le syndrome du fermier.

Patch ricana.

— Putain, j'espère que non.

Dehors, la tempête faisait rage, bombardant le pare-brise.

— Écoute, je dois y aller. Mais tu es d'accord pour le *Beige*, hein ? Je t'enverrai les détails et les coordonnées dès que je serai arrivé. J'apprécie vraiment, mec.

— Pas de problème. Des bigots, hein ? Reste calme là-bas.

— Merci. Je t'en dois une.

Scotty se mit à rire et raccrocha. Patch soupira de soulagement et se réinséra dans la voie de circulation.

Au moins, il y avait une personne qui protégeait ses emplois réguliers jusqu'à ce qu'il soit de retour dans le monde réel. Dès que *Vélocité* ouvrirait, il n'aurait plus besoin de cet argent, mais en attendant... Cette pensée ricocha dans sa tête.

En y repensant, un héritage pourrait changer la donne. La ferme devait bien valoir quelque chose pour quelqu'un.

Et si Scotty et lui n'avaient *pas* besoin d'autres partenaires financiers ? Cet argent pourrait lui acheter un raccourci. Peut-être qu'il pouvait vendre la ferme, payer la moitié de l'investissement et prendre la ville d'assaut. Impresario d'after à vingt-deux ans et *au diable, Hixville.*

Évincer Tucker en souvenir du bon vieux temps serait un bonus, une douce revanche.

Désormais, la pluie fouettait la voiture tandis qu'il luttait contre l'épuisement, déplaçant son poids et tambourinant sur le tableau de bord. Il n'avait pas dormi la nuit précédente, ni dans l'avion, ce qui signifiait qu'il était debout depuis quarante-huit heures d'affilée. Tout ça, juste à temps pour se traîner dans les sables mouvants de son enfance. Une demi-heure plus tard, il pénétrait sur les terres des magasins d'alimentation et des futurs fermiers de l'est du Texas.

Toute personne saine d'esprit aurait remarqué qu'il n'y avait aucun avenir dans l'agriculture.

Les rafales rendaient difficile de maintenir sa trajectoire. À plusieurs reprises, il se retrouva sur l'autre voie, mais les véhicules étaient trop rares pour l'inquiéter. Dès qu'il tourna sur la 105, la tempête faiblit, frappant l'asphalte et transformant la route en un tunnel argenté, flou et tacheté à travers le kudzu.

Il garda une vitesse stable à dix kilomètres-heure au-dessus de la limite, jusqu'à ce qu'un bruyant coup de klaxon le réveille face à un trente-huit tonnes fonçant droit sur lui. Il donna un brusque coup de volant pour revenir dans sa voie. Alors qu'il faisait une embardée, le vent dû au passage du camion l'aspira. Il ravala la bile amère et s'agrippa fermement au volant, se laissant porter, n'osant pas piler avec des freins inconnus sur une route glissante jusqu'à ce qu'il ait complètement dépassé le camion.

Il emprunta la bande d'arrêt d'urgence de la route à deux voies, jetant un coup d'œil au semi-remorque dans le rétroviseur. Sueur froide. Sa respiration et son pouls résonnaient bruyamment dans le cocon de la voiture de location.

Le moteur cliquetait de chaleur et ses mains tremblèrent jusqu'à ce qu'il serre à nouveau le volant. Il se mit au point mort et coupa le moteur, levant lentement le pied de la pédale de frein. La pluie sur le pare-brise faisait fondre sa vue comme un flashback de sitcom se répétant dans toutes les directions. Il aurait voulu être n'importe où sauf ici, mais il n'avait pas le choix.

*Ralentis.* Il entendit la douce supplication de sa mère dans sa tête.

— Oui, m'dame, répondit-il, et ce fut ce qu'il fit.

Ils avaient tous les deux disparus et retourneraient à la poussière. C'était fini. Sa mère avait tellement ralenti qu'elle s'était arrêtée. L'unique choix était de venir faire ses adieux, même s'ils ne pourraient pas l'entendre.

Il savait qu'il aurait dû faire une sieste ou appeler avant… seulement, il n'avait personne à appeler. Personne sauf…

*Tucker.*

Il se renfrogna à cette pensée et redémarra. Il préférait sauter devant un autre dix-huit tonnes que de frapper à la porte de ce connard.

De retour sur l'autoroute, il resta dans les limites de vitesse, déterminé à ne pas donner la chance aux habitants de le réduire en bouillie.

Patch Hastle était de retour à Hixville en un seul morceau, prêt à couper tous les ponts et enterrer la hache de guerre dans la tête de quelqu'un.


HIXVILLE, TEXAS, était une pustule poussiéreuse au nord de Sour Lake, à peine plus que des champs pétroliers autour de Beaumont. *Population 1,537, moi en moins.*

Patch avait grandi avec le fardeau des traits patriciens de sa mère : un nez aquilin, un menton pointu, un long cou. Son visage était un appât à caméras à New York et à Milan, mais dans les marécages d'eau salée de l'est du Texas, il avait fait de lui une cible facile. Enfant, tout ce qu'il avait voulu était de grandir comme un cowboy, au lieu de cela, il était devenu un type efféminé qui ne tenait pas en place. Un joli garçon maigre à la recherche d'attention qui ne savait pas lancer un ballon et n'aimait pas se

8

battre. Au Texas ? Le football était une religion et celui qui ne se prosternait pas était une proie toute désignée.

Cela n'avait plus d'importance, finalement. Si Patch avait été écrasé ou déformé par Hixville, il avait grandi hors de portée de ces crétins, à la manière d'un arbre brisant les rochers pour pousser vers le ciel. Pas de temps à perdre et rien à foutre.

Hixville proprement dite survivait au bord du Big Thicket, où les plaines côtières plates favorisaient les pins et les bouseux opiniâtres. La rue principale était un coude de la 421 et le long des bâtiments préfabriqués blanchis, vous pouviez acheter de l'essence, des hamburgers, des semences et... Jésus. Dans cet ordre. Texaco, Whataburger, Feed & Seed et Piney Baptist.

Ses parents lui manquaient chaque jour, mais il savait qu'il valait mieux ne pas espérer.

À l'est de la ville, le bureau de Melinda Landry, avocate, occupait le garage derrière sa maison de Bear Creek Drive.

Au moins, la pluie torrentielle avait cessé, se transformant en une fine bruine.

Tandis que Patch sortait de l'Impala, il feignit de sourire et se redressa.

— M. Hastle ?

Mme Landry se tenait dans l'allée, vêtue d'une robe bleu délavé. Elle avait la joliesse efflanquée d'une femme de ferme, brunie par le soleil et d'une assurance fragile. Elle s'essuyait les mains sur un torchon.

— Je suis désolée pour...

La pluie ? Le torchon ? *Mes parents ?*

— Ce n'est rien, m'dame, l'interrompit-il avec un signe de tête délibérément juvénile.

Il avait vingt-deux ans, mais il savait qu'il paraissait plus jeune quand il le voulait.

— Merci.

— Quelqu'un a dû laisser le robinet ouvert.

Avec un clin d'œil satisfait, elle lui indiqua le petit bâtiment en tôles. L'intérieur avait été recouvert de moquette – marron – et une baie vitrée – ancienne – travaillait dur contre l'humidité étouffante de l'extérieur.

Elle se frotta les mains fines.

— J'ai tenté de vous joindre ces derniers jours. Par messages et autres.

Son accent n'était pas du coin. Louisiane, peut-être, très près de la frontière d'État.

9

— Je travaillais en Espagne, répondit-il, comme s'il était allé sur Mars. C'était du pareil au même.

— Un homme occupé. Parti dans la grande ville, dit-elle, faisant passer cela comme un compliment.

— Vous savez ce que c'est, rétorqua-t-il, car il savait que ce n'était pas le cas. Ça ne s'arrête jamais.

*Sauf lorsque vous étiez percuté par un train.*

Elle regarda ses onéreux vêtements froissés.

— Je sais que vos parents étaient fiers de vous.

Un mensonge éhonté, mais peut-être tentait-elle d'être polie pour faciliter la procédure.

— Ils m'ont élevé pour aller de l'avant.

Il laissa ses yeux briller, usant de son regard pour obtenir d'elle ce qu'il désirait et partir. Ce n'était pas pour rien qu'il faisait du mannequinat depuis qu'il était parti à seize ans.

— Mon père n'était pas vraiment patient.

— Ce n'est pas ce que j'appellerais « vraiment », dit-elle en rougissant et parcourant les papiers devant elle.

*Le testament ?*

— Non.

Il lui sourit, mais ne remplit pas le silence, l'exhortant télépathiquement à se dépêcher.

Ce qu'elle ne fit pas.

— Avez-vous pensé à vos projets ?

— Je ne pense presque qu'à cela, m'dame. Je prévois d'ouvrir un club à New York.

Scotty et lui s'étaient bougé les fesses. La création était comme tenir une bouteille glissante. Dès qu'ils pourraient s'offrir le bail et transformer l'espace en boîte de nuit...

— Il s'appellera le *Vélocité*.

Elle fronça les sourcils.

— Je voulais parler de la ferme.

Il plissa le front, mais le cacha rapidement.

— La vendre. Évidemment.

S'il vendait la ferme, Scotty et lui n'auraient pas besoin d'investisseurs pour ouvrir leur club. Ils seraient libres et sans dettes.

Le sourire de l'avocate s'estompa.

— Oh.

Dans une si petite ville, une ferme changeant de mains avait des conséquences sismiques.

*C'était mal parti.*

— Je suis en train de développer un lieu en ville. À New York, je veux dire.

C'était presque la vérité. Scotty avait mis la moitié de l'argent, mais s'ils n'avaient pas besoin d'autres investisseurs pour la rénovation, Vélocité pourrait démarrer *dès maintenant.* Avoir son propre club était comme affirmer ses prétentions dans la cour des grands. Patch rameuterait les foules et ils feraient fortune. Il se donnait deux semaines maximum pour virer Tucker, trouver un acheteur pour la ferme, puis rentrer fissa à New York.

Elle se trémoussa.

— L'élevage ne vous attire pas ?

— C'est une exploitation de foin, m'dame. Mes parents gardaient quelques animaux, mais la propriété a toujours été une ferme de fourrage.

Ces dix dernières années, le climat du Texas avait empiré et de nombreuses petites entreprises avaient vendu pour échapper à la saisie.

— Je suis parti depuis longtemps. La chaleur me tue.

— Ah.

Elle ouvrit son dossier, parcourant la liste de numéros. Patch secoua la tête avec regrets.

— Je n'ai jamais eu le temps de m'occuper correctement de la propriété.

Elle lui adressa un sourire triste et acquiesça :

— La plupart des jeunes agissent de cette façon. Ils partent. Ce n'est pas une vie facile, la ferme.

— Et le temps est un problème, répliqua-t-il sans regarder les documents sur le bureau.

— Donc vous cherchez à…

— Bouger rapidement. Oui.

Il tourna tout l'éclat de son charme vers elle et la vit se réchauffer. *Bonne fille.* Avec un peu de chance, il pourrait regagner New York en une semaine.

— Eh bien, quelques sociétés achètent des terres, reprit-elle d'un ton plus doux. Des exploitations rizicoles principalement, à cause des nappes phréatiques, mais la sécheresse rend les cultures hasardeuses.

Le sud du Texas était à sec depuis 2010 et pour des années.

Patch secoua la tête. Les grosses compagnies agricoles chercheraient à gagner du temps et à marchander. Huit cents acres ne voulaient pas dire grand-chose pour les moissonneuses-batteuses. Il lui fallait un abruti de Houston qui avait envie de jouer au fermier. Ou d'un promoteur cinglé qui chercherait à construire une banlieue au milieu de nulle part. Ou peut-être d'un Walmart voulant se ruiner dans ce coin en particulier. *Ce ne serait que justice.*

— Et pour ce qui est des groupes pétroliers ?

Elle lui lança un regard dérouté. Les gens aimaient l'idée de se faire de l'argent avec le pétrole, mais les produits dérivés étaient toxiques et personne ne voulait que le ruissellement ruine leurs terres.

Mme Landry haussa les sourcils. Elle prit un moment pour répondre. Il était clair que, sur ce coup, Patch l'avait prise au dépourvu.

— Je ne pensais pas que vous seriez intéressé…

Elle paraissait choquée.

— Je ne le suis pas. Mais leur argent est bon. Texaco fait des offres d'achat à mes parents depuis des années.

Depuis quatre décennies, les gens du coin repoussaient l'intrusion des compagnies pétrolières.

La loi le protégerait sur ce front. Le Texas n'avait jamais été très concerné par la pollution chimique. Qu'est-ce que cela pouvait lui faire ce qui arrivait à ce maudit endroit ?

— Oh ! Avant que j'oublie… le funérarium. Nous ne connaissions pas… votre situation, mais maintenant que vous êtes là, nous pourrions programmer le service pour… la semaine prochaine ? Lundi ? Je peux m'occuper des arrangements nécessaires.

— Ce serait…

Patch déglutit.

— Ce serait… Merci.

Il y eut un long silence gêné tandis qu'elle remettait ses documents en place.

— M'dame ? Vous disiez ?

Il lui sourit à nouveau pour l'inciter à continuer. Qu'est-ce qu'elle attendait ?

— Je serais heureux de signer tout ce que vous voulez pour commencer.

— Je dois attendre, répondit-elle en clignant des yeux et regardant sa montre. Nous commencerons dès que nous serons tous présents.

— Nous ?

— L'autre partie nommée dans les documents. Nous attendons un certain M....

Il pensa à ce nom un quart de seconde avant qu'elle le dise. *Biggs.*

— ... Biggs.

— Comme dans... commença Patch en riant sans joie. Tucker Dray Biggs ?

Il ricana et son accent s'accentua.

— C'est une blague ! Il n'est pas encore en prison ?

— Est-ce un parent ?

— Euh... non.

*Plutôt mon pire cauchemar.*

— C'est le meilleur ami de mon père. Une crapule du coin.

Patch avait les mains qui tremblaient. Comment se pouvait-il qu'elle ne connaisse pas Tucker ? Tout le monde le connaissait.

— Aussi malhonnête qu'un panier de serpents.

— Difficile de le localiser. Nous lui avons laissé quatre messages. Problème de téléphone, je suppose.

— Saison de football, plutôt. Il entraîne l'équipe du lycée. Il le faisait, du moins, à temps partiel. Il entraîne des chevaux parfois. Il fait des petits boulots en ville.

En fait, il n'avait aucune idée de ce que faisait Tucker pour vivre ces derniers temps.

— Non. Apparemment, il est gardien de ferme pour vos parents depuis quelques années maintenant. Il a dit qu'il ne serait pas long.

Patch plissa les yeux de confusion.

— Est-ce nécessaire ?

— Il est l'exécuteur testamentaire. Pour leur succession.

La pièce trembla, comme sur le point de s'écrouler. *Encore.* L'espace d'un instant, il fut de retour dans ce foutu avion.

— Il...

Patch s'assit sur la chaise la plus proche et cligna lentement des yeux.

— Il quoi ?

Elle leva enfin le regard vers lui.

— Exécuteur testamentaire. Vous êtes le bénéficiaire, mais votre père l'a chargé de la distribution de leurs biens. C'est une propriété en usufruit, annonça-t-elle, de brûlantes taches roses fleurissant sur ses joues.

Patch éclata d'un rire dur et amer. Son père éprouvait un tel ressentiment contre lui et sa mère l'avait laissé faire. Au moins, il savait.

13

Cette preuve indiscutable était comme de l'eau dans le désert, un dur retour à la réalité.

— Fais chier !

Il n'aurait pas dû jurer, mais il n'avait pas pu s'en empêcher. Il était tombé dans un piège.

— Écoutez... si je dois aller le chercher, je le ferai. Encore faut-il qu'il soit chez lui.

La période de rodéo de Tucker était loin, mais sept années avaient pu changer cela. Peut-être était-il de retour sur les routes, ou mieux encore, mort et enterré.

— Êtes-vous allé chez lui ?

Elle ouvrit et ferma la bouche, n'aimant pas son ton ni son regard.

— Euh, non. Non, monsieur.

— Eh bien, allons droit au but au moins.

Honte, terreur et luxure l'envahirent. *Ne me forcez pas à lui faire face.* Tucker avait été témoin de tout ce qu'il voulait cacher : toutes les insultes, les bleus, les bagarres inégales. Chaque fois qu'il s'était défilé, cherchant les ennuis, Tucker était dans les parages, la mine renfrognée, distribuant culpabilité et conneries.

À présent troublée, elle s'avança vers la porte pour jeter un coup d'œil dehors, puis vers son bureau.

— Je vais lui passer un coup de fil. Voir ce qui le retient.

Patch parcourut ses options. Tout ce qu'il voulait, c'était de présenter ses respects et décamper. Et voilà qu'il devait trouver un moyen d'esquiver ce stupide salopard qui toute sa vie avait été un obstacle.

— Qu'est-ce que je vais bien pouvoir faire ?

Il s'était fait surprendre, frappé et s'était enfui comme un dératé, mais son ennemi juré avait patienté comme des sables mouvants.

*Tucker Biggs. Ça te servira de leçon.*

Il savait que Tucker le redoutait et ce sentiment était partagé.

Le plus terrible : Patch avait vénéré cet homme, pensant sans cesse à lui de la façon dont un garçon maladroit méditait sur un parfait spécimen mâle... un fléau, un dieu, un but. Toute sa vie, Patch avait été fasciné par les grandes mains de Tucker, son postérieur ferme, sa voix traînante, la marque de sa boîte à tabac dans la poche arrière de son jean et le renflement sous sa braguette.

Dieu qu'il était sexy !

À onze ans, Patch avait compris ses désirs et la raison pour laquelle les filles ne le gardaient pas éveillé la nuit. La lotion pour les mains et Internet l'avaient empêché de se précipiter trop rapidement dans quelque chose de trop dangereux. *En grande partie.* En seconde, il avait trouvé deux ou trois petites brutes dépenaillées disposées à « pratiquer », autrement dit « baiser le gamin maigrichon du cours de chimie, jusqu'à ce qu'ils apprennent à soulever des jupes ». Tant que Patch ne faisait pas de vagues et avalait quand ils giclaient, ils le laissaient tranquille. Il avait appris à se débrouiller, avait rejoint l'équipe de foot, fait du rodéo quand il le pouvait afin de s'éloigner et les pires abrutis lui fichaient la paix.

Mais pas Tucker.

Royce, son propre père, était un spectacle triste et flasque, mais Tucker ressemblait à une esquisse de ce qu'un Texan mâle devait être, et ses habitudes néandertaliennes n'avaient fait que creuser le fossé entre eux.

En y repensant, Tucker le voyait probablement comme l'élément central du mariage éclair qui avait forcé Royce à quitter les circuits de rodéo et rentrer couper de l'herbe pour vivre. La famille de Tucker était des moins que rien. Il avait grandi de foyer en foyer : bagarres de rue et camion démarrés aux fils. Les grands-parents de Patch avaient fini par le prendre en main et lui avaient mis un peu de plomb dans la tête. Bon, autant possible, étant donné l'épaisseur de son crâne.

Lorsque Royce avait arrêté de monter les taureaux avec lui, Tucker n'avait eu plus personne avec qui traîner la gueuse. Il avait dû se résoudre à trouver un véritable emploi, entraînant l'équipe de foot du lycée et semant des bâtards à cinquante kilomètres à la ronde. Lors du bal de première année de Patch, Tucker avait au moins trois fils éparpillés dans deux équipes de foot : aussi bêtes qu'une enclume, aussi méchants qu'un serpent et diablement sexy. Pourtant, aucun de ces bâtards n'était aussi beau que leur père.

Tucker se baladait, bourru et musclé, hors d'atteinte de la pire des manières, et vicieux jusqu'à l'os. Avant le lycée, Tucker l'avait évité, mais dès qu'ils se rencontraient loin de la ferme, il avait fait de la détresse de Patch une affaire personnelle.

Année de première, football. Patch avait manqué de pisser dans son short de compression lorsque le coach Biggs l'avait secoué par le casque sur la ligne de touche en le traitant de putain de pédé devant les équipes. Ensuite, il s'était traîné dans le vestiaire pour mater ce connard entrer dans

15

les douches d'un pas nonchalant, enroulé dans une serviette. Ensuite, il s'était branlé dans la grange. *Répugnant.*

Chaque fois qu'il avait merdé, Tucker avait été là pour lui botter le cul.

Patch avait quand même eu envie de lui, comme lorsque vous êtes trop têtu pour être heureux ou trop entiché pour rester éloigné. Seigneur, un accent et une paire de bottes, il ne pouvait pas être tenu pour responsable, alors il avait pris ses jambes à son cou.

Encore maintenant, Patch ne sortait qu'avec des évadés des petites villes, comme lui. De beaux garçons de son âge avec des mains propres et des corps minces, car il haïssait cette faim hors de contrôle dont il ne se souvenait que trop bien. Au lieu de cela, il flirtait avec la folie… et couchait avec de doux garçons de ferme qui le laissaient prendre les commandes, tout en rêvant d'un robuste campagnard qui voulait le voir mort.

Il cligna des yeux et se tourna vers Mme Landry, son visage arborant un calme espoir, une lueur de petit garçon brillant dans ses yeux.

Elle fronça les sourcils.

— M. Biggs ne savait pas que vous étiez en route aujourd'hui. Je crois qu'il projetait de vous retrouver à la maison.

*Sa* maison, voulait-elle dire, car Tucker vivait à la ferme, lui non. Que savait-elle ? *Tout.* Bon sang, elle avait rédigé le testament. Elle ouvrit la bouche pour dire quelque chose, mais il se mit à nouveau à rire.

— Tucker Biggs ne peut même pas payer sa facture d'eau. C'est un…

*Bigot. Escroc. Fumier. Loser. Con.* Il ne prit pas la peine de cacher son dégoût. *Et ils l'ont nommé responsable.*

— … une épave. Bon sang, il vit dans une caravane qu'il a volée à son ex-petite amie à Lake Charles. Sur *nos* terres.

Elle cilla, plus du tout charmée.

— Malheureusement, nous ne sommes pas autorisés à prendre des mesures sans l'exécuteur testamentaire. Savez-vous s'il est disposé à vendre ?

Il haussa les épaules. Son esprit tournait à toute vitesse.

— Que pouvez-vous me dire de plus ?

Elle parut désemparée.

— Je suppose que vous savez tout.

Il secoua la tête.

— Mes parents et moi étions en froid.

— Il y a une assurance, mais votre père pourrait être considéré comme fautif à cause de la signalisation. Je peux remplir les papiers, si vous… le voulez.

Elle se tourna vers la porte.

Des bruits de bottes sur le gravier, une démarche qu'il connaissait mieux qu'il ne l'avouerait à voix haute. Il détestait le fait que son cœur batte plus vite, que sa peau le picote. Le grondement sourd à ses oreilles tandis que la porte s'ouvrait et que tout son oxygène le quittait.

— Patch ?

Cette voix traînante dont il se souvenait parfaitement.

Patch se raidit avant de lever les yeux.

Effectivement, Tucker remplissait l'encadrement de la porte, dans une chemise en chambray et un chapeau de travail en paille qu'il enleva dès qu'il entra, probablement parce que l'avocate était une femme.

Il était là, plus grand que nature, avec le même menton carré et cet éclat dans le regard qui lui obtenait une part de tarte gratuite partout où il commandait un thé glacé.

— Bon sang, fiston ! Regarde-toi, tu as bien grandi, dit-il en essuyant sa bouche ciselée.

*Exactement le même.*

Patch fronça les sourcils. Il n'arrivait pas à croire que Tucker soit aussi beau, encore maintenant. Il devait avoir plus de quarante ans, mais son corps paraissait…

— Hé, M. Biggs.

Il se redressa, mais ne se fit pas confiance pour se lever.

Tucker hésita sur le seuil, laissant le peu d'air frais s'échapper avant d'apporter la chaleur avec lui à l'intérieur. Il cligna des yeux, plissa le front et se pivota légèrement en entrant, comme si ses épaules étaient trop larges pour passer.

— Tucker, non ? Mon garçon, c'est bon de te revoir à la maison.

*Vraiment ?*

Il roula le bord de son chapeau et secoua ses bottes usées. *Dur.*

— Je ne t'ai pas vu depuis… regarde-toi, mon gars !

Les salutations semblaient presque réelles. Tucker sourit, comme s'il était content de le revoir.

— Seigneur, je ne t'ai pas vu depuis cinq ans.

Les cales éraflèrent sa paume douce.

— Sept ans.

Patch serra sa main rugueuse, fort, au point de lui faire mal.

Tucker ne réagit pas.

— Depuis que tu es parti. Tu as fait ce qu'il fallait.

Sans le lâcher, Tucker l'attira pour une brusque accolade qui pressa leurs corps l'un contre l'autre.

— Tu es grand, hein ?

Il sentait la sciure de bois, l'huile de machine et la peau brûlée par le soleil.

Patch s'écarta et se rassit.

— J'ai presque vingt-trois ans.

*Et toi tu es vieux, enfoiré.* Mis au rencart, même s'il ne semblait pas si usé.

— Petit malin, dit Tucker en s'asseyant et lui serrant la jambe. Seigneur, c'est bon de te revoir.

Dérouté et dépassé, Patch hocha la tête en réponse, toute son attention focalisée sur cette ferme pression. Déglutition humide.

Avant aujourd'hui, Tucker s'était montré amical avec lui deux fois en tout et pour tout, les deux fois ivre. En seconde, il lui avait serré la main lorsqu'il avait pris dans l'équipe de foot. L'année suivante, il lui avait souri et donné une tape sur le dos au rodéo Orange Country. Au total, dix secondes d'humanité en vingt-deux ans.

— Hum, pareillement.

Étaient-ils supposés prétendre qu'ils étaient amis ? Le meilleur ami de son père avait été franc au sujet de son aversion depuis que Patch avait eu quatre ans, et il avait passé les douze suivantes à le traiter comme une saleté sous ses bottes.

Tucker se frotta le menton de ses doigts ridiculement épais, baissant les yeux.

— Fiston, je suis désolé pour tes parents. Ils t'aimaient, c'est *certain*.

Sauf que dans sa bouche, ce mot ressemblait davantage à *tapin*, ce qui semblait plus plausible. Son charme suintait le mensonge.

Patch émit un grognement, mais garda la bouche fermée. Ce n'était pas le jour pour révéler combien ses parents avaient été étroits d'esprit et rancuniers.

Il n'arriverait jamais à faire la paix, peu importe combien il avait combattu ses démons durant ces sept années. Tucker et l'avocate prirent probablement son silence pour de la douleur, pas des regrets. *Ballade du pédé de la petite ville.*

Durant sa dernière année, il était devenu locataire indésirable dans la maison de ses parents, payant son loyer en corvées et en humiliations. Il pouvait un peu parler à son père, mais sa mère était un fantôme triste qui priait pour rien et tricotait des chaussons pour les petits-enfants des autres.

Durant dix pauvres secondes, en première, il avait essayé de se faire des amis, de faire du sport, tout ce qui pouvait l'éloigner de la ferme.

Le coach Biggs avait tué cet espoir dans l'œuf.

Même avant le lycée, Tucker l'évitait.

En première, Tucker avait alterné entre l'ignorer et l'insulter, le persécutant devant l'équipe et les enseignants, le frappant pour l'endurcir. Personne n'avait cillé. *Un ami de la famille*. Plus tard, quand ils n'avaient plus été qu'un remplaçant et un bigot l'un pour l'autre, ils n'avaient pas échangé deux paroles polies.

Mme Landry s'assit derrière son bureau, leur faisant face, confondant ce silence avec de l'affection et de la proximité.

— Eh bien… commença Tucker, brisant ce silence tendu.

De toute évidence, il prévoyait de prétendre que le passé ne s'était jamais produit.

— C'est bien que tu sois rentré. Nous allons prendre soin de toi.

Patch soupira et fixa le linoléum. *Putain de longue journée*. Il regarda sa montre.

— Mme Landry ?

L'avocate ouvrit un dossier et parcourut les documents.

— M. Biggs ?

— Oui, m'dame. Je suis désolé pour l'heure. J'ai eu vos messages. Le téléphone fonctionne bien, seulement je dois être là pour y répondre. Nous avons un souci avec un puits.

Cela ressemblait à une *situation de crise* et Tucker couronna le tout d'un sourire en coin qui transformait les culottes en éponge.

Elle se tourna vers lui, rose et frémissante. *Génial*. Maintenant, comme tout le monde dans ce trou pourri, elle pensait que Tucker était merveilleux.

*Exécuteur testamentaire*. Patch feignit une détresse absolue.

— Vous disiez ?

— Oui ! Oui, M. Hastle. Bien sûr.

Son regard resta rivé à Tucker. *Culotte mouillée*. Il venait de dire adieu à toute chance qu'elle se révèle être une alliée dans la bataille à venir.

— Nous discutions de…

19

Elle avait oublié !

— De la ferme.

— Oh, tout va bien, m'dame. J'en prends soin.

Patch fronça les sourcils. Il savait comment lever du foin, mais essentiellement, il avait fait ce que son père lui avait dit.

— Vous avez fait un fauchage tardif ?

Hochement de tête bref et prudent, et Tucker passa ses mains sur le rebord de son chapeau de paille, comme si Patch était son patron.

— Tous les vingt-huit jours. Nous sommes passés de la Bahia à la Jiggs.

L'herbe, voulait-il dire.

— Tant que la pluie tient, la Jiggs pousse *vite*. Le prix des ballots a chuté, mais je suis passé à deux cordes et Janet prend tout ce que nous avons, chez Feed & Seed.

Encore ce ton d'employé respectueux.

— C'est une bonne chose, répondit Patch, manquant de cracher par terre. Ça t'appartient de toute façon. Ils t'ont tout donné.

— Attend, attend. Ce n'est pas…

— Il n'est que l'exécuteur, intervint l'avocate en levant une main. Ce n'est pas exact, M….

— Joli travail, continua Patch en se tournant vers le plus âgé, son impatience et sa déception lui glaçant le sang.

Tucker sembla sidéré.

— Non, fiston.

— M. Biggs détient la propriété en usufruit et tous les actifs sont en fiducie pour vous, expliqua Mme Landry en se penchant en avant. Si nous pouvions prendre une grande inspiration et parcourir le…

— Et bon débarras, je suppose. Papa me désapprouvait tant que ça !

Patch exhala une brève bouffée d'air rance. Ses parents avaient mis ce loser paresseux responsable de son avenir, à dessein, sachant ce qu'ils savaient. Ils avaient plus confiance en *Tucker-putain-Biggs* qu'en lui.

Dehors, sa voiture de pédé étincelait, aussi rouge et mouillée que de la viande crue, un sauf-conduit avec nulle part où aller.

— Je ne suis que le gardien, fiston, dit Tucker d'une voix câline et douce.

— Pour en prendre soin, renifla Patch. Parce que je ne peux pas le faire. Parfait !

— M. Hastle, je crois que vous vous méprenez.

L'éclat de l'extérieur rendait la pièce aussi brillante et floue qu'un film surexposé.

— Vous m'avez chassé une fois et tu encaisses enfin...

— Tu n'as pas le droit de dire ça. Ton père n'a jamais...

Tucker continuait d'agir raisonnablement, l'air si honteux. *Bien.*

— M. Hastle, vos parents ne cherchaient qu'à protéger votre héritage jusqu'à ce que vous rentriez.

— Bien sûr, appuya Tucker en posant une main ferme sur son épaule. Maintenant, tu sais...

Patch s'éloigna brusquement.

— Dis-moi ce que je sais ! Hein ? Vas-y, enfoiré !

Mme Landry poussa un petit cri.

— Royce et toi avez tout calculé.

Tucker serra les bords de son chapeau de travail, jetant un regard à l'avocate avec une expression de chien battu.

— Je suis désolé, m'dame. Il est bouleversé, c'est tout.

— Bouleversé ? Putain, oui, je le suis ! dit-il, juste pour voir Tucker tressaillir.

Rouge et troublée, l'avocate fouilla dans son dossier.

— Si M. Biggs renonce à ses droits et accepte de vendre la propriété, il n'y a aucune raison de...

— Bien sûr que je suis d'accord. Elle ne m'appartient pas. Rien n'est à moi.

Patch commença à élever la voix.

— Ses droits. Pour y vivre jusqu'à la *fin des temps*.

— Pour la protéger pour plus tard, c'est tout ce que tes parents ont dit. Tu étais parti depuis si longtemps, répondit Tucker en secouant la tête, le front plissé. Royce et ta mère étaient seulement...

— Heureux que je sois parti, répliqua Patch en fronçant les sourcils et s'écartant. Exécuteur. Biens. Je n'ai rien à voir là-dedans. Papa l'a tuée, en fin de compte. Et lui-même, à courir partout sans aller nulle part. Ce n'est que justifié que tu squattes ici et que tu t'occupes de leurs foutus os !

Sans se rendre compte qu'il le faisait, il se leva, dépassa Tucker en trombe et prit la porte. Sachant qu'il aurait dû s'arrêter, mais incapable de se tourner.

— Patch !

Tucker sortit d'un pas lourd dans la lumière du jour juste derrière lui.

21

— Attends ! Attends, insista-t-il en lui agrippant le bras.

— Lâche-moi, gronda Patch en se retournant vivement et arrachant son bras de sa prise, indigné et pourtant, dans le secret horrible de son cœur, excité que Tucker soit venu si rapidement après lui et qu'il ait été forcé de le suivre.

— Lâche-moi.

Tucker leva les paumes et fit un pas en arrière, sa bouche formant un *O* confus.

— Tu viens d'arriver, dit-il en secouant lentement la tête. Tu n'as pas été là plus de cinq minutes. Pourquoi es-tu aussi en colère ?

— Pourquoi ? Tu es un petit rigolo, toi.

Mais Tucker ne riait pas et son regard gris semblait redevable, désolé, anxieux, tout ce qu'une personne normale ressentait lorsqu'elle avait ruiné la vie de quelqu'un. Ce regard devait être une autre foutue duperie. Quand Tucker avait-il ressenti une émotion honnête dans sa vie de merde ?

— Patch ?

Il parvenait même à paraître blessé.

Putain ! Patch garda la bouche scellée dans un mépris glacial pour minimiser la confusion de tous les côtés. Peut-être que les autres dans le Comté d'Hardin achetaient ses putains de conneries, mais il le connaissait mieux que ça. Dès que Tucker prenait le dessus, il n'avait aucun scrupule.

Mme Landry se tenait derrière son écran, le regard aussi vide que deux cailloux. Définitivement du côté de Tucker, elle aussi. Elle lui ferait probablement cuire une tarte ensuite, le sucerait et lui ferait du thé avec sa culotte. Elle n'avait aucune idée.

— Viens, maintenant, dit Tucker en s'avançant prudemment et régulièrement, comme un négociateur de prise d'otage. Je sais combien ça doit être dur. Tes parents sont morts. Mais nous allons faire les choses bien, d'accord ? Je veux faire les choses bien, comme l'a dit la dame.

— Seigneur, tu es trop bon. Très pro, putain, ricana Patch, laissant chaque mot atterrir comme une lance dans la large carrure de Tucker.

Combien d'années avait-il attendu pour balancer la vérité au visage de ce connard ? Il avait presque envie que Tucker l'empoigne à nouveau, afin de pouvoir se débarrasser de sa prise une nouvelle fois, juste pour le blesser et se sentir libre.

— Tu t'es bien débrouillé. Tu as le dernier mot sur toute ma vie.

— Non. Je n'ai rien fait d'autre que d'aider tes parents. Je suis tellement désolé.

Tucker fronça les sourcils, presque au ralenti, comme si la gravité affaissait son visage.

— Tes parents t'aimaient affreusement.

— Affreusement, c'est exact. Foutrement affreusement.

Patch avait envie de le punir, simplement pour le voir plus blessé, mais il devait partir avant de faire quelque chose de stupide, ou de tendre.

Tucker cligna des yeux. Ses mains serraient fort son chapeau et il se balançait doucement, comme un suppliant.

*Qu'ils aillent tous en enfer.*

— C'est toi qui as fait ça et mes parents t'ont laissé faire.

— Non. Je le jure devant Dieu, gamin. Je viens de te le dire.

Il s'avança légèrement, comme pour calmer un chien enragé, les bras tendus devant lui.

— Ne t'inquiète pas pour la ferme, Patch. Tu veux vendre, nous allons vendre et je partirai. Honnêtement. S'il te plaît.

Ce sourire et ces bras ouverts lui donnèrent envie de craquer, de renoncer ou encore *pire*, alors il se renfrogna et tint sa position.

— Cette ferme est affreuse aussi. Je te l'offre avec plaisir, connard.

Mme Landry ouvrit la moustiquaire pour intervenir. Si Tucker parlait plus longtemps, Patch ramperait après lui comme un chien affamé, car il ne pouvait pas s'en empêcher. Il tourna les talons avant que cette main forte ne le touche et se précipita vers son sauf-conduit rouge vif. *Voiture de pédé.*

— Patch.

Cette voix rauque et humble par-dessus son épaule… Il sut qu'il valait mieux s'enfuir.

Il ouvrit violemment la portière et monta, voulant avoir le dernier mot et le dernier regard afin de savourer l'expression meurtrie de Tucker avant de prendre la route dans un dérapage qui dispersa le gravier, sans s'en soucier. Ses mains tremblaient sur le volant et ses entrailles formaient un nœud glacé. Il avait l'impression d'avoir douze ans.

— Tout simplement génial !

Il lança un regard dans le rétroviseur, ne voyant rien d'autre que son visage en sueur et ses cheveux emmêlés. Il aurait dû frapper Tucker, le serrer dans ses bras, se la jouer cool, tout sauf ça.

— Joli travail, Hastle.

Il lui fallut toute sa volonté pour ne pas faire demi-tour et faire mieux.

Sur le trajet de la ferme, cette lutte s'estompa et sa colère furieuse s'insinua à nouveau dans ce trou déplorable qu'il appelait maison. Même s'il détestait l'admettre, il s'était mal conduit et ne s'était pas rendu service auprès de l'avocate.

Son année de première, une fois de plus. Quelques jours après l'arrestation, il s'était barré afin d'éviter davantage d'humiliation à ses parents et ils avaient pris les devants et fait le travail pour lui en son absence, sûrement et lentement, comme la suture d'une plaie.

Être ramené par le shérif dans les stalles de rodéo pour indécence à seize ans avait cloué le cercueil. Que Tucker aille le chercher à la gare et le ramène dans un silence gêné l'avait enterré. Son père s'en doutait, mais n'était pas *certain* que son fils était un pédé. Ils l'avaient déjà rejeté et, finalement, il avait cessé de se battre pour les faire changer d'avis. *De plus gros poissons à frire.*

De toute évidence, ses parents l'avaient blâmé autant qu'il s'y attendait... son père, du moins, l'avait fait. Pourtant, Patch ne pouvait pas imaginer sa mère confier leurs terres à un vieux garçon louche qui ne pouvait pas garder sa braguette fermée. Ils lui avaient laissé le pire des deux mondes : l'endroit était sien, mais il était coincé avec dans un futur proche. À présent, Tucker avait tout pouvoir.

Patch était un homme, maintenant, il était plus avisé. Se montrer impétueux et imprévisible ne ferait que donner des munitions aux imbéciles locaux. *Profonde inspiration.* Tucker avait gagné ce round sans prendre un coup. Merde, dur !

Il allait passer la nuit là et se rendre à la banque au matin afin de resquiller une sorte d'hypothèque inversée. Ou peut-être que contre toute attente, Tucker lui donnerait vraiment le feu vert pour vendre. Mais il ne retiendrait pas son souffle.

Son problème, c'était le temps.

Contester le testament lui prendrait des mois qu'il ne pouvait pas se permettre de gâcher. S'il voulait être partenaire à part entière, il lui restait des options. Le terrain avait été remboursé dix ans auparavant. Tucker allait finir par mourir à un moment, et il serait libre. Peut-être pourrait-il emprunter sur la valeur réelle ou la vendre, même si Tucker y squattait toujours. Texaco pourrait forer malgré tout. Peut-être pouvait-il réunir assez d'argent pour payer sa part de *Vélocité.*

Alors qu'il empruntait l'allée, la maison lui sembla plus petite et poussiéreuse, mais le jardin avait été fauché et les fleurs de sa mère désherbées. Quelqu'un avait remis de l'ordre pour son arrivée.

*Qu'il aille se faire foutre.*

Tucker avait paru si sexy, si fort, si content de le voir. Ces yeux tristes et ces grandes mains sur lui. *Rien n'est juste, ça ne l'est jamais*, lui avait toujours dit son père. *Qu'ils aillent au diable, tous les deux.*

Fronçant les sourcils, il gara sa voiture de location dans l'allée. Il sortit et se dirigea vers la porte d'entrée, avant de se rendre compte qu'il n'avait pas les clés de chez ses parents. Alors qu'il contournait la demeure, une petite part de lui s'attendit à ce que le visage de sa mère flotte derrière la fenêtre de la cuisine avant qu'elle l'appelle pour le souper. Fantôme amical.

Il s'interrogea sur la clé de secours qu'il avait cachée durant le lycée pour pouvoir rentrer après avoir fait le mur. *Aucune chance*. Il rentrerait par effraction s'il le devait, peut-être en brisant une fenêtre de la porte arrière. Il arracha un bout de son tee-shirt et l'enroula autour de son poing afin de ne pas se massacrer la main en donnant un coup dans le carreau. Le soleil tardif avait séché une partie de la sueur odorante sur lui. Il devait puer.

Il regarda au travers de la vitre sombre. Aucun visage fantomatique, mais il connaissait chaque centimètre de l'intérieur. Il avait oublié combien il craignait cet endroit, combien il lui avait manqué. Il resserra sa prise sur son tee-shirt et leva la main pour casser le carreau, lorsqu'il vit son petit abri près de la porte arrière.

Par une étrange magie, il n'avait pas bougé et la clé à l'intérieur était couverte de poussière, mais là. Elle tourna aisément, mais le bruit de l'ouverture de la porte résonna comme s'il avait cassé quelque chose.

La maison sentait le renfermé et la chaleur, alors il passa de pièce en pièce et ouvrit les fenêtres pour laisser la brise entrer à travers les moustiquaires. Dehors, le soleil était presque tombé à l'horizon.

Il retourna à sa voiture, prit son sac et, sans allumer les lumières, le déposa dans sa chambre d'enfant – aux murs et à la moquette bleus, car le bleu c'était pour les garçons.

Combien de temps avait-il passé dans cette petite cellule ? Combien de fois avait-il déchargé sur son torse dans le noir ? Combien de secrets, de plans d'évasion ?

Sept ans plus tard, elle avait rapetissé à une piètre prison. Ils s'étaient contentés de fermer la porte et de la laisser. Le brusque manque de ses parents, souhaitant même qu'ils viennent le punir ou prier, le traversa. Dès qu'il allumerait les lumières, ils seraient partis pour de bon.

Il se retira dans la cuisine, mais le frigo était vide et sombre. Ainsi, il n'y avait plus de courant et il devait se trouver à manger. Pire, lorsqu'il alla dans le cellier voir le disjoncteur, il trouva l'antique compteur en pièces pêle-mêle sur le sol et un panneau de remplacement posé sur le lino. *Putain de Tucker*. Aucun doute qu'il avait commencé le recâblage, car il avait prévu d'emménager dans cette maison aussi tôt que possible. Patch se renfrogna. Il ne s'était même pas embêté à terminer. *Connard paresseux*.

Du reste, une démolition n'avait pas besoin d'améliorations ; il pouvait vivre sans électricité jusqu'à ce que les choses soient résolues. Il chargerait son téléphone dans la grange ou la voiture. Au moins, Tucker avait laissé la pompe à eau en fonctionnement.

À la pensée de cette voix, son sexe s'épaissit dans son pantalon. Il tira sur son tee-shirt et décida d'aller vérifier la caravane de Tucker, juste pour espionner, comme il l'avait fait adolescent. Se détestant, honteux et excité, il se faufila dans le crépuscule, seulement pour la trouver verrouillée et sombre. Apparemment, Tucker avait des projets autre part.

La tempête avait dispersé les nuages, laissant le ciel plein de traînées cramoisies.

Il se dit qu'il aurait dû s'excuser, mais il n'y avait personne. Ça aurait pu marcher. Sur le porche de Tucker, il sortit son téléphone pour appeler quelqu'un, n'importe qui à New York qui pouvait lui rappeler qu'il était un adulte avec des options.

*Aucun signal*. Parfait.

Il envoya tout de même un message à Scotty avec les détails au sujet du set au *Beige*, se demandant ce que diraient tous ces clubbers s'ils le voyaient coincé à l'extérieur de cette petite boîte sordide.

*Très glamour*.

Le message serait délivré dès qu'il rejoindrait la civilisation, là où son téléphone aurait une couverture, parce que de toute évidence le réseau Sprint et Hixville ne s'entendaient pas.

Se sentant irrationnellement jaloux, mis en échec et ennuyé, il retraversa les champs, maudissant sa trique et se jurant de s'occuper de cet endroit avant la fin des deux semaines. Pas d'expulsion, mais plus vite il ferait ses bagages, plus vite il serait parti, plus vite sa boîte de nuit naîtrait. *Vélocité*.

Il rentra chez ses parents au crépuscule, se débarrassant de son tee-shirt moite à mi-chemin. Il gérerait ce connard le lendemain.

Se tenant sur le porche, conscient d'être torse nu, il s'étira et fit craquer son dos.

Il avait toujours soupçonné que le ciel était bien plus grand au Texas à cause de la bosse de la Terre. *Bienvenue dans cette maudite boucle*.

L'horizon brillait comme une pêche abîmée, de violet et d'orange flous. Il savait que c'était la pollution de l'air qui rendait spectaculaires les levers et couchers de soleil, mais bon sang, ils étaient magnifiques.

Son énergie mourut avec la luminosité. Il était debout depuis presque trente et une heures. Il attendrait jusqu'au matin pour en découdre avec Tucker. *Nouveau jour, nouveau jeu.*

Au lieu de sa chambre, il opta pour le canapé, s'endormant avant de cesser de penser à la main de Tucker sur sa cuisse et rêvant de choses qui colorèrent ses joues dans l'obscurité.

# II

PATCH SE réveilla vers neuf heures, pratiquement la mi-journée dans une ferme. Non qu'il ait l'intention de travailler à nouveau dans une ferme.

Visiblement, quelqu'un était en train de tondre dehors avec un petit tracteur.

Son érection matinale tendait inconfortablement son caleçon. À New York, il dormait nu, mais il n'était pas parvenu à se débarrasser du sentiment qu'à tout instant, son père allait frapper contre le mur et lui hurler de *nourrir ces foutus chiens*. Ses chiens étaient morts depuis longtemps.

— Je haïs ce putain d'endroit.

Son murmure se répercuta dans l'air vicié de la pièce. « Ce putain d'endroit » ne lui répondit pas.

Son estomac gronda. Il avait été tellement pressé qu'il n'avait pas prévu pour la nourriture ou les souvenirs.

La cuisine était sombre, même avec le soleil haut dans le ciel. Le poirier dans la cour était devenu si grand que la lumière n'atteignait plus la cuisine. Il donnait des monticules de fruits à cuire : dure, rondes et acides. Lorsqu'il avait sept ans, Patch s'était rendu à un rodéo à l'arrière d'un van à chevaux sous la pluie, en mangeant jusqu'à ce qu'il en ait mal au ventre.

Le meuble de rangement était toujours rempli de boîtes et de bocaux, mais le placard était définitivement vide. Ses parents étaient morts si rapidement qu'il y avait encore des messages à l'écriture ronde de sa mère sur le frigo et une boîte décongelée de Thin Mints de son père cachée dans le freezer.

Quelqu'un avait vidé les denrées périssables. Tucker, probablement. *Connard interférant.*

Debout en sous-vêtements, Patch mangea un bol de céréales sèches au goût de paille.

*Qu'est-ce que j'attends ?*

Dehors, le tracteur passa, Tucker le dirigeant d'une main tandis qu'il fauchait. Plus beau qu'il ne l'était sept ans auparavant, si possible. L'homme Marlboro, avec une attitude de merde. Pourquoi ne pouvait-il pas être gros, moche et perturbé ? Comment avait-il réussi à devenir encore plus

28

sexy, ici, en pleine cambrousse ? Ce plissement d'yeux parfait, la puissance paresseuse de son corps rebondissant sur le tracteur. Rien à faire et nulle part où aller à part devenir plus sexy et faire perdre l'esprit au gamin homo.

Patch secoua la tête et détourna le regard, se renfrognant à sa propre faiblesse. Au moins, il s'était calmé.

Mieux valait faire face à Tucker en premier et s'occuper de cette terre ensuite, mais il ne pouvait pas le faire sans café, nourriture ou drogues dures. Il devait avoir les idées claires et le ventre plein pour affronter son vieil ennemi.

Il savait comment faire. Il reconnaîtrait ses torts et offrirait une part des bénéfices. Tucker, tout paresseux et avide qu'il était, blufferait et fanfaronnerait, puis ils arriveraient à un accord minable. L'argent de l'assurance vie éclaircirait son chemin jusqu'à la vente de la ferme et Patch obtiendrait sa boîte de nuit. *Vélocité, droit devant.*

Il rinça son bol. Juste pour faire chier les habitants, il enfila un tee-shirt blanc décontracté, représentant un coq et une sucette, et un jean trop cher et trop moulant pour n'importe quel type de travail. *Citadin snobinard.*

Il sauta dans sa voiture de location boueuse et se dirigea en ville.

Le Comté d'Hardin n'avait qu'une seule école. Jusqu'en quatrième, les gosses avaient une heure de bus jusqu'à Lumberton. Le lycée était plus proche. En haut de Gumsapp Road, un sénateur d'État avait jugé bon de jeter un bâtiment plat et de le remplir de gens craignant Dieu et qui pourraient enseigner les bases aux fermiers. Dans les années 50, Texaco avait injecté de l'argent dans le lycée d'Hixville, dans l'espoir de pouvoir garder quelques ambitieux bons garçons dans le coin pour travailler à l'usine. Désormais, ils ne s'embêtaient plus à le faire. Les habitants fuyaient et Texaco trouvait de la main-d'œuvre à pas cher en-dehors de l'État. Depuis la récession, le travail était difficile à trouver et les compagnies pétrolières payaient en vrais dollars.

Presque plus personne ne restait à présent. Les fermiers et les éleveurs gagnaient juste assez pour mourir lentement de faim. Les adolescents filaient vers Beaumont ou Houston, par un moyen ou un autre. Toute la ville sentait la raffinerie de pétrole, suçant la puanteur du sol.

Patch traversa Hixville sans voir aucun changement : une station-service, l'Église Baptiste condamnée, un Whataburger et le Feed & Seed. Depuis quelque temps, les gens faisaient leurs courses à Sour Lake ou au Walmart de Lumberton. La plupart des autres achats se faisaient par correspondance.

Le Feed & Seed de Hixville survivait en vendant de la quincaillerie, de l'outillage et une gamme de produits basiques allant de la farine à l'aspirine, à la population locale en baisse. Il remplissait une grande grange de plain-pied bourrée d'une cinquantaine de mètres d'étagères métallique et du bric-à-brac que les grandes surfaces ne stockaient pas. Détenu et exploité par la famille Rodman, le Feed & Seed tenait depuis près de trente ans et agissait comme une sorte de ruche, point névralgique pour la communauté.

Les enfants y achetaient des bandes dessinées et les lisaient sur le parking. Les mères de famille y achetaient du tissu et des cadeaux. Bon sang, sa famille avait vendu quatre-vingts pour cent de leurs ballots aux fermiers locaux sur des palettes juste devant. Avant qu'il ait son permis de conduire, il conduisait le tracteur au lever du jour, lorsque la route était déserte, et déchargeait lui-même le foin. Et après, les Rodman le remerciaient toujours avec une glace à l'eau ou une bouteille de Big Red.

Déjà, le soleil cuisait le gravier du parking. Sous l'avancée du toit, une grille de sacs de graines flétries se tenait près de la machine à glace fuyante et une rangée de tournesols en pot. La cloche tinta lorsque Patch entra. Les ventilateurs au plafond agitaient l'air sous le papier goudronné, le gardant légèrement plus frais… très légèrement.

— Un instant ! braila une voix rauque féminine qui lui avait manqué.

— Janet, c'est moi. Patch.

Son accent se glissa un peu. Si quelqu'un connaissait le marché de Tucker, ce serait elle.

— Janet ?

— Hastle ? Conneries ! Qu'est-ce que c'est ?

Essoufflée depuis l'autre côté du magasin, une grande femme avec une longue queue de cheval auburn s'avança dans l'allée centrale.

— Patrick ! Putain ce que tu es maigre !

— Je suis rentré.

Il tendit les bras, comme pour démontrer son manque de carrure.

— Oh, gamin, c'est terrible.

Patch leva les yeux au ciel.

— À qui le dis-tu.

— À toi ?

Elle le serra fort, mais brièvement, comme si elle pensait qu'il allait s'enfuir, et le relâcha quand il recula. La plupart des gens s'accrochaient, mais elle le connaissait.

— Que viens-tu faire dans ce trou ?

Puis elle hocha la tête avec un froncement de sourcils.

— Les funérailles.

— Hum, marmonna-t-il en soutenant son regard, ce qui en disait long.

— Vraiment dommage, tout ça. Du gâchis et encore pire.

Janet passa derrière le comptoir, sa large poitrine carrée comme la proue d'un navire. Elle avait dans la cinquantaine, mais ressemblait trait pour trait à son souvenir d'enfant : une femme d'une volonté féroce et d'une détermination absolue. Elle plissa les yeux vers lui.

— Laisse-moi te regarder.

Sa voix retentissante sortait naturellement. Elle avait été enseignante au collège durant une vingtaine d'années.

— Merde alors ! Aussi maigre qu'un lézard, mais tu es plus beau que ma fille.

— Ça, je ne sais pas. Mais tes seins sont plus gros, répliqua-t-il en attrapant un panier.

Elle zieuta son tee-shirt coq/sucette.

— Je vois. Un coq et une sucette.

Elle avait l'air fière.

— Oh, tu es terrible.

Ce dernier mot ressembla à *trible*.

— C'est de ta faute, miss Rodman.

Patch lui fit un clin d'œil et commença à arpenter les allées, rassemblant l'essentiel : du pain, du chili en conserve, du beurre de cacahuète, de la soupe, une bouteille de vodka en plastique. Rations de survie.

— Je suis à la maison pour une semaine ou plus.

Janet essuyait le comptoir avec un chiffon sans le regarder.

— Gamin, je suis vraiment désolée pour tes parents.

Elle fit un bruit de gorge et n'ajouta rien, comme si elle attendait de voir s'il était d'humeur à s'épancher. Elle était au courant des bagarres et l'avait gardé sur la voie au lycée, dans l'espoir qu'il ait son diplôme. Elle l'avait caché plus d'une fois. Elle avait une nièce lesbienne et n'écoutait le baratin de personne.

— Janet… Tout le monde le lui disait. Seigneur, ma mère le lui avait dit. Entêté, stupide. Putain de lâche.

Sa colère semblait laide, même pour lui, mais Janet comprendrait.

— Mort.

Elle connaissait son père et savait comment ils étaient morts, mais elle était suffisamment de la vieille école pour faire les bruits justes. Un reniflement de pitié.

— Un suicide, voilà ce que c'est. Seulement, ils n'appellent pas ça comme ça, dit Patch en déchargeant son panier sur le comptoir.

— C'est quand même dommage. Dix ans plus jeune que moi et j'ai un vagin. Ton père était toujours pressé. Et maintenant quoi ? Mort et muet.

Elle soupira et cessa d'aboyer comme un professeur.

— Tu vas bien ? Tout bien considéré ?

Patch força ses poings à s'ouvrir.

— Bien sûr.

Elle ignora le mensonge.

— Hier, j'étais en Espagne, maintenant je suis cinglé.

Il retourna remplir son panier, parlant par-dessus son épaule tandis qu'il regardait le mur réfrigéré : œufs frais, lait écrémé, du salami tranché, des hamburgers qu'il ne pouvait pas conserver sans frigo. Au lieu de ça, il bourra son panier de conserves de pâtes et de Pop-Tarts. Il n'avait besoin de survivre que jusqu'à ce qu'il vende cet endroit.

— C'est vrai ? Grande ville. Tu fais toujours tous ces pornos ?

L'une de ses blagues favorites, depuis qu'elle l'avait vu vêtu d'un maillot de bain pour une pub de parfum. Il lui avait envoyé la photo par mail durant sa première année à New York. Il lui envoyait des cartes postales et des coupures de presse de temps à autre.

— Seigneur, non. Je suis trop vieux maintenant.

*Foutaises.* Faire le modèle l'ennuyait à mort, mais l'argent pouvait être très convaincant lorsque vous étiez fauché.

— Je joue encore un peu les top-modèles, quand j'ai le temps, mais, essentiellement, je suis DJ. Disc-jockey.

— Je sais ce qu'est un DJ – gros malin. Du genre à la radio ou, tu sais… les mariages ? finit-elle en grimaçant.

— Je ne supporte pas les mariages. Non. Dans de grands clubs chics. La musique paie mes factures.

— Tant mieux pour toi. Ne te laisse pas faire.

Elle ne savait probablement pas à quoi ressemblait une discothèque, en dehors des rediffusions de *La croisière s'amuse*. Elle leva la bouteille de vodka qu'il avait posée sur le comptoir.

— Tu es trop jeune pour cette merde.

Il se mit à rire.

— J'ai vingt-deux ans maintenant.

— Ce qui me fait cent cinquante-sept ans, au moins. Toujours beaucoup trop.

Elle ricana et haussa un sourcil.

— Dave va bien ?

— Il a à nouveau gagné le rodéo l'année dernière. Gros bétail.

Elle lui fit un clin d'œil et pesa des testicules imaginaires de taureaux dans les airs. Janet aimait se vanter de son mari, un homme bien et timide qui serait mort de honte s'il savait.

— Connard pervers, dit-elle avec un sourire affectueux.

— C'est bon de te revoir.

— Pareillement.

Elle arrangea ses courses sur le comptoir en piles nettes et fit un signe de tête vers le mur réfrigéré.

— Tu as besoin de trucs pour le petit-déjeuner ? Ces œufs viennent de chez Tucker.

Elle lui lança un regard étrange qui correspondit au nœud bizarre dans son ventre. Il alla chercher des serviettes en papier, de la ficelle, des boîtes et des sacs-poubelle.

— Il les amène trois fois par semaine. Il en vend dans sa caravane aussi. Un peu d'argent supplémentaire.

— Attends, Tucker garde des poules dans sa caravane ?

— Gamin, il essaye juste de payer les factures. Ce sont de bons œufs, répondit-elle en claquant le comptoir. Ça fait sacrément longtemps. Tu as revu quelqu'un déjà ?

— Hum, non.

Voulait-elle dire de l'école ? De l'église ? Entre les gars dans le placard qu'il avait sucé au lycée et les homophobes avec qui il s'était battu, peu de gens du coin étaient susceptibles de lui lâcher du lest. De nombreuses personnes de Hixville l'évitaient purement et simplement.

— Je ne suis là que pour les funérailles, le testament et tout le reste. Je dois m'occuper de la maison.

Janet le dévisagea avec une douce pitié.

— Tu vas la vendre.

Aucune intonation de question, elle savait. Il haussa les épaules.

— Tu sais que je le dois. Seulement, mon père m'a fait un sale coup, dit-il en secouant la ficelle vers elle.

— Lequel ?

33

— Janet, il a fait de Tucker Biggs le putain d'exécuteur testamentaire.

— Oh.

Janet sourit jusqu'à ce qu'elle remarque son air renfrogné.

— C'est une mauvaise chose ?

— Cet homme ne m'aime pas beaucoup. La seule raison pour laquelle mon père l'a fait, c'est pour m'emmerder une dernière fois.

— Je ne sais pas. Tucker est plutôt raisonnable ces derniers temps. Serein. Plus que tu le penses. Il fera ce qu'il faut. Et il est agréable pour les yeux. Quel déhanché ! *Belle circonférence !*

L'insolente haussa les sourcils, le défiant de dire le contraire.

Debout à côté des sacs-poubelle, Patch grogna. Il maudissait l'intérêt de son corps pour Tucker, détestait faire partie du troupeau de ses admirateurs involontaires.

— Comme s'il avait son mot à dire dans ma vie.

— Il te pose des problèmes, insista-t-elle.

Il secoua la tête.

— Pas encore, mais il le fera. Il prétend qu'il me donnera ce que je veux.

— Tu vois ? Alors, quel est le problème ?

Elle lui tendit une bouteille fraîche de Big Red, car elle se souvenait mieux de sa vie que lui.

Il plissa le front et fit mine de regarder un paquet de chewing-gum à la cerise, le soupesant.

— Je ne crois rien de ce que me dit ce connard. Raisonnable. *Pff.*

— Gamin, c'est ce qu'on appelle un miracle, dit-elle en riant. Peut-être que Tucker t'aidera à éviter que les conneries de ton père t'affectent. Peut-être qu'il est si paresseux ou occupé qu'il ne se mettra pas en travers de ton chemin. Tu ne sais pas.

— Peut-être.

Cette pensée lui laissa un goût amer.

— Alors quoi ?

— Rien. Je ne sais pas, répondit-il en reposant le paquet de chewing-gum. Je ne veux pas faire confiance à cet abruti. Pour rien. Même s'il fait ce qu'il faut, je ne veux rien lui devoir.

Janet le regarda, les yeux ronds.

— Alors, toi aussi tu es un abruti. Accepte le deal et décampe, non ? Je parie qu'il te donnera ton argent. Tu retourneras en ville et feras ton truc en boîte. Qui saura que Tucker avait quelque chose à voir avec ça ?

— *Je* le saurai. Mais je suppose qu'il faut que je surmonte ça. Non ?

Il revint vers le comptoir avec du nécessaire d'emballage.

— Je crois que c'est tout. Je ne suis là qu'une semaine ou deux. Les funérailles sont lundi.

Une pause, et il se rendit compte qu'elle le regardait avec douceur.

— Ça va aller, là-bas ?

— Oui. Bien sûr.

Patch fit tourner le présentoir de cartes de vœux.

Le troisième mois de sa première année, il avait laissé une carte de remerciement de ce présentoir sur la table de la cuisine et avait fait du stop jusqu'à Beaumont sans avertir ses parents. *Qui est le crétin ?*

Janet l'appela. Ils échangèrent leur numéro de téléphone et elle le serra contre sa poitrine.

— Tu es bien trop maigre, dit-elle en enfonçant un doigt dans ses côtes.

— Peut-être que tu pourrais m'engraisser un peu pendant que je suis là.

Il espérait être parti depuis longtemps avant que ça n'arrive.

Elle le regarda.

— Viens dîner un soir. Dave aimerait te voir.

— Oui, m'dame.

— Ne m'appelle pas m'dame. Tu vas te tirer d'ici et avant que tu remettes un pied dans ce trou, je serai en cendre dans une urne sur le piano de ma belle-fille.

— Tu pourrais venir à New York. Dave ferait le mannequin pour les maillots de bain.

Ils sourirent à cette pensée. Dave pesait dans les cent vingt kilos, même si Janet ne tarissait pas d'éloges sur sa dotation.

— Bonne idée, gamin, répliqua-t-elle en claquant le comptoir. Je jure que cet homme n'a pas de cul. J'aimerais pouvoir pousser sur son ventre et lui en donner un.

À l'extérieur, Patch chargea la voiture et repassa devant la même église, le même Whataburger et les mêmes misérables ranches devant lesquels il était passé en stop il y a sept ans, cherchant des problèmes en jean moulant.

À Hob Warren Road, une vieille femme qui vendait du maïs non épluché à un angle de rue lui fit un signe de la main en lui souriant. Il le lui rendit, mais eut le sentiment d'être un menteur. Il n'appartenait pas à cet endroit ; Hixville l'avait recraché comme du cartilage à seize ans.

*Rien ne change ici.* Il n'avait pas vu Janet depuis tout ce temps, mais il avait l'impression que c'était hier qu'il abandonnait ses parents pour un lieu plus vivant.

À Beaumont, Patch avait fait profil bas, faisant des livraisons pour économiser de l'argent pour le billet de bus pour Houston, puis avait passé mars et avril à servir des verres et esquiver des mains à Montrose jusqu'à pouvoir s'offrir l'avion pour New York. Pas de travail, pas de projet, pas de chance, mais il avait réussi à se faire une place seul avec son sourire et ses abdos. Les beaux garçons y arrivaient.

Il avait été serveur, obtenu son diplôme, travaillé comme un forcené. *Les yeux rivés sur l'objectif.* Il flirtait quand il en avait besoin et s'en tenait aux coups d'un soir. La dernière chose qu'il voulait était de s'enraciner. Il continuait d'avancer sans regarder de chaque côté.

Pendant tout ce temps, il n'avait jamais remis les pieds à Hixville. Jusqu'à maintenant.

Bon, pas en personne.

Parfois, la nuit, au moment de quitter un club, son esprit vagabondait vers les hannetons, les biscuits, les péquenauds robustes avec des cicatrices dues aux fils barbelés et des sexes qui fuyaient le miel. La ville était plus froide, mais une partie de son cœur devait être resté dans la campagne. *Clôturé.*

Il s'était enfui à New York et avait passé de trop nombreuses années à essayer de trouver un paysan qu'il pourrait appeler sien. *Malade.* Chaque homme qu'il avait fréquenté venait d'un trou perdu de l'ouest : Nebraska, Kentucky, Arkansas, Dakota du Sud et environ seize foutus Texans. Des gars dégingandés qui avaient vécu leur propre évasion. Même Scotty avait grandi dans le soja. Apparemment, Patch dégageait un signal tordu qui attirait les plocus en fuite.

Rassembler tous ces péquenauds lui donnait l'impression d'être un de ces types complexés qui cherchaient des hétéros trompant leurs femmes ou leurs petites amies. Moments volés avec des tricheurs. Les fantasmes étaient des conneries, il voulait une vie.

Patch méritait quelqu'un qui le mériterait en retour, quelqu'un qui pourrait suivre… mais au cœur de la nuit, quand il écoutait les bruits du trafic de la 9ème Avenue, il rêvait d'un jean bien rempli, d'une marque de boîte de tabac et de l'odeur de foin frais. Il se rejouait les deux fois où

Tucker Biggs avait oublié qu'ils se détestaient et l'avait traité comme une personne : à son premier entraînement de foot et à ce rodéo. Des souvenirs qu'il gardait profondément enfouis et qu'il ne visitait que dans l'obscurité.

Chaque pleine lune le ramenait à l'épreuve de sélection dans l'équipe, Tucker assis avec les deux autres coachs pour partager une flasque. Lui avec des vêtements de seconde main et un short large qui aurait pu l'être davantage.

Ou pire... les estrades de la fête foraine, quelques jours après l'arrestation, Tucker soufflant à son oreille, serrant sa nuque. « Attends un peu ». Cette voix rauque et ce clin d'œil. « Tu t'amuses, fiston ? » Ce grondement taquin, si calme que Patch avait dû courir se masturber dans les toilettes mobiles, dans sa main et la lécher pour la nettoyer. Cette prise ferme et dure, cette brève pression qui lui avait presque arraché une confession publique. Le lendemain, il s'était enfui, laissant tout *ça* derrière lui.

Deux fois, Tucker l'avait remarqué, et deux fois ça l'avait stoppé net.

Il n'y aurait pas de troisième fois.

Grimpant à l'arrière de la maison, il cracha dans la poussière.

*Attends un peu.*

Tandis qu'il déchargeait la voiture, il passa un marché avec lui-même. Il allait aller trouver Tucker dès maintenant et régler les choses. Dedans, dehors, et sans crier.

Et si tout se passait bien, ils n'auraient plus jamais à se revoir.


LE SOLEIL était haut dans le ciel lorsque Patch passa devant le petit étang derrière un champ coudé qui n'était jamais utilisé pour le foin. Ici, la caravane double de Tucker était installée au bout d'une allée circulaire, sur une fausse pente derrière un faux bassin, à quelques centaines de mètres, que Royce et lui avaient creusé avec une pelleteuse et garni de poissons-chats.

La caravane était défraîchie. Des fleurs rouges et violettes remplissaient un petit lopin de terre sous les fenêtres de devant. Une masse indistincte de kudzu rampant étouffait les arbres derrière. Des poulets gras couraient en liberté dans le jardin entre le petit porche et Terrapin Road, picorant dans un cimetière de vieille plomberie et de métal rouillé : des toilettes récupérées, des baignoires et des pièces de tracteurs blanchies par le soleil rangées en piles nettes. Un jardin d'ordures.

Sous les arbres étranglés par la vigne, un quarter horse calme broutait de l'herbe et leva la tête vers lui. Elle s'appelait Pépite et elle était arrivée avec Tucker lorsque Patch avait douze ans.

La caravane n'appartenait même pas à Tucker. Avec l'aide de Royce, ils l'avaient volée à son ex-petite amie et avaient recouvert les trous dans le plancher avec du contreplaqué afin qu'il ait un endroit où s'envoyer en l'air. Ils l'avaient placée sur ce bout de terrain coudé pour que les voisins ne viennent pas l'ennuyer et que Royce puisse s'éclipser pour boire une bière la plupart des soirs. Leur vieille table de pique-nique en bois se trouvait dans le jardin, deux poules somnolant sur les bancs, entourées par un bric-à-brac de plomberie.

Aussi tôt dans la journée, Tucker n'aurait pas dû commencer à labourer, mais il n'était nulle part en vue. Sa vieille camionnette bleue était là, tout comme une jeep Suzuki rouillée avec des trous dans le toit.

*Beurk !* Deux poules braillaient et se chamaillaient à l'arrière.

Patch entendit des aboiements dès qu'il sortit et referma la portière de l'Impala. Tucker avait habituellement un chien pour le travail. Les aboiements se rapprochaient.

Une tache grisâtre arriva de derrière la caravane, se dirigeant droit sur lui. Un pitbull couleur champagne, avec des oreilles tombantes et une queue coupée qui remuait furieusement. Elle le renifla joyeusement, collant sa truffe contre ses genoux et son entrejambe, puis elle sauta sur la table de pique-nique avant de redescendre et de faire des cercles autour de lui.

Patch sourit malgré lui. Avoir un chien lui manquait, en ville. Il se pencha pour caresser sa fourrure, la laissant baver sur lui.

— Hey, ma fille. Hey, salut.

Il gratouilla sa tête carrée et caressa ses douces oreilles tandis qu'elle se trémoussait de plaisir.

— Tu es belle. Hein ! Tu es belle.

Elle bondit à nouveau sur la table pour lui lécher le visage et qu'il la caresse davantage. Sur son dos, de vieilles cicatrices boursouflées couraient le long de sa colonne vertébrale, caoutchouteuses et roses. Elle avait été recousue après une mauvaise altercation, mais elles ne semblaient pas sensibles quand il les touchait. Elle bava à nouveau sur lui et gigota avant de sauter au sol et de s'éloigner de l'autre côté de la table.

— Viens là. Oui. Salut.

Elle posa les pattes sur lui, dévoilant une tache blanche sur le poitrail et le ventre.

— Botchy, descends, résonna un grondement bourru à l'intérieur de la caravane, mais pas la voix de Tucker. Elle t'embête ? Botchy !

Un pas lourd.

— Désolé. J'étais aux chiottes.

Le chien obéit et monta en trottinant les petites marches du perron de la caravane tandis que la moustiquaire s'ouvrait, et Patch dut ravaler sa salive.

Un grand blond barbu avec un visage de camionneur sortit en tenant une bouteille de bière. Dans la quarantaine et trapu, il avait la démarche arrogante d'un ex-taulard sous une casquette de baseball élimée. Il était à peu près de la même taille que Patch, mais avec probablement vingt kilos de plus. Sexy d'une manière brute, mais de toute évidence une mauvaise nouvelle.

Patch se raidit. *Petite frappe.* Véritablement. Il pouvait imaginer les coups de poing.

L'homme descendit d'un pas détendu les trois marches, toisant Patch avec l'expression d'ennui affamée d'un crocodile suralimenté.

— C'est toi le gamin ?

Une main se posa nonchalamment sur la tête de Botchy tandis qu'elle haletait en direction de Patch. Il fouilla ses gencives d'un doigt et cracha par terre. Un véritable génie.

— Pat ?

— Patch.

Il n'avait pas envie d'être plus près. Où diable était Tucker ? Qui était cet abruti sexy ?

— Hastle.

— Wayne Bixby, mais la plupart des gens m'appellent Bix.

Il lui tendit une main tatouée, sans s'approcher, puis il la laissa retomber. Il sentait le diesel.

— Un copain de Tucker. Je connaissais tes parents. Mais, euh, ils ne m'aimaient pas beaucoup, tu sais.

— Bix.

Patch connaissait les signaux en ayant grandi gay dans une petite ville : l'œil paresseux, la voix rauque, l'intense concentration persistante. L'homme se tenait un peu trop près, trop amical et rentre-dedans pour un étranger, le bout de ses doigts tripotant son entrejambe compact comme une enseigne lumineuse de restaurant : BUFFET À VOLONTÉ. Ici, les homos apprenaient à se signaler les uns aux autres afin de pouvoir draguer sans être battu à mort.

Bix humidifia ses lèvres et caressa sa barbe tout en le reluquant de la tête aux pieds comme un plat de côtelettes qui n'aurait plus besoin que de sauce. Sexy et effrayant à la fois. C'était le genre de connard qui baisait les fugueurs sur les aires de repos et les violentait après coup. Une bonne vieille domination étincelait de lui, sournoise et sordide.

*Quand le pédé... rencontre l'appât.*

La partie répugnante ? Patch commençait à être excité par l'idée de sucer l'un des potes consanguins de Tucker, sur son canapé loué juste pour marquer un point. Ce danger crasseux emballait son moteur. *Malade, malade, malade.* Un filet de sueur coula de son cuir chevelu et descendit le long de sa nuque.

Afin de rendre son offre tout à fait claire, Bix empauma son paquet, ajustant le contenu. *Seigneur Dieu.* Sa chair grossit jusqu'à ce que la crête du gland s'affiche pleinement sous ses doigts hâlés. *Hyper viril.* Pourquoi les hommes de la ville ne savaient-ils pas flirter de cette manière ? Pourquoi cela lui manquait-il tant quand il détestait autant cet endroit ?

Bix renifla, comme s'il trouvait la tension sexuelle vaguement décevante.

— Il fait chaud, hein ? Tu as faim ?

*Gloups.* Patch jeta un coup d'œil aux bras charnus, au jean taché d'huile et d'encre de prison. Était-il sur le point de sucer un mec grisonnant à 11 h 40 sur le perron de la caravane de Tucker ? Cette idée le terrifia et l'excita à la fois. Une partie de lui avait envie de causer des problèmes, de marquer son territoire, de tirer la crème de cette verge épaisse afin de pouvoir l'étaler sur les murs de Tucker en guise de « va te faire foutre ». Afin de prouver qu'il n'était pas faible, qu'il s'en foutait et qu'il ne s'excuserait pas pour ce qu'il voulait.

Sauf qu'il le faisait et le ferait. Au lycée, il aurait sucé ce mec dans un relais routier et serait revenu plus tard pour le refaire, mais il en était autrement maintenant. *N'est-ce pas ?*

Patch garda la bouche fermée et tenta de se focaliser sur le pitbull qui courait autour de leurs jambes.

— Il est au lycée ? demanda-t-il d'une voix égale.

Tucker, voulait-il dire. À entraîner, voulait-il dire.

— Pour le foot ?

Il y eut un petit rire rauque et Bix sourit lentement.

40

— Nan, mec. Ils ont viré son cul il y a des années. Il a été surpris en train de se taper la femme du principal durant un match.

À nouveau ce rire rauque et un signe de tête.

Patch acquiesça comme s'il était au courant. Il pouvait se l'imaginer, en couleur.

— Il la lui mettait bien profond sous les gradins. Entre autres. Une grande scène. Viré. Il peut même plus aller aux matchs, dit Bix en se léchant les lèvres et grognant. Demeuré.

Botchy haletait à côté de la cuisse de l'homme, regardant Patch de ses yeux dorés, avec un sourire baveux à la Joker.

— Ah. Il s'en fout… tous ces connards ont grandi et sont partis, sauf un, il est en prison à Conroe.

Lentement, le bras musclé de Bix apporta sa bière à ses lèvres et il fit tout un spectacle en prenant une gorgée, puis essuyant sa barbe cuivrée crépue, son biceps noueux en sueur et un éclat doré de duvet sous son aisselle. L'air humide d'août glissait entre eux et Patch lutta contre ses pulsions les plus laides.

Des pneus sur le gravier.

Bix haussa les sourcils sans toutefois détourner le regard. Yeux marron contre yeux verts. Patch tourna la tête.

Tucker se gara et sauta au sol, souriant et magnifique, comme pour rappeler à Patch à quoi un Texan sexy ressemblait *vraiment*. Juste avec ça, Bix aurait pu tout aussi bien être invisible. Tucker frappa les bords de son chapeau de travail.

— Bonjour, les garçons.

Patch hocha la tête et déglutit. La testostérone l'inondait. *Surcharge*.

— Vous avez déjeuné ? demanda Tucker en plissant les yeux.

Bix leva sa bière, hésitant avant d'en prendre une gorgée et de répondre :

— Non, ça va.

*Oui. Ça va.*

Tucker frappa le blond sur son épaule charnue. Bix leva les yeux et s'essuya la bouche, de toute évidence intéressé par plus que le petit-déjeuner.

Patch les observa. Tucker savait-il que son ami était une grosse pédale baraquée ? Une idée glaciale le frappa. Tucker et lui avaient-ils couché… ?

— Tu as rencontré ma fille, hein ? dit Tucker en indiquant la chienne robuste qui piétinait autour d'eux.

41

Botchy lui lécha la main et poussa sa tête en dessous, se caressant seule et haletant joyeusement.

— Elle est géniale.

Patch sourit en la regardant, sans le vouloir, puis il releva les yeux et se surprit à partager son sourire avec Tucker.

Parce que Tucker lui souriait. *Il cligna des yeux.* Une force lui coupa le souffle.

— C'est bien.

Les yeux de Tucker étincelaient, gris acier moucheté de lumière. Ils retenaient Patch tandis que, de ses ongles, il se grattait la mâchoire.

Patch déglutit, nerveux sans aucune raison. Pourquoi Tucker était-il gentil avec lui ? Pourquoi Bix était-il ici ? En bas, Botchy tournait en rond, pantelante et se pressant contre les cuisses de son maître tandis qu'il caressait sa fourrure pâle. Solide et musclée comme son papa. Les cicatrices ne semblaient pas la déranger le moins du monde.

Bix grogna, peut-être à cause de l'ambiance tendue, peut-être à cause du chien, mais cela brisa l'instant.

Patch lutta contre l'envie de s'accroupir près d'elle, près des jambes de ces hommes. Il savait déjà qu'il était trop près pour son bien.

— Elle a l'air heureuse.

— Elle s'en sort plutôt pas mal, répondit Tucker, ses grandes mains lui caressant le dos, les yeux clairs de la chienne se plissant de plaisir.

Son ton rauque vibra dans les os de Patch.

— Nourriture, amour, de la place pour courir. Le paradis, quoi.

Il lui caressa ses oreilles tombantes avant de tirer dessus.

— Ta mère l'adorait. Elle lui amenait des friandises. Elle lui a même tricoté une couverture.

— Ma mère ?

Patch n'arrivait pas à y croire ; elle n'aimait pas ce qui avait quatre pattes.

— C'est une rescapée. Des gosses à Sour Lake l'ont battue, combat de chiens et pire encore. Son dos était infecté et ils l'ont abandonnée à moitié morte.

Les cicatrices.

— Ils l'ont abandonnée ici ?

— Non. Janet a appelé du Feed & Seed pour me dire que le véto prévoyait de la piquer. J'ai rapidement mis un terme à cette merde. C'est ma meilleure chienne, pas vrai ? Oui, tu l'es, tu l'es.

Tucker s'accroupit pour la caresser, s'agenouillant là où Patch ne le voulait pas. Ses cuisses robustes étaient bombées de chaque côté et son visage planait à quelques centimètres de sa braguette.

Bien évidemment, Patch sentit son sexe se revigorer au fantasme, à défaut de la réalité, de Tucker grognant à genoux devant lui.

Le regard de Bix passait de sa braguette à Tucker avec un franc intérêt. Il avala une autre gorgée de bière et s'essuya à nouveau la bouche. Puis il passa son pouce dans sa ceinture, ses doigts ronds s'enroulant autour du renflement de son pantalon, le caressant distraitement tandis qu'il fixait le visage de Tucker, puis l'entrejambe de Patch et faisait le calcul.

Que se passait-il, bon sang ?

Durant une affreuse seconde, Patch se demanda si Tucker était au courant, si c'était un piège de psychopathe. Il pensa à Mme Landry, au bâtiment de New York, et fronça les sourcils vers Bix, déclinant l'invitation d'être sa salope pour une demi-heure de gorge profonde derrière la grange.

N'y voyant que du feu, Tucker fouilla dans les parterres et en sortit un œuf, le tenant prudemment dans sa main sale.

— Ces poules se perdent parfois.

Botchy haletait, la langue pendante.

— Je vais réchauffer du chili si tu as faim, gamin.

— Ça va, répondit Patch, mais il le suivit quand même.

Tucker tourna la tête et soutint son regard.

— Tu es venu parler ?

— Oh. Oui. Oui. Bien sûr.

Patch sentit son visage chauffer.

— Alors, je ferais mieux d'y aller, les filles. Je dois être à Kerrville dans la matinée, intervint Bix en faisant tinter ses clés dans sa poche en se grattant. Rodéo.

Patch hocha la tête. *Un autre cowboy ?* Il ne se faisait pas confiance pour émettre un bruit raisonnable jusqu'à ce que ce gros dégueulasse crache par terre.

Tucker jeta l'œuf à son ami tandis que Bix le frôlait en passant et entrait d'un pas lourd dans la caravane.

— Dans le bol.

Bix fit un bruit sourd, puis revint vers la porte.

Tucker plissa les yeux comme un farceur.

— Wayne est un clown.

— Va te faire foutre, Biggs, répondit Bix à travers la moustiquaire tandis qu'il sortait un sac de l'armée déchiré et le balançait sur son épaule. Clown de rodéo, il veut dire. Pas Bozo. On nous appelle des toréros maintenant. J'empêche le bétail de tuer des gens.

Tucker ricana.

— C'est pour ça qu'il est si foutrement laid. Ces bœufs lui piétinent la tête.

— Et c'est pour ça que j'ai autant de succès, répliqua Bix en empoignant ses bourses. Du moins, c'est ce que ta mère a dit.

Tucker le frappa et se mit à rire.

Leurs chamailleries machistes et affectueuses donnèrent à Patch une drôle de sensation creuse dans le ventre. Les deux autres ne semblaient pas se rendre compte qu'il n'avait pas sa place entre eux. Il avait toujours ressenti cela, comme un gamin observant des garçons plus âgés de la bande qui savaient quoi dire et comment réagir en présence des autres. Un espion dans un club secret.

Bix descendit les marches et balança son sac à l'arrière du vieux Suzuki, qui trembla sur ses pneus lisses.

Tucker lorgna le véhicule.

— Ce tas de boue n'ira pas jusqu'à San Antonio.

Clin d'œil vicieux de la part de Bix.

— Tu me connais. Je pourrai toujours faire du stop.

Il donna une accolade à Tucker et un signe de tête à Patch, puis il monta dans sa jeep défoncée et partit.

— Désolé pour ça, dit Tucker en se frottant la nuque. Bix est cinglé.

Il s'arrêta devant la moustiquaire et se tourna complètement.

— T'a-t-il *ennuyé* ?

Son regard était assombri.

Patch cligna des yeux. Que demandait-il ? Ce « ennuyé » avait sonné bizarrement à ses oreilles. Tucker savait-il que Bix baisait des gars après tout ? Se montrait-il protecteur ?

— Non.

Tucker hocha la tête et lui tint la porte ouverte. Botchy entra droit devant.

L'intérieur de la caravane avait l'air bien rangé et beau : une causeuse en cuir, une petite télé couleur, une table dans le coin-cuisine avec quatre chaises. Patch masqua sa surprise par un hochement de tête.

44

— Je ne savais pas qu'on fauchait si tard dans l'année. Je croyais que les sommets étaient coupés et séchés.

Tucker ôta son chapeau moite et s'en servit pour indiquer la fenêtre.

— Je devais labourer. Nous semons à l'automne et c'est une courte fenêtre.

Planter des plants matures offrait l'un des moyens les moins coûteux de semer.

— Quoi que tu fasses, la terre sera plantée pour le printemps.

Patch déplaça son poids. C'était beaucoup de travail pour quelqu'un qui disait n'avoir aucun droit.

— J'aurais aimé que tu me demandes. À moins que nous vendions à un agriculteur, personne ne se souciera que les champs soient ensemencés.

Tucker plissa le front.

— Qui d'autre à part un agriculteur achèterait cet endroit ?

Patch tenta de s'imaginer vivre dans un monde qui prendrait fin avec le bitume.

— Je ne sais pas. Seulement je déteste que tu aies fait tout ce travail.

Botchy réapparut près de la porte, les regardant discuter.

Le front de Tucker se rida.

— Désolé, fiston. Tes parents n'ont jamais voulu...

Patch hocha la tête et se dirigea vers le jardin ferraillé avant que le reste de cette idée émerge. Tucker ne savait rien à propos de ses parents. Pas vraiment. Il avait été le satellite de Royce, mais les enfants et l'église ? Aucun moyen.

Il y eut un silence gêné, puis la moustiquaire s'ouvrit et Tucker sortit derrière lui. Ils ne savaient pas comment communiquer.

— Je peux venir à la maison, si tu veux.

Tucker regarda l'étrange dispersion de toilettes et de garde-boue.

— Pour t'aider à t'installer.

*M'installer...* Il posa son chapeau sur sa tête sans lever les yeux.

— Je m'en suis occupé.

— Oui, m'sieur. Tu l'as fait. Je ne me sentais pas bien après ce qu'avait dit cette avocate et tout, dit Patch en se tenant aussi immobile qu'un chat de grange surveillant un serpent. À propos d'y vivre.

Tucker le regarda, les yeux plissés et les bras croisés.

— C'est faux, répondit Tucker de sa voix graveleuse.

Patch ne prétendit pas être en désaccord, cherchant pourtant la bagarre.

— Sans blague.

Tucker s'assit sur les marches du perron et leva les yeux, les mâchoires serrées.

— Ton père n'aurait pas dû faire ça, dit-il en secouant la tête. Borné.

— Tu ne sais pas.

— Eh bien, si, Patch. À qui crois-tu qu'il ait parlé ? J'ai dit non à Royce, mais il n'en a fait qu'à sa tête.

Patch laissa échapper un grognement fatigué.

— Nous allons arranger ça. L'avocate l'a dit. Tu l'as entendue ?

Patch n'était pas d'accord.

— Je n'y crois pas.

Sa frustration le rendait nerveux et hostile.

— Je savais qu'il me ferait un sale coup s'il le pouvait.

— Attends…

Le visage de Patch s'échauffa.

— Ce qui est fait est fait. J'étais stupide de penser que ma famille me donnerait une seconde chance.

Tucker pinça les lèvres et son visage s'assombrit.

— Tu vois ? continua Patch avec un rire rauque. Mes parents avaient une dernière chance de…

— … de s'assurer qu'on prenne soin de toi, Patch. Ils t'aimaient.

Patch s'essuya le nez, sans craquer, mais tout près.

— Pédé. Loser.

— Arrête ça ! claqua la voix d'entraîneur de Tucker. Arrête maintenant. Tu n'es rien de tout ça.

— Oui. Bien. D'accord, répondit Patch en se balançant sur ses pieds.

*Je suis tout ça.*

— Ils t'aimaient, fiston.

Patch eut envie de casser quelque chose.

— Je déteste cet endroit.

Les mots glissèrent hors de lui comme des larmes.

— Alors…

Tucker se leva et s'essuya les mains sur son jean sale. Il s'avança vers Patch et s'arrêta, l'odeur de sciure moisie s'échappant de lui était chaude et dangereuse.

— Alors, vendons-le.

Inspiration.

— Tu ne me laisseras pas le vendre.

— Tu dois écouter de temps en temps. Royce ne me l'a pas *donnée*. J'en suis le gardien, c'est tout. Ton père m'a donné la propriété en usufruit, car il pensait que tu ne reviendrais pas. Je ne suis là que pour m'en occuper pour toi.

— Pourquoi ferais-tu ça ?

— Pour faire les choses bien, pour lui. Pour t'aider à aller de l'avant, répondit Tucker en lui adressant un léger sourire. Patch, tu te fais de fausses idées sur moi.

Patch ouvrit la bouche et la referma. Ce *devrait* être plus difficile d'obtenir ce qu'il voulait de Tucker Biggs.

— Je ne te crois pas.

La lutte lui retournait le ventre, n'ayant nulle part où aller.

— Elle ne m'appartient pas, gamin.

Tucker fronça les sourcils. Botchy tournait autour de ses jambes.

— Je vais aller manger. J'appellerai cette avocate plus tard. Ce n'est pas sorcier.

Une boule glaciale tourna dans l'estomac de Patch.

— Ne me raconte pas de conneries.

— Quelles conneries ? C'est ta terre. Ils l'ont dit, l'avocate te l'a dit, mais tu étais tellement pressé, insista Tucker, les yeux baissés. Je ne me moque pas de toi. Royce m'a offert un endroit où rester, c'est tout. Je ne possède rien. C'est la vérité.

Était-il sérieux ?

— Seigneur, nous pouvons en parler à Janet et cet endroit sera sous contrat en une semaine. Elle a énormément de sex appeal. Mais je peux appeler cette Landry et m'en occuper, légalement.

Patch leva les yeux au ciel.

— Tu ne ferais jamais…

— Tu n'as aucune idée de ce que je ferais ou ne ferais pas. Je viens de te dire ce que nous allons faire.

Cette pensée transforma les genoux de Patch en gelée. Il maudit la lame chaude de soulagement qui le traversa et laissa la lutte se déverser.

Tucker lui jeta un coup d'œil.

— C'est ce que tu veux, fiston ?

Il ne mentionna pas le fait que cela ferait de lui un chômeur sans-abri.

Patch hocha la tête, ce qui ressembla probablement à l'autorisation de l'appeler comme ça. Il avait beau détester l'avouer, le mot « fiston » le rendait nerveux, soulagé et plein d'espoir. Peut-être que Tucker se sentait suffisamment coupable pour renoncer à ses droits.

Juste comme ça, Tucker se dirigea vers la porte, beau et crédible.

— Tu viens, Patch ? Déjeuner.

— Non.

Patch secoua la tête. Entrer dans la caravane semblait dangereux, chargé de quelque chose, après avoir parlé à Bix. Et s'ils *avaient* baisé ? Et s'il pouvait sentir le sperme et la fumée ? Et s'il ne pouvait pas se retenir et avait une érection ?

— Non, répéta-t-il en pointant son pouce par-dessus son épaule. J'ai tous ces cartons à faire à la maison.

— D'accord, très bien.

Tucker plissa les yeux, presque triste, semblait-il, et ouvrit la moustiquaire.

Patch posa les yeux sur ce corps robuste et céda à la ruée de reconnaissance qui l'inondait.

— Merci… Tucker. Merci.

Il entendit les bruits de griffes lorsque le chien se promena.

— De rien.

Botchy lécha la main de son maître.

— Je pense que nous devrions manger maintenant.

Ils échangèrent un sourire maladroit.

Avant de dire ou de faire quelque chose d'irrévocable, Patch se dirigea vers sa voiture de location et s'installa. Derrière lui, la moustiquaire se referma en claquant tandis qu'il tournait la clé de contact.

Il prendrait son chèque et rentrerait à New York. Avec neuf mois de construction, *Vélocité* pourrait ouvrir pour la foule l'été prochain. Il pourrait faire de la pub pendant ses soirées durant tout l'hiver. Même au-delà de New York et de Vegas, il était réservé pour Prague, Rome et deux heures à la Fête Blanche de Palm Springs.

L'argent de la ferme lui payerait l'avenir qu'il méritait. Tucker avait insisté sur ce point, cela aurait dû régler ses doutes. Ce cowboy était un enfoiré indolent, mais il était assez honnête, tout bien considéré.

Pourquoi était-il disposé à l'aider ? Où allait-il vivre ? Patch écarta ces questions. Tucker Biggs faisait peut-être amende honorable. *Ce n'est pas mon problème.* Il opina de la tête, étourdi par le soulagement.

Seigneur, peut-être donnerait-il à Tucker un petit bonus en guise de cadeau d'adieu. Mille dollars serait plus que suffisant et il en serait reconnaissant.

Pourtant, l'injustice le taraudait. S'il vendait cet endroit, Tucker serait... il irait bien. Il appartenait à ce lieu, se branlant dans l'ambroisie. De quoi avait-il besoin d'être triste ? Bon sang, tout le monde le connaissait, l'aimait, faisait attention à lui, alors il retomberait toujours sur ses pieds en trouvant du travail, un endroit où dormir et un lit où être collant.

Patch fronça les sourcils. Il ne reverrait jamais Tucker, et alors ? Il ne méritait que cela.

Arrivé à la maison, il ouvrit une boîte de pâtes et mangea debout dans la cuisine sombre, embarrassé de ne pas être resté pour le chili et les blagues privées qu'il n'entendrait jamais. Feindre être des amis proches semblait dangereux et stupide. D'ailleurs, il se connaissait trop bien pour tenter le sort. La dernière chose dont il avait besoin était que Tucker change d'avis.

Au lieu de cela, il fit des cartons pendant les sept heures suivantes, commençant par le salon, car cela lui paraissait plus sûr. Pour commencer, il aligna tous les vieux meubles contre un mur. Il s'attaqua aux placards et aux armoires, jetant la camelote aux ordures. Au début, se débarrasser du passé l'avait grisé, mais il était seul et le travail le rendait transpirant.

Sa mère avait amassé des décennies de catalogues et de coupures de presse. Son père avait empilé des magazines remontant à près de trente ans, mais, occasionnellement, Patch trouva de l'argent et des souvenirs coincés entre eux. Chaque dollar comptait, de sorte que ce fut un tri lent et méthodique. Vers quatorze heures, sa joie initiale faiblit : fouiller dans son enfance lui semblait toxique et inutile.

Il s'arrêta pour manger un sandwich au beurre de cacahuètes avec de la gelée de kudzu de sa mère, en se tenant sur le porche afin que son repas ne prenne pas la poussière. Puis il rentra et empaqueta jusqu'à ce que la luminosité faiblisse. Vers vingt heures, il se rendit chez Janet pour un rôti de bœuf trop cuit et une discussion maladroite avec Dave, qui était devenu plus bedonnant et amical avec le temps. Elle le renvoya à la maison avec des restes et une ferme étreinte.

À la sortie de la ville, il appela à nouveau Scotty, qui décrocha immédiatement.

— J'ai reçu les détails. Tout est arrangé.

Son ex parlait très fort, à cause des conversations du bar et la musique en arrière-plan.

— Nous sommes des as.

Où qu'il soit, Scotty devait crier pour se faire entendre.

Patch sourit de soulagement.

— Eh bien, c'est déjà ça.

— Je suis passé les voir, alors ils ne m'attendent pas dans ces shorts que tu portes.

Scotty était bâti comme une brique, mais on ne l'embauchait pas pour son look.

— Au fait, on dirait que nous avons obtenu le bail. Pour dix ans.

— Pour de vrai ? Oh, mec. Je vais nous trouver de l'argent.

— D'accord, Patch. Dors un peu, hein ?

— C'est génial, Scotty. Je t'en dois une. Sérieux.

— Allez, mec. Nous sommes partenaires. Tu ne me dois rien. Je dois y aller, d'accord ? Ces fous grimpent aux murs. À plus tard.

Et il raccrocha, riant à quelque chose que la foule faisait autour de lui, et Patch se retrouva à l'autre bout de la ligne coupée, dans son Impala de location, sa vie citadine lui manquant.

De retour à la maison, il se remit immédiatement au travail, tentant de se concentrer sur New York et *Vélocité*, au lieu de la merde qu'il devait pelleter. Alors que la lune se levait, il sortit une lampe de camping plutôt que de se battre avec le disjoncteur abandonné par Tucker.

Peu à peu, la petite maison chaude rétrécit autour de lui. Les cartons aggravaient la situation, prenant ce qui restait d'espace dans l'air collant brassé par son inventaire précipité.

Il jeta un regard par les fenêtres. *Il doit être vingt-deux ou vingt-trois heures maintenant.* Dehors, les grillons se tournaient autour.

La lanterne transformait la maison en un écho fantomatique. Beaucoup trop de regrets. Plus de vingt ans de conneries avant même que Patch rentre de la maternité.

Il s'attendait toujours à entendre les cris de son père, ses coups sur la table, ou sa mère lui murmurant son bavardage passif-agressif de l'église pour le faire rester assis, agir correctement, le faire taire. Il avait presque envie de brûler cet endroit pour tout éradiquer.

Au lieu de cela, il se servit un verre de vodka. *Qui a besoin de télé ?* Son ennui et ses souvenirs s'élevèrent jusqu'à devenir terreur.

Il allait faire un tour. Seigneur, Beaumont avait des bars gay et Grindr fonctionnait ici – peut-être pourrait-il se trouver un bohémien enthousiaste à monter. Une chose à propos du Texas : il offrait des rustres hésitants et des cowboys de toutes sortes à volonté si c'était votre penchant. Les villes dans lesquelles Patch faisait le DJ ne proposaient pas beaucoup de doux garçons de ferme, alors il pouvait aussi bien en tirer avantage. Comme un ivrogne dans une brasserie. *Le loup dans la bergerie.*

Son sexe s'agita. Il s'humidifia les lèvres. Il savait comment fonctionnaient les petites villes. Même laid, il n'avait qu'à dire « New York » et ils seraient à genoux, enfonçant son membre dans leur gorge. « Grande ville » signifiait exotique. Il n'avait pas peur, n'était plus dégingandé, plus maintenant. Il était un citadin à présent. Bouger d'ici avait poncé ses angles grossiers et ses bosses. *Yeehaw.* Il allait se faire beau et ils tomberaient facilement. Ils l'avaient vu sur les panneaux d'affichage et plus.

*Le garçon de la petite ville a touché le gros lot.*

Il faut battre le fer quand il est chaud, non ? Il se déshabilla et se regarda dans le miroir, otage de la vanité. Avant de sauter dans la douche tiède, il fit des pompes et des abdos pour mettre un peu de sang dans ses muscles endoloris. La pompe à eau à l'extérieur délivrait au moins une pression de malade. Il se rinça dans le noir, ne prenant pas la peine d'utiliser un quelconque produit ou parfum, car, par ici, c'était pour les chochottes. Il laissa ses cheveux sécher, s'enroulant en boucles lâches. « Cheveux de gonzesse » aurait dit son père. *Va te faire voir, vieil homme.* Son agence disait couleur « caramel brun » sur son portfolio, ils devaient le savoir.

Sans perdre de temps, il chercha un jean et un tee-shirt à col V dans son sac et enfila ses vieilles baskets du lycée. Puis il sortit dans une joyeuse anticipation. Pour une fois, il montrerait à la population locale comment…

Il hésita sur les marches. Pourquoi laisserait-il un homo de cette vieille ville le connaître et le sucer ? Non. Il ne voulait aucun d'eux. Rougissant, il se figea dans la cour. *Pathétique.*

Non. Il voulait un cowboy, plein de graisse, un enfoiré brutal qui le secouerait et le rendrait fou. Il voulait…

— Tucker, murmura-t-il.

*Que Dieu me vienne en aide.*

Au-dessus de sa tête, le ciel bouillonnait comme une tempête sans nuages, sans pluie.

Patch jeta un coup d'œil en direction de la caravane, dissimulée sur la propriété derrière un petit renfoncement et une étable. Il repensa à Tucker, agenouillé devant sa braguette, donnant de l'amour à ce chien loufoque, et se demanda à nouveau ce que les autres cowboys, les détenus et lui faisaient quand personne ne regardait. *Peut-être… Certainement…*

À quelques centaines de mètres, Tucker Biggs était assis seul dans son short. Ou peut-être pas seul, en train de sauter une quelconque maîtresse. Ou sa propre main. Ou même un clown de rodéo. Ce n'était pas comme s'il s'était déjà montré pudique, alors en vivant seul ici ? Aucune chance. Il se donnait probablement en spectacle tous les soirs.

Pendant cinq bonnes minutes, Patch lutta contre l'envie d'aller voir par lui-même. Il ne pourrait jamais l'oublier et pourtant, s'il ne le faisait pas, il n'aurait plus cette occasion. Dans une semaine, il serait de retour à New York et ne reverrait plus Tucker Biggs. *Dieu merci.*

Avant qu'il ait pu y réfléchir à deux fois, il s'avança dans l'allée et emprunta le virage dans la bonne direction, bien qu'il sache que c'était une mauvaise idée.

Dans cette partie du comté, il n'y avait même pas de lumière, le laissant dans la nuit noire. Ses pupilles s'ajustèrent tandis qu'il marchait vers l'étang, la caravane et Tucker.

*Comme à treize ans.*

À l'époque, Patch s'était faufilé de nombreuses fois pour espionner cette caravane. *Bah.* Il y avait un cowboy sexy de l'autre côté. Il se souvint avoir traîné dans le vestiaire afin d'avoir un aperçu du parfait torse nu du coach Biggs. Avoir fait du camping et s'être lavé dans le ruisseau aussi lentement qu'il l'osait. Ou ce soir-là, où il avait aperçu le meilleur ami de son père sous la douche de la grange, l'éclat de son parfait cul pâle. Il avait été trop effrayé pour s'approcher. Trop pétrifié de se faire prendre. Mais en cet instant, il était adulte et ils étaient seuls tous les deux.

*Nous.*

La caravane était posée, brillante et immobile. Des voix métalliques, provenant de la télé, visiblement, mais pas vivantes. Quelqu'un était à la maison.

Il avança à pas feutrés, agile comme un renard. Il traversa le fossé et escalada la clôture en bois comme s'il était encore enfant. Il contourna lentement la cour, ne s'approchant pas encore de la caravane. Son regard restait rivé sur la fenêtre éclairée, prêt à surprendre Tucker et sa pétasse locale, ou peut-être un pote sordide, en train de faire des choses torrides et embarrassantes.

Les fenêtres déversaient de la lumière orangée sur la cour inégale et son encombrement. À l'intérieur, les voix de télé montaient et descendaient, mais pas de spectacle manifeste de queue. *Bon...*

52

Patch s'avança, déçu et quelque part soulagé. À ce stade, la notion de Tucker étant un cas de placard aurait été encore plus humiliant. Bix était parti à Kerrville. Cela venait de lui traverser l'esprit et il se sentit stupide.

Il s'approcha, restant dans la partie non éclairée du chemin, prêt à y entrer. Puis, juste comme il redevenait hors de vue, un téléphone sonna et un mouvement attira son regard vers la caravane.

Tucker passa, nu, devant les fenêtres ouvertes. L'angle dissimulait une grande partie de son corps, mais la racine de son épais morceau de chair fut visible sous les sombres poils pubiens qui menaient à un sentier s'évasant sur son torse. *Seigneur, son corps.* Ses bras, son dos – même avec sa peau tannée de fermier, il ressemblait à une statue. Tucker disparut, mais Patch resta figé, attendant une autre occasion.

Des rires à la télévision résonnèrent. Les variations de la voix basse et rauque de Tucker serpentèrent à travers, incompréhensibles et pourtant séductrices. Pourquoi aucun de ces débiles des petites villes de New York ne ressemblaient à cela, ne lui faisaient ressentir cela ?

Les mains de Patch se serrèrent en poings impuissants.

Il refusait de se glisser plus près, mais il fit un pas sur le côté vers le bosquet de chênes verts et essuya la sueur de son visage. Ce n'était pas comme s'il aurait à nouveau cette chance. Les minutes s'écoulèrent jusqu'à ce qu'il commence à se sentir ridicule à loucher sur les fenêtres vides d'une caravane double. Puis…

Tucker réapparut. Souriant à quelque chose et discutant au téléphone, coincé contre son épaule. Il s'arrêta et, pendant un fol instant, se tint exposé du visage aux genoux, ombragé et splendide, dans le rectangle de la fenêtre. Il frotta son aisselle, leva la main à son visage et fronça les sourcils avec scepticisme à l'odeur. D'un air absent, il tira sur un petit téton, puis laissa retomber sa main.

Si possible, Tucker semblait plus sexy, plus fort qu'il ne l'était sept ans plus tôt. Il portait cette usure comme une récompense.

Patch s'accroupit, grimaçant lorsqu'une branche craqua sous son pied. Quelque part à l'intérieur, Botchy *renifla* paresseusement. Il la vit poser sa truffe contre la moustiquaire. *Merde !* Elle viendrait droit sur lui si elle sortait. Son rythme cardiaque s'emballa.

Tucker se pencha pour regarder dans la cour et dit quelque chose au chien. Le mouvement de son torse ciselé bloqua la lueur de la lampe, dessinant sa silhouette, mais cela ne fit qu'empirer les choses. Un mâle Alpha, prêt à se battre.

53

Patch retint son souffle, conscient des pulsations cardiaques à ses oreilles. Son sexe se dressa en une crête impatiente dans son stupide pantalon. Il n'avait jamais autant désiré quelqu'un de sa vie.

*Je ne le supporte pas.* Mais il savait que c'était du bluff. Il refusa de bouger.

Tucker se tourna en riant à quelque chose et frotta son ventre au-dessus de l'épais balancement indolent. *Calme-toi.*

Étourdi, Patch déglutit et expira. *Quatorze ans, à nouveau.* Il savait qu'on ne pouvait pas le voir dans le noir, mais il n'y avait aucun moyen qu'il se fasse surprendre à espionner.

Tucker fit craquer son cou et hocha la tête.

Cette ridicule impulsion de rester à espionner lui indiqua à quel point il devait quitter cet endroit, genre *tout de suite*, s'enfuir avant de faire quelque chose de stupide ou de se frapper lui-même. Il avait vu ce qu'il voulait. Il ne pouvait pas l'avoir. Fin de l'histoire.

Dans la caravane, Tucker se détourna, les muscles jouant sur son dos et ses épaules, puis la courbe de sa hanche avant qu'il s'assoie, disparaissant de sa vue.

Fin. *Cours.*

Ignorant son embarrassante érection, Patch croisa les bras et se précipita vers la maison de ses parents comme un voleur, l'esprit rempli de cette silhouette robuste et du son du rire bas de Tucker. Avec un peu de chance, il pourrait s'échapper avant que ses fantasmes le rattrapent.

# III

PATCH NE dormit que trois heures dans l'air chaud de la maison, et seulement après s'être masturbé deux fois en pensant à Tucker devant la fenêtre de sa caravane.

Lorsqu'il se réveilla, il se demanda où il était jusqu'à ce qu'il voie une goutte dorée caoutchouteuse sur le mur. Le lambris en pin de sa chambre d'enfant suintait la sève chaque été, alors même que son père l'avait posé vingt ans plus tôt. Il avait alors rejeté son drap.

Cette nouvelle journée lui donnait le sentiment qu'une solution était possible. Depuis hier, les deux tiers des déchets avaient été emballés pour la décharge. Au moins, il y voyait plus clairement.

Ses parents lui avaient laissé environ vingt mille dollars d'économies, ce qui lui fournissait un début de solution. S'il ne pouvait pas vendre cet endroit tout de suite, il pourrait certainement se débarrasser d'une partie de cette merde pour réunir du capital. Pour ouvrir *Vélocité*, il était prêt à voler du bétail ou un camion blindé.

Vers cinq heures du matin, il se força à bouger.

Il trouva ses anciens vêtements, lavés et pliés dans l'armoire, comme si sa mère s'était attendue à ce qu'il rentre à tout instant. Il avait grandi de quelques centimètres et pris du muscle, mais l'essentiel était utilisable : les sous-vêtements, les tee-shirts et les shorts lui allaient assez bien. Si cela n'avait pas été le cas, ses seules autres affaires étaient celles de son set sur la plage d'Ibiza le week-end précédent, alors il n'avait pas beaucoup d'options. N'ayant pas l'air conditionné ni l'envie de prendre une douche, il opta pour un short kaki ample et des baskets. Lorsque le soleil se coucherait, il puerait, mais qui s'en souciait ?

Il attacha ses cheveux noirs en queue de cheval et programma un vieux mix sur son ordinateur portable, quatre heures de techno qui faisait trembler les vitres et le gardait en mouvement. Si quelqu'un remontait l'allée, il entendrait des basses assourdissantes qui hurlaient *dégage et vite*. Il le rechargerait plus tard dans la grange.

Regarder cet endroit comme un atout l'aidait à rester calme et impassible. Ce n'était pas une maison, c'était une braderie.

55

Tout d'abord, il fit l'inventaire des appareils. Il pourrait en obtenir deux mille dollars, et beaucoup plus pour la sellerie. Dans le débarras, il trouva un tas de selles de spectacle, valant six ou sept mille dollars. Il déambulait dans sa maison d'enfance comme une calculatrice vivante. *Téléviseur, cent cinquante. Climatiseurs, huit cents.*

Impossible de trouver un quart de millions de dollars pour s'aligner avec Scotty et acheter un partenariat complet. Mais il serait peut-être en mesure d'en rassembler cinquante ou soixante mille et de convaincre une banque de lui accorder un prêt de la valeur de la ferme s'il ne pouvait pas s'en débarrasser.

Dans l'allée de Mme Landry, Tucker lui avait offert son aide, mais Patch ne voulait aucune distraction. Plus tôt cette maison serait vidée, plus tôt il pourrait reprendre l'avion pour retrouver sa vie, dans le véritable monde. Il ne vivait plus ici et il ne voulait pas se souvenir de cette époque.

Il décida d'ignorer les disjoncteurs et de passer la semaine sans électricité. Une chose de moins à se tracasser et une dépense inutile évitée.

Il lui fallut tout le reste de cette deuxième journée pour s'attaquer aux placards, au bureau de son père et à la véranda de derrière.

La nostalgie ne l'intéressait pas et il avait nettoyé la plupart des cachettes la veille. La dernière chose qu'il voulait était de fouiller dans ses souvenirs. De toute façon, la plupart étaient merdiques. Il avait beaucoup pleuré dans cette maison, il n'avait pas l'intention de verser davantage de larmes pour elle. Il n'avait pas de place à New York pour un tas de souvenirs de son enfance pourrie.

Au lieu de s'arrêter et de rêvasser, il vida les tiroirs et les cintres dans des sacs-poubelle et étiqueta les meubles pour le transport. Hormis les photos, la majeure partie des bibelots iraient aux œuvres de charité. La pauvreté ici était réelle. Quelqu'un avait certainement plus besoin que lui de ce bric-à-brac.

Le passé ne l'interrompit que lorsqu'il ralentit assez longtemps pour remarquer les détails : les trophées sur le manteau de la cheminée. La brûlure au fer à repasser sur le tapis, faite en cinquième. La théière cassée qu'il avait recollée à l'époxy.

Dans l'un des tiroirs du bureau de son père, il trouva un dossier intitulé PATRICK, en lettres capitales sévères de son père. À l'intérieur se trouvait le dossier scolaire qu'il avait laissé derrière lui, un paquet de photos de classe et des bulletins de notes sans ordre. « Patch ne semble pas s'intégrer » et « agressif et créatif ». Les mots codés d'une petite ville pour

« homo en colère » étaient nombreux. Preuve qu'il avait survécu. Le vieil homme avait mis au rebut tous les indices qu'un enfant avait existé dans cette maison, les fourrant là, hors de vue et d'esprit.

De doux souvenirs étaient aussi cachés ici : des tickets pour un labyrinthe de maïs à Honey Island, une carte pour son diplôme avec marqué « je t'aime, maman » de son écriture cursive, une empreinte de main peinte avec un pied géant qui lui arracha un sourire. Le plus récent était une page de magazine avec une vieille publicité pour Macy, le représentant dans un costume en crépon avec ses longs cheveux bouclés ébouriffés et une rousse en robe de plage pendue à son bras. Quelqu'un avait dû la leur transmettre. La voir ici, dans le bureau de son père, lui fit mal au cœur et alluma une curieuse flamme dans ses entrailles, comme du bois humide attrapant les flammes.

Comme ça, ses parents *savaient* qu'il faisait du mannequinat. Qu'il vivait à Manhattan. Il pouvait imaginer la réaction de son père. Au moins, ils savaient qu'il était en vie et s'en souciait assez pour la garder.

Il reposa le dossier afin de s'en occuper plus tard. À présent, il avait la preuve qu'il avait grandi quelque part. Mais il n'avait pas de temps à perdre en ce moment, peut-être un autre jour.

Tandis qu'il vidait les papiers du vieux bahut de son père, il entendit la porte d'entrée s'ouvrir.

— Il y a quelqu'un ?

C'était Tucker.

— Ici.

Patch se redressa et laissa tomber une pile de journaux jaunis pour le recyclage.

— Une seconde.

Il s'essuya le visage et se rendit compte qu'il ne faisait que le barbouiller de poussière. Il alla dans la salle de bain afin de s'asperger d'eau et se sécha à l'aide d'une serviette dans la pièce sombre. Il puait vraiment.

Lorsqu'il arriva dans le hall d'entrée, Tucker était en train d'appuyer sur un interrupteur en fixant le plafond. Il portait une chemise usée et un jean déchiré. Certains cowboys coupaient le bas des coutures aux chevilles afin qu'ils s'adaptent mieux aux bottes et que l'ourlet ne puisse pas s'accrocher s'ils tombaient.

— Oh, Seigneur, ces lampes ne fonctionnent toujours pas. Je suis désolé, gamin, dit Tucker, le front plissé. Veux-tu que je répare le compteur ?

— Non, c'est bon. Je n'ai pas besoin de lumière, répondit Patch en croisant les bras sur son tee-shirt trempé, conscient de sa peau en sueur.

— La seule raison pour laquelle j'ai coupé l'électricité, c'est parce que ça devait être fait. Je ne voulais payer personne. J'ai toujours dit à Royce que ce panneau était dangereux. Et je pensais que tu voudrais que la maison soit bien quand tu...

Tucker s'interrompit et son visage s'adoucit.

— ... rentrerais.

— Non, c'est bon. Je ne travaille que la journée et c'est une dépense de moins.

— Patch, tu ne devrais pas travailler sous une telle chaleur, dit l'homme qui travaillait dehors en plein mois d'août.

— Je ne suis pas en verre.

Dès que les mots sortirent, Patch se figea. C'était l'une des réponses toutes faites de son père. Il l'avait même prononcée à la même cadence.

Tucker ne réagit pas, il ne sembla même pas s'en souvenir.

— Si tu le dis, fiston.

— Tu vas bien ?

— J'allais te poser la même question.

Ce bon vieux sourire et cette voix traînante. Il laissa son regard errer sur le torse de Patch, sans doute déconcerté qu'il travaille tout court.

— Je ne savais pas si tu voulais que je vienne.

*Sans commentaire.*

Patch n'osa pas le regarder dans les yeux.

Quelque part dans son cerveau de gorille, il associait l'odeur de sueur, de tabac à mâcher et de bière au fait d'être un véritable homme... ce qui signifiait que dans cette même partie de son esprit, il n'était rien de ce genre.

*L'herbe... plus verte...*

Patch ferma les yeux, pressant le talon de ses paumes dans ses orbites. Dès qu'il pourrait se le permettre, il devrait traîner son cul en thérapie.

Il avait passé toute sa vie à fantasmer sur des gars avec des bouts de tabac coincés contre les gencives. *C'est louche.* Un enfer pour les dents, mais plus sain que de fumer lorsque vous travailliez dans un ranch.

Tucker se tourna vers lui.

— Tu en as fait beaucoup. Organisé et tout.

— Je ne le suis pas, toutefois. Mais merci.

— Tu m'as dupé.

— Eh bien, j'ai appris à faire semblant, répondit Patch en haussant les épaules et attrapant un carton scotché, frôlant Tucker et le trimballant jusqu'à la voiture.

Son père avait l'habitude de dire que feindre d'être patient, confiant ou soigneux revenait à dire que vous étiez patient, confiant ou soigneux, car la vertu était dans l'acte. Agir bravement était de la bravoure. Faites semblant d'être patient et vous l'étiez. Feignez la propreté et vous viviez proprement. *Même chose*, disait-il. *Faire semblant.*

Patch avait dû faire tout le chemin jusqu'à Manhattan pour trouver un sens à tout cela, mais qu'il soit damné si cela ne se révélait pas vrai maintenant qu'il ne pouvait plus l'avouer à sa famille.

Il posa le carton sur la banquette arrière, sans se presser pour revenir. Pourquoi Tucker traînait-il par ici ?

Lorsqu'il fut de retour à la porte d'entrée, Tucker était là, une main sur la poignée.

— Je suppose que tu as tout sous contrôle. Désolé pour les raccords électriques, lui dit-il avec un sourire crispé. Je vais aller livrer des œufs et des ballots chez Feed & Seed.

Patch hocha la tête, mais n'offrit pas son aide. Il ne savait que trop bien à quoi ressemblaient les muscles de Tucker quand il lançait des ballots.

Il sortit et Patch le suivit.

— Merci, Tucker.

Les mots glissèrent tout seuls, il les pensait.

Tucker grimpa dans la cabine de son pick-up avant de tourner la tête, une étrange expression sur le visage.

— De rien.

Il toucha le bord de son chapeau et se mit en route, passant devant l'étang en direction de sa caravane tandis que Patch rentrait dans la pénombre de la maison.

Aux environs de midi, le téléphone du salon sonna encore et encore, mais il l'ignora. Qui avait encore une ligne fixe ? La dernière chose dont il avait besoin était d'entendre la douleur de l'église de ses parents ou des Shriners [1] de Lumberton, mais il continua de sonner. Vers quatorze heures, il céda et décrocha :

1 Les Shriners ou AAONMS (Ancient Arabic Order of the Nobles of the Mystic Shrine), traduisible par Ordre arabe ancien des nobles du sanctuaire mystique) sont une société para maçonnique nord-américaine fondée par Walter M. Fleming et William J. Florence à New York dans les années 1870. Ils recrutent leurs membres parmi les francs-maçons du troisième degré. Revendiquant environ 400 000 membre dans le monde, ils sont présents dans environ 193 temples aux États-Unis d'Amérique, au Canada, au Mexique et à Panama, ainsi qu'aux Philippines, à Puerto Rico, en Europe, en Australie et dans de nombreux pays musulmans.

— Patch Hastle.

Un contralto féminin et rauque :

— Eh bien, bonjour, étranger ! Je n'ai pas arrêté d'appeler.

Il ne reconnut pas cette voix.

— Je vous demande pardon, m'dame. Mais qui est-ce ?

— Tu m'as regardé foirer à deux reprises, gloussa-t-elle. C'est *Vicky*. Vicky Jean Thibault.

Sa voix resta en suspens dans l'air, comme s'il était censé pousser un cri de reconnaissance.

— Du lycée.

— Oh, oui. Salut, Vicky.

Il n'avait toujours aucune idée de qui c'était.

— Génial.

— Je voulais juste te dire combien j'étais désolée. Ton père, paix à son âme, était un phénomène, mais c'était un homme bien. Et ta mère aidait pour le catéchisme lorsque j'ai eu mes jumeaux en dernière année. Comment vas-tu ?

Ses yeux sortirent de leurs orbites. *Comment vas-tu ? Cinglée !* Il faillit le dire à haute voix, puis il se souvint : une fille mince qui l'avait aidé en... *maths*.

— Vicky ! Salut. Fred et toi vous êtes mariés après le diplôme ?

Elle était un trésor de bonne humeur.

À nouveau ce petit gloussement rauque qui lui donnait deux fois son âge.

— Et des bébés sont arrivés quatre mois après. Tu es parti de cette ville depuis si longtemps que tu ne le savais pas. Ils sont à l'école, maintenant, et leur sœur a presque trois ans.

Elle avait un an de moins que lui et avait eu le béguin pour lui jusqu'à ce que le coach Biggs commence à le traiter de pédé pendant un match devant son petit ami. À l'époque, Fred était un crétin longiligne aux bourses pendantes qui roulait en BMX. *Certainement plus débile et pendouillant maintenant, puisqu'il n'avait plus le temps pour le vélo de cross.*

— Je travaille à temps partiel pour la maison funéraire de Kountze.

— Oh.

*D'accord.*

— Mes parents. Pour le service.

60

— Les vêtements, en vérité. Ça peut sembler bizarre, mais ils veulent savoir ce que tu penses que tes parents devraient porter pour l'enterrement. Seigneur, c'est étrange. Je suis tellement désolée, Patch.

— Quel genre de vêtements ?

— Un costume et une robe, je suppose. Mais ce que tu jugeras le mieux. Tu sais ce qu'ils auraient voulu.

En fait, non.

— Non, je ne sais pas.

— Je pourrais passer chez toi, peut-être. Regarder dans les placards. Trouver quelque chose.

Était-ce une allusion subtile ? Elle savait qu'il aimait les mecs, non ? À son crédit, elle l'avait ramené chez lui deux ou trois fois lorsque l'équipe s'acharnait sur lui, lui épargnant le pire du bus. Fred, au moins, ne s'en était pas pris à lui, probablement à sa demande. Elle voulait bien faire.

— Tu sais, je dois sortir plus tard. Que dirais-tu que je passe avec différentes options et tu choisiras ? répondit-il.

Et ce fut ce qu'il fit, s'arrêtant au funérarium Foulain avec deux poignées de cintres. Elle l'accueillit à la réception avec une accolade maladroite après avoir balancé la pile de vêtements sur le bureau et laissé tomber le sac de chaussures qu'il avait préparé. Elle était un peu grassouillette maintenant, ses cheveux noir coupé court et méchés. Elle était jolie, heureuse et contente d'être étreinte.

— Seigneur, bonjour, soupira-t-elle avant de reculer. Tu es encore plus beau qu'au lycée. J'ai vu certaines de tes photos. C'est cette vie en ville. Tu dois être un bourreau des cœurs, dit-elle en plantant un doigt sur son torse.

Il lui sourit facilement.

— Pas vraiment. Je suis plus ce que tu appellerais un repousse cœur. Les gens rebondissent sur moi.

Il avait oublié combien elle pouvait être douce, simplement gentille.

— Tu cours toujours dans tous les sens, c'est tout. Tu es si mince. Entre les enfants et le fait de rester assise ici, j'ai gardé mon poids de grossesse.

Elle frotta ses hanches en chuchotant :

— Fred aime avoir un petit extra pour se tenir au lit.

À nouveau ce gloussement conspirateur. Puis son visage s'adoucit.

— Alors, ces vêtements ?

— Choisis, répondit-il en hochant la tête. Je te fais confiance.

Elle fouilla dans sa sélection et sortit une chemise et une cravate pour aller avec le costume du vieil homme et une robe bleu clair pour sa mère.

— Nous... euh. Nous n'avons pas besoin de chaussures, en fait. Je veux dire...

Son visage se crispa et ses yeux flamboyèrent. Elle souleva les tenues.

— Même ça, c'est juste pour eux. Nous ne pouvons pas ouvrir le cercueil en raison de...

— D'accord, acquiesça-t-il d'un signe de tête.

Elle sépara ses choix et mit le reste de côté.

— Tu vas bien, chéri ?

— Oui. Merci, Vick, répondit-il en ramassant tous les cintres restants. Je vais aller donner tout ça au Purple Heart Center. Ce serait dommage de jeter des vêtements.

Il y arriva en moins de vingt minutes, déchargeant tout son tas de cintres et de sacs au trio de bénévoles reconnaissant.

Se dirigeant à l'ouest de Hixville, il essaya de trouver quelque chose à la radio qui ne soit pas du martelage de la Bible ou des plaintes populaires, mais il renonça et conduisit dans le silence à travers le vert plat.

Il fit l'aller-retour deux fois de plus, chargeant la banquette arrière de l'Impala de vêtements et de linge sorti des placards, offrant le tout au Purple Heart. Aucune chance qu'il donne quoi que ce soit à l'église et l'Armée du Salut était habituellement hostile envers les gays, mais il savait que les familles de militaires récupéraient les miettes et du ruban adhésif. Au premier chargement, il remplit les papiers de donation, mais, pour le second au coucher du soleil, il ne prit pas cette peine. Les bénévoles l'aidèrent à choisir un costume noir – informe – et des chaussures – rigides – pour le lundi. Une chose de moins à se faire du souci.

Deux fois en chemin, il passa devant la caravane de Tucker. Les fenêtres et la porte étaient fermées, comme s'il était parti en ville pour une raison quelconque.

Une fois cela fait, il acheta un sandwich au porc dans la station-service douteuse. Impossible qu'il mange sainement dans la cambrousse, mais *Dieu* que c'était bon. Il se rattraperait de retour à la civilisation.

Il ne s'affamait pas, mais il savait que ses tablettes de chocolat avaient un prix. En ville, il avait abandonné le bacon et le lard pour les salades de choux frisé. Il avait toujours été maigre, mais vingt-deux ans n'était pas dix-sept. *Biologie, mec.* Pour la même raison, il avait évité les tatouages. Les photographes payaient bien, mais l'encre était un frein.

Par ailleurs, la moitié de son succès en tant que DJ provenait de son look, il le savait. Les clubs ne voulaient pas d'un véritable fermier du Texas, ils voulaient un fantasme sur lequel l'on bavait, avec un pubis rasé, des pecs de salle de gym et une crinière coupée en salon. Ils lui donnaient assez d'argent pour vivre sa vie, il n'allait pas se plaindre.

En revenant à sa voiture avec son sandwich, il repéra deux bohémiens faisant le pitre et se sautant dessus à l'extérieur de la station-service, leurs lèvres inférieures pleines et étirées par la chique. Les reluquant en passant, il fut sincèrement heureux de porter un jean ample et des lunettes de soleil aviateur. Les verres miroirs étaient les meilleurs amis des homos de campagne, rien de mieux pour mater les sportifs inconscients sans se faire rouer de coups.

De retour sur la 326, il aperçut Tucker longeant la clôture sur son cheval, dans la lueur dorée, son pitbull champagne trottinant joyeusement à ses côtés.

Ils se firent un signe de la main et Pépite se mit au pas, mais Patch n'appuya pas sur la pédale de frein. Il détestait cette chaleur et ce sourire idiot qui se faufilaient sur son visage. *Imbécile.* En deux secondes, Tucker faisait passer ces gros bras brûlés par le soleil de Kountze pour des fac-similés en carton. S'il avait été laid, revivre toute leur histoire aurait été plus facile.

Le fait que Tucker se soit montré civilisé ne faisait pas d'eux des amis. Le fait qu'il soit sexy ne le rendait pas amical. Si tous ses ex et ses bâtards restaient à l'écart, il y avait une raison. Cet homme était un rustre bigot enlisé dans la routine. La seule différence entre lui et ces voyous bagarreurs des villes était le *temps.* À mi-chemin de la maison, Patch se souvint des insultes et des tortures mesquines perpétrées par une personne qui aurait pu le protéger.

Pourtant, une image se forma dans son esprit, celle de Tucker, seul dans sa caravane, et la ridicule envie de l'inviter à dîner.

*Je ne l'aime pas,* se rappela Patch. Qui se souciait qu'il se soit adouci ou qu'il connaisse un appât à homos avec une grosse queue et des tatouages de prisonniers ?

Au moins, Bix s'était barré à Kerrville où il causerait moins de problèmes.

Lorsqu'il se gara dans l'allée, le soleil striait la cour d'orange vif et le ciel d'ambre et de rose, comme une tulipe. Ce ciel fou lui avait manqué, certainement, et ce calme.

Un bout de papier plié était coincé sous le heurtoir de la porte. Il le lut en entrant dans la maison chaude et sombre.

*Si tu as faim, j'ai des steaks. T.*

Il sourit, puis se renfrogna.

*Connard.* Peu importe qu'il ait eu la même pensée. Peu importe qu'il ait envie d'y aller. Peu importe la chaleur dans le regard de Tucker le matin.

— Négociation de paix après les faits, c'est tout.

*Les deuxièmes chances n'arrivent jamais.* Même s'il mourait de faim, il préférait se couper une jambe et la manger. Tucker pensait à ce repas comme une sorte d'excuses en retard, il n'allait pas accepter cela. *Va te faire voir.*

Dehors, les arroseurs automatiques éclaboussaient les fleurs en cercles paresseux – de l'eau du puits et l'électricité de la grange. Pourquoi Tucker ne les avait-il pas coupés, eux aussi ? *Hss, hss, hss,* ils gardaient la pelouse de sa mère verte et lisse en pilotage automatique.

*Elle est morte.* Patch serra ses bras autour de lui. *Tous les deux.* Au même moment, le bourdonnement discordant de la cuisinière de sa mère lui parvint au travers de la pénombre, comme si elle se tenait de l'autre côté de la porte, coupant des poires pour une tarte.

Il ne s'était jamais senti si seul. Même à New York la première année, quand il ne connaissait personne, savoir que ses parents étaient en vie lui donnait un point de référence. Un endroit où se poser si jamais il en avait l'envie. Peut-être était-ce la raison pour laquelle il avait fini avec tous ces campagnards.

Les pièces devinrent menaçantes et la stupidité de ses parents résonna dans le calme. Ils se souciaient suffisamment de lui pour se battre contre lui, ça devait compter pour quelque chose. Quelque part en chemin, il avait oublié comment se comportait un jeune de seize ans.

Rester sur place sans rien à faire aggrava ses démons, mais dans cet air chaud et sombre, il n'avait pas d'autre choix. Il secoua les mains avec impatience. Une folle envie de sortir, peu importe l'endroit, le prit à la gorge jusqu'à ce qu'il se dise qu'il allait hurler.

Pourquoi Tucker n'avait-il pas réparé l'électricité ? *Imbécile.* Il n'avait aucune réception cellulaire et son ordinateur portable était aux portes de la mort.

Il resta figé jusqu'à ce qu'il soit trop tard pour le steak. Il aurait pu y aller, mais il ne pensait pas pouvoir supporter de regarder Tucker fléchir les muscles, transpirer au-dessus du grill ou rire et essuyer le jus de viande de ses lèvres.

*Comme un bouseux.* Même cette pensée réveilla son sexe. *Malade.* Compulsif et juvénile. Le lycée était fini depuis longtemps, il était plus mûr maintenant, non ? Il avait dépassé ce genre d'infériorité tenace. Il avait oublié combien son fétichisme pour les bons vieux gars l'avait fait grandir, cette sensation de challenge et la soif de leur approbation, de ces *véritables* hommes. C'était pour ces mêmes raisons que des milliers d'homosexuels fantasmaient sur ceux qui jouaient les hétéros. Haine de soi et manières autodestructrices, il le savait. Il avait couché avec les spécimens les plus sexy sur trois continents, des mannequins, pour l'amour du ciel, mais cette démence était profondément enracinée en lui.

Il se rappela chaque insulte, chaque fois qu'adolescent, il avait tenté d'apercevoir Tucker et qu'il avait échoué. La honte s'infiltra en lui à l'idée d'avoir passé sa vie à essayer, et échouer, de se mesurer à quelqu'un qu'il haïssait et qui le haïssait encore plus.

La pénombre de la pièce ne l'aidait pas, et les souvenirs de ces dernières vingt-quatre heures le dévorèrent jusqu'à ce qu'il ait l'impression d'avoir à nouveau treize ans et qu'il se sente misérable, dans les profondeurs de son béguin d'adolescent et la cruauté de Tucker. Il maudit sa propre faiblesse et son désir. Revenir lui offrait un horrible rappel du fait qu'il n'était pas allé bien loin. La confirmation de ses intenses penchants pour les garçons de ferme était radioactive, avec une demi-vie d'éternité.

Le renflement dans le jean de Tucker. L'odeur de fer et de sciure de bois. Sa fossette au menton et sa voix rauque qui grondait de sa bouche ciselée. La force noueuse de ses bras et de ses grandes mains, si grandes que leur vue lui faisait penser à des mots comme *fessée, sperme* et *poussées.* Il fit rouler l'épaule que Tucker avait serrée et l'empreinte de ses doigts ridiculement épais l'y brûlait toujours.

*Son persécuteur. Son pire ennemi. Le meilleur ami de son père.*

Patch saisit sa dureté et serra jusqu'à ce que ça fasse mal, bien que cette douleur lui semble satisfaisante. *Dégoûtant.* Mais il ne fut pas le moins du monde dégoûté. Lorsque la lune se leva, il avait passé trois heures à débattre avec lui-même au sujet d'aller espionner Tucker, seulement pour céder.

Une douce ruée d'anticipation à l'idée de voir Tucker nu ; une puérile ruée d'adrénaline et d'anticipation. Pathétique, mais il n'aurait plus d'autres occasions. Seigneur, il devait prendre sa dose maintenant. Après toutes ces

65

années, il pouvait enfin se rincer l'œil et virer Tucker de ce piédestal dans son esprit. Après toutes ces années d'idolâtrie, il allait peut-être pouvoir se sortir cet homme de la tête. Il ne se masturberait plus jamais en songeant à Tucker Biggs.

Il leva un doigt et effleura une autre goutte de sève sur le mur de sa chambre, extraite par la chaleur.

Encore une semaine, et il serait de retour à Manhattan, il ouvrirait son club et ne poserait plus jamais de sa vie les yeux sur ce con. Tucker méritait d'être oublié. *Volontiers. Plus Jamais.*

Tucker n'était qu'un homme après tout, et la réalité ne pouvait pas égaler ses fantasmes. Un plouc dans une caravane ? De quarante-trois ans qui vivait seul ? Un perdant solitaire qui ne ressemblait à un gagnant qu'au milieu de nulle part, là où il n'avait aucune concurrence.

Patch déglutit tandis que cette idée s'enracinait dans la maison silencieuse. Qui le saurait et qui s'en soucierait ? Ne voulait-il pas prendre sa dose, distancer son passé et se débarrasser de ça ? Bientôt, il partirait et perdrait cette chance à tout jamais. Tucker n'avait pas besoin d'être au courant de cette toquade et Patch serait libre, avec une fabuleuse vie devant lui à un million de dollars la minute.

Il hocha la tête pour lui-même.

Colère et désir tourbillonnaient, le propulsant vers la porte d'entrée dans la nuit étoilée, se déplaçant suffisamment vite pour semer ses réserves.

Et POUR le troisième soir consécutif, Patch se faufila en direction de la caravane de Tucker comme un pervers en liberté conditionnelle.

Au lieu de s'aventurer sur le sentier, il coupa à travers les champs afin de ne pas être repéré. Tandis qu'il se frayait un chemin, des lucioles mouchetèrent l'obscurité, clignotant de cette façon qui le faisait toujours sourire et lui coupait le souffle. En sept ans, il n'avait aucune luciole.

Il se sentait aussi pathétique et ridicule qu'un voyeur, mais, ayant déjà eu un aperçu du corps de cet homme, qu'il soit damné s'il ne profitait pas de cette ultime chance de voir son fantasme de lycée en chair et en os à faible distance.

Enfant, il avait enfermé des lucioles dans de nombreux pots, sachant même qu'elles en mourraient. Leur douce lueur faiblissait et s'éteignait. Pourquoi les attraper ? Il le savait, mais ne pouvait s'en empêcher.

Et si espionner Tucker ressemblait à cela ? Peut-être qu'attraper ses fantasmes une fois pour toutes les tuerait. Ou le tuerait.

*Non.*

Au loin, le cheval somnolait près de la clôture et Patch put entendre un cri étouffé sur le côté de sa stalle, qui servait de poulaillers de fortune. Un van rouillé était posé sur des pneus à plat et à l'intérieur se trouvaient des rangées de boîtes et de poules pondeuses endormies. Voilà où Tucker obtenait ses œufs.

Posant prudemment les pieds et s'accrochant aux silhouettes indistinctes des pins, il laissa les ombres le dissimuler tandis qu'il esquivait les chaleureuses lueurs provenant des fenêtres et de la porte ouverte.

*Jackpot.*

Tucker était assis dans le fauteuil défraîchi que sa mère gardait dans sa salle de couture. Son fauteuil de réflexion, l'appelait-elle. Le tissu chenillé était à motif cachemire terne et le dossier était rempli de griffure de leur vieux chat tigré, Skeet.

Il était nu et à moins de trois mètres, le pantalon de Patch séparait leur érection.

Tucker Biggs devait être le plus bel homme qu'il ait vu en vingt-deux ans et sur les quatre continents. Ce torse large et plat sculpté par le travail manuel… ces avant-bras veinés et ces larges épaules… ces jambes puissantes et ce cul de toréro… cette profonde fossette au menton et le pétillement insolent de ses yeux. Son torse dur fléchissait sous la couche de chair supplémentaire due à la bière et à la graisse, chair qui adoucissait les angles ciselés dont Patch se souvenait chez son coach ou chez le cowboy qu'il avait été autrefois.

Et ce sexe. *Seigneur Dieu.*

L'épaisse hampe de Tucker était aussi large et brutale que Patch en avait rêvé, une canette de bière bélier avec un nœud retroussé trapu.

Tucker prenait son temps, tirant sur sa longueur, frottant le gland juteux avec une calme concentration, les paupières mi-closes. Depuis combien de temps jouait-il ? Son sexe était sombre et gonflé, ses bourses pressées à la base. Il devait se masturber depuis au moins une heure ou plus. Il n'était absolument pas pressé. Il avait tout le temps au monde pour jouer avec.

Cette vue paralysa Patch. D'une longueur ordinaire, mais bon sang qu'elle était *large*, sacrément large. Ce que les ouvriers agricoles auraient appelé une déchireuse de chatte certifiée. Une base évasée qui vous faisait crier sur le moment et que vous sentiez durant une semaine après.

Il se douta qu'il n'était pas circoncis, mais il ne pouvait pas en être certain, car elle était bien trop raide dans le poing de Tucker. De la peau supplémentaire à caresser, définitivement, et une couronne humide. Les testicules dodus en dessous étaient installés dans leur sac duveteux, rebondissant tandis que Tucker se masturbait paresseusement et fermait les yeux, minutieusement. Il renversa la tête vers le plafond. Un sourire distant jouait sur ses lèvres et sa langue darda pour goûter le coin de sa bouche.

Patch s'approcha de quelques centimètres de la fenêtre éclairée. Voler ce moment privé à son ancien ennemi juré le rendait nerveux, fier et prêt à exploser. Il jubila sur l'instant tordu qui l'avait amené à cet endroit ce soir.

Il n'avait jamais pris son temps, pour rien, mais pour la première fois, il comprenait : plus que quiconque, Tucker n'avait pas à se presser.

Patch déglutit tandis que la lumière se faisait en lui. Lorsque nul endroit ne vous appartenait, qu'aviez-vous d'autre à faire ? *Du calme.* Comment pourrait-ce être une perte de temps lorsque vous étiez si seul ?

À l'intérieur, Tucker semblait hypnotisé par la vue de sa propre érection, testant et goûtant son épaisseur de ses doigts émoussés. Tous les trois ou quatre coups, son index s'attardait juste en dessous du gland, caressant la peau tendue si légèrement que cela donna à Patch la chair de poule à distance. Ses bourses tressautaient dans leur sac dodu et duveteux.

Il s'était demandé ce qu'une personne pouvait faire ici toute la journée, à présent, il le savait. Elle développait la masturbation au rang d'art martial, jusqu'à devenir un ninja de la branlette. La circonférence de Tucker brillait, sombre, que ce soit à cause de la graisse ou du lent écoulement de la pointe. Ses bras d'acier étaient lisses et ses jambes tremblaient de la puissance contenue tandis qu'il vénérait sa propre chair.

*Proche.*

C'était de la masturbation à un tout autre niveau. L'autosatisfaction au rang de sport.

Tucker se caressait avec une patience qui semblait ralentir le temps et arrêter la lune, jusqu'à ce que la nuit glisse au-delà de son plaisir, comme la douce sève qui suintait de sa longueur. *Pas de précipitation.*

Sans se retourner, il plongea deux doigts dans quelque chose de blanc dans un pot sur la table basse, de la graisse ou du lubrifiant. Il referma la main et frotta la masse blanche dans la paume de son poing avant d'en enduire avec précaution son membre... toujours plus lentement, s'appliquant presque avec soin la graisse fraîche. Il s'interrompit et éloigna ses mains de son érection tendue.

*Bonté divine.*

Tucker frissonna, une lente ondulation qui ferma ses paupières et comprima sa poitrine un instant. Il pinça les lèvres, respirant par le nez, comme s'il portait quelque chose de lourd. Il laissa son érection danser devant lui tandis qu'il relevait une jambe sur le fauteuil. Même ses mouvements avaient une certaine langueur, comme s'il entrait en transe. Ses mâchoires étaient détendues et ses paupières lourdes.

Patch avait la respiration lourde et il le savait. Il ouvrit la bouche pour faire cesser le bruit. Son cœur battait à une cadence lente et sordide contre ses côtes. *Est-ce que Patch peut venir jouer ?*

Comme s'il en avait reçu l'ordre, il sortit son membre de son sous-vêtement, ses bourses écrasées par l'élastique. Il se pencha et cracha un filet de salive en guise de lubrifiant, l'étalant sommairement. Se masturber avec Tucker de cette façon ne se ferait qu'une fois dans une vie, mieux que tout ce qu'il aurait pu prévoir.

*Dépêche-toi.*

Patch secoua la tête à sa propre impatience. Il ne voulait pas que cela prenne fin si vite. Il voulait – il secoua à nouveau la tête et arrêta de se caresser de peur de venir trop rapidement. Quelle était cette hâte ? *Calme-toi, fiston.* Il faillit prononcer ces mots à voix haute.

À l'intérieur de la caravane, Tucker fit craquer son cou et offrit à sa chair trois brefs va-et-vient. Un sourire et il lécha sa lèvre supérieure d'un air absent tandis qu'il relâchait à nouveau sa hampe. Elle se dressa dans les airs comme un cobra, mais ne cracha pas.

Tucker retint son souffle et leva les mains, comme si un flic lui en avait donné l'ordre. Il fixa son épaisseur veinée un instant avant d'expirer grossièrement. Les yeux fermés, il inspira à nouveau, puis pivota son bassin vers l'avant, exposant la raie de sa croupe musclée, pâle et lisse, avec un soupçon de poils noirs en son centre.

Patch se lécha involontairement les lèvres et relâcha son membre, lui aussi, fasciné de désir.

Tucker taquina ses tétons de ses pouces indolents, puis sous ses bourses pour caresser le petit orifice rose caché.

Patch se rendit compte que sa poitrine s'élevait et s'abaissait en rythme avec celle de Tucker. Seigneur, ils respiraient ensemble. *Vas-y !*

Peut-être qu'il n'avait qu'à regarder et Tucker ferait tout le travail pour lui. Tucker jouait-il avec son cul ? *Vas-y, mec.*

Comme s'il avait entendu sa requête, Tucker inclina davantage son pelvis et plongea un doigt épais dans son cul. Tandis qu'il s'enfonçait, il grogna à la magie qui fonctionnait en lui.

Cette vue rendit Patch à la fois nerveux et excité. Il n'avait jamais laissé quiconque fouiner à l'intérieur de lui. Les trucs du cul semblaient compliqués et effrayants. « Trop étroit », leur disait-il et « Ma queue se sent bien, elle ». Cela lui paraissait bien trop terrifiant, trop personnel et trop permanent.

Tucker faisait aller et venir son gros doigt, dedans, dehors, aussi lentement qu'une broche. Son sexe sombre se tendait près de son avant-bras. Il savait définitivement ce qu'il faisait de ses larges mains.

Dans l'air moite à l'extérieur de la caravane, Patch tenta d'imaginer ce qu'elles pourraient lui faire.

La vérité, c'était qu'à New York il était paresseux au lit. Son physique lui permettait de s'en sortir et depuis quelque temps, il était heureux de lever le pied. Ses ex disaient de lui qu'il était arrogant, mais après des années à ramper et s'inquiéter, il avait gagné un peu de pratique. Pourtant, voir cette confiance brute chez un homme le frappait.

Un long souffle tremblant et Tucker sortit son doigt de son orifice, la respiration irrégulière. Ses mains planèrent dans les airs, les bras noués de muscles, et il déglutit et cligna des yeux, luttant contre quelque chose en lui.

Dans la gorge de Patch, son pouls picotait et un filet de sueur dégoulinait dans son dos. Il n'osait plus se toucher ou ce serait fini. *Calme-toi.*

Tucker se caressa le torse, le ventre, puis plus bas, tout sauf son épaisse hampe, retraçant la base et ses bourses, puis l'intérieur de ses cuisses avec une intensité somnolente. Il se lécha la lèvre inférieure et posa les yeux sur son membre.

*Pas de précipitation.* Patch hocha mollement la tête. *Pas de soucis.* En vivant dans cet endroit, que pouvait-il faire d'autre pour se divertir ? S'il était comme Tucker, il dirait à tout le monde d'aller se faire foutre et de vivre devant un miroir.

Tucker replongea ses doigts en lui progressivement. Son membre engorgé tressauta devant ses yeux, la couronne brillante et ferme. Le liquide séminal dégoulinait par terre comme au ralenti. Une fois. Deux fois. Un spasme secoua ses nerfs et resserra ses jambes robustes. À nouveau, il retint son souffle, se tendant contre la pression interne.

Patch se figea. Le souffle court, les genoux en gelée, il sentait son propre orgasme monter. *Aucun moyen, putain !* Ses bourses se comprimèrent en même temps que celles de Tucker.

Grimaçant, Tucker poussa une nouvelle fois en lui, avec deux doigts cette fois, tordant sa main. Un signe de tête, une brusque inspiration tandis que ses orteils se recroquevillaient. Son membre tressauta et se raidit. Un halètement, un sourire paresseux et ses yeux s'écarquillèrent à ce qu'il se passait.

*Ce que je ne donnerais pas...* Patch manqua de grogner d'une agressivité muette.

Tandis que Tucker se sondait, il commença à frotter les articulations de son autre main le long de sa hampe, va-et-vient lents de la base à la pointe. Une autre goutte. Ses mâchoires se crispèrent, ses quadriceps se durcirent, tout comme ses testicules.

*Il va... Nous allons...*

La grimace de Tucker se raffermit et il se raidit, avant de pousser un rugissement douloureux.

Patch retint son souffle tandis que Tucker perdait le contrôle. *Bam*, feu d'artifice mouillé.

— Merrrrrde.

Comme s'il luttait dans une bataille perdue d'avance, des spirales de sperme collant l'éclaboussèrent, frappant son visage, son torse, son nombril, son pubis. Ses cuisses se crispèrent, ses hanches basculèrent au *squeeze-squeeze-squeeze* tandis que le fluide visqueux jaillissait sur sa joue, son torse lourd et son chemin de plaisir.

Patch y était presque, lui-même. Il pompait frénétiquement sur sa raideur, tirant vite et fort, se pressant pour finir tout en fixant son fantasme en personne pour la dernière fois.

*Qu'est-ce que ce serait de l'embrasser ?*

À l'intérieur, Tucker haleta et s'installa avec un petit rire, son sperme coulant et bifurquant sur son torse tandis que son érection retombait d'un coup pour rouler sur sa cuisse noueuse. Un frisson secoua sa poitrine et sa tête vacilla.

Le voir atteindre le plaisir poussa Patch plus près du bord, plus près de son orgasme. Il se masturba assez vite pour que ça commence à piquer.

71

*Presque.* La couronne de son gland enfla sous ses doigts recourbés et ses bourses remontèrent pour rebondir. À tout instant, il allait...

— Patch, tu veux finir ici ?

Il se figea, la main enroulée autour de sa chair, et leva les yeux, son pouls frappant dans sa gorge. *Grillé.*

Un raclement de gorge. Des yeux brillants le fixant à travers la moustiquaire.

Son estomac se souleva et ses testicules se transformèrent en glaçons. Libérée de sa main, sa hampe baveuse se balançait dans l'obscurité. *Surpris.*

— Allez, viens.

Tucker ne fit aucun geste depuis le fauteuil, mais le fixait d'un regard froid et ennuyé à travers la moustiquaire tandis qu'il jouait dans le sperme qui séchait dans le creux de sa gorge.

— Soit tu fermes cette putain de porte, soit tu m'aides à nettoyer tout ça.

De toute évidence, Patch n'était pas aussi bien caché dans le noir qu'il l'avait présumé.

— Allez, sors de là, mon garçon, insista Tucker, ses doigts jouant dans la flaque de fluide qui coulait le long de ses abdos.

Patch secoua la tête et fit une grimace d'excuses. Son érection retomba. Il pouvait encore s'enfuir et bluffer jusqu'au bout.

— Comme tu veux. Mais vu la façon dont tu me regardais, un Kleenex me semble un gaspillage de tout ce bon sperme. Et tu as peut-être envie de jouir convenablement.

Un pas. Un autre. Patch s'avança jusqu'aux marches et la porte, sans ranger son sexe, avant d'avoir pu s'en empêcher. Sur le seuil, il s'arrêta jusqu'à ce qu'il obtienne un autre signe de tête en guise de permission, qui l'amena à l'intérieur, traversant le plancher grinçant de la caravane.

— C'est une perte de temps, si tu veux mon avis.

L'odeur musquée de fer et de sciure de bois était partout et son sexe ramolli reposait sur ses bourses.

Patch traversa le salon tamisé, droit vers sa ruine.

Tucker porta son pouce mouillé à ses lèvres, y suçant le sperme. Puis il le posa à nouveau dans la flaque et l'offrit à Patch.

— Tu as faim ?

Hypnotisé, impuissant, Patch tomba à genoux entre ses cuisses écartées. Ici, l'air semblait saumâtre et épais, comme un potage.

— C'est ce que je me disais.

Les doigts burinés de Tucker luisaient de fluide blanchâtre et chaud. Une goutte laiteuse courut le long de sa hanche comme une chandelle fondue.

Patch prit une profonde inspiration, puis une autre, suppliant silencieusement Tucker de mettre ses doigts dans sa bouche, afin de prendre la décision pour deux.

Tucker ne fit rien de tel. Ses yeux gris pailletés pétillaient et son index et son majeur se replièrent.

— À moins que tu n'en aies pas envie.

Sourire indolent.

En un seul mouvement, Patch secoua la tête, se pencha et prit les doigts de Tucker dans sa bouche, glissant sa langue entre les deux et les nettoyant du sperme. Une joie obscène envahit son corps, son sang tambourinant à ses oreilles.

— Bon garçon. Ça, c'est un bon garçon.

Tucker poussa ses gros doigts plus profondément, appuyant au fond de sa gorge d'une pression salée et écœurante.

— Suce tout.

Patch grogna, tendant la langue pour lécher la paume calleuse de Tucker, prenant plus de doigts dans sa bouche et goûtant leur douce saveur salée.

— Tu as une sacrée bouche, gamin.

Cette voix basse, graveleuse et traînante déchaîna quelque chose d'éperdu en lui. Le désir déferla en lui, aussi laid et glorieux qu'un ouragan. *Je ne devrais pas en avoir envie, mais c'est le cas.* Son accent, son odeur moite, son arrogante indifférence. Tucker appuyait sur des boutons qu'il tentait d'oublier. Tellement de penchants sans verser une goutte de sueur : hétéro, cowboy, coach, connard, papa. Son sexe s'épaissit inconfortablement, recroquevillé sur ses bourses jusqu'à ce qu'il tende la main pour le redresser.

Tucker hocha la tête et sourit, permettant à Patch de le vénérer avec sa salive. Au lieu d'enlever sa main, il pressa quatre doigts dans sa chaleur humide et caressa sa joue de son pouce.

— Regarde-toi. Si foutrement obscène, si beau. Bon garçon.

*Fais-le jurer.* Patch rougit et téta chaque doigt de cette grande main comme un veau et, tandis que Tucker baissait son autre main vers sa verge, Patch suivit le mouvement, reconnaissant de sucer son pouce. Puis, comme

73

s'il l'avait attendu toute sa vie, il posa les lèvres sur le méat du gland corpulent de Tucker, buvant le fluide à sa source.

— Humphhh, grogna-t-il en suçant, le grondement de Tucker fit écho au-dessus de lui.

Pourquoi les frimeurs de New York ne savaient-ils pas comment le diriger comme ça ? Et ressembler à cela ? Ce plaisir coupable et cupide semblait aussi doux que de trouver de l'argent, comme un gâteau d'anniversaire au petit-déjeuner.

Tucker glissa ses doigts libres dans les cheveux bouclés de Patch avec un petit rire rauque et obscène.

— Allez, maintenant, gamin.

Puis il releva son menton vers le sperme sur son ventre plat et ses hanches.

Patch obéit, pressant son visage dans le fluide chaud et léchant à grands coups. Sa respiration devint laborieuse tandis qu'il salivait et mordait légèrement les abdos saillants de Tucker. *Je suis affamé.*

De tous les enfoirés qui auraient pu appuyer sur son interrupteur, pourquoi cela devait-il être Tucker Biggs ?

— Putain, cette bouche ! s'exclama Tucker en basculant le bassin afin que Patch puisse renifler ses bourses.

Patch découvrit que Tucker était chatouilleux sur les flancs et qu'il aimait qu'on lui lèche les testicules. Son gland était trop sensible pour être sucé, peut-être parce qu'il avait déjà explosé. Patch goûta la face intérieure, léchant en petites touches qui faisaient sursauter et gémir l'homme mûr au-dessus de lui.

— Seigneur ! *Seigneur. Putain*, gamin. Oh !

Tucker se tordait et se cambrait sous sa bouche, mais le laissa le nettoyer comme un plat du dimanche. Ses cuisses étaient pâles à côté du bronzage de ses bras.

Ses poils frisés sentaient le sel et le propre. Même douce, la grosse veine de sa hampe restait spongieuse sous la langue de Patch.

Il effleura l'orifice de Tucker d'un doigt, sans forcer, mais le gardant alerte. Il appuya, goûta, lécha la couture jusqu'à la face intérieure de ses grosses bourses durant un moment parfait.

Brusque inspiration au-dessus de sa tête. Tucker montra les dents et ses yeux brillèrent d'une lueur folle.

— Doucement… doucement. Putain de merde !

Le périnée de Tucker ne s'était pas assoupli, ce qui signifiait qu'une autre érection, une autre jouissance, n'étaient pas hors de question.

Patch était aussi dur qu'un marteau. Il rongea et bava sur la face interne de la verge, taquinant l'endroit tendre sous le gland de la langue et des dents. De longs et lents coups de langue jusqu'à ce que le membre de Tucker s'agite, roule et commence à se raffermir. Il inspira l'odeur salée des touffes de poils noirs.

— Ahhh ! laissa échapper Tucker, comme un son étranglé du fond de sa gorge, puis il s'appuya sur les accoudoirs jusqu'à se soulever du fauteuil.

Son dos s'arqua et ses hanches se verrouillèrent.

— Attends, Patch. Donne-moi deux secondes. Ta putain de bouche va me tuer.

Il bougea les fesses de quelques centimètres. La jambe sur l'accoudoir trembla et se relâcha.

— Je vais m'évanouir.

*Voilà, plus comme ça.* Patch aimait l'idée de prendre les commandes du grand méchant Tucker en son pouvoir, criant et se tortillant. Pour une fois, il avait l'avantage, même s'il était à genoux.

— Doucement. Attends une seconde. Attends. Merde !

Patch l'ignora, sa langue remontant le long de son torse jusqu'à sa gorge, amenant leurs visages face à face. *Enfin mien.* À distance de baisers.

— Regarde-moi. Je suis trop vieux pour repartir aussi rapidement, fiston. Tu dois te souvenir…

*Fiston.*

Patch s'arrêta net. Les yeux écarquillés, il retomba sur les fesses et s'essuya brutalement la bouche, honteux et exposé.

— Putain, qu'est-ce que je fais ?

Il ne supporta pas d'entendre son accent s'élever. Le cœur glacé, le visage brûlant, il recula à tâtons.

Tucker planta les pieds au sol et se pencha en avant. Son gland retomba et heurta le fauteuil, y laissant une tache de sperme.

— Regarde-moi.

— Putain, mais qu'est-ce que *tu* fais ?

La pièce réapparut dans les abords de son champ de vision, le flou redevenant net. La porte de la caravane était toujours ouverte sur la nuit et les criquets grattaient tout autour d'eux. Patch sentait l'odeur de l'entrejambe et du sperme de Tucker partout sur lui – son visage, ses mains, ses cheveux. *Marqué.* Il avait pour toujours franchi une ligne.

75

— Oh mon Dieu ! Qu'est-ce que tu viens de me faire ?

— Ce que *j'ai* fait ? Attends, Patch.

Tucker ressemblait à nouveau à un coach, sévère et ferme. Cette voix dont il se servait pour que les gosses pourris du lycée lui prêtent attention.

— Ça ne marche pas comme ça.

— Comment alors ?

Son érection ramollit. C'était mal de tellement de manières. Le cœur battant à mille pulsations minute, Patch se releva sur un genou, puis deux, et recula jusqu'à la porte d'entrée, repoussant son membre dans son pantalon. Son père le tuerait s'il… *Papa est mort.* Le chagrin et la nausée coururent dans ses veines comme de l'acide glacé.

— Nous sommes seuls ici. Arrête, mon garçon.

À nouveau cette voix sévère.

— Je ne suis pas ton *garçon*, s'écria Patch en tremblant. Seigneur. Tu es le meilleur ami de mon père.

C'était une chose que de désirer le tombeur local, c'en était une autre de le sucer cinq jours avant les funérailles. L'espace d'un horrible moment, il sentit le coin de ses yeux le piquer de larmes.

Avant que Tucker puisse à nouveau utiliser sa voix d'entraîneur pour lui clouer les pieds sur place, il s'enfuit, dévalant les marches, souhaitant avoir été commandé. Ses mains visqueuses tremblaient.

La voix d'Alpha irritée de Tucker retentit derrière lui.

— Patch, ne sois pas lâche.

*Trop tard.*

— Patrick.

Sans chercher à entrer dans la lumière ni se retourner vers la caravane, il courut à l'aveuglette sur le chemin de gravier, à toute vitesse en direction de la maison de ses parents, tentant d'ignorer la douce brûlure de Tucker dans sa bouche et dans sa gorge.

# IV

PATCH NE dormit pas.

Oh, il resta étendu en jean et chaussettes à fixer le plafond. Puis il arpenta la maison morne et contempla la cour illuminée par la lune. Il alla pisser, but un peu d'eau, puis retourna pisser. Mais le sommeil restait hors de portée, à Manhattan, peut-être.

À la place, il avait le grognement de Tucker, l'odeur musquée de Tucker, la fragrance épicée de Tucker et la chaleur de Tucker Biggs sur ses mains, sur son ventre, sur sa peau. Il avait beau vouloir s'en débarrasser, il ne s'était pas lavé pour autant, de peur qu'elle lui manque lorsqu'elle aurait disparu. Il ne pouvait pas se masturber de peur que cet acte de délicieuse trahison auto-destructrice revienne le hanter. Pourquoi Tucker l'avait-il invité à entrer ? Il se réprimanda de se complaire dans ce souvenir et maudit son érection qui refusait de capituler. Au lieu de cela, il fixa le vide obscur.

Que faisiez-vous lorsque votre obsession vous donnait le feu vert ?

*S'enfuir.*

À l'aube, lorsque l'horizon commença à pâlir et que la rosée devint suffisamment lourde pour laisser des traces d'escargot sur les fenêtres, il renonça et se leva pour de bon. S'il ne pouvait pas rester immobile et sain d'esprit, autant qu'il s'échappe rapidement et ramène ses fesses à NY aussi vite que possible.

Alors, il fit des cartons.

La pièce de couture de sa mère semblait assez sûre et peu glamour dans tous les sens du terme. Il y traîna un tas de cartons pliés et commença à les remplir pour les œuvres de charité. L'une des écoles locales, ou peut-être un abri voudrait de ce matériel de travaux manuels. Au milieu de nulle part, les gens intelligents avaient besoin de ces passe-temps abrutissants pour s'empêcher de grimper aux murs.

Aux environs de dix heures, un bruit de pneus sur le gravier le figea, les bras pleins de bobines de fil acrylique.

L'espace d'un horrible et heureux instant, il pensa que c'était Tucker. *Nausée. Culpabilité. Désir. Espoir. Panique.* Et dans cet ordre !

77

Se planquant derrière les rideaux, il aperçut un vieux pick-up usé qu'il n'avait jamais vu avant et un homme qu'il avait croisé de trop nombreuses fois.

Avant même que le véhicule ait fini de se garer, Patch se rua vers le côté conducteur.

— Pasteur Snell.

La vitre descendit et un visage aux joues flasques lui adressa un sourire sombre.

— Patrick. Bonjour.

Snell, un vantard suralimenté à peu près aussi vif d'esprit qu'une purée de pommes de terre. Il libérait le souffre dans ses sermons et se comportait comme s'il *connaissait* le péché, de près, pourtant Patch n'avait jamais réussi à le surprendre le pantalon baissé.

Pas faute d'avoir essayé.

— Merci d'être venu.

Patch l'avait toujours soupçonné de l'ostraciser par principe – pédé de la ville et autres –, mais peut-être l'avait-il mal jugé, peut-être n'était-il qu'un puritain grimaçant sans autres arrière-pensées.

Snell serra son volant.

— Cette Mme Landry s'est occupée de tout la semaine dernière et elle a appelé hier en disant que tu étais revenu.

— Le fils prodigue.

— Non ! Ta mère, paix à son âme, m'a dit que tu accomplissais de grandes choses dans le nord.

Il cligna tristement des yeux, comme si Patch était un réfugié de zone de guerre glamour.

— Photographie, disait-elle. Et quelque chose à propos de la musique.

— Euh… quelque chose comme ça, oui.

Patch sourit malgré lui et essuya ses mains sur son tee-shirt.

— Écoutez, je vous aurais bien offert quelque chose, mais la maison…

Snell pinça les lèvres.

— Non merci, Patch. Je suis venu présenter mes respects. Voir s'il y avait quoi que ce soit…

— Non, monsieur.

Imaginez si cet olibrius moralisateur avait espionné les cochonneries qui s'étaient passées dans la caravane la veille. Patch tenta de faire passer son sourire pour de la gratitude.

— Mme Laundry sait ce qu'ils voulaient. Avec le service.

— Il semblerait.

Hochement de tête d'un air absent. Snell regarda la maison et le jardin.

— Ils étaient si fiers de ce que tu faisais dans la grande ville. Tes parents, je veux dire. Tu as toujours été un bon garçon.

Patch cilla.

— Ça, je ne sais pas, Pasteur.

Il pouvait toujours sentir l'odeur de Tucker partout sur lui.

— Eh bien, je le sais. Je ne te retiens pas plus longtemps. Je te vois lundi.

Aux funérailles, voulait-il dire.

Muet, Patch hocha la tête, mais ne lui fit pas signe de la main.

Avant qu'il ne puisse y réfléchir, il accrocha une remorque à la voiture de location et chargea des meubles pour le magasin caritatif de Kountze. Il allait dormir par terre à partir de maintenant, mais finalement, il commençait à voir certains progrès. *À faire, à faire, fait.*

Quand il eut déposé les canapés et le buffet, la répétitivité et la frustration avaient érodé l'érotisme persistant. Il avait *à peu près* oublié sa prise de bec avec Tucker. Peut-être que lui aussi.

Avant que le jour s'esquive, il appela Mme Laundry. Elle avait pris contact avec Texaco et, mieux encore, elle avait sondé quelques courtiers de Houston et de Nacogdoches. Une riche famille nommée Killinger voulait jeter un œil, ainsi qu'un couple de fermiers et peut-être une compagnie laitière, s'ils parvenaient à obtenir une dérogation. Il serait plus facile de vendre à la population locale qu'à une grande compagnie pétrolière. Pour accélérer la vente, il lui demanda de baisser le prix et lui donna une marge de manœuvre pour rogner les coûts. *Plus tôt ce serait fait, plus tôt ce serait gagné.* Super, merci, au revoir.

Il se remit au travail avec un second souffle. Mis à part les meubles, il avait empilé le contenu de la pièce de couture dans une vingtaine de cartons contre le mur côté sud. Il s'arrêta pour manger des Pop-tarts froids et boire cul sec trois tasses d'eau tiède. Son gang de Manhattan en serait horrifié, mais *c'était nécessaire.*

Afin de sceller l'affaire, il finit par utiliser le lavabo du cellier pour frotter l'odeur riche et piquante de Tucker Biggs de ses mains et de son visage. Il alla dans sa chambre pour se débarrasser de son jean puant et remettre des fringues propres qu'il n'avait pas portées depuis le lycée. Il attacha ses boucles noires en une queue de cheval lâche.

Il ignora sa raideur piégée dans son sous-vêtement trop petit. Oubliée, la plupart du temps.

Il assembla des cartons, essayant de les remplir sans trop réfléchir, mais démanteler la chambre de ses parents lui prit encore plus longtemps. Le mur de photos qui le fixait depuis le couloir lui donnait un sentiment de tristesse, de nausée.

Lui, en porteur d'alliance à cinq ans. Lui, plus vieux et riant devant son gâteau d'anniversaire fait maison. Lui, à son premier rodéo de Sour Lake. Lui, bronzé, creusant des trous pour des poteaux avec les enfants Humphrey. Lui, à genoux dans la boue après un ouragan. Lui, en tenue de football. Lui, partout, des conneries, partout. Il était sur chaque photo, mais la vie qu'elles décrivaient semblait appartenir à un autre petit garçon.

*Les objets en miroir ont l'air plus proches qu'ils n'y paraissent.*

Comment avait-il pu oublier tant de pans de sa vie ? Hixville avait été bonne pour lui de temps à autre, seulement, il y était un peu à l'étroit.

Le plus étrange était que sur chaque photo, le sourire charmeur qui lui apportait autant de travail dans le mannequinat se développait lentement, tandis qu'il le pratiquait : c'était un mensonge d'un bout à l'autre, mais il l'avait protégé du pire.

Le mur ne lui montrait pas les insultes des enfants, quand il se flétrissait lentement sur les bancs de l'église, sa mise au ban comme remplaçant brutalisé, sa collection de coquarts au lycée, ses années à se languir sur les ploucs sexy qui les distribuaient, les bagarres sans fin avec le vieil homme. Tentant de vivre, désirant mourir.

Ces photos provenaient d'une autre vie, l'idée de sa mère d'un foyer, du paradis, avec les éraflures effacées.

Seulement ce sourire parfait et entraîné n'était qu'un tour de magie du petit Patch. Faute de mieux, la maison lui avait appris à raconter un mensonge avec son visage. *Une compétence au quotidien.* Lorsqu'il avait déménagé à New York, ce sourire avait mis de la nourriture sur la table, jusqu'à ce que cesse la perpétuelle sensation de faim. *Une compétence au quotidien.*

Patch ramassa une pile de cartons pliés et les apporta dans la cuisine. Les souvenirs emmêlaient ses jambes et rendaient sa prise tremblante, mais il n'avait pas de temps à perdre. S'il finissait rapidement, il pourrait transporter un chargement de vaisselle et de bibelots aux bonnes œuvres avant la fin de la journée. Après avoir déplié et scotché plusieurs cartons, il s'attaqua aux placards : casseroles et petit électroménager posés sur la table avant de les trier.

Refermant le troisième carton de vaisselle, il perçut une odeur de métal gras et porta la main à son visage pour la renifler. Il ne savait pas si l'odeur musquée était réelle ou un souvenir radioactif.

Il aurait aimé sucer le reste de sperme sur ses doigts et regrettait de s'être faufilé pour espionner Tucker en premier lieu. La vue et le goût étaient marqués au fer rouge dans son esprit.

— Humph.

Juste comme ça, son stupide sexe se dressa pour dire bonjour à la pensée de M. Biggs. Il se renfrogna, agacé par son caractère auto-destructeur. À vingt-deux ans, il était peut-être adulte, mais son consentement éclairé ne domptait pas ses pulsions animales. *Embarrassant.* Tout ce porno répugnant en 2D qui appuyait sur tous ses boutons : le cowboy chevauche le sexe de papa. Le fantasme fait chair, la chair rend idiot.

*Marque-moi, prends-moi, brise-moi.*

Il fronça les sourcils. Il était avisé. Seigneur, il avait été éduqué par l'homme lui-même durant plus de douze affreuses années.

Regardant fixement la grange, il évoqua le souvenir de Tucker le ramenant à la maison après un match pluvieux en deuxième année. Patch était trempé, cependant Tucker lui avait prêté un tee-shirt informe qui empestait le tabac à pipe et la sueur propre d'avoir été porté.

C'était dans ces moments-là qu'il oubliait que Tucker le détestait, que ce sentiment était partagé. Pas que du négatif.

Excité et silencieux, Patch était resté assis dans ce tee-shirt emprunté près de Tucker, qui tambourinait sur le volant éraflé en rythme avec Reba McEntire. Tandis qu'il se garait dans l'allée, Tucker avait posé la main sur sa cuisse, manquant de peu son érection. Patch avait failli tomber de la voiture, marmonnant des remerciements tout en courant sous la pluie. Tucker avait klaxonné un au revoir.

Il l'avait oublié jusqu'à cette seconde.

Tentant de garder le souvenir du siège avant oppressant, de la voix rauque de Tucker et de sa main veinée serrant sa cuisse une fois, deux fois, Patch s'était rué à l'intérieur et s'était branlé dès qu'il l'avait pu dans la grange, éclaboussant deux fois son torse et laissant deux orgasmes sécher sur sa poitrine le reste de la nuit.

Qu'avait-il perdu d'autre de vue depuis qu'il était parti ? À vingt-deux ans, il était plus intelligent, non ? Il avait mieux à faire que de gâcher son sperme pour un connard paresseux qui pouvait le rouler.

Patch cligna des yeux. Plus vieux et plus avisé n'étaient pas assez, apparemment, pas à quinze heures le jeudi avec Tucker sur le terrain, prêt à l'attendre pour lui céder.

Reniflant à nouveau ses doigts, tout ce qu'il détecta fut l'odeur du savon, *99,44 pour cent pur*, même s'il se sentait encore 99,44 pour cent sale. *Texas rustre.*

Hixville était un piège empoisonné. Il devait plier bagage et reprendre sa vraie vie à New York, très loin des choses qu'il ne pouvait pas, et ne devait pas, avoir.

Il referma le quatrième carton de vaisselle et l'entassa contre le mur avec ceux d'électroménager et de couverts. Il avait besoin d'oxygène et de lumière. Et peut-être de se rincer et de s'asseoir pour sécher au soleil.

L'idée de prendre une douche avec une eau à même température que le sang le fit frémir. Il était peut-être guindé, mais il avait mérité une pause. Il puait et des traînées de poussière, et pire encore, collaient sur sa peau moite, son tee-shirt et son short.

Il sortit de la maison, escalada la clôture arrière et coupa vers l'est, à travers le bosquet d'arbres qui longeait une partie de la propriété des voisins. Le sentier, envahi par la végétation, serpentait à travers les mûriers et les pins où un petit ruisseau menait à des arbres que son père avait plantés comme brise-vent. Il s'enfonça dans le petit chemin broussailleux, se servant du fil de l'eau pour guider ses pas.

Sans surprise, il se souvenait bien de ce chemin. À un endroit, le sol s'élevait sur une petite clairière parsemée de pierres tombales vieilles de plus d'une centaine d'années et de hêtres. Étant gosse, ce petit cimetière avait été son lieu de réflexion. Même alors, l'ambroisie et le kudzu étouffaient la plupart des points d'accès, l'entourant d'un mur vert poussiéreux.

Ici, l'air était toujours frais, calme et silencieux. Personne à part lui ne venait là.

S'y trouvaient seize tombes en pierre grêlée, les détails usés et plats. Neuf étaient encore debout dans les touffes d'herbe. Certains repères étaient des pierres plates posées directement sur le sol et dissimulées par les mauvaises herbes. Mais sa préférée était la statue d'un ange perché, ses ailes recroquevillées comme des parenthèses autour de sa tête baissée et de ses mains jointes. Probablement un enfant il y a bien longtemps, avait dit son père.

En première année, après l'arrivée de Tucker avec sa caravane et la découverte de l'étang, Patch revenait ici pour boire une bière et une masturbation. Au début, il s'était senti coupable, mais il avait rationalisé, se disant que toute personne enterrée ici devait tellement s'ennuyer qu'elle apprécierait le spectacle. De toute la ferme, c'était *son* endroit.

Mais maintenant, s'asseoir parmi les tombes pour se rafraîchir lui semblait morbide. Il voulait se mouiller et se laver, alors au lieu de s'arrêter, il suivit le sentier qui descendait vers un étang en demi-cercle, en forme de cruche folle, ombragée par des feuilles à sa poignée.

Personne ne le saurait, et il se sentirait bien mieux après s'être rincé proprement et avoir pris l'air. Il se tourna vers les arbres bruissant. Rien. Il pivota en direction de la maison et de la route à plusieurs mètres de là. Silence. Les arbres et une clôture en fer barbelé contenaient le bétail. Personne ne se souvenait de ce petit étang caché dans le fond.

Une brise insipide charriait l'odeur de raisin sucré du kudzu, ce qui lui fit penser à sa mère, lorsqu'elle faisait de la gelée quand il était gamin : des rangées et des rangées de pots roses et chauds chaque été.

Le *plop* d'un poisson lui fit tourner la tête.

Avant qu'il ne puisse changer d'avis, il se débarrassa de ses baskets, de son short crasseux et de son tee-shirt collant. La lumière du soleil lui brûla la peau jusqu'à ce qu'il s'immerge et plonge avant de nager vers l'autre côté de la rive à vingt mètres de là.

*Le côté de Tucker.*

À l'origine, personne ne vivait sur cette parcelle à l'ouest de la propriété. Son père avait laissé les arbres et le kudzu, car ils fournissaient un brise-vent en saison d'ouragans et les cachaient de la route. Patch y venait nager chaque jour après ses corvées.

C'était son autre refuge. Évidemment, Tucker pensait la même chose dorénavant, car une multitude d'empreintes de bottes et de pieds nus se dévoilaient à l'extrémité nord de l'étang, sous un cyprès chauve. La caravane se dressait à environ deux cent cinquante mètres de là.

Patch se frotta la peau de ses mains mouillées sous l'eau. *J'aurais dû apporter du savon.* Peu importe. La fraîcheur était ce dont il avait besoin, et aussi d'une pause loin de la maison et de ces maudites photos. De plus, son endroit favori sur la ferme se cachait à une courte marche dans les arbres.

Dix ans plus tôt, Tucker vivait encore à Kountze et le torturait devant l'équipe junior. Ce connard n'avait emménagé dans la caravane que durant sa première année. Et Patch n'y venait que lorsqu'il était certain que son père et Tucker étaient autre part.

Sur le gros rocher près du centre, il se redressa et essora l'eau de ses cheveux ondulés. Il eut le souvenir de son père le stabilisant sur un cheval, enfant. *Je suis stable maintenant.* Le soleil avait un goût de paradis à travers ses paupières closes. Il se retourna et replongea.

Même à cette profondeur, l'eau ne lui arrivait qu'au torse et il n'avait jamais mangé de carpes comme celles qui se trouvaient là. Le fond était fait de roche brisée d'un côté et de boue fraîche de l'autre.

Patch avait appris à se masturber contre ces rochers plats, à siffler des bières, et fumer les deux seules cigarettes de sa vie. En deuxième année, il s'était tripoté avec ses coéquipiers sur la rive, car c'était privé et navigable dans l'obscurité. Contre cet arbre, il avait embrassé sa première fille (*beurk*) et sucé son premier garçon (*ouais !*).

— Bonjour.

Patch se raidit et se redressa, pivotant pour faire face au ton rocailleux avec un nœud glacé dans les entrailles.

Tucker se tenait sur la rive opposée, en salopette et chapeau de travail en paille. Ses bras musclés semblaient bronzés et graisseux sous son tee-shirt blanc.

— J'imagine que nous avons eu la même idée, dit-il en regardant le ciel, puis l'eau. Il fait aussi chaud que dans un bordel un soir de portes ouvertes.

Il déplaça son poids, mais ne s'approcha pas.

Une image de Tucker, nu dans le fauteuil, son regard brillant rivé sur lui, le goût de son sperme les clouant tous les deux sur place… Patch cligna des yeux pour la chasser, très conscient de sa peau nue et mouillée et de la distance entre eux. Il n'approcha pas du rivage caillouteux.

Ils se dévisageaient. *Un Mississippi, deux Mississippi, trois…*

— Donc… euh…

Tucker enleva son chapeau d'une main et s'essuya le front et la bouche de l'autre.

— On discute ?

Patch fronça les sourcils, piégé par sa nudité et par l'eau.

— Je veux dire, devons-nous parler de ce qui s'est passé ? se reprit Tucker en s'accroupissant au bord de l'eau, ses bottes s'enfonçant dans la boue.

Personne n'avait le droit d'être aussi beau.

— Hier soir. Ou vas-tu à nouveau t'enfuir ?

Il prononça le mot *s'enfuir* comme un gros mot, dépeignant Patch comme un lâche pour avoir eu un peu de bon sens.

Par habitude, Patch allait lui répondre d'un ton sec, mais il se ravisa.

— Non.

— Comment vas-tu aujourd'hui ?

Tucker semblait effectivement poser une question légitime.

— Mieux ?

Patch haussa les épaules.

— Je suppose. Oui.

Exposé et immobile, il laissa le regard de Tucker errer sur lui dans l'eau. Ce qui s'était passé entre eux la nuit précédente ne s'était pas évanoui à la lumière du jour.

Tucker semblait détendu, prudent.

Patch déglutit, sa verge s'étoffant sous l'eau.

— Je n'aurais pas dû faire ça.

— Ça, quoi ? demanda Tucker en plissant les yeux et croisant les bras. Venir me rendre visite ? Te masturber sur le côté de ma caravane ? Avaler mon sperme ?

— Rien. Tout.

Sachant que c'était une erreur, qu'il le regretterait certainement, il s'avança vers la seule personne qu'il n'aurait pas dû désirer. Il bougea comme il l'aurait fait lors d'une séance photo, baisant la lentille imaginaire de sa présence, exigeant une réaction.

Tucker le scruta avec méfiance, toujours sous les arbres, sa salopette maintenue par une seule bretelle.

— J'imagine que nous devons…

Un sourire en coin recourba sa bouche.

— … parler.

Plus Patch s'approchait de la rive, plus son torse se dévoilait : ses tétons, son nombril et, petit à petit, le chemin sombre vers son pubis. Son sexe s'épaissit et tressauta sous l'eau qui ondulait autour de sa taille tandis qu'il avançait. À présent, son corps était propre, mais ses pensées étaient tout autre.

Tucker le fixait, comme hypnotisé. Il essuya le bas de son visage, de sa lèvre à son menton, et déglutit. Il était en sueur maintenant. Était-ce une érection dans sa salopette ?

Patch marchait au ralenti, remuant l'eau calme de l'étang comme s'il était somnambule. Il ne devrait pas en avoir autant envie, mais il s'en fichait. Conscient de l'image qu'il offrait, il lui adressa un sourire immoral, juste pour l'effet.

Les yeux écarquillés, Tucker fit un pas en arrière.

— OK, d'accord. D'accord.

— Tu as peur de moi, maintenant ?

Patch s'arrêta un pas avant que son érection ne brise la surface. Tucker paraissait avoir pris racine sur la rive.

— Ou bien veux-tu venir nager avec moi ?

— Non, ça va, répondit Tucker en déglutissant et dardant sa langue pour goûter ses lèvres.

Il ne semblait pas pouvoir regarder Patch dans les yeux.

— Ça va. Tu vois.

Ses mains se contractaient et se détendaient près de ses poches.

Alors Patch fit ce pas qui amena son sexe hors de l'eau et qui le fit dégouliner entre eux. C'était bien trop amusant de regarder ce grand cowboy se tortiller. Il était venu chercher les ennuis ; Patch était heureux de lui en donner.

Sur la berge ombragée, Tucker se balança sur ses talons et déplaça son chapeau de paille pour couvrir la bosse sous sa salopette.

Patch n'arrivait pas à détourner les yeux. Un autre pas. La boue fraîche aspirait ses orteils dans l'eau qui coulait de sa peau à chaque pas qu'il ne devrait pas faire.

Comment en était-il arrivé là ? Nu dans la ferme familiale, de l'eau stagnante jusqu'à mi-cuisses, marchant en direction d'un piège à ours. New York et toutes ces conneries fantaisistes semblaient être de l'autre côté du monde. La brise chaude se glissait à travers les arbres au-dessus de sa tête ; les roseaux sifflaient et les chênes chuchotaient au-dessus d'eux.

À présent, Tucker attendait, méfiant, ce laissé pour compte sexy et feignant qui n'avait toujours désiré que l'effrayer. Ils avaient tous les deux mûri. Désormais, ils se tenaient à quelques mètres de distance avec un désastre bouillonnant entre eux.

— Hum.

Le grondement rauque et sexy de Tucker lui fit croiser ses yeux. Il devait être venu ici délibérément, non ?

— Tu es tout propre.

Patch hocha la tête, subjugué par le désir. Son sexe était dur comme du fer, pointant là où il ne devrait pas, comme une mauvaise boussole, mais Tucker ne baissait pas les yeux, ne voulait pas baisser les yeux. Patch s'étira et essuya l'eau sur sa hanche.

— J'ai oublié d'apporter une serviette.

— Le soleil va se charger de toi, répondit Tucker en s'essuyant le front et croisant les bras.

Une autre brise lourde charria l'odeur sucrée du kudzu. L'étang s'agita derrière lui. S'il voulait que quelque chose se produise, il allait devoir agir. Un autre pas. À présent, son érection était réellement à portée de main.

— Ça fait du bien de se rafraîchir. J'étais stressé, tu sais ?

À cela, Tucker fit correspondre son sourire sournois et ses yeux gris étincelants.

— Je veux bien te croire. Parfois, tu as juste besoin d'un peu de soulagement. Là où personne ne viendra t'emmerder.

Patch vacilla, mais ne s'aventura pas plus près. Il jeta un coup d'œil en direction de la route.

Tucker suivit son regard et décroisa les bras.

— Ne t'inquiète pas, gamin.

Patch s'arrêta, les yeux baissés sur la poussière.

— Personne ne vient par ici.

Avec un pli froid dans le cœur, Patch sut que Tucker avait emmené d'autres mecs aussi pour fricoter, peut-être même lorsque ses parents vivaient encore au bout du chemin. Il n'examina pas cette pensée de trop près, mais l'image dégradait son fantasme du papa cowboy sexy. Il n'était qu'une encoche sur un poteau, un scalp collecté. *Évidemment.* Tucker se servait de tout le monde.

Là encore, qu'est-ce que ça pouvait lui faire ? Il ne resterait pas coincé dans cet endroit. Il n'aurait plus l'opportunité de regarder son béguin de lycée s'avilir dans la boue. Il baiserait Tucker avant que celui-ci ne lui fasse les honneurs. Ce n'était que justice.

*Pourtant, ça craint.*

En quoi cela serait-il important ? Deux adultes consentants avec du temps à tuer. Peut-être que de cette façon, ils ne se sauteraient pas à la gorge et qu'il pourrait se débarrasser de la ferme à temps pour bâtir *Vélocité.*

Il tendit la main vers son caleçon, ignorant Tucker aussi longtemps que possible.

— Non, l'arrêta Tucker en secouant lentement la tête.

— Quoi ?

Les mots suivants lui provinrent comme une menace sexy :

— Patch, tu remets encore une fois ce short, je ne pourrais pas être tenu pour responsable.

— Short ?

— À moins que tu veuilles que je me mette à genoux et que je te mange dans la main.

Il tendit la main et la posa sur la fesse de Patch, prudemment, respectueusement, comme s'il craignait qu'il déguerpisse.

*Comme si j'étais un cheval sauvage.*

Patch retint son souffle et toute son attention se concentra sur ce contact, l'ajustement parfait de ces quatre doigts épais sur sa hanche humide et ce pouce taquinant le haut de sa raie, à la perfection.

Le vent bruissa à nouveau dans les feuilles et agita la surface de l'eau.

— Tout ce qui mérite d'être fait, mérite d'être bien fait, dit Tucker en relevant les yeux. Le sexe est supposé prendre du temps. Plus c'est long, plus c'est bon. Non ? Tu n'as pas à le faire à toute vitesse.

Patch cligna des yeux, conscient du bourdonnement à ses oreilles et de l'espace étroit entre eux.

— Me masturber, tu veux dire ?

— Bon sang, je me masturbe deux ou trois heures par soir, quand je le peux. Je joue, je fais durer. Et quand j'explose… waouh.

Un sourire au ralenti.

— J'ai toujours pris mon temps.

— Sans blague, répondit Patch en baissant les yeux.

— C'est ça les copains. Ils donnent un coup de main. Les amis proches.

Le ton de Tucker était désinvolte, mais l'une de ses mains pétrissait la bosse contre sa cuisse.

Patch se balançait, incertain.

Tucker lui caressa la nuque.

— Moi ? J'aime retarder. Pomper le taureau. Arriver au point de non-retour encore et encore jusqu'à perdre la tête.

Patch regarda son érection cogner contre le renflement dans la salopette.

— C'est ce que tu faisais ?

*Quand je t'espionnais*, voulait-il dire.

— Tu ne l'as jamais fait ? Frôler l'orgasme ? demanda Tucker en plissant les yeux et penchant la tête sur le côté. Laisser quelqu'un te masturber ? Tu devrais.

Il hocha la tête, muet. Sa chair tressauta.

— Oui, non. Eh bien, pas comme… Non.

Tucker baissa la voix, s'approchant :

— Alors, oui. Tu as besoin d'aide.

Patch déglutit et tint sa position.

Tucker le dévisagea.

— Je ne veux pas dire seul. Je veux dire avec un ami. Jouer autant que tu peux.

Juste comme ça, sa main rude et massive empoigna sa hampe tendue. Sans le masturber, simplement pour apprendre sa longueur et la soupeser.

— Non, répondit Patch en déglutissant. Je ne pense pas… je n'ai pas d'amis comme ça.

Tucker se rapprocha.

— Eh bien, gamin…

L'espace d'un instant, il parut sur le point de l'embrasser, se balançant légèrement, mais au lieu de ça, il s'attarda, respirant profondément, l'air chaud et doux flottant entre eux.

— Maintenant, tu en as un.

Paralysé, Patch hocha la tête. Ce n'était plus l'entraîneur, le suceur de queues, le cowboy, le pédé, le papa, le connard. Tucker flirtait avec lui comme un *homme*, comme s'il devait se passer quelque chose entre eux tant qu'ils en avaient l'occasion.

Tucker le fit pivoter face à l'eau, pressant sa dureté piégée sous le tissu contre son dos humide.

Patch s'affaissa contre la salopette. S'ils étaient encore face à face, ils seraient à distance de baisers, mais, Dieu merci, ils ne l'étaient pas. Cette grande main le caressait avec expertise, avec patience. Il gémit.

— Je te tiens.

Tucker semblait diablement fier de lui, mais lorsque Patch passa la main derrière lui pour tâter la bosse dans son pantalon, il émit un bruit désapprobateur.

— Pas encore. Je te tiens.

— Je dois… je ne peux pas…

Ses jambes tremblaient et il laissa échapper un soupir.

— Tout va bien. Tu es beau.

Tucker se pencha et lui mordit la fesse.

— Hey ! s'écria Patch en tournant la tête. Tucker.

Grand sourire et Tucker plissa les yeux vers lui.

— Je ne suis pas inquiet au sujet de la boue. Je te tiens. Laisse-moi t'aider.

Patch s'étrangla et hocha la tête, lui donnant une permission que son sexe lui avait déjà accordée. *Puisque tu le demandes si gentiment.* Les doigts grossiers palpèrent toute sa longueur en un va-et-vient constant et comprimant, encore et encore. Patch ouvrit la bouche et ses mains se tordirent, impuissantes.

L'étang étincelait, renvoyant les rayons du soleil vers le ciel. Les chênes bougeaient au-dessus de sa tête, mais la lumière ne les trouvait pas sous le sifflement des branches.

Le regard affamé de Tucker pétillait, mais ne descendait jamais au-dessous de sa taille. Luxure, solitude, et rien de plus. Son gros poing travaillait sans pitié, avec puissance autour de sa verge.

Cette main dure connaissait son affaire. Une pression parfaite, forte et douce à la fois, tandis que Tucker le caressait avec toute la patience du monde.

Il y avait quelque chose chez Tucker qui le servait sans se déshabiller, le gardien maussade agenouillé dans la boue pour lui donner du plaisir sans se presser. Tucker passa la main derrière le genou de Patch et tira, tentant de le faire tomber dans la boue au bord de l'étang.

— Baisse-toi.

La main qui le caressait l'allumait et le masturbait à un rythme facile.

— Putain de merde !

La mâchoire de Patch tremblait. Ce ne devrait pas être si bon d'être malmené et masturbé par quelqu'un de deux fois son âge qui le détestait. Le plaisir le paralysait.

Pourquoi les gars de New York n'avaient-ils pas une telle prise ? Pourquoi ne sentaient-ils pas les pièces de tracteur et la sciure fraîche ? Comment diable Tucker savait-il exactement quelle vitesse et quelle fermeté lui soutireraient plus de plaisir ?

— Baisse-toi près de moi.

À genoux, Tucker lui fit signe d'un regard.

— Laisse-moi te donner un coup de main.

90

Patch obéit, s'agenouillant dans la boue. Il se pencha, Tucker également, et ils furent pressés l'un contre l'autre dans un angle ajusté. Avec un grognement, Patch poussa délibérément sa hampe entre les doigts légers de Tucker.

—Oui ? Comme ça ? Quelqu'un devrait s'occuper de toi régulièrement.

La bouche mal rasée de Tucker frôlait son oreille et ses murmures étaient bas et urgents.

— Tu dois être branlé comme une horloge par quelqu'un qui sait ce qu'il fait.

Tucker savait définitivement ce qu'il faisait, repoussant paresseusement la peau, ce qui rendait son excitation encore plus urgente.

Son autre main se posa sur le visage de Patch et son pouce épais se fraya un chemin entre ses lèvres. Sans réfléchir, Patch le suça un moment avant qu'il lui échappe et aille rejoindre l'autre main qui le rendait fou. La pulpe humide du pouce glissa sur son méat, ce qui le fit frissonner et crier.

— Doucement… nous avons le temps. Pas vrai ?

Avec son autre main, Tucker empauma ses bourses et les soupesa. Il faufila ses doigts derrière pour frotter les bords de sa raie.

— Laisse-moi faire.

Patch déglutit. *Mal. C'est mal.* Tout allait changer, avait déjà changé. Il devrait tout arrêter avant que Tucker commence à le rendre heureux.

Mais celui-ci avait d'autres idées. Il bascula pour s'asseoir sur le sol humide, attirant Patch contre son torse sans relâcher sa verge.

Au début, Patch s'installa sur ses genoux, sur la bosse ferme d'excitation coincée sous le tissu. Mais Tucker le poussa en avant, le força à s'asseoir dans la boue.

— Beurk.

— La boue ne fera pas plus de mal, répliqua Tucker en croisant les bras. Les vaches ne viennent même pas mettre le bazar.

Les épaules de Patch se détendirent. C'était bon, de façon grossière, cette fraîcheur humide pressée contre son bronzage.

De chaque côté de lui se trouvaient les jambes de Tucker, ses bras croisés contre lui et son visage appuyé contre sa tempe. Puis cette main impitoyable reprit son œuvre sur son érection.

— Tu ne sais même pas. Personne ne t'a montré.

Patch fixa sa chair gonflée et glissante dans la prise de Tucker, une goutte de liquide séminal sur la couronne. Chaque traction lui soutirait davantage de fluide.

— Tu es une fontaine ? demanda Tucker en serrant sa raideur un instant.

— Non. Pas vraiment.

Il n'avait jamais dégouliné comme ça auparavant, peut-être parce qu'il n'avait jamais eu la chance d'être aussi excité.

— S'il te plaît, Tucker.

— S'il te plaît, quoi ? Tu as besoin de quelque chose ?

Un petit rire bas.

— Nous avons tout notre temps. Je viens juste de commencer avec toi.

Le va-et-vient implacable resta constant, fort et obstiné.

Patch grogna de frustration. Il leva la main droite afin de faire bouger les choses, mais n'obtint qu'une tape pour ses efforts.

— Ah. Tout va bien. Reste en dehors de mon chemin. Laisse-moi faire mon job, dit Tucker en appuyant la main de Patch sur la berge humide et posant son menton sur son épaule.

— Je suis le gardien, n'est-ce pas ? Laisse-moi m'occuper de toi.

Patch grogna d'une irritation électrique. La boue fraîche aspirait ses poignets et ses doigts griffaient profondément le sol, mais il céda et laissa Tucker arracher la béatitude de son corps.

Le poing de Tucker faisait un manchon brûlant et glissant dans lequel s'enfoncer. Et ce fut exactement ce que fit Patch.

— Oh. Ohh oui, *Tucker*. Merde !

— Bien. Ah. Si bon.

Ses doigts tapotèrent les bourses de Patch.

— Pleines. Je peux les sentir se resserrer.

Tucker empoigna l'extrémité de sa hampe, ses pouces frottant durement et rythmiquement la pointe.

Patch trembla et siffla, se tortillant pour se libérer.

— Ahhh ! C'est trop. Seigneur ! Ohhhh !

Ce dernier cri fit s'envoler les oiseaux des chênes.

Tucker le relâcha complètement, sa chair rigide poignardant l'air, et lui caressa le torse, les côtes et les tétons.

— Chut. Doucement. Laissons redescendre un petit peu.

Patch haleta, les muscles verrouillés. Petit à petit, sa verge s'immobilisa et la panique fébrile s'apaisa. Il respira lentement, prenant de profondes bouffées de brise jusqu'à ce que son rythme cardiaque ralentisse.

— Mieux ?

— Hum, marmonna Patch en expirant par le nez.

Peu à peu, sa tension recula et il s'affala contre la salopette rugueuse de Tucker, pourtant le besoin de jouir s'étendait au-delà de son entrejambe. Sa peau électrique, ses muscles tendus, étirés afin de contenir la pression et le plaisir. L'étang lapait ses chevilles boueuses.

— Merde.

— Tu vois ? La plupart des gens font l'erreur de jouir. Premier round, c'est fini, dit Tucker, sa main se refermant à nouveau sur son érection. Ils ont tout faux. Si c'est bon, pourquoi vouloir y mettre fin ?

Lentement et certainement, son poing glissait sur toute la longueur palpitante.

— Pourquoi être si pressé ?

Patch se focalisa sur l'effleurement aussi léger qu'une plume de sa barbe contre son oreille. Les bras lourds qui le retenaient. Les doigts patients qui taquinaient la sève de son membre. L'odeur de fer et de sciure.

— Je suppose.

— J'en suis certain. Tu m'as vu hier soir, non ?

Une caresse, puis une autre.

— Et avant-hier, j'imagine.

Un frisson fit se dresser les cheveux sur la nuque de Patch. Tucker le savait depuis tout ce temps. *Putain !* Une honte glacée le transperça.

— Je t'ai vu m'espionner, gamin. Ça ne me dérange absolument pas.

Les va-et-vient se stabilisèrent en de longs resserrements qui ressemblèrent à une récompense.

— Ça ne me dérange pas de me donner en spectacle.

Tucker avait joué avec lui, le sachant très bien.

— Je devais te voir une fois, répondit Patch, ses bourses se contractant à nouveau et les veines de son sexe se raffermissant sous l'envie ressuscitée.

— Plus d'une fois. Ce n'est pas grave.

Comme s'il le savait, Tucker accéléra un peu.

— Comme ça ? Regarde-moi ça. Bon garçon.

Patch pleurnicha, soulevant les hanches et baisant sérieusement le poing. *Presque... presque...* Il tenta de contrôler sa respiration afin que Tucker ne s'en aperçoive pas, afin qu'il puisse basculer par-dessus bord et...

Tucker le relâcha.

— Je ne suis pas aussi stupide.

— Connard, aboya Patch, à bout de patience.

93

Le souffle précipité à son oreille l'étourdit. Sa peau était moite de sueur. Son pauvre sexe puni se balança et cogna son genou, seulement pour se ramollir quand, quelques secondes plus tard, son gland suinta de nectar.

Tucker ricana.

— Tu n'en as aucune idée.

Il replaça les mains de Patch dans la boue, comme si ses doigts étaient des menottes visqueuses.

— Si tu m'en donnes l'occasion, je serai heureux de te montrer.

Un bras fort s'enroula autour de son torse, comme une sangle de selle.

— Je te montrerai jusqu'à ce que tu ne voies plus clair.

Fulminant et planant, Patch se détendit graduellement. Qu'est-ce que Tucker lui faisait ? Depuis combien de temps étaient-ils là ? Pourquoi ne voulait-il pas partir ?

La transpiration glissait sur son torse et son ventre. Son cœur martelait trois fois plus vite et ses muscles se contractaient dans une impatience étourdissante.

— Allez, Tucker.

Tucker aimait frôler l'orgasme durant des heures. L'impatience était un concept étranger pour lui, car il n'avait aucune raison de se presser. Pour Tucker, les testicules bleus étaient un *objectif*.

— S'il te plaît, laisse-moi jouir.

— Pas encore. Laisse-moi prendre bien soin de toi. Calme-toi. Détends-toi.

Tucker se rapprocha, le serrant étroitement contre son torse, les boucles de sa salopette creusant son dos, ses bras épais faisant craquer ses côtes.

— Hum. Comme ça. Donne-moi tout.

Son pouce frotta à nouveau son gland.

Patch se tortilla. Le frémissement régulier de sa peau, de son cuir chevelu à son érection, le rendait fou. À tout instant, il allait perdre la bataille. La seule chose qui le retenait était Tucker. Impuissant, il renversa la tête contre Tucker, entre le creux de sa gorge et son épaule moite.

— *Hummmm…*

Il gigota, se balançant entre le muscle derrière lui et la boue en dessous.

Tucker inspira contre son oreille, faisant glisser sa peau vers l'avant, la repoussant, avec des coups aussi implacablement réguliers que des battements de cœur.

— Tu as quelque chose pour moi ?

— Ah-ah-oh, haleta Patch.

Il retint sa respiration comme un plongeur, prenant de brèves bouffées, puis s'approchant de la pression écrasante du plaisir.

— Oui. Comme ça ?

Chaque bouffée d'air portait le goût de Tucker. Il frissonna.

— Tu vas... c'est... fais-moi...

— Du calme, fiston. Accroche-toi.

Le poing de Tucker ralentit, encore et encore, mais ne le relâcha pas. Il instaura un rythme léger qui n'offrait aucun soulagement.

L'érection de Patch se tendit, dure comme le roc, l'espace d'un instant, tandis qu'il luttait à la fois pour atteindre et s'éloigner du point de non-retour. Sa santé mentale fit un saut périlleux.

— Putain !

— Inspire, gamin. C'est ça. Chut. Je n'ai pas dit que tu pouvais encore, si ? Garde ton sperme un peu plus longtemps pour moi. Fais durer le plaisir.

On aurait dit que Tucker souriait.

Patch pouvait sentir les battements de son cœur, maintenu par la grande main de Tucker. La crête ferme de son gland se détachait, luisante et d'un rose profond. Une grosse veine qu'il n'avait jamais remarquée courait sur le côté, enflée pour la première fois. Tucker lui apprenait que c'était possible.

— C'est bon maintenant ?

Patch hocha la tête.

— Je crois.

Ne pas se précipiter signifiait qu'il devait être présent, juste là, pendant que ça se produisait. Il n'arrivait pas penser être ou aller dans un endroit où Tucker ne serait pas. La boue aspirait ses mains jusqu'aux poignets, l'immobilisant aussi certainement que des menottes.

— Oui, monsieur.

Les doigts de Tucker tiraillaient continuellement le sommet de sa couronne. La sensation était si intense que Patch ne prit pas la peine de lutter, il se contenta de chevaucher ces spasmes fous. Ça ne le ferait pas jouir, mais ça ressemblait au paradis. Il gémit et s'affaissa en signe de soumission, reposant de tout son poids contre Tucker, totalement mou à part l'extrémité glissante dans le poing de l'homme.

— Bien. Joli travail. Ça me rend si heureux de te voir comme ça. De te sentir lutter. Faire durer.

Il empoigna à nouveau sa longueur et la caressa lentement.

— Il faut bien pomper un taureau.

Au loin, un chien aboya. Patch porta son regard au-delà de l'étang immobile, de l'herbe grasse, du ciel aveuglant. *Beaucoup trop.* La même paralysie hypnotisante qu'il avait ressentie la veille lui volait ses membres. Il ferma les yeux et laissa sa tête tomber sur le côté, tournant le visage vers le cœur de Tucker, incapable d'en supporter davantage.

*Trop fort, trop lent, trop parfait.*

— Oui. Bon garçon. Lâche-toi.

Sa main rude entreprit de se tordre à la fin de sa remontée. Un petit changement dans son rythme qui obligea Patch à renforcer ses jambes et appuyer ses talons dans la boue.

— Plus. *Proche.* S'il te plaît.

Les hanches de Patch tressautèrent involontairement, se cambrant et amenant son érection impatiente droit dans la prise punitive de Tucker.

Tucker gloussa dans ses cheveux.

— Vraiment ?

Mais il n'arrêta pas, sa raideur s'enfonçant dans le dos de Patch.

— Tu es prêt à jouir ?

Patch gémit et secoua la tête, mais sa jouissance n'attendrait pas. Laisser cela se produire était tellement mal et il le savait. Il lutta contre l'inévitable avec tout ce qu'il avait.

— Ahhh. Plus. *Hummm.*

— Tu as beaucoup de sperme en stock pour moi ? Tes couilles sont pleines ? demanda Tucker, son timbre rauque grondant contre ses côtes. Je veux chaque goutte.

Le filet régulier de fluide avait commencé à couler, glissant sous les doigts de Tucker, laissant la peau luisante et son gland enflé sous les phalanges de l'homme, alors qu'il continuait de le caresser.

Patch gémit et trembla de manière incontrôlée.

— Je vais jouir. Tuck ! Tu vas me faire… *Ahhh* ! Tu vas me faire…

Une pression constante s'étirait en lui, sous lui… un raz de marée inexorable qu'il ne pouvait chevaucher que sans rênes.

— Tu vois ? C'est ça.

Tucker avait raison. Il n'avait jamais ressenti quelque chose ressemblant à cette immobilité étourdissante depuis… jamais dans toutes

96

ses années de sexe. C'était là, juste là, seulement il n'avait jamais été assez patient pour le trouver avec quiconque.

Ses jambes tremblèrent. Ses bourses se contractèrent, toujours plus. Il avait envie de tourner la tête et d'écraser leurs lèvres afin de pouvoir hurler dans sa bouche.

Tucker gronda à son oreille et lui lécha la nuque.

— *Humm*. Tout. Chaque goutte.

— Que… ? Ohhh !

Les talons de Patch plongèrent dans la boue. Ses mains agrippèrent les genoux de Tucker qui le berçaient.

— C'est… *bizarre*.

Les hanches de Patch tressautèrent et se cambrèrent.

— Prends ton temps. C'est ça.

Et tandis que les doigts de Tucker caressaient lentement la face intérieure de son érection, la bulle de foudre en son centre s'étendit jusqu'à ce qu'elle épuise sa résistance et fasse exploser son gland.

— Je vais… C'est… Tucker !

Il convulsa et rugit tandis que sa semence tonitruante se déversait sur les phalanges de Tucker.

— Oui. Oui. Tout, Patch.

Cette voix traînante et rauque contre son oreille le fit frissonner.

— Donne-moi chaque goutte.

Pas de pression. Pas d'effort. Pas de précipitation. Dès qu'il atteignit le sommet, son poids ramolli céda et Tucker l'accepta avec joie tandis que son sperme épais ruisselait en flots vaporeux et délirants.

— Oh oui…

Les mains de Tucker caressèrent rudement ses bras et son torse, le badigeonnant de sperme et de sueur. Tucker inspira contre sa nuque, à un cheveu de l'embrasser, et enserra ses côtes.

— Je ne suis satisfait que lorsque je fais frissonner un corps.

— *Putain* ! marmonna Patch, sa tête roulant sur le côté et ses bras s'affaissant, inutilisables. Je ne peux plus bouger.

— Tu n'as pas à le faire.

— C'était…

— Hum. Pour moi aussi.

Tucker le tenait fermement, continuant de caresser ses membres en de lentes caresses, comme s'il apaisait un ânon sauvage.

— Je le savais. C'est ce que je pensais.

Les répliques sismiques firent frissonner Patch. La luminosité lui faisait presque mal aux yeux, alors il les garda fermés et se concentra sur la brise étouffante.

D'une main, Tucker saisit ses bourses tandis que de l'autre, il pompait sa raideur, presque douloureusement, lui soutirant une ultime goutte épaisse.

Patch se débattit contre cette main, mais elle se resserra autour de lui.

— Ahhh ! Hey !

— Tu luttes contre moi ? demanda Tucker d'un air à la fois diabolique, plein d'espoir et extrêmement content. Tu es certain ?

Sa main chaude et onctueuse frotta à nouveau son gland sensible, lui envoyant des spasmes électriques dans les membres.

Se tortillant et riant, Patch feignit de se défendre dans la boue, mais il n'allait nulle part, il ne le ferait pas même s'il le pouvait.

— Non.

— Tu ferais mieux de me laisser faire mon travail, gronda Tucker.

Patch se figea avant de se réinstaller.

— Ton travail ?

— Je suis ton gardien. Ton ouvrier agricole, répondit Tucker en masturbant à nouveau sa verge ramollissante, et cette fois, Patch ne lutta pas. Tu dois me laisser gérer ce qui doit l'être.

Tucker se décala, puis se leva.

— Oui, monsieur.

Même assis dans la boue à ses pieds, voulait-il dire. Épuisement et espoir se faisaient la guerre dans sa poitrine.

— Je crois que je le ferai.

Il se sentait stupide et égoïste, docile et malléable, mais il ne regrettait rien. Il tourna la tête en direction de Tucker.

— Tu veux… ? demanda-t-il, faisant face au renflement de l'entrejambe de Tucker et se redressant sur ses genoux.

Tucker gloussa.

— L'espoir est une excellente chose, répondit-il en empaumant son paquet et une trace humide s'étendit sur sa cuisse gauche. Le navire a coulé, gamin.

— Tu es certain ? demanda Patch en plissant les yeux.

Tucker pencha la tête sur le côté d'incrédulité.

— J'ai craché la sauce avant toi. Tout ce que tu as eu à faire a été de te frotter contre moi et de t'abandonner. J'étais foutu.

Quelque chose éclaboussa l'étang. Un poisson-chat curieux, peut-être. L'ombre pommelée des arbres s'était déplacée pour les recouvrir, ainsi que la moitié de l'étang.

— Personne n'a jamais pris son temps comme ça. Avec moi, je veux dire. Retarder. Putain de merde !

Patch respira bruyamment et fronça les sourcils, contre lui ou tous ces autres connards qui n'avaient pas su ce qu'ils faisaient. Son érection était enfin retombée et ses testicules étaient redescendus dans leur sac.

— Comme dans un repas gastronomique.

— Sacrément idiots, ces gars. Traire un taureau prend du temps. Inutile de se presser pour passer un bon moment.

— Je suppose.

Patch se sentit stupide, mais il aimait que Tucker l'appelle taureau plutôt que gamin.

— Tu as besoin d'une traite régulière. C'est pourquoi tu es si anxieux et en colère. Toute cette semence conservée et personne pour l'exploiter… Seigneur, tu as besoin de régularité.

Patch hocha la tête, affamé et muet de désir. Il dirait oui à tout.

Tucker se pencha et le remit sur ses pieds d'une main collante. Avant que Patch puisse trouver ça étrange d'être nu près d'un ouvrier entièrement vêtu, Tucker leva un pied et ôta ses bottes. Il se redressa pour déboucler l'attache qui retenait sa salopette à son épaule et enlever son tee-shirt, révélant son boxer flasque, le côté gauche translucide de sperme sur ses poils pubiens noirs.

— C'est ma façon préférée de jouir.

Patch leva les yeux et repoussa les cheveux humides de son visage.

— Sans les mains, pendant que je masturbe quelqu'un.

Il enleva ses chaussettes, puis son boxer, et s'étira, enfoiré trapu et prétentieux de quinze kilos au-dessus de la limite.

*Seigneur, il est fort.*

Tucker le laissa se rincer l'œil. Les cicatrices et le bronzage fermier de quarante années de travail musclé. Une toison noire éparse sur son ventre s'étrécissait en un chemin étroit pointant en direction de son sexe épais et de ses bourses lourdes. Les poils fins sur sa cuisse gauche étaient emmêlés par le sperme frais. Il sentait délicieusement bon.

— Quoi ?

Patch secoua la tête. Trop et rien à dire. Il portait à nouveau l'odeur de Tucker sur lui, mais il n'avait pas envie de se laver.

Tucker balança son menton fendu en direction de l'étang.

— On se rince ?

— Bien sûr.

Patch put presque entendre son accent se glisser dans sa voix, en écho à celui de Tucker, mais, pour une fois, cela ne le dérangeait pas. Il fit un grand sourire comme il poussait Tucker et courait dans l'eau avant que celui-ci se mette à rire et le plaque.

— Petit enfoiré sournois. Je vais te fesser. Tu as failli me casser le cul.

Il enveloppa Patch dans ses bras, puis tomba sur le côté, les entraînant sous l'eau tiède en crachotant et riant. Au temps pour la fessée, en fait. Ça ne le dérangeait pas de se laver de cette manière.

Patch ferma les yeux et se concentra sur les muscles lisses de Tucker enroulés autour de lui et le grésillement de leurs membres se heurtant. Était-ce possible ? Ne devrait-il pas s'enfuir dans l'autre direction ? Ne savait-il pas que c'était une erreur ?

*Pourtant…*

Patch serait parti dans un peu moins d'une semaine, la ferme serait vendue et Tucker se placerait dans un autre traquenard sans avenir. Pourquoi ne devraient-ils pas en tirer le meilleur parti ? Deux hommes adultes, de trop nombreuses années de fantasmes et de ratés pour se soucier de gâcher du temps à tuer.

Tucker se redressa dans l'eau et se pencha vers lui, retenant son corps flottant, leurs bouches à quelques centimètres de distance. Une inspiration, une autre, tandis que Patch écoutait son cœur tambouriner à ses oreilles.

Tucker le lâcha brusquement, se libérant. *Il ne va pas m'embrasser, alors.*

Patch se contorsionna pour poser ses pieds au fond de l'étang et se relever, repoussant ses cheveux de son visage et l'eau de ses yeux. Il cilla face à la luminosité.

L'immobilité de Tucker créait une attraction gravitationnelle qui maintenait Patch ancré à son désir et sa lenteur. L'air paisible et le bourdonnement des insectes restaurèrent la pression derrière ses yeux. Il racla l'eau de son corps tandis qu'il regagnait la berge. *Évidemment.*

Un sifflement.

Effectivement, Tucker se tenait sur le côté ombragé de l'étang, essorant les gouttelettes d'eau de ses cheveux noirs tout en le dévisageant ouvertement sous le chêne.

— Putain, gamin, dit-il en s'essuyant la bouche et secouant la tête. Un cul comme ça donne des idées aux gens. Hommes, femmes, les deux.

Patch croisa les bras.

Tucker regarda le champ vide au-delà de l'étang. Ils *étaient* seuls.

— Pourquoi es-tu si timide ?

Patch s'était retourné.

— Je ne suis pas timide. C'est... tu m'as surpris.

— En reluquant ton cul ? Tu devrais sortir plus souvent.

— Je suppose.

En fait, Patch n'aimait pas ses fesses. Il les trouvait trop hautes et trop petites. Il avait toujours voulu de grosses fesses, comme celles des lutteurs ou les globes carrés des coureurs, mais sa carrure longiligne rendait cela impossible.

— Putain, j'aime manger un cul.

Tucker dit cela comme si c'était un passe-temps occasionnel : du genre macramé ou pêche à la mouche.

— *Hum*. Pendant des heures, si tu me laissais faire. Y pousser mon visage et te faire hurler. J'aime aussi lécher les chattes, mais un cul de mec, je te raconte pas. *Humm*. Voilà ce que je veux chaque putain de jour. Que tu t'assieds et que tu me laisses te lécher jusqu'à ce que tu jouisses.

Il tira la langue l'espace d'une seconde, comme un chien pantelant, puis sourit et lui fit un clin d'œil.

— Personne ne m'a jamais fait ça, répondit Patch en touchant expérimentalement ses fesses, comme si l'évaluation de Tucker les avait changées.

— Alors, tu ne t'es envoyé que des crétins toutes ces années. Je te jure, lui dit Tucker, sa bouche se tordant, alors qu'il s'accroupissait. Vous êtes toujours si foutrement pressés. C'est ça, le porno. Tout le monde cherche à tirer son coup. Comme si c'était une course.

Le visage de Tucker était juste en face de son érection, son souffle effleurant ses bourses, mais son regard restait rivé sur lui tandis qu'il passait sa main derrière lui, serrant doucement ses fesses, comme pour tester une nectarine.

Tucker soupira.

— Petit-déjeuner, déjeuner, dîner sur place.

— Je suppose, répondit Patch, luttant pour rester immobile, exposé et dans l'attente.

101

Sans explication, Tucker se poussa entre ses jambes, rampant afin que ses testicules frôlent ses cheveux un instant, avant de tourner la tête afin que son souffle chaud balaye son postérieur.

À présent agenouillé derrière lui, Tucker fit courir ses pouces sur les muscles rebondis et lui écarta les fesses. L'espace d'un instant sans fin, sa langue appuya contre son orifice, pas à l'intérieur, mais taquinant et goûtant son petit œillet. Sa joue mal rasée le chatouilla.

Patch frissonna, mais ne lutta pas, s'abandonnant au plaisir étourdissant de cette délicieuse attention.

Enfin, Tucker bascula sur ses talons pour s'asseoir sur la rive caillouteuse.

— *Hummmph.*

Il se lécha les lèvres et écarta confortablement les jambes.

Patch se pencha et récupéra son caleçon.

— Je te jure. Toi dans ces sous-vêtements…

Il frotta son ventre plat et son épaisse verge tressauta en réponse.

— Si tu t'asseyais trois heures par jour sur mon visage, je mourrais heureux.

*Inspire.* Profitant de l'instant, Patch laissa tout cela glisser sur lui : le soleil, l'eau, le balayage féroce du regard de Tucker. *Expire.* Plutôt que de rompre le sortilège, il se concentra sur sa peau brûlante et le goutte-à-goutte de l'eau retombant à la surface de l'étang tandis que Tucker le dévisageait de ses yeux sévères.

— Tu es vraiment quelqu'un, Patch.

*Vraiment.* Tucker l'observait à quelques mètres de là.

— Ta façon d'être. Tu es un *phénomène.*

Patch connut une lueur de vanité, ces vrilles secrètes de puissance, l'une après l'autre, qui faisait que s'entraîner et prendre soin de soi en vaille la peine. Jamais de sa vie, il ne se serait attendu à ce que Tucker Biggs en soit victime, vienne sous sa domination, même pour un après-midi. *Mendiants, décideurs.*

— *Pfiou*, siffla Tucker en expirant vers le ciel bleu sans nuages.

La surface de l'eau s'agita, léchant ses mollets. C'est bien assez.

*Assez de quoi ?* Patch hésita, désirant que Tucker continue de le fixer de cette manière et nerveux à l'idée de partir. D'un autre côté, regarder la croupe charnue de Tucker marcher dans l'eau en direction de sa salopette boueuse, le fléchissement de son dos, la stature de ses bras épais, lui enleva toute trace de regret.

— Je pense la même chose.

— *Pff,* souffla Tucker en plissant le visage et haussant les sourcils. Je ne suis pas mannequin, moi.

Patch le reluqua ouvertement.

— Que tu dis. Si tu venais à New York, ils te mangeraient et suceraient tes os.

— Je suppose que c'est une chance que je n'y sois jamais allé.

Tucker se tourna et récupéra sa salopette. Apparemment, la récréation était finie. *Bon, eh bien...*

Contrarié et dérouté, Patch alla chercher le reste de ses vêtements à quelques mètres de là, sans regarder dans cette direction, car une débauche par jour, c'était déjà beaucoup. Il pouvait entendre le bruit des pas de Tucker derrière lui.

— Je dois retourner faire les cartons.

— C'est dommage, répliqua Tucker, l'air amusé par-dessus son épaule. Comptes-tu paniquer à nouveau ?

Patch ne se retourna pas.

— Non, monsieur.

Il s'assit sur les cailloux lisses afin d'enfiler ses chaussettes.

— Je parie que si. Aussi nerveux qu'un poulain, dit Tucker en se faufilant derrière et passant un bras autour de sa poitrine, sans l'étreindre, plus comme une blague. Le cœur aussi dur qu'un marteau.

— C'est bon.

— Je sais, continua Tucker, son menton rugueux éraflant sa nuque, ce qui couvrit sa peau de chair de poule. Tu *es* bon.

— Seigneur Dieu ! s'étrangla Patch.

Toujours assis, il enfila son short, ne voulant pas être nu ou presque, car il ne faisait pas du tout confiance aux réactions de son corps.

Tucker le poussa en avant, à quatre pattes, et tomba de tout son poids sur son dos, son renflement pressé contre la raie de ses fesses, ses mains calleuses sur ses flancs. Son chaume égratignait sa joue et son oreille, puis un murmure rauque :

— Tu sens toujours le sel. Le sperme.

— *Humm,* gémit Patch sous le poids de toute cette force qui le maintenait sur l'herbe et les cailloux.

*La récréation n'est pas finie ?*

— Ne crie pas tant que tu es coincé, gamin, prévint Tucker, ses hanches s'apaisant et sa voix aussi. Je ne veux pas te faire de mal. Pas de baise. Je ne mettrai rien en toi, sauf ma langue, pas même si tu me supplies gentiment.

Tucker se tortilla dans son dos.

— Mais je vais extraire toute cette sève, ce qui nous fera le plus grand bien.

— Hum.

— Tu sais quoi ? reprit Tucker en se pressant contre son dos. Tu *sembles* avoir encore besoin de jouir. Ça pourrait prendre un certain temps.

Sa fermeture Éclair creusait une tranchée assez dure pour piquer.

— Ça te rend nerveux ?

Le cœur de Patch rata un battement. La chochotte en lui s'inquiétait toujours d'être encordé et tripoté par un péquenaud. Son côté stupide et entêté faisait confiance à Tucker pour le garder en sécurité.

— Un peu, répondit-il en fermant les yeux.

— Ça devrait. Mais c'est tout. Juste assez pour te tenir éveillé.

La chair de Tucker ressemblait à un attelage de remorque dans son dos. Patch secoua la tête. Respirer sous cent kilos de muscles de cowboy était difficile, il remplissait ses poumons avec effort. Son érection pliée était douloureuse, mais peu importe combien il levait les hanches, il n'arrivait pas à lui donner assez de place pour basculer vers l'avant.

Ces grandes mains sur ses hanches et cette joue rugueuse effleurant son oreille.

— Tu vas te débattre, gamin ? La belle affaire. J'aime qu'on se débatte.

— Non, monsieur.

Peu à peu, le vent et la luminosité lui revinrent, ainsi que le bruit des mauvaises herbes craquant dans la chaleur qui le distrayait.

Tucker gloussa et inspira.

— Oh, si. Tu as le crâne dur. À tenter d'aller autre part. Tu observes. Je sais que tu es plutôt doué maintenant.

Patch haleta.

— Oh ! Aïe ! Ma queue.

Son érection faisait vraiment mal à présent, dans cet angle bizarre. Il pivota et souleva son bassin.

— Oh, oui. Oui.

La main de Tucker serpenta le long de ses côtes et lui coupa le souffle.

— Peut-être que je vais juste t'attacher jusqu'à ce que j'en ai fini avec toi.

Il recroquevilla le postérieur de Patch comme un chien en cage.

— T'attacher afin que tu ne puisses t'enfuir nulle part.

Patch pensait ne pas pouvoir en supporter plus, encore moins s'enfuir.

— Je n'aime pas ça.

— Tu vas m'y obliger ? Pour que je puisse te prendre, encore et encore.

Patch déglutit avant de pouvoir parler.

— Oui, monsieur. Si c'est ce que tu veux.

Il entrouvrit ses lèvres sèches, le visage écrasé contre les cailloux frais.

— Te ligoter afin que je puisse te chevaucher et te masturber. Te lécher et te faire jouir.

Il se poussa à nouveau contre la raie de Patch.

— Prendre tout notre temps.

*Si proche.*

— Qu'est-ce que tu en penses ?

— Je ne sais pas.

Mais, en fait, il en avait une idée plutôt solide et raide dans son short. Tucker grogna et appuya contre lui.

— Moi, je le sais. J'en connais un rayon.

Son épaisse longueur frottait contre sa raie à travers le coton fin.

— Et je vais t'apprendre, si tu me laisses faire.

Patch ferma les yeux, mais hocha la tête. *S'il te plaît.*

— Eh bien, d'accord.

Le poids de Tucker disparut.

Patch se releva sur un genou.

— Quoi ?

— Rien.

Tucker le dévisagea l'espace d'un instant. Son sourire resta en place tandis qu'il retournait nonchalamment chercher ses bottes sur la berge caillouteuse.

— Rien du tout.

*Du calme.* Mais avant que Patch puisse répondre ou remettre son tee-shirt, Tucker tapa le rebord de son chapeau. De l'autre côté de l'étendue d'eau, Patch regarda son cowboy rentrer chez lui.

# V

COMMENT IL était rentré, Patch ne s'en souvenait pas.

Les jambes en vrac et la tête dans les vapes, il avait dû traverser les champs fraîchement coupés dans un état de stupeur. Lorsqu'il ouvrit la porte de la maison de ses parents, l'horloge affichait six heures. Il supposa que c'était de l'après-midi, parce que le soleil était encore levé, mais il n'en était pas certain. Visiblement, il était resté dehors, à laisser Tucker le travailler, durant plus de deux heures. Ça aurait tout aussi bien pu être cinq minutes ou cinq ans.

Quand une erreur n'était-elle pas une erreur ?

Désormais de retour à l'intérieur de la maison, la claustrophobie était bien réelle. Sans meubles, la demeure semblait plus petite, curieusement, comme si sa famille avait repoussé les murs en y vivant.

L'assurance de Tucker à l'étang l'avait réveillé, lui montrant quelque chose d'irrévocable et de furieux qui n'avait pas sa place dans son avenir.

Il passa la soirée à nettoyer les étagères du garage, mangea du chili en boîte et se mit au lit aux alentours de vingt-deux heures sur le tapis bleu moisi, s'enroulant dans une couverture, comme un burrito épuisé.

Il ne regrettait pas ce qu'ils avaient fait, mais ça lui fichait une frousse de tous les diables.

Quel que soit le doute insidieux qu'il lui restait, il ne faisait que confirmer qu'il avait pris la bonne décision. La vente de la ferme irait vite. Dans quelques semaines, il signerait les contrats et *Vélocité* ouvrirait. Tucker reprendrait son rôle de rêve coupable aux petites heures du matin. *Un rôle vacant.*

Le lendemain matin, il fut réveillé par le soleil. Trop nauséeux pour manger, il attrapa une grande bouteille d'eau et tira sur l'échelle pliante, placée près du cellier. Le grenier était davantage un faux plafond d'environ un mètre cinquante de hauteur. À cause des inondations constantes, l'ouest du Texas rangeait habituellement ses réserves en hauteur, mais avec le martèlement du soleil tout l'été, l'air était étouffant et humide, même à sept heures du matin.

Ses parents avaient accumulé des décennies d'ordures et de bric-à-brac. Des sacs plastiques remplis de décorations de Noël sortis chaque novembre, un couffin poussiéreux, une chaise haute que sa mère prêtait à de jeunes couples, des cartons de vêtements d'occasion transmis par l'église, une paire de rames qu'il n'avait jamais vue utilisée, une étagère à chaussures remontant jusqu'à la taille 18 pour bébé, et des étagères de jouets que son père achetait aux enchères au fil des ans pour les donations. Des cartons de poupées, d'ours en peluche et de jeux de société. L'espace exigu ressemblait à un abri antiatomique pour orphelinat.

N'ayant pas de place pour travailler, il opta pour descendre les jouets et s'en occuper durant les deux prochaines heures. Vider le grenier demandait de la stratégie, mais dès que les jouets furent descendus, les choses allèrent plus vite. Créant des piles logiques, il commença par trier tous les cartons étiquetés : *jeux, peluches, poupées, sports, travaux manuels, dessins.* Manipuler tous ces amis et projets imaginaires lui donna un épouvantable sentiment de perte. Pourtant, ce n'était que des choses non désirées par leurs propriétaires d'origine : de nombreux services de proximité avaient besoin de trucs pour les enfants.

Sa mère avait été adoptée, alors, chaque été, ses parents apportaient des cadeaux à Boys & Girls Country, un foyer communautaire en périphérie de Houston. À Pâques, ils offraient des jouets à l'Unité Pédiatrique de Lumberton, ainsi que des petits animaux que sa mère faisait au crochet tout au long de l'année.

Son père n'avait cessé de lui dire « N'oublie pas que tu es béni ».

L'était-il ? La mémoire est une belle chose, mais la plupart des gens se souvenaient que ce qu'ils souhaitaient était vrai. Il savait qu'il avait eu de la chance, comparé à certains enfants. Même à la fin, il avait été suffisamment fort et intelligent pour faire en sorte que les choses se passent bien. N'était-ce pas une cruelle bénédiction en soi ?

Patch laissa les cartons inachevés et sortit en direction de la grange. Tucker avait chargé les ballots pour les livraisons, la remorque était attelée au pick-up et les clés se trouvaient sur le contact.

Au lieu de s'asseoir et de s'appesantir sur des conneries impossibles, il décida de porter le chargement à Hixville pour le Feed & Seed. À défaut d'autre chose, c'était de l'argent. Ensuite, il pourrait entrer s'acheter un Big Red et cuisiner Janet au sujet de ce qu'elle savait sur Tucker Biggs.

Au vu de la façon dont se passaient les choses, il voulait au moins faire les choses bien. Une expulsion n'était pas une plaisanterie, Tucker méritait mieux.

Il se gara et déchargea les ballots sur des palettes à l'intérieur du plus grand des hangars. Décharger une remorque était un travail transpirant, ingrat, qui lui donna l'impression d'avoir à nouveau quinze ans. Dès qu'il eut fini, Janet se pointa avec un tablier sur sa poitrine et, car elle n'avait pas oublié, lui lança une canette de Big Red.

Il la rattrapa.

— Salut !

— Salut.

Elle fit un signe de tête en direction des ballots et ramassa un petit sachet de poison à fourmis, qu'elle berça comme un bébé.

— Il fait plus chaud qu'en enfer, même avec les ventilateurs allumés.

— Comment savais-tu ? demanda-t-il en avalant son soda si vite que son cerveau lui fit mal. J'avais soif.

— Bonté divine, gamin. Tu as l'air d'un préservatif usagé.

Elle lui tint la porte afin qu'il puisse entrer sous l'air conditionné.

— Nous avons plein de soda, tu sais.

— Vendu !

Patch leva les yeux en passant devant elle. Il alla au frigo se chercher une autre canette, si vite qu'ils atteignirent le comptoir en même temps. Il fouilla dans son portefeuille pour la payer.

— Oh mon Dieu ! Tu t'es envoyé en l'air, s'exclama-t-elle, son visage s'illuminant d'une jubilation cancanière.

— N'importe quoi.

— Gamin, je suis mariée depuis vingt-six ans.

Elle posa le poison sur le comptoir et s'essuya les mains avec son tablier.

— Tu crois que je ne sais pas à quoi ressemblent des boules bleues ? Sérieusement ?

Patch posa la canette froide contre son visage.

— Évidemment. Oui, j'ai laissé le shérif me sucer. Devant tout le monde.

Il renifla de sarcasme et fit un signe de tête en direction des fenêtres.

— Debout dans l'abreuvoir à oiseaux.

108

— Tant mieux pour toi. C'est le bras long de la loi, répondit-elle en signe d'approbation, sa bouche formant un arc béat. Maintenant, qui était-ce ?

— Personne, s'obstina-t-il en se penchant sur le comptoir et soupirant. Je ne me suis pas envoyé en l'air.

— Très bien. Mens si tu veux. Les hommes sont si tordus.

Elle scruta son cou, ses bras, et même sa braguette.

— Je sais ! C'est l'organiste de Piney Baptiste ! Vingt-cinq ans, beau comme un cœur, fort comme un *ours*. C'est ça ? Je croyais avoir détecté un soupçon de gay attitude dans les cantiques.

— Quoi ? Non !

— Donne-moi une minute, d'accord ? Je capte quelque chose.

Elle agita les mains au-dessus de sa tête, comme une devineresse.

— Je sais, je sais : tu as harponné le nouveau chef cuisinier de Honey Island. *Ouf.* Super *génial !* Tout le monde a essayé de serrer ce morceau. De grands yeux tristes et un cul comme un muffin chaud. Allez, tu peux me le dire. C'est meilleur avec du beurre, hein ?

— Janet, je n'ai pas baisé d'organiste ou de chef quelconque.

Elle lui avait donné une raison de rougir, alors, ça n'avait pas d'importance.

— Avec ou sans beurre, ponctua-t-il en riant sans le vouloir.

— Aie pitié de lui. De la margarine, au moins. C'est en soldes ? demanda-t-elle en lui lançant un large sourire diabolique tout en pointant le mur réfrigéré.

— Non.

Au moins, il était certain de ne pas avoir de suçons. Peu importe ce qui s'était passé avec Tucker, cela n'avait laissé aucune marque visible. *Pas encore.*

— Je ne veux pas baiser dans ma ville natale, Janet.

Évidemment, il ne dit pas qu'il ne l'avait pas fait ou n'allait pas le faire.

— Toute cette ville est un fléau pour les érections. Es-tu folle ?

Elle haussa un sourcil et le toisa d'un regard sceptique.

— Je retire. Seigneur, nous sommes tous les deux cinglés.

— Je sais de quoi je parle, répliqua-t-elle en entrant la boisson gazeuse dans sa caisse enregistreuse. Je suppose que ça signifie que tu as fini d'emballer ? Si tu as du temps pour piller la population locale.

— Même pas, répondit-il en ouvrant sa deuxième canette et haussant les épaules. La moitié ? Un tiers ? Aucune idée.

— Oh ! Génial ! Je pourrais appeler ma cousine Rhonda pour qu'elle vienne t'aider, si tu veux.

— Écoute. Sérieusement, Janet ? Je pensais à quelque chose que tu m'as dit l'autre jour. Aux cadeaux empoisonnés et tout ça.

Janet ne mordit pas à l'hameçon.

— Elle est plus rapide qu'un crotale et elle ne volera rien d'important. Je veux dire, à moins que tu aimes les Beanie Boo's et les figurines de merde de chez Hallmark. Les figurines Hummels de ta mère disparaîtront probablement. C'est vrai.

— Écoute, Janet, insista-t-il en frappant sur le comptoir. Je vais vendre cet endroit. La ferme.

Janet se figea, fronça les sourcils, puis soupira.

— Oh. Oui ? Oh.

Un sourire triste.

— Je le dois. Que ferais-je d'une maison ici ? L'argent est bon.

— Évidemment.

Elle ne voulait pas ou ne pouvait pas le regarder.

— Tu as eu une offre, alors.

— Non, mais bientôt.

— Tout est réglé ?

— À part Tucker. Il va devoir quitter la propriété, dit-il d'un ton qu'il espérait décontracté. Alors, j'espérais qu'il lui restait des amis. Dans le coin ? Tu vois.

Elle savait certainement quelque chose.

— Personne qui payerait sa caution.

Il fronça les sourcils.

— Merde.

Il devait avancer prudemment, sous peine de déclencher son compteur Geiger.

— Pas même de la famille ?

— Non.

Elle recula et fixa le plafond.

— Les Biggs ? Du moins, je ne pense pas.

Patch fronça les sourcils. *Ben, merde.* Au temps pour la solution de facilité.

Janet frotta le comptoir avec un chiffon.

— Je crois qu'ils sont tous morts ou en prison. Son père, son oncle. Peut-être même morts *en* prison ? Toute la ville chantait *C'est un joyeux scélérat*. Et sa mère est partie en Alaska, il y a longtemps. Avec un junkie. Avant ta naissance. Partie depuis longtemps.

— Hum.

Il prit une gorgée de son soda pour masquer sa curiosité. Mais elle ne mordit pas à l'hameçon.

— Écoute, j'ai une question…

— Tucker n'est pas… commença-t-elle en croisant les bras et se penchant avec une lueur conspiratrice. Il n'a pas vraiment eu la vie belle, ces dix dernières années. Beaucoup de coucheries, des amis bas du plafond, prêts d'outils à des escrocs… Les travaux d'été à Texaco, chaque fois qu'ils étaient à court de personnel. Il a perdu son travail au lycée, car il s'est tapé la petite femme du principal. Aucune de ses femmes n'est restée. De plus, il a tous ces enfants dans la nature, mais aucun n'est à lui, tu vois. Du moins, sur le papier.

— J'imagine. Donc, il n'a pas de petite amie régulière avec qui habiter.

— Eh bien, il voyait cette femme agent immobilier à Lufkin, mais son mari lui a acheté un Caddy, alors elle a dit à Tucker de dégager. C'était une bonne chose. Cette femme est incompétente.

Elle leva les yeux au ciel dans un mépris exagéré.

— hum hum.

Encore une fois, pas un sujet que Patch voulait aborder maintenant.

— Tucker Biggs n'est pas aussi mauvais qu'il y paraît, gamin. Ou s'il l'est, il pourrait être pire. Vu de là où il vient ? C'est un putain de saint.

Patch devait se montrer prudent dans son intérêt.

— Alors, pourquoi est-il resté ?

Janet haussa les épaules.

— Pourquoi quelqu'un fait-il quelque chose ? Pourquoi ai-je pris ma retraite en tant que mannequin pour maillot de bain ? dit-elle en serrant sa poitrine. Mes seins étaient trop petits. Non, gamin. Ils le font parce que c'est *facile*.

— Ce n'est pas…

— Même toi. Tu fuis parce que tu es rapide.

Il leva les yeux au ciel.

111

— Mais tout le monde n'est pas rapide. Certains sont doués pour rester assis et être patients, alors ils passent leur vie à attendre. Parce qu'ils sont doués pour ça.

— Doués.

Patch fronça les sourcils. Quelque chose au sujet de sa certitude impassible le titilla.

— Qu'est-ce qui le rend si génial ? Une queue épaisse, un dos fort, des fossettes dans les joues. Par ici, c'est de la superglue, expliqua Janet en essuyant le comptoir.

Patch hocha la tête. Il avait voulu savoir, mais il ne savait rien. Et si Janet se montrait curieuse ?

— Il est d'accord avec la vente, non ? Il ne t'en empêchera pas.

Ses yeux bleus le scrutaient calmement.

— Janet, je ne peux pas garder la ferme seulement pour qu'il ait un endroit où s'encanailler et se masturber régulièrement.

Pourquoi avait-il dit cela ?

— Mon père a fait ce qu'il fallait avec lui. Il n'est pas impotent.

*Cesse de le rendre important.*

— Tucker n'est pas mon problème, je veux dire.

Janet le regarda durant un moment bien trop long. *Délicat, délicat.*

— Personne n'a dit qu'il l'était, répondit-elle en polissant à nouveau son comptoir, mais son regard resta rivé sur lui, l'observant avec la patience d'une araignée.

Elle ne cherchait pas à semer le trouble, mais une commère née n'avait pas besoin d'essayer.

— Je viens de dire qu'il serait d'accord avec toi.

*D'accord.*

Patch ignora cela totalement.

— Certaines personnes sont tout simplement paresseuses.

— Paresseux ? Comment ça, paresseux ? Il y a différentes sortes de travail, gamin, ricana-t-elle. Dave aime les côtelettes, alors il peut rester sous cent degrés et manger de la viande grillée en plein mois d'août. Certains vont à l'église pour se sentir bénis, ou se masturbent sur du porno qui repousse leurs interdits, ou s'occupent de leur belle-famille avec qui ils sont coincés, continua-t-elle en essuyant son comptoir d'un air absent. Rien de tout cela n'est de la *paresse.*

— De la facilité, alors, répondit-il en sirotant son soda. Pour se sentir à leur aise.

— Bien sûr, oui. Et tu n'es pas à l'aise, ici. Alors, tu es parti dans la grande ville exactement comme tu le devais. Tu y es resté parce que c'était plus facile. Tu es mannequin parce que c'est plus facile. Et tu te tapes un gamin du coin parce que c'est plus facile.

— Pas un gamin, laissa-t-il échapper, avant de rougir.

— Ah ! Je le savais.

— Va te faire foutre, Rodman !

Elle avait raison, toutefois.

— C'était un hasard. Ça ne veut rien dire.

— Comme tout. Faire des conneries est *difficile*. La plupart d'entre nous se laissent porter, gamin, dit-elle en pointant son doigt sur son torse. Même toi. Nous esquivons nos problèmes. Peu importe à quelle vitesse nous le faisons, si nous continuons à laisser cela se produire. Il y a toujours un problème, c'est la vie.

— Eh bien…

Il avait passé tellement de temps à s'appesantir sur son problème que le dire à voix haute semblait… cruel.

— Tucker va devoir partir. D'ici.

Elle opina de la tête.

— Je suppose, oui. Il comprendra. Il a vécu à Silsbee un moment avant de venir aider Royce et ta mère avec la fauche. Pas rapide. Cet homme est plus lent qu'un wagon de petit-déjeuner avec des roues en mousse. Il repartira.

— Il se laissera porter.

— Exactement. Tu vois ?

Elle leva à nouveau les yeux vers lui, de la tête aux pieds.

— Tout ce qu'il lui reste, c'est une ribambelle de bâtards qui le détestent et des petits-enfants qu'il ne rencontrera jamais, éparpillés d'ici à Lubbock. Tu n'as qu'à le prévenir afin qu'il ait du temps. Il va en avoir besoin.

Patch put la voir réfléchir à quelque chose. *Il est temps de partir.*

— Je vais devoir y aller. Désolé pour le foin.

— *Pffft*, le foin ?

— De te priver de ton approvisionnement. De te laisser en plan si brusquement.

— Comme si j'en avais quelque chose à foutre. Je veux que tu sois heureux, gamin. Si tu as besoin d'aide, j'arrive avec ma tronçonneuse.

113

Elle claqua le comptoir comme si elle venait de faire une bonne affaire.

— Merci, Janet.

Elle le serra dans ses bras, lui tapotant durement la joue.

— Qui t'aime plus que moi ?

— Je ne sais pas.

Il vida sa seconde canette sur le trottoir en direction du pick-up délabré, avant de la jeter dans la poubelle. Il sauta dans la cabine comme un véritable fermier et se surprit à prétendre avoir les jambes arquées. Ce qui l'excita un peu, à vrai dire, ce qui était pire. Une partie malsaine en lui aurait souhaité qu'un photographe prenne des clichés de lui avec de la saleté sous les ongles.

L'intérieur étouffant du véhicule rendit sa peau moite, et l'air conditionné ne fit qu'empirer les choses. Ses bourses palpitaient comme une dent douloureuse, mais il était déterminé à rentrer à la maison avant de se masturber dans son short.

*Une récompense pour un travail bien fait.* Une nouvelle fois, les paroles de son père lui revinrent, ce qui tempéra son érection.

— Ne te masturbe pas, murmura-t-il pour lui-même. Fais des cartons.

De retour à Terrapin Road, il faillit abandonner la remorque vide dans l'allée, mais, au lieu de cela, il se comporta en adulte : il la rangea à sa place, dans l'ancienne grange de bardeaux, où ils stockaient les ballots. Tucker pourrait à nouveau la remplir jusqu'en haut et livrer la prochaine commande pour Feed & Seed lors d'un futur trajet en ville.

Patch était grimpé pour la dételer quand il entendit des pattes de chien et une médaille dans l'herbe haute.

Effectivement, Botchy *aboya* et cogna sa tête massive contre sa jambe, rebondissant autour de lui en une invitation toute canine.

— Hé, ma fille ! Salut. Oui !

Il lui frotta rudement le dos et lui caressa les oreilles. Ça lui manquait tellement d'avoir un chien. C'était l'inconvénient d'être entassé dans un studio en ville et de voyager tout le temps. Peut-être pourrait-il en prendre un dès que le club serait ouvert.

— Bonne *fille*. Hé !

Il lui frotta les flancs et elle agita la queue en cercles joyeux, puis le guida vers la porte.

À l'intérieur, quelqu'un avait empilé des ballots de foin frais, dans le fond, sur six mètres de haut. Patch ne l'avait jamais vue si pleine. De

114

petits ballots à deux cordes, empilés comme des briques jusqu'au plafond. Il devait y en avoir pour dix ou quinze mille dollars, au bas mot.

— Bordel !

— Oui, hein ?

Une voix rauque et un ricanement auxquels il aurait dû s'attendre. Patch se figea et pivota.

Tucker portait les gants et une pellicule de sueur mieux que personne. Patch fit un signe de tête en direction de la pente raide de ballots.

— C'est énormément de travail, Tuck. Tu as fait tout ça tout seul ?

Être ici commençait à le faire ressembler à son père. *Ces ballots.* Il savait comment parler, maintenant.

Tucker poussa un profond soupir.

— Il a commencé à pleuvoir en mai, alors, je fauche tous les vingt-huit jours pour qu'il ne pourrisse pas.

Patch s'avança vers la montagne en train de sécher.

— C'est de la Jiggs ?

Il n'y connaissait rien aux différentes sortes d'herbe, mais c'était sacrément beaucoup de foin de stocké. Dix mille dollars, facile. La moisissure serait un problème vers le bas.

— J'imagine que ça fait beaucoup, hein ? Si tu vends cet endroit, nous allons devoir tout vider rapidement. Je peux baisser le prix et m'en débarrasser.

Botchy sauta sur un ballot et gravit la montagne de paille comme une chèvre articulée. *Boing-boing-boing.* Elle haleta joyeusement arrivée en haut, sa langue rose pendante, puis redescendit lorsqu'ils se moquèrent d'elle.

Dès qu'elle atteignit le sol, elle se rua sur lui et lui lécha la jambe, le faisant glousser et se tortiller.

— Des larmes et de la sueur, dit Tucker en caressant son dos balafré, ce qui la fit se blottir contre lui dans un plaisir évident. Ce chien aime le sel.

Elle releva la tête pour lui lécher la main et la joue.

— Donc, tu as fauché et mis tout ça en ballot tout seul ? Avec ce tracteur merdique ?

Patch savait que c'était le cas. Qui aurait pu l'aider ? Il n'avait jamais vu autant de foin en une seule fois. Il regardait des milliers d'heures de travail éreintant, sans aucune garantie de salaire.

— Depuis combien de temps ?

Botchy renifla les abords de la grange, puis regrimpa sur les ballots.

— Deux ans. Il y a eu quelques gars du centre de vétérans qui sont venus prêter main-forte à tes parents, mais sinon, je l'ai fait petit à petit, répondit Tucker en haussant les épaules. Ça paye bien. Je voulais couvrir les impôts, les charges, tout ça. Puis tes parents sont...

Il fronça les sourcils, le regard baissé.

— Une chose de moins à t'occuper.

Patch hocha la tête. Il avait honte de l'admettre, Tucker lui avait rendu service.

— Nous n'allons pas le laisser pourrir, Patch. C'est ton argent. La ferme a encore des factures, dit Tucker en faisant un geste de la main en direction des piles hautes dans la grange. Ce que nous ne pourrons pas vendre, je le brûlerai.

Tout ce travail... *Réduit en cendres*. Son expression ne changea pas.

À nouveau arrivée au sommet, Botchy releva sa tête pantelante.

Patch sourit malgré lui.

— Pourquoi monte-t-elle là-haut ?

— Ce dingo de chien va toujours dans les endroits les plus hauts, je te jure. Elle dormirait sur le toit si elle pouvait. Quand les gens posent des questions à propos des cicatrices, je leur réponds qu'on lui a coupé les ailes.

Près du plafond, Botchy sembla comprendre qu'elle était le sujet de discussion. Elle bondit de haut en bas plusieurs fois, avant de s'installer pour se lécher le ventre.

Patch se tourna vers lui.

— Mais pourquoi ?

— Qu'est-ce que j'en sais ? Peut-être parce que ces gosses lui ont fait du mal. Prudence. Ennui. Peut-être qu'elle aime lécher les étoiles. C'est un chien.

Tucker sourit à son chien et passa sa main sur sa gueule.

— Elle a besoin de place pour courir aussi, hein ? Quelque part où aller.

Botchy piqua du nez dans le foin, puis elle sauta sur les ballots, l'un après l'autre, comme une chèvre des montagnes baveuse. Elle heurta sa jambe de son crâne massif, tandis qu'il la caressait.

— C'est ça. Nous parlons de toi. Ma meilleure chienne.

Patch bougea, regardant les angles durs de la bouche de Tucker. La fraîche pénombre de la grange lui donnait envie de faire une sieste ou de baiser. Autour d'eux, les champs craquaient sous la chaleur tandis que la tranquille intimité de la ferme s'étendait sur plusieurs centaines d'hectares, dans toutes les directions. L'option facile de s'envoyer en l'air à tout instant tourbillonnait silencieusement autour d'eux.

Dans cette vieille grange, rien ne pourrait les en empêcher, à part l'habitude et la lumière du jour, après tout. Patch jeta un œil à la montagne de ballots, puis à la braguette de Tucker. Il pourrait faire en sorte que cela se produise en moins de dix secondes, s'il le voulait, et ils seraient l'un sur l'autre, comme des crêpes sur une plaque chauffante.

*Arrête ça*. Pour une raison étrange, il voulait que Tucker fasse le premier pas. Et il le fit, mais pas de la façon dont il s'y attendait :

— Euh… Patch ? Tu veux sortir dîner ? demanda Tucker, le doigt pointé entre eux, comme si Patch pouvait imaginer qu'il parlait au chien. Tu sais… plus tard ?

*Non*, aurait dû être la bonne réponse. À la place, Patch lui renvoya un sourire soulagé.

— Oui. Pourquoi pas.

— Sinon, c'est pas grave, répondit Tucker en mettant ses mains dans ses poches. Je me suis dit que nous devions tous les deux manger, à un moment donné.

Patch haussa les épaules et posa la main sur le dos de Tucker. C'était la première fois en quatre jours qu'il le touchait sans qu'ils soient nus ou en train de se disputer.

— Bien sûr, si tu le dis.

Pour une raison qu'il ne pouvait expliquer, son sexe s'épaissit dans son short à l'idée d'un rendez-vous. *Non, pas un rendez-vous*.

Tucker sourit.

— Super. Il y a deux ou trois endroits que tu pourrais aimer à Kountze… c'est pas très loin. Ou un barbecue à Honey Island.

— Sommes-nous…

Patch ouvrit la portière du pick-up, puis la referma, avant de reculer.

—… je ne sais pas… amis ?

— Je pense. Aimables, pour sûr, répondit Tucker, un sourire se glissant sur ses lèvres. Tu crois ?

Patch lui rendit son sourire.

— Oui. Oui, aimables.

Il jeta un coup d'œil aux articulations de Tucker, se souvenant les avoir vues recouvertes de sperme, les dents de Tucker tirant sur son lobe d'oreille tandis qu'ils explosaient dans la boue.

Tucker cilla et posa ses yeux brumeux sur le renflement du pantalon de Patch.

— Ça t'a plu ? Ça m'a plu. C'est tout.

*T'as des couilles, mec.* Cette audace décontractée le paralysa. La plupart des hommes qui lui couraient après jouaient des jeux à la con et hésitaient, intimidés par son corps, sa réputation ou son air fanfaron. Les hommes sexy mettaient tout le monde mal à l'aise. Lorsqu'il avait emménagé à New York, il avait pris un café avec quiconque avait du cran, car c'était le *cran* qu'il voulait.

— J'ai suffisamment de temps, il n'y a aucun problème que je ne puisse résoudre.

Le sourire de Tucker devint de plus en plus large, puis il lui fit un clin d'œil, indolent et obscène.

— Alors, qu'est-ce que ça fait de nous ? demanda Patch.

L'espace d'un instant, ils se dévisagèrent dans l'air étouffant.

— Je ne sais pas. On vit à proximité. On travaille à proximité. On prend plutôt bien notre pied ensemble, non ? dit Tucker avec un clin d'œil. On est aimables. On s'amuse. Ça fait de nous des potes de baise, au minimum.

Tucker avait purement et simplement envie de lui et avait le cran de le dire. Peut-être que ce qu'il trouvait sacrément sexy chez lui, c'était son implacable assurance. *Ses couilles.* Voilà son véritable penchant – pas les bottes, la voix traînante ou l'apparence, mais la confiance brute et virile. Cela faisait flageoler ses jambes, suinter son sexe et se dresser ses cheveux.

— Je suppose. Dîner, alors.

De toute façon, ils devaient discuter des options de vente : locaux ou compagnies pétrolières. Et peut-être qu'après, Tucker serait suffisamment excité pour jouer un peu plus.

Tucker prit son silence pour de l'hésitation.

— C'est bizarre pour moi aussi, gamin. Tu es un étranger pour moi, de bien des manières. Alors, je suis ravi de te rencontrer.

Patch pouffa de rire.

— Allez, Tucker. Tu me connais depuis tout petit.

— Non, répondit Tucker en tirant sur un brin de paille sur sa poitrine. Je n'ai jamais essayé.

— Que veux-tu dire ?

— Tu étais le fils de Royce. Je ne te *connaissais* pas, tu vois. Tu étais beau et tout, mais tu étais la principale raison pour laquelle nous ne pouvions pas sortir boire un verre ou aller aux putes. Quand tu étais là, j'avais mal à la tête. Il a arrêté le rodéo parce qu'il avait une famille.

Patch hocha la tête.

— Et toi non.

— Eh bien, oui et non. Luanne est partie lorsque nous étions gamins et je ne me voyais pas me marier deux fois. J'ai été entraîneur, j'ai fait du rodéo. Je ne te voyais que comme une maigrichonne épine dans le cul, répondit Tucker en passant sa main sur les épaules de Patch. Mais tu n'es plus un enfant.

— Pas depuis longtemps.

L'affection désinvolte lui donna la chair de poule et son cuir chevelu se resserra comme un écrou.

— Non, constata Tucker en lui donnant un brutal coup de poing qui lui parut... bon, fort, réel. Tu es un homme maintenant.

Ce compliment à la con était étrange, provenant de ce visage rugueux. Si Tucker pouvait proférer ce mensonge, Patch était prêt à l'entendre.

Il s'étira lascivement.

— Je suppose. New York m'a endurci.

— Bien sûr.

Comme si l'endurance était un endroit où vous pouviez aller. Patch réalisa que son ancien coach ne plaisantait pas.

— Qu'est-ce que tu entends par là ?

— Je n'aurais jamais pu faire ce que tu as fait. Partir au nord, vers le béton. Dans une grande ville. Seul.

Patch fit une grimace loufoque qui le fit ressembler à un habitant du coin.

— N'importe quoi. Tu es l'homme le plus coriace que je connaisse.

— Patch, se mit à rire Tucker en secouant la tête, mais sans lever les yeux. J'ai vécu toute ma vie avec ces gens. Je ne suis jamais allé nulle part. Pas même hors du Texas. Bon sang, la seule fois où j'ai quitté le comté de Hardin, c'était pour un rodéo quand j'avais ton âge. J'ai monté les taureaux. Fauché du foin... Voyager t'a fait du bien.

Patch sourit.

— Regarde, par exemple, continua Tucker en tapotant son torse de ses articulations et grognant de satisfaction. Plus dur que moi. Maigre comme tout.

— Ce n'est pas vrai, répondit Patch, sans bouger d'un pouce.

— Aussi dur qu'un steak à deux dollars.

Au lieu de flirter, Tucker le poussa du coude et lui fit un clin d'œil.

— Vas-y maintenant.

À nouveau ce sourire.

— *Casse-toi.*

Patch le laissa travailler et s'éloigna en direction de la maison. La voix de Tucker s'éleva par-dessus son épaule.

— Je viens te chercher vers dix-huit heures.

Parce que les gens mangeaient avant le coucher du soleil, ici. Il avait aussi oublié ça.

*Copains de baise, alors.* Tucker pouvait se méfier de lui et jouir quand même. *Ne te prends pas la tête.*

S'amuser ensemble semblait sûr, prendre son pied ensemble semblait presque innocent. Sauf que Patch savait qu'ils n'étaient plus des enfants et que ce n'était plus le lycée. Tous les deux avaient des vies et des problèmes d'adulte. À ce stade, tout ce qu'il avait à faire pour survivre à son doux foyer lui paraissait raisonnable.

Toute intimité réelle semblait carrément dangereuse. Dans son idée, les rendez-vous modernes incluaient une fellation ou une masturbation, plutôt désinvolte en fait, mais mettre deux corps trop près l'un de l'autre pendant de trop longs moments d'intimité pourrait embrouiller la situation.

Patch savait ce qui changerait s'ils finissaient par avoir un face-à-face moite durant une longue période de temps. Il savait qu'il commencerait à avoir des sentiments et le lui dire. Il n'était pas aussi stupide.

*Pas d'attache, peu importe ce qui se passe.*

Leur différence d'âge était déjà suffisamment problématique, il savait ce qui risquait d'arriver s'il laissait cet homme s'approcher suffisamment près pour s'emmêler.

Personne ne devait s'attacher à quoi que ce soit.

Ils s'envoyaient seulement en l'air, car ils étaient excités et s'ennuyaient, extériorisant un fantasme pour l'autre : le coach et le joueur, le papa et son fils, le campagnard et le citadin.

Il avait besoin de jouir et, de cette façon, il n'avait pas à se rendre à Beaumont, ce qui aurait été une sacrée perte de temps. Batifoler avec Tucker ? Une prime, voilà ce que c'était. *Une récompense pour un travail bien fait.* Seulement cette fois, il entendit ses mots de sa propre voix et il faillit les croire.

La sueur avait trempé ses vêtements au moment où revint dans la maison sombre. Il but deux verres d'eau du robinet. La tâche impossible de trier le tiroir photo lui fit mal au cœur. *Demain.* Lorsqu'il se sentirait plus calme. Cela pouvait attendre. Elles pouvaient attendre.

Sans air conditionné, il prit la décision de se déshabiller et d'enfiler un short sec, sans prendre la peine de mettre un tee-shirt, puis il attacha ses cheveux en une queue de cheval désordonnée, afin qu'ils ne lui retombent pas sur le visage. S'il devait fouiller dans cet enfer, il voulait au moins y voir clair.

Alors qu'il retournait tenter de trouver un sens aux jouets du grenier, il vérifia si son téléphone captait le réseau et appela Mme Laundry tout en continuant à trier les animaux en peluche.

— M. Hastle ! le salua-t-elle.

Bruissement de papier, puis sa voix devint plus claire :

— Je voulais vous appeler hier.

— Avec de bonnes nouvelles, j'espère.

Ah, voilà sa pile d'animaux en peluche.

— Éventuellement. Mais pas celles que vous attendiez, je suppose.

— Ce qui veut dire… ?

— La compagnie d'assurance va payer l'assurance vie. Mais pas sur la clause accidentelle, à cause du rapport de police.

Parce que son père avait ignoré la signalisation, voulait-elle dire.

— Nous le savions. Ce ne sont pas de mauvaises nouvelles.

— Non, mais… la laiterie a renoncé. Impossible pour eux d'obtenir la dérogation. Et les Killinger ont décidé de se rapprocher de l'Arkansas, pour le moment.

Patch se frotta le front d'une main poussiéreuse.

— Ah. Cela ne me semble pas très optimiste. Où en sommes-nous, alors ?

— Les pétroliers veulent venir faire une étude géologique. Échantillon et autres.

— Texaco.

Patch fronça les sourcils. Le forage ferait toutes sortes de choses au voisinage, il le savait. Là encore, peut-être que tout le monde pouvait vendre et se tirer. Cela finirait peut-être par être une bonne chose pour toutes les parties concernées. Il vacilla, un ours en peluche à la main.

— Vous êtes toujours là ?

Elle semblait sceptique.

— Quand peuvent-ils venir ?

— Très vite.

Elle se racla la gorge.

— Apparemment, ils surveillaient la propriété. Autant de terres si près des raffineries est une perspective rare. Beaumont et Port Arthur continuent de s'étendre et...

— Donnez-leur l'autorisation pour l'étude, la coupa-t-il en faisant face à un tas de poupées non réclamées. Et s'il vous plaît, creusez un peu dans le comté. Juste pour déblayer le terrain.

Peut-être que ça fonctionnerait.

— Vous êtes certain ?

Ce n'était pas un avertissement, mais elle savait comment couvrir ses arrières.

— Je vais dîner chez ma fille, à Sour Lake, plus tard. Je peux déposer le prospectus dans votre boîte aux lettres.

Dès que la nouvelle se répandrait, les habitants auraient une foule d'opinions sur le fils homo des Hastle. Texaco avait déjà bon nombre d'ennemis, là, Patch laissait entrer le renard dans le poulailler.

Rien de tout cela n'importait. En un coup, il pouvait se débarrasser de son passé avec un profit substantiel et faire en sorte d'ouvrir *Vélocité*.

Le seul problème, c'était Tucker. Il allait devoir trouver une solution qui ait du sens.


FIDÈLE À sa parole, Tucker arriva dans son pick-up déglingué lorsque le soleil commença à faiblir. Il en descendit, vêtu d'une chemise repassée rose avec un col et une paire de sneakers non usée.

— Tu es élégant.

Patch était assez content d'avoir opté pour un polo, car du coup, ils avaient tous les deux un col.

— Nous allons dans un endroit chic ?

— À peine, répondit Tucker en lui tenant la porte ouverte. Au moins, il n'y a pas de paille par terre.

Était-ce un rendez-vous ?

— C'est déjà ça, se moqua Patch.

— Je me suis dit que tu en aurais assez des haricots en conserve et des fast-foods.

— C'est vrai.

— Eh bien, cet endroit est assez bon et proche, dit Tucker en haussant les épaules. Tu dois manger.

— C'est vrai.

Donc, ce n'était pas un rendez-vous ?

— Il n'y aura que nous ?

— Pour ce que j'en sais.

Tucker se tourna pour jeter un œil vers le porche.

— Tu as quelqu'un d'autre de caché dans l'un de ces cartons ?

— Je ne savais pas si Bix ou quelqu'un d'autre allait nous rejoindre.

Tucker le regarda en plissant les yeux, comme s'il était timbré.

— Euh... non. Il travaille toujours à Kerrville, pour ce que j'en sais, l'informa Tucker en secouant lentement la tête. Voulais-tu qu'il vienne ?

— Quoi ? Non ! Ce n'est rien. Désolé. Je crois que je suis resté à l'intérieur trop longtemps aujourd'hui.

Il feignit un sourire qu'il ne ressentait pas, souhaitant n'avoir rien dit. À présent, Tucker pensait qu'il était un psychopathe ou jaloux.

— J'espérais qu'il n'y ait que nous.

C'était la bonne chose à dire. Tucker sourit et lui ouvrit la portière.

— Bon plan, alors.

Se sentant coupable, Patch leva la main pour serrer l'épaule de Tucker, mais se ravisa. Ils n'étaient pas vraiment amis. Tout juste des copains de baise, en fin de compte. Mais contre toute attente, il commençait à se sentir inquiet. Il le connaissait mieux, pour ce que ça valait.

*Quelle paire nous formons !*

Le pick-up bleu délavé tournait au ralenti dans l'allée. Ils s'installèrent, la climatisation lui donnant un air de paradis.

Tucker passa la marche arrière, puis la première.

— Je pensais que tu allais cuire dans cette maison.

La cabine montait sacrément haut.

— Sans blague.

Tucker tourna en direction de la route.

— Je pensais que, peut-être, tu voulais amener Janet et Dave.

— Pourquoi ? demanda Patch.

— Eh bien, tu sais, tu as livré une cargaison. Je suis passé au Feed & Seed avec d'autres ballots, parce que j'avais oublié de les prendre. Janet est sortie aussi en colère qu'une chèvre en porte-jarretelles, expliqua-t-il en riant. Tu avais déjà rempli son hangar, alors elle poussait des hurlements en utilisant des termes cursifs.

— Cursif ? demanda Patch en tournant la tête.

— Des grossièretés. *P*... par-ci, *P*... par-là.

Patch lui fit un sourire rayonnant et boucla sa ceinture de sécurité. Une stupide affection bouillonnait en lui, mais il ne fit rien à ce sujet.

— Moi, j'aime les termes cursifs.

— Sans déconner.

Tucker parut ennuyé, mais heureux, si ça avait du sens.

Ça en avait pour Patch.

— La musique, ça te va ? demanda Tucker en allumant la radio.

De la musique basse emplit la cabine – de la country, évidemment –, mais moins nasillarde et triste que prévu. *Petite victoire*. D'une drôle de manière, cela lui donnait l'impression d'appartenir à cet endroit, à côté de ce gars qu'il connaissait à peine, en cet instant.

Ils roulèrent dans un silence confortable. Les terres agricoles humides défilaient, le véhicule robuste lancé à pleine vitesse et son avancée perturbaient Patch. Il n'avait pas vraiment réfléchi aux projets de Tucker, à ses déceptions, ses options. Il ne s'en était jamais beaucoup soucié, d'une manière ou d'une autre. Jusqu'à quelques jours auparavant, Tucker n'avait été qu'un fantasme idiot avec lequel il jouait derrière sa porte fermée. *Le papa cowboy*. La vie réelle n'entrait pas là-dedans. Pourquoi l'aurait-elle fait ?

En y repensant, qu'est-ce que Tucker connaissait de *lui* à part les conneries qu'il avait entendues de la part de Royce ? Au mieux, Patch était une épine dans le cul quand il travaillait au lycée, un remplaçant, un homo mariole, le raté de fils fugueur de son meilleur ami.

Patch comprenait à quel point il devait paraître jeune. Ces vingt ans entre eux ressemblaient à un pont miteux au-dessus des rapides. Le fantasme était peut-être plus sûr, car ils ne pourraient jamais réellement se toucher tant qu'ils seraient sur des rives opposées.

Tucker tambourinait sur le volant, un petit sourire plissant sa joue.

— *Pour m'avoir envoyé au diable parce que je n'avais pas biné mon maïs* [2], chantonna Tucker dans sa barbe.

Ça n'avait pas l'air idiot. Ça avait l'air vrai.

— Tu sais… commença Patch en lui faisant un signe de tête. Tu as une jolie voix, Biggs.

— Va te faire voir !

Mais Tucker semblait heureux.

— Je le pense.

---

2 Parole de la chanson « The Boy Who Wouldn't Hoe Corn » de The Broken Circle Breakdown

— Je parie que oui, répondit Tucker en vérifiant dans le rétroviseur avant de changer de voie. Tu as faim ?

C'était le cas. Il hocha la tête et prit la décision de ramasser l'addition. Il savait que Tucker ne pouvait pas se permettre de manger au restaurant. Seigneur, il ne pouvait même pas remplir son réservoir à la station-service. La seule raison pour laquelle Tucker le sortait ce soir, c'était pour impressionner le citadin.

— Je suis affamé, maintenant que tu en parles.

Tucker sourit.

— C'est une bonne chose. Nous allons arranger ça. Te remplumer un peu.

Sa grande main vint se poser sur la cuisse de Patch et la serra, puis il la laissa là.

Patch tressaillit et grogna. Cela n'aurait pas dû être si bon, mais ça l'était. Son sexe se redressa, juteux et épais dans son jean. Il baissa les yeux, avec l'envie que Tucker le pelote dans le pick-up. Il fit glisser son regard.

Pas moyen. Au moins, Tucker laissa sa main chaude sur sa cuisse, ses articulations frôlant ses bourses à travers le denim.

— Pas maintenant, gamin.

— Quoi ?

— Cette charge que tu portes, répondit Tucker en caressant sa cuisse. Dîner d'abord et sperme ensuite.

— Oui, monsieur.

Patch était déjà excité auparavant, mais à présent, sa chair piégée dans son jean était douloureuse.

— Ne t'en fais pas. Nous avons toute la nuit pour te vider correctement.

Ça ressemblait à « vder »

— Tu ferais mieux de me laisser conduire pour le moment.

*Putain !* Maintenant, il était vraiment affamé.

En périphérie de Kountze, les fermes se rapprochèrent et les lumières devinrent plus brillantes. Ils traversèrent un étroit pont à deux voies, à peine assez large pour le pick-up. Droit devant, un Texaco et une installation d'approvisionnement agricole indiquaient qu'ils approchaient de la ville.

Tucker lui jeta un regard en coin.

— Nous y sommes presque.

À nouveau, il tapota le volant de ses doigts.

— Je suis impatient.

Pour une fois, c'était la vérité.

— Cet endroit est fiable. Bix m'y a emmené, il y a un certain temps. Et il est très pointilleux sur la nourriture.

Il aurait probablement dû être agacé, mais curieusement, l'idée que l'ex-taulard-clown-de-rodéo-copain-de-baise de Tucker soit un fin connaisseur de cuisine raffinée semblait tellement ridicule.

— Il fréquentait une nana. Bon, il se la tapait. Elle était serveuse lorsqu'ils étaient complets.

Tucker semblait à la fois nerveux et formel.

Par excès d'entêtement, Patch demanda :

— Tucker Biggs, est-ce un *rendez-vous* ?

Pas de réponse. Les mains sur le volant s'immobilisèrent et Tucker appuya sur l'accélérateur.

— Tu m'emmènes dîner pour te montrer amical ou socialisons-nous parce que nous nous envoyons en l'air ? demanda Patch, le regard rivé devant lui. Ou est-ce que c'est parce que mes parents sont morts ?

— Je ne… je pensais…

Tandis que la route défilait silencieusement, les enseignes se firent plus lumineuses.

— Que tu pourrais avoir besoin d'un bon dîner.

— Sans vouloir te manquer de respect, c'est ce que tu dirais à une femme, dit Patch en tournant la tête pour vérifier sa réaction.

Tucker fit une étrange grimace.

— Je me montrais poli. Nous sommes amis depuis…

— Deux jours, le coupa Patch. J'appelle ça des foutaises. Je t'ai évité la plus grande partie de ma vie. Et avec de bonnes raisons.

— Allez.

— Tu te souviens m'avoir balancé à mes parents ? Frappé aux matchs de foot ? Ramené à la maison toutes les heures ?

— Tu étais un gosse. Je faisais ce qu'il fallait, car c'était dangereux ce que tu faisais, te faufiler en douce pour t'attirer des ennuis.

— Tu n'as aucune idée de ce que c'était pour moi.

Tucker secoua la tête.

— Non. C'est vrai. Mais tu étais un enfant, je ne voulais pas te voir blessé.

Pourquoi cela lui paraissait-il juste ? Pourquoi cela le réchauffait-il de l'intérieur ? *Connard*. Pourtant, l'idée de Tucker le protégeant semblait si bonne qu'il aurait presque pu oublier à quel point ça avait été effrayant.

— Donc, tu me protèges à nouveau. Ce dîner. Faire des ballots de tout ce foin. Le sexe dans la boue et davantage.

— Non. Eh bien… oui.

— Eh bien, nous nous envoyons en l'air. Nous avons étalé notre boue sur l'autre plus d'une fois.

D'une certaine façon, ça ne parut pas aussi drôle ou décontracté qu'il en avait eu l'intention.

— Tout à coup, nous discutons régulièrement. Nous mangeons ensemble. Et tu portes une chemise repassée avec tous ses boutons. Alors je veux savoir, est-ce un rendez-vous ?

Tucker freina, mais ne lui répondit pas.

— J'espère que nous trouverons une place pour nous garer.

Un feu se mit au rouge à une intersection de quatre voies. Une fois passée, la route fit un virage devant le Sonic Burger et le bosquet de pacaniers.

— Sérieusement ?

Patch n'imaginait pas un endroit ici où il y ait suffisamment de trafic pour créer un problème de places.

Dick l'Habile, disait l'enseigne néon, sans honte ni sens de l'interprétation obscène. *Ah, le Texas.*

La lumière jouait sur la mine renfrognée de Tucker.

— La famille de Dick a construit cet endroit à l'époque de la Première Guerre mondiale. Ce sont ses petits-enfants qui le gèrent principalement, mais il en est toujours le cuisinier. Il fait le meilleur poulet grillé de tout l'ouest du Texas. Les gens viennent de Nederland et de Port Arthur, je te le dis. J'ai toujours voulu un lieu comme celui-ci.

Effectivement, ils tournèrent à gauche sur un parking non pavé où des rangées de voitures, camionnettes et tout ce qu'il y avait entre les deux remplissaient n'importe comment une cour cahoteuse se trouvant devant une maison délabrée avec un porche tout autour. Des lampes à sodium déversaient de la lumière sur ce remue-ménage. Des gamins courraient dans tous les sens. Au milieu de ce bled, au milieu de nulle part, et une file d'attente devant cette maudite porte.

Ce public ? Impossible que ce soit un rendez-vous.

— Bon Dieu !

Tucker lui adressa un clin d'œil.

— Ne t'inquiète pas. Ils me connaissent bien. Nous allons passer devant tout le monde et manger à l'arrière. La femme de Dick va s'occuper de nous.

Il trouva une place et s'y gara.

Patch n'ajouta rien. Peut-être que Mme Dick était un autre malheureux coup d'un soir de Tucker. Peut-être que lui l'était aussi. Ménage à trois dans sa ville natale. Cette pensée l'énerva.

— Donc, c'est un rendez-vous.

— Bon sang…

Tucker coupa le moteur et déboucla sa ceinture de sécurité. Il expira, puis inspira.

— J'imagine que si tu ne dis pas non, c'est que c'est en partie un rendez-vous. En partie non. Ou pas ?

L'endroit paraissait agréable. Il ne vit pas grand monde à l'intérieur, mais c'était plus chic qu'un Whataburger.

Le capot du pick-up cliqueta et craqua alors qu'il refroidissait.

— Je pensais juste que tu aurais faim.

— Conneries. Conneries… se marra Patch. Et tu le sais. Tu t'es habillé. Je veux dire, de belles chaussures et tout.

— Toi aussi.

— Alors qu'est-ce que ça veut dire, bon sang ? Oui, c'est un rendez-vous parce que nous batifolons officiellement ensemble ?

— Nous sommes amis.

— Avec des bénéfices sexuels.

— Si tu veux, répondit Tucker, l'air confus. J'imagine que ça fonctionne. Ce n'est qu'un dîner. Je ne t'ai pas amené de putain de bouquet.

— Des potes de baise, alors. Avec un passé bizarre.

Tucker sembla déconcerté.

— Si tu veux. Chacun s'occupe de ses affaires. Sans blesser personne.

— Jusqu'à la semaine dernière, je n'avais jamais eu une seule conversation avec toi qui ne se termine pas mal. Jusqu'à il y a trois jours, tu n'étais que le connard d'ami de mon père qui m'a fait chier pour se marrer et a fait de mes années lycée un cauchemar.

— D'accord. Et ?

— Nous sommes les mêmes, Tucker. Nous ne sommes pas devenus des amis – *pouf* – qui aiment partager des bières et des gonzesses.

Tucker éclata de rire tandis que la porte latérale de chez Dick s'ouvrait. Un jeune couple mexicain en sortit et partit d'un pas chancelant sur le gravier vers une vieille Jeep. Donc, les couples venaient ici, au moins.

Tucker plissa les yeux vers lui, comme s'il s'attendait à ce qu'il râle et le frappe.

— C'est un repas, gamin. Je pensais que ce serait sympa.

— D'accord, répondit Patch en croisant les bras et se tournant vers lui pour l'attaquer de front. Je t'ai léché les couilles, part'ner. Et tu m'as retourné la faveur, directement à la source. Plusieurs fois, maintenant.

Mais ils ne s'étaient pas embrassés.

Tucker haussa un sourcil.

— Patch, ça ne me fait absolument pas peur.

— Je ne te crois pas, insista Patch en se tournant pour lui faire réellement face.

— Eh bien, ne me crois pas. Seigneur, j'avais mon visage dans ta raie et j'ai léché ton sperme sur mes doigts. Je vais le refaire, je crois. Peut-être ce soir. C'est vrai, dit Tucker en souriant.

*Bon Dieu !*

— Je peux te sucer là maintenant si ça peut te calmer.

Patch lui fit un sourire crispé.

— Je crois que je ne comprends pas.

— Et ?

Tucker baissa les yeux.

— Tu ne peux pas espionner tous les soirs quand tu es excité, puis te comporter comme si nous étions des étrangers.

*Si.*

— Ce n'est pas ce que je fais.

— Patch…

— Je ne le voulais pas, alors.

Il prit une profonde inspiration et la retint, comme une bouffée de cigarette avant de la relâcher.

— Je ne pensais pas que ça te toucherait.

— Je te l'ai dit, s'emporta Tucker en fronçant sévèrement les sourcils, ce qui assombrissait son front.

*Le coach austère.*

— Désolé.

— Ne sois jamais désolé de penser. Au moins, tu prends la peine de le faire.

Tucker ouvrit sa portière et sortit.

— Je suis affamé. Tu viens ?

Patch se contenta de hocher la tête, se sentant stupide et abasourdi. Il sauta et claqua la portière.

Tucker fronça à nouveau les sourcils dans sa direction, par-dessus le toit du véhicule. *L'ouvrier grincheux.*

— Coucher avec moi te pose problème, alors il ne faut pas. Tu veux être mon ami, sois-le. Je suis trop vieux pour tolérer des stupidités timorées.

— Oui, monsieur.

Patch n'arrivait pas à croire qu'ils aient cette discussion sur le parking d'un bistro.

— Nous sommes deux adultes. Comporte-toi en tant que tel, conclut Tucker en plissant les yeux et croisant les bras.

*Papa déçu.*

— Sérieusement, c'est déjà assez moche que tu m'appelles monsieur. Je me sens vieux.

— Tu m'appelles tout le temps *fiston* et *gamin.*

— Peut-être. Tu as raison. C'est trop difficile à comprendre pour moi. Mais si nous baisons ensemble, j'aimerais que tu me traites comme une personne au lieu de l'un de ceux de tes magazines.

Patch déglutit. *Grillé.* Tucker se révélait plus intelligent qu'il ne l'aurait dû. Son humeur continuait de vaciller, de tourbillonner et de se cabrer. Cette conversation, c'était comme chevaucher un taureau.

— Je te jure, tu m'épuises, s'exclama Tucker en agitant la main d'exaspération. Si nous sommes des adultes consentants, j'aimerais que tu consentes, déjà.

Patch fronça à son tour les sourcils.

— Oui. Nous devrions parler.

— Tu devrais écouter.

Il hésita, sachant qu'il s'était fait prendre et réprimander.

— Eh bien ? demanda Tucker, attendant sur les marches, un pied sur le porche noir de monde, un pouce dans sa ceinture, les doigts posés sur sa large boucle. Décide-toi.

Patch se mit à rire. *Je décide de tout le reste, alors pourquoi pas ça aussi ?*

Par-dessus l'épaule de Tucker, un couple de convives regardait dans leur direction. La porte d'entrée claqua à nouveau et une famille bavarde en sortit.

Tucker croisa les bras et plissa les yeux.

— C'est pas grave, hein ? Je peux te ramener rapidement à la maison, si tu veux.

Patch le dévisagea, cherchant les réponses qui se cachaient sous la surface avant de faire une erreur qui serait pire. *Nous aviserons au fur et à mesure.*

— J'en ai pas envie.

— Envie de quoi ?

Les lampes au sodium au-dessus de leurs têtes jetaient le visage de Tucker dans la pénombre.

Au lieu de répondre, Patch s'avança vers lui, comblant lentement la distance, se sentait mieux à chaque pas, le poids sur ses épaules fondant.

— Très bien, dit Tucker en lui ouvrant la porte, ce qui, à la fois, il détesta et adora.

Un couple de filles en tee-shirts de l'université du Texas passa devant eux, regardant Tucker à deux fois, puis se retournant pour le regarder à nouveau. Le grand cowboy ne leur accorda pas le moindre regard.

Patch compatit. La manière dont Tucker remplissait son jean n'aurait pas dû être légale. Ce gros renflement sous sa boucle de ceinture, ses yeux froids, ses muscles épais qui étiraient sa chemise, défiant quiconque de chercher les ennuis.

*Les imbéciles se précipitent.*

Patch entra dans l'air conditionné avec un soupir de soulagement, sa décision prise. Lorsqu'il se retourna vers son rendez-vous, Tucker lui fit un clin d'œil à quelques pas de lui, puis lui donna un petit coup de coude.

— J'espère que tu as faim.


DÈS QU'ILS franchirent le seuil, l'odeur de graisse et de poivre noir le frappa au visage comme une bataille d'oreillers salée. Son estomac gronda.

Ils passèrent commande au comptoir, la nourriture leur serait apportée. Ils prirent leur bière et s'éloignèrent.

Le personnel portait un polo rouge et un jean noir. Les tables étaient recouvertes de vinyle à carreaux rouges, avec des assiettes en plastique et des rouleaux de serviettes en papier sur chaque table. Une télévision sur chaque mur braillait différents sports. Les gars regardaient et les filles nourrissaient les enfants vagabonds, quand ils étaient assis assez longtemps pour mâcher.

Patch ne voulait pas s'asseoir près des familles où ils ne pourraient pas parler franchement, il fut donc soulagé lorsque Tucker le conduisit vers le fond, une salle à manger protégée, ressemblant à une véranda surdimensionnée, où des ventilateurs au plafond brassait l'air. Tous les autres clients avaient opté pour l'air conditionné.

Une grande enseigne sur le mur indiquait : L'ALCOOL À L'AVANT. LE POKER À L'ARRIÈRE.

— Parfait, mec.

Ce foutu sourire.

— C'est vrai ?

Tucker tira une chaise à sa droite plutôt que face à lui.

— Mieux qu'avec tous ces petits cowboys.

— Amen. J'ai vu assez de gosses pour le restant de mes jours.

Il avait été entraîneur, après tout.

Patch hocha lentement la tête.

— Bien raisonné.

Tucker s'assit et se frotta les mains.

— Bon plan.

— J'ai un ami qui dit que tu peux transformer une tragédie en comédie en t'asseyant, raconta Patch en se renversant sur sa chaise.

Tucker ricana.

— Un ami intelligent.

Patch baissa les yeux vers ses genoux, puis les releva.

— Ex-petit ami.

*Argh.*

Tucker se contenta de hocher la tête.

— Peut-être pas si intelligent.

— Nous montons un club ensemble. Alors, tout va bien.

Vraiment ? Patch écarta cette pensée.

— Scotty est aussi producteur de musique. Un véritable magouilleur. Il vit à neuf pâtés de maisons de New York, mais je l'ai rencontré dans le Circuit.

— C'est quoi ? demanda Tucker en sortant ses couverts de la serviette en papier.

— Le Circuit, c'est comme…

Le front de Tucker se plissa de confusion.

— Un lieu de danse ?

— Oui. Non. Plus comme un cirque itinérant. Tout un tas de fêtes dans différentes villes, toute l'année. Partout dans le monde. Mais ce sont les mêmes personnes qui viennent.

— Comme le rodéo.

— Oui ! acquiesça Patch en hochant la tête et clignant des yeux à sa perspicacité. Exactement. Je dis ça tout le temps. Mais ce sont des hommes qui font la fête. Pas des animaux.

Il étouffa un rire.

— Du moins, pas ce genre d'animaux. Pas du bétail.

— Donc, tu jouais de la musique et ce mec était là. Mais ça n'a pas fonctionné, genre, ensemble.

Tucker semblait comprendre, mais il était impossible qu'il le puisse.

— Pas de cette façon.

Que diable se passait-il ? Était-il vraiment en train de discuter de sa vie amoureuse avec Tucker Biggs ?

— Les affaires, oui, mais le reste, non. Est-ce étrange ?

Tucker prit une gorgée de son verre et pencha la tête sur le côté.

— De quoi ?

— Deux gars ensemble. Je ne sais pas. Les trucs gays.

— Le sexe n'est pas aussi compliqué ici que tu le penses. Les gens s'occupent quand ils le veulent. Comme Bix et moi. Ils n'en parlent pas trop, mais… eh bien, oui, expliqua Tucker avec un sourire en coin.

— Je ne pensais pas que tu dirais cela.

— Pourquoi ? demanda Tucker en se penchant en avant, le regard errant dans le restaurant bondé. La plupart des mecs ici sont homos pour une bière.

Patch réprima un sourire.

— Qu'est-ce que… ?

— Tu apportes un pack de six et ils sont heureux de s'étouffer avec jusqu'à ce que tu jouisses.

Patch s'étrangla avec une gorgée de bière.

Tucker se pencha en avant et baissa la voix :

— Fiston, le fait que je fricote avec des mecs ne fait pas de moi une chochotte.

Patch hocha la tête en signe de sympathie. Il connaissait la chanson.

— Ce n'est pas un club, Tucker. Soit l'un, soit l'autre. Il y a plein de sortes de gays. Certains sont catholiques et votent Républicain.

— Je suppose.

— Je veux juste dire que cela modifie ton point de vue, mais ce n'est pas tout ce que tu es.

Tucker haussa les épaules.

— Il y a trente et une familles à Hixville. Une centaine de personnes travaillent pour elles. Si je veux m'envoyer en l'air sans faire quatre-vingts kilomètres et payer quelqu'un pour me filer des morpions ou des ennuis, je ne peux pas opter pour une page centrale. Homme ou femme, c'est du sexe.

Patch haussa les sourcils. Il comprenait.

— Parfois, me masturber ne me suffit pas et Houston est foutrement trop loin pour calmer mes ardeurs. Même Beaumont. Un homme a des besoins. Il n'y a pas en « avoir honte ».

Peut-être le pensait-il.

— Un homme selon mon cœur, répondit Patch.

Il avait fait le même putain de discours à ses amis sur le Circuit. Les mèches devaient être trempées et il y avait assez de cire pour tout le monde.

— Je ne suis pas un pédé – je suis pratique.

Patch ne prit pas ombrage et ne discuta pas. *Je comprends.* Tant qu'il restait en ville, ils seraient des amis avec bénéfices. Dès que la ferme serait vendue, ils se serreraient la main et *sayonara*. Pas d'avenir, pas d'engagement, pas de problèmes.

*C'est logique pour moi.*

S'il restait une inquiétude persistante, le frisson de la conquête et vivre ses fantasmes balayèrent ses préoccupations. Et cela permettrait à son temps dans ce purgatoire de passer beaucoup plus vite.

La serveuse leur apporta leurs plats. Steak de poulet frit, gombo et purée de pommes de terre, sauce à la crème. Il allait le regretter, mais il survivrait. Ils n'avaient toujours pas discuté de la ferme. Comment était-il supposé aborder le sujet Texaco ?

Tucker attrapa son couteau et sa fourchette, puis leva les yeux.

— Je ne sais pas pourquoi je t'ai dit toutes ces conneries. Maintenant, je me sens idiot.

Patch déglutit et fronça les sourcils.

— Qu'est-ce que c'est censé vouloir dire ?

— Je ne suis qu'un homme, Patch. Tu dois le comprendre. Je suis stupide, entêté, je fais du sur-place. Quelles que soient les conneries que tu t'imagines à mon sujet, je ne serais jamais à la hauteur. Je ne suis qu'un vieux brigand, dont on se sert pour terrasser les bouvillons. Personne ne m'appelle monsieur.

— Tu as quarante-trois ans, Tuck. Pas vraiment le temps de l'abattoir, répliqua Patch avant de prendre une autre bouchée et de baisser la voix. Et si ça ne te dérange pas, j'aime t'appeler monsieur.

— D'accord, répondit Tucker, l'air penaud.

Il baissa les yeux vers le renflement du pantalon de Patch.

— C'est pour moi ?

— Oui, monsieur. Tu me fais bander. Tu l'as toujours fait.

Tucker tendit la main et l'empauma, le caressant à travers le denim, juste là, chez Dick l'Habile, là où n'importe qui pouvait entrer.

— Je n'en avais aucune idée, gamin. Je ne l'aurais jamais imaginé.

Tucker semblait incrédule.

Patch vit cette première fissure et s'y engouffra afin que les choses continuent de progresser.

— C'est parce que tu baisais à travers tout le comté d'Hardin. Je t'observais, mec.

Tucker fit une grimace.

— Comment ?

— Au rodéo. Dans la grange. Bon sang, derrière un restaurant à Sour Lake, récita Patch en inclinant la tête.

Cette étrange lenteur hypnotique plana au-dessus de lui et il ne fit rien pour la combattre.

— Tu parlais à une fille, tu lui as fait un clin d'œil et tu lui chuchotais quelque chose. Puis tu la prenais contre ton pick-up sur le parking. Ou sur un banc. Le jean baissé aussi peu que possible afin de pouvoir la sauter brutalement.

Il poussa sur son érection sous la table. Tucker le vit.

— Merde, boy.

— Foutrement sexy. Seigneur, tu étais mon porno. Qui d'autre aurais-je regardé ? Mes parents ? Janet ? Tu étais l'étalon de la ville, alors je m'assurais de me rincer l'œil. J'ai espionné de nombreuses baises en plein air.

Tucker éclata bruyamment de rire, fier comme Artaban.

— Je savais que ton cul était bon, mec. Chaque centimètre. Je te jure. La manière dont tes couilles claquaient quand tu cognais contre ces femmes. Le rythme exact que tu aimais, l'ondulation de tes hanches. Les fossettes dans le bas de ton dos. Ton petit trou quand tes fesses s'écartaient. Si rose. Les bruits que tu faisais. Et ces grimaces. Ta bouche sur elles, les léchant jusqu'à ce qu'elles explosent. Tu ne sais absolument rien.

— Patch.

— J'ai vidé des litres de sperme dans tout le comté à te regarder les baiser, le pantalon baissé.

— C'est vrai ?

— Ça me rendait fou, je voulais te voir entièrement nu.

À présent, il était sérieusement excité.

— Stupide. Je croyais que tu me détestais, ajouta Patch.

— Non. Je ne te voyais pas du tout, tu n'étais qu'un gosse. Je ne supporte pas les gosses.

Puis il secoua la tête.

— Non. C'est pas vrai. Je travaillais dans un lycée, je suppose que j'ai eu plus que ma part de gamins. La dernière chose que je voulais, c'était qu'un petit con ait besoin que je sois responsable de lui.

— C'est juste.

— Mais ce n'était pas bien, c'est certain. J'ai souvent dépassé les bornes. Je le sais, et j'en suis désolé.

Patch déglutit.

— D'accord.

— Non, pas d'accord. Aucun enfant ne mérite ce genre d'enfer, mais j'étais blessé et paresseux. Tu étais toujours sur mon chemin à faire des trucs dangereux. Royce était tout le temps en colère. Il était facile de t'en vouloir, ce qui rend les choses encore pires.

Voilà, il s'excusait et Patch ressentit le besoin de s'excuser en retour. Il secoua la tête, agacé.

— Quoi ?

Patch secoua à nouveau la tête.

— Rien. Je ne savais pas tout ça.

— Tu étais un gamin. Tu n'étais pas censé savoir quoi que ce soit.

— Eh bien, je ne suis plus un enfant.

— Tu m'étonnes. Tu es plus fort que moi.

Patch s'excusa pour aller aux toilettes, mais, en vérité, il glissa sa carte de crédit à leur serveuse, afin d'esquiver l'inévitable bagarre pour l'addition. Il plissa les yeux vers son badge nominatif :

— Je paye l'addition, Sally. D'accord ?

— D'accord. Vous discutiez, alors je ne voulais pas vous interrompre. Si vous avez besoin de quoi que ce soit, faites-moi signe. Je voulais que vous preniez votre temps.

*Qu'était-ce censé vouloir dire ?*

— Désolé. Nous bavardions.

Ses entrailles étaient rongées par la glace.

— C'est ce que je vois. Vous pouvez continuer. Il n'y a personne d'autre de toute façon dans cette partie, dit Sally en mâchouillant sa lèvre et jetant un coup d'œil en direction de la table.

Il eut des picotements dans la nuque ; Tucker était probablement en train de les observer.

— Rien ne presse, ajouta-t-il en lui souriant.

— Bien sûr.

Puis elle coinça la carte de crédit dans son tablier.

Lorsqu'il fut de retour à table, Tucker le regarda étrangement, mais ne dit rien. Ils dévorèrent leur repas. Impossible pour Patch de finir son assiette, mais Tucker vida les deux. Où mettait-il tout cela ?

Patch l'observa se faire plaisir avec une réelle satisfaction.

— C'était bon ?

— Mieux que ça, répondit Tucker en tapotant son ventre plat. Maintenant, je veux un dessert. Et toi aussi.

— Un dessert ! Impossible, mec.

— Ne t'inquiète pas.

Les paupières de Tucker étaient mi-closes et il goûta le coin de sa bouche de sa langue.

— C'est moi qui vais le manger. Et toi, tu vas le faire pour moi.

*Oh.* Il referma la bouche. *Gloups.* Plus au sud, son sexe tressauta.

— Tu crois que tu peux le faire ? demanda Tucker en suçant la pulpe de son pouce. Ça te semble bien ?

— Oui, monsieur. Très bien.

Deux phrases et l'érection de Tucker était sur le point d'exploser dans son pantalon.

— Bordel !

Tucker frôla le bras de Patch de ses phalanges.

— Ça vaut le coup d'attendre, non ? Plus c'est long, plus c'est bon. Délicieux.

— Au cas où tu ne l'aurais pas remarqué, je suis nul pour la satisfaction différée.

— Eh bien… dit Tucker en le dévisageant un instant, son regard rivé sur sa bouche. Je peux arranger ça.

Une Sally rougissante revint précipitamment avec l'addition, mais, alors qu'elle avait promis de ne pas le faire, elle la tendit sans hésitation à Tucker. Certainement parce qu'il paraissait *aux commandes*.

— Euh, non, dit Patch en tendant la main… trop tard.

— C'est quoi ce bordel ? s'exclama Tucker en l'attrapant et retournant le reçu. Ce n'est pas normal.

Il brandit la carte de Patch en adressant un regard noir à la serveuse.

— Non, madame.

La bouche rose de Sally s'ouvrit sur un *O* embarrassé.

— Oh, je suis désolé, monsieur. Je ne pensais pas…

— Attendez une minute…

— Tucker, tout est réglé. Pourquoi payerais-tu l'addition ?

Tucker ne voulait pas céder, levant la carte plus haut. Impasse.

Au lieu de la jouer fairplay, Patch se leva et la lui arracha des mains.

— Non. J'ai déjà payé. C'est pour moi. La prochaine fois, tu payeras ce que tu veux.

Il tapa, signa et reprit sa carte.

— S'il te plaît, Tucker.

Cela sembla calmer le jeu.

Sally lui fit une moue contrite et repartit à toute vitesse.

— Je te jure, tu es aussi hargneux qu'un bœuf sur des patins à roulettes. C'était déplacé, dit Tucker en se levant et repoussant sa chaise.

Puis il remit son portefeuille dans sa poche arrière. Il suivit Patch de près tout le long du restaurant, heurtant leurs épaules et leurs hanches devant toutes ces familles qui ne se rendaient pas compte de la perversion qui passait devant eux. Ou peut-être que si.

— C'était un *mauvais* tour, gamin.

— J'ai vu plus mauvais.

Un vilain ricanement.

— Oh, tu le verras. N'oublie pas, c'est toi le dessert.

Patch lui tint la porte ouverte.

— Je ne pensais pas que tu me laisserais faire.

Dehors, ils marchèrent droit dans la merde : cinq adolescents baraqués faisaient les andouilles, postés près d'un pick-up sur lequel un énorme drapeau Confédéré volait depuis un râtelier d'armes, comme une cape derrière la cabine. Ailleurs, ils seraient à l'université, mais ici, ils avaient probablement des petits-enfants. Ils se balançaient dans leurs bottes, juste assez imbibés de bière pour chercher la bagarre.

138

— C'est quoi ce bordel ?

Sur le porche, Tucker fronçait les sourcils.

— J'aime pas ça, dit-il clairement. Connerie de Confédérés.

Sans attendre, il s'avança vers eux, comme s'il voulait se battre, puis se retrouver en prison juste après.

— Honte à vous, dit-il de sa voix de coach sévère et assurée en traversant le parking.

*Que se passe-t-il ?*

Les adolescents suralimentés reculèrent, méfiants et aussi ignorants que des cochons. Ils ne regardaient pas dans la direction de Patch, qui ne savait pas ce qu'il aurait fait si cela avait été le cas. C'était le genre de bagarre qu'il évitait, question de survie.

Pas Tucker.

— Tu vois, c'est pour ce drapeau qu'on se bat, dit Tucker, le front plissé. Les crétins mettent cette merde et prétendent que ça ne veut rien dire. Si ce n'est pour la Guerre Civile, c'est pour les traîtres. Mais la plupart des gens le font pour effrayer les noirs.

Il cracha par terre, comme s'il prévoyait de frapper quelqu'un.

— Conneries, d'une manière ou d'une autre.

Il croisa les bras, faisant grossir ses biceps.

Patch s'avança vers lui. Il ne savait pas quoi faire pour aider, mais il n'allait pas laisser Tucker y aller en solo.

— C'est la liberté d'expression, renchérit le boutonneux dont le visage ressemblait à un poing violacé. C'est parce que nous sommes fiers.

Il plissa les yeux, comme s'il avançait dans un vent poussiéreux.

Tucker croisa les bras.

— Fier de quoi ? Vous êtes Américains. Ce côté s'est fait botter le *cul*. Si vous ne le savez pas, c'est que vous êtes ignares, et si vous le savez, vous devriez avoir honte. Des gens ont été tués, violés et même pire à cause de ce putain de drapeau.

À nouveau cette voix sévère. Ce visage aussi menaçant qu'un nuage d'orage.

Le conducteur leva les mains, ses clés tintant, son ventre élargi par les biscuits et la poitrine de bœuf. Il se racla la gorge et fouilla le parking du regard à la recherche de quelque chose... du soutien, peut-être.

Les quatre autres reculèrent à leur tour, incertains et instables, tout à coup fascinés par le béton sous leurs pieds.

139

— Liberté d'expression, répéta Tucker en faisant un autre pas en avant et la nuit se resserra autour d'eux comme un boulon fileté. Fierté.

Il prononça ce mot comme une insulte mortelle, tandis que les veines de son cou saillaient, épaisses. Il paraissait prêt à aller en prison, sur l'instant.

Le boutonneux ouvrait et fermait la bouche tandis que les autres se lançaient des coups d'œil. Ils semblaient aussi confus que Patch se sentait. Qu'avait ce rustre à leur aboyer dessus ? Une multitude de gens par ici arboraient des tatouages, des fresques murales et des bikinis Confédérés sans risquer la peine capitale.

— Vous allez m'enlever cette merde avant que quelqu'un soit blessé.

Tucker ne fit pas un geste et le tic de sa mâchoire indiqua clairement combien les choses pourraient mal tourner. *Un gros chien sur un os.*

— Oui, monsieur.

Le gros dodelina de la tête et – *fioup* – le drapeau Confédéré disparut. Le boutonneux lorgna Tucker d'un œil prudent tout en grimpant dans le pick-up. Aucun de ces gosses ne cilla ni ne grommela, quand ils s'empilèrent à l'intérieur.

Tucker ne bougea pas.

Le pick-up dérapa sur les graviers tandis qu'il rejoignait la route.

— Petites bites, cracha Tucker et Patch hocha la tête. Ils n'ont même pas servi leur pays, ils ne sont pas assez vieux pour voter, mais ils peuvent prétendre que les lois Jim Crow sont une bonne idée. Comme s'ils ne savaient pas ce qu'elles racontent. Les noirs meurent en terre étrangère afin qu'ils soient libres de brûler des croix et de se balader en portant des draps sur la tête.

Il cracha à nouveau par terre.

Patch n'aurait jamais pu faire ça, même maintenant. Il avait passé sa vie à garder la tête baissée en présence de bigots ou de brutes. Dès qu'ils se remirent en route, il demanda doucement :

— Tu vas bien ?

— En colère, répondit Tucker.

Il s'était toujours dit que ce serait bon de se battre, mais Tucker n'avait pas du tout l'air heureux. Ses mâchoires étaient contractées et il s'essuyait constamment les mains sur son jean, comme si elles étaient recouvertes d'huile qui ne voulait pas s'enlever.

— Je ne suis pas aussi rétrograde, Patch.

— Ce n'est pas…

Il l'avait pensé.

— Je suis désolé.

— De quoi ?

— Tu as raison. Plus que raison. Et je suis resté là à me pisser dessus.

Tucker baissa la tête, sa voix s'adoucissant :

— Certainement pas. Ce n'est pas ta ville, tu n'as pas à nettoyer ce bazar. Personne ne naît bigot. Ces gamins le savent, mais personne ne leur dit rien, expliqua-t-il en clignant lentement des yeux. Au moins, je n'ai pas ce problème.

Patch lui sourit, un authentique sourire cette fois, pas celui destiné aux caméras et qui payait ses factures.

— Tu es un homme bien, Tucker Biggs.

Tucker le récompensa d'un sourire ébahi.

— Ah oui ? C'est nouveau, ça.

Ils regagnèrent le pick-up poussiéreux, côte à côte, leurs épaules et leurs bras se touchant. Tucker déverrouilla les portières et ouvrit celle côté passager pour Patch, avant de contourner le véhicule et de s'installer sur le siège conducteur.

Rien d'autre ne fut dit pendant un moment. Le véhicule avalait la route, le vent fouettait ses cheveux et Patch gardait les yeux rivés sur le kudzu vert qui rampait sur le Big Thicket.

— J'avais oublié que tu avais combattu.

— Pas longtemps. À cause de mon genou, répondit Tucker en frappant l'os incriminé.

Lorsqu'il fronça les sourcils, de légères pattes-d'oie firent paraître son visage las et triste.

— J'ai signé et cabossé des voitures pendant trois ans. Malgré tout, je connais beaucoup de gars qui sont morts.

Patch scruta son beau visage, surpris par la vulnérabilité qu'il y trouva.

— Ce n'était que des gosses. Ils n'y connaissent rien.

— Des crétins. Les seuls qui se battent sont ceux qui ont besoin d'argent. Aucun gosse de riche ne va en Irak, en Bosnie ou je ne sais où. Tu apprends rapidement, dit-il en secouant la tête. Je me suis battu aux côtés d'hommes de toutes sortes, de toutes couleurs. Aucun d'eux n'était riche et la plupart sont morts... là-bas ou une fois rentrés chez eux. Et ces minables se pavanent dans le pick-up de papa, fiers du mauvais drapeau.

Patch hocha la tête et regarda par la vitre.

141

Tucker fronça les sourcils tandis que l'asphalte défilait, tambourinant le volant de ses gros doigts.

— Je suis désolé.

— Ne le sois pas. Ne le sois jamais. C'était la chose la plus courageuse que j'aie vue de ma vie.

Sans y penser, Patch posa sa main sur sa nuque et la serra.

La tristesse muette de Tucker roulait entre eux comme des vagues contre une barque. Il finit par allumer la radio et de doux trilles de bluegrass jaillirent des haut-parleurs, la voix rauque et charmeuse d'une femme dans un fragile soprano cristallin faisant oublier à Patch qu'il ne s'était jamais senti chez lui, ici.

*Fin de la discussion.*

Les gauchistes des petites villes disaient toujours qu'ils voulaient que leur pays revienne comme il était avant, comme si les États-Unis étaient un groupe de rock qui avait changé de style. De son point de vue, la politique, c'était des conneries, mais il tendait du côté de ceux qui ne brûlaient plus les croix et ne lynchaient plus les autres.

Tucker se montrait plus réfléchi qu'il ne s'y était attendu. À nouveau, il aurait aimé que Tucker puisse visiter New York. Seigneur, même Houston, juste pour se sortir de la sauce des petites villes qui l'avait arrosé toute sa vie.

Patch allait vérifier son téléphone lorsqu'il s'aperçut qu'il l'avait laissé à la maison. Bordel, il ne l'avait même pas chargé, aujourd'hui. Qu'est-ce qui n'allait pas avec lui ? Pire, il n'y avait personne qu'il avait envie d'appeler. Rien, qu'il devait vérifier. Nulle part où il voulait aller, à part dans le lit de Tucker.

*Insensé.*

Passé le Sonic Burger, la route commença à dessiner un long arc vers l'ouest et Patch se laissa aller contre Tucker.

— Maintenant, tu sais pourquoi on les appelle les virages G.P.L.B.

Patch tourna la tête.

— Quoi ?

— Glisse Par Là, Bébé.

Tucker posa un bras amical autour de Patch, qui ne bougea pas un muscle de peur de rompre le sort que le virage avait jeté.

Patch leva les yeux vers lui, puis les reposa sur la route.

— C'est agréable.

— Il est bien de se mettre à l'aise. Après avoir mangé chez Dick, je dois déboucler ma ceinture pour pouvoir respirer.

La grosse patte de Tucker se posa sur sa chair tentante, pour faire sauter le bouton de son jean.

Patch renversa la tête contre le siège, glissant dans un coma dû au poulet frit.

— Je suis repu.

— Non, pas encore.

Les dents de Tucker luirent à la lueur du tableau de bord.

— De plus, un bon dessert nous attend à la maison, pas vrai ?

Toute tension le quitta. Patch écarta les jambes afin de donner accès à Tucker, qu'il le veuille ou non.

— D'abord, nous avons les corvées, ajouta Tucker en lui lançant un sourire espiègle.

— Les corvées ? Quelles corvées ?

— Eh bien, il me semble que tu dois te déshabiller et te laver. Enlever ces beaux habits.

Tucker tendit la main et tapota le ventre plein de Patch, le frottant en cercles assurés avant d'empaumer ses bourses.

— Et je dois te masturber sérieusement. Une heure, au moins. Qu'en dis-tu ?

Patch déglutit bruyamment.

Tucker se pencha plus près, sa voix rocailleuse, mais son regard toujours rivé à la route :

— Seulement si tu en as envie.

— J'en ai envie.

Sa main droite se crispa sur le siège près de lui, inutile. Il se sentait à la fois puissant et impuissant.

Tucker serra sa cuisse, le faisant sursauter.

— Marché conclu.

Patch bascula ses hanches en avant. Tucker lui demanderait d'entrer, de s'asseoir et lui ferait des choses folles jusqu'à ce qu'il ne puisse plus parler ou faire des phrases complètes. Patch n'avait aucune intention de prendre place dans le grand fauteuil. Il se vit agenouillé, en sueur et ficelé au sol comme un bœuf, se tendant et gémissant sous les mains expertes de Tucker. *Juste un dessert.*

— Foutrement juteux, dit Tucker, son pouce épais frottant la tache humide sur son short, là où il suintait à travers le tissu. Tu penses encore ?

Il serra doucement son sexe, grattant la peau à travers son sous-vêtement.

Patch s'appuya contre sa main en grognant.

— Je suppose.

— J'aime ça, répondit Tucker en baissant sa main afin d'empoigner ses testicules douloureux. Peut-être que penser te fera commencer plus tôt, tu auras les couilles pleines pour moi.

— Oui. Oui, monsieur.

Les doigts rugueux tripotèrent son érection, la caressant avec une pression qui se reflétait dans plusieurs directions. La tache humide s'élargit.

Tucker jeta un coup d'œil dans le rétroviseur, puis vérifia les voies devant lui, sans même avoir besoin de jeter un regard à sa prise sur Patch.

— Bien sûr, tes couilles seront douloureuses plus tôt, mais je crois que tu sais ce que tu peux supporter. Toute cette accumulation... je vais devoir sérieusement te faire cracher. Tu ne crois pas ?

— Hum hum.

*Fort, clair et diablement humide.* Il se blottit contre cette paume dure, pleinement en érection maintenant à l'idée d'avoir un orgasme dans le pick-up de Trucker alors qu'ils dépassaient les demeures familiales endormies dans la pénombre.

— Tu sais pourquoi les cowboys sont si bons au lit ? demanda Tucker en conduisant d'une main et lui adressant ce sourire facile. Nous passons toute la journée à ressasser. Nous passons tout notre temps à penser à ce qui va arriver et faire des plans, afin de pouvoir en profiter quand ce sera le moment.

Patch hocha la tête, étourdi par le désir et cloué sur place. Même son sang semblait battre plus lentement à ses oreilles tandis qu'il regardait Tucker taquiner sa sève.

Ses mains calleuses caressaient sa peau douce en de lents mouvements réguliers, l'échauffant et le faisant frissonner.

— Nous passons toute la journée à parler à des animaux qui ne peuvent pas répondre, à les calmer, peu importe à quel point ils sont nerveux. De grands animaux. À les écouter avec nos jambes et nos mains, pour savoir ce qu'ils disent. Puis nous rentrons à la maison et nous enfouissons dans quelque chose de doux.

— Tuck... gémit Patch en lui agrippant les poignets à deux mains, afin de faire cesser cette douce friction avant qu'il soit trop tard. Tu vas me faire jouir.

144

Avec un gloussement, Tucker lui tapota la cuisse et reposa sa main sur le volant, son visage rayonnant dans la lueur du tableau de bord.

Quelques minutes plus tard, ils tournèrent à gauche sur la 326, puis empruntèrent le chemin sombre en silence, Tucker lui murmurant des obscénités et malaxant sa chair avec une affection détachée.

Mais lorsqu'ils arrivèrent à la caravane, ils n'y entrèrent pas, bien qu'il soit plus que prêt. Pas de position à genoux, pas de tortillements, pas de cordes.

Tucker alla chercher des bières dans son petit frigo et les ramena sur le porche, sa silhouette se détachant dans le ciel étoilé tandis qu'il faisait rouler le cul de la bouteille sur la rambarde en bois.

— Hey ! murmura-t-il en se penchant au-dessus d'un pot de fleurs rempli d'herbes folles. Regarde ça.

Il se redressa, tenant un œuf blanc parfait, ce qui les fit sourire tous les deux.

— Élevées en plein air, ajouta-t-il en le posant sur le seuil.

Une nouvelle fois, Tucker le prit à contre-pied en ne faisant pas ce qui semblait probable, mais plutôt quelque chose… de quoi ?

*Important.*

À l'intérieur de la caravane, le soprano cristallin résonna à nouveau, chantant un amour simple. Patch regarda Pépite dans sa stalle et les deux vans de poules endormies.

— Ah. C'est cool.

— Oui ? demanda Tucker avec un sourire épuisé. Alison Krauss, c'est le paradis.

Tucker lui lança une autre bière, qu'il rattrapa et décapsula.

— Je vais devoir acheter ses disques.

— J'imagine que tu ne pourras pas la jouer. À ton circuit machin truc.

Patch secoua la tête et prit une longue gorgée rafraîchissante.

— Je suppose que non. Pas en boîte de nuit. Elle est incroyable, toutefois.

Une autre gorgée qui vida presque sa bouteille.

Ils se désaltérèrent, les yeux dans le vague, tandis que de plus en plus de lucioles s'agitaient et faisaient danser leur éclat disco entre les feuilles sombres.

— C'est joli, soupira Patch en s'étirant.

145

Tucker posa sa bouteille et descendit les marches jusqu'au bord de la terre battue illuminée par la lune, là où la poussière avait été écrasée et roussie à la surface, comme un granit poussiéreux.

— Viens là, dit-il en se tournant vers lui.

Le cœur battant, Patch obtempéra, s'avançant vers les taches de lumière sur le côté de la caravane.

— Gamin, dit Tucker en lui prenant sa bière et lui volant sa dernière gorgée, avant de la reposer sur les marches. Tu veux que je te montre quelque chose ?

Son visage n'était qu'ombres et paillettes. Il prit la main droite de Patch.

— Oui, monsieur.

— Tu danses le pas de deux ?

La langue gonflée et les tripes contractées, Patch secoua la tête. Il avait évité toutes ces conneries de *tradition*.

— C'est facile.

Tucker le prit dans ses bras, poussant sa cuisse contre son érection et posant sa paume dans son dos.

— Merde, les cowboys le dansent bourrés. Ça ne peut pas être difficile.

Puis tout ne fut que ciel immense, rouille moisie et sciure de bois tandis que Tucker le tenait suffisamment près pour que leurs sexes se frôlent.

— Ça fait... vite-vite, lent-lent.

Tout en prononçant ces mots, Tucker se balança en rythme contre lui, bougeant leurs poids conjugués de gauche à droite et murmurant contre ses cheveux :

— Vite-vite, *lent-lent*.

Puis leurs pieds se déplacèrent sur le sol au même tempo.

— C'est ça. Oui ! dit Tucker, sa main se resserrant dans son dos, le souffle coupé. Oh, mec. Tu es né pour ça. Super !

Ils se mouvaient en cercles étroits et Patch commença à comprendre le sens dans ses jambes, grâce à la musique et au corps de Tucker, qui lui indiquait où aller. Seigneur, même avec les yeux fermés, il savait ce que Tucker voulait qu'il fasse. L'érection de ce dernier roulait contre la sienne, mais, curieusement, tout ce qu'il sentait, c'était sa main dans son dos et les battements de son cœur dans l'étreinte de leurs bras.

Patch cligna des paupières, surpris.

— Vite-vite, lent-lent, répéta-t-il.

Tucker respirait contre son oreille, le lovant contre lui tandis que leur petit cercle s'élargissait.

— Bien. Maintenant, écarte-toi un peu. Mets un peu de tension entre nous. Force-moi à te pourchasser, te tenir. Lutte contre moi, dit-il en souriant. C'est ça.

Patch obéit, s'appuyant contre sa main, puis s'en écartant, créant une sorte de tension élastique leur permettant de couvrir davantage de terrain tandis qu'ils dansaient. Deux corps et deux visages à distance de baiser.

— Oh !

Il avait l'impression de glisser, de flotter ou de patiner sur la terre dure et lisse comme de la glace. Leurs forces jointes les gardaient stables. *Vite-vite, lent-lent.*

Ils n'étaient plus pressés l'un contre l'autre, mais suffisamment proches pour se tenir les mains et que l'emprise de Tucker sur son dos maintienne un espace entre eux qui semblait encore plus intime, comme s'il était en train de rêver, son corps sous la lune asymétrique, tandis que Tucker faisait la même chose.

— *Oui.* Bon garçon. Tu danses le pas de deux, plaisanta Tucker. Regarde-toi.

Tucker ne regardait rien d'autre, lui.

Patch hocha la tête. Voilà à quoi était censée ressembler une danse, ce rêve partagé, tourbillonnant comme la fumée d'une bougie éteinte.

Il sourit à Tucker dans l'obscurité tandis qu'Alison Krauss lui indiquait très clairement là où ils devaient aller, ensemble.

Leurs sexes étaient raides, mais il s'en fichait. Son cœur cognait contre sa cage thoracique, cahotant si fort qu'il craignit que Tucker le ressente à travers sa paume posée sur son omoplate.

*Calme-toi.*

Même lorsqu'Alison eut fini de chanter, la mélancolie tourbillonnante s'attarda une minute de plus. *Que Dieu la bénisse.* Car il n'avait pas envie de rentrer, de partir ou d'aller où que ce soit à part ici.

Tout ce que Patch pouvait souhaiter, c'était que Tucker et lui dansent, cachés dans le noir éclairé par les lucioles, jusqu'à ce que les étoiles tombent, que la lune fonde, que cette guitare douce-amère et ce piano ne cessent pour rien au monde.

Mais ce fut le cas, s'essoufflant sur un double accord qui lui donna la chair de poule. Ensuite, le silence obscur parut immense et suffocant autour d'eux, à l'exception de son cowboy.

*Son cowboy.* Quand était-ce arrivé ? L'était-il réellement ?

Ils ne batifolaient pas en ce moment. Quels que soient les liens qu'il ressentait, ils n'avaient rien à voir avec des cordes et des mains rugueuses. Patch ouvrit les yeux, mais ne put voir grand-chose d'autre que les lucioles vacillant dans l'air, s'appelant en codes lumineux.

Tucker l'attira dans une étreinte chaude et lente. Sa voix parut plus rauque que d'habitude lorsqu'il se pencha vers lui :

— Merci.

— De rien, répondit Patch contre son torse. À toi aussi.

*C'était trop, trop bon, trop tôt.*

Il recula d'un pas, souhaitant que cette douce certitude persiste, sans savoir pourquoi il en était aussi certain. Si Tucker l'embrassait, il ferait... *Tout, rien.*

— Je... je suppose... je ferais mieux de rentrer.

Ses mains tremblaient.

Dans la pénombre, Tucker le regarda avec une drôle d'expression, les yeux impénétrables, sans rien dire.

— Si tu le dis, fiston.

Puis il lui offrit une autre étreinte amicale.

— Me laisseras-tu te reconduire à la maison ?

— Merci.

Patch vacilla, comme s'il était plus saoul qu'il ne l'était. Pas de baiser, alors.

— Mais je crois que je vais marcher.

Ses pieds avaient envie de courir, ce que son cœur faisait déjà.

— Bien sûr.

*Sour.*

La brise silencieuse fit voler ses cheveux et Tucker sourit, jusqu'à ce qu'il lui rende son sourire. *Pris sur le fait.* L'obscurité s'illumina, sous-entendant des choses qu'il n'aurait pas dû désirer et quelqu'un qu'il ne pouvait plus être. Il avait oublié combien la ferme pouvait être belle, combien le ciel pouvait être immense et combien les étoiles pouvaient être immobiles. *Tout est à sa place.*

— Je serai en sécurité.

Il n'était pas en sécurité ici, il le savait. Tucker ne contredit pas cette idée, mais il ne semblait pas heureux.

— J'ai passé un bon moment, gamin. Très bon.

— Moi aussi. Merci, Tucker.

148

Patch sentait encore cette tension élastique et rêveuse entre eux, sans se toucher, même sur le chemin, comme s'ils dansaient toujours le two-step. *Vite-vite, lent-lent.*

Tucker grimpa les marches du porche et lui offrit une étrange petite révérence. Il n'avait pas essayé de l'embrasser, ni de lui serrer la main ou quoi que ce soit. Là encore, qu'était-il supposé faire ?

Les pouces coincés dans sa ceinture, Patch se balança sur ses talons et partit comme un fou, sans regarder en arrière. Avec un peu de chance, Tucker le regarderait s'éloigner. Avec un peu de chance, il ne le ferait pas.

Ébranlé et excité, fuyant vers nulle part en particulier, Patch traversa un champ fraîchement fauché de milliers de lucioles, en direction de la mauvaise maison, du mauvais lit, dansant toujours dans sa tête ces deux maudits pas dans les bras du mauvais homme.

# VI

Le lendemain matin, il passa à la caravane afin de donner à Tucker les papiers que Mme Laundry lui avait fait parvenir et le trouva buvant un café sur le porche.

Ils se saluèrent d'un signe de tête tandis que Patch sortait de l'Impala, partageant un soupir alors qu'il comblait la distance entre eux.

— Grasse matinée ? demanda Tucker, d'une voix encore rocailleuse.

— Je parie que tu es debout depuis des heures.

Tucker haussa les épaules.

— Plus ou moins. J'ai fait de beaux rêves.

S'il souriait, il le dissimula en prenant une gorgée de son café.

— Je t'ai apporté des documents qu'il faut que tu regardes. Un géologue doit passer. Ce pourrait être une bonne offre.

— D'accord.

Tucker accepta l'enveloppe et tapota la place près de lui sur le porche.

— Non, merci. Je dois… commença-t-il en pointant le pouce en direction de la maison, ses entrailles pétillant du plaisir réprimé. Je dois me bouger les fesses pour faire les cartons. Je n'ai plus beaucoup de temps.

— Tu veux du café ? demanda Tucker en lui tendant sa tasse.

— Juste une gorgée, répondit Patch en lui volant son café, qui, de façon inattendue, fut aussi doux et épais qu'un sirop contre la toux. Merde !

Tucker ricana.

— J'aurais dû te prévenir. J'ai le bec sucré.

Ses yeux étincelaient.

Patch le dévisagea un instant, une chaleur plaisante fleurissant dans ses tripes.

— C'est bon à savoir.

Il hésita, son regard errant sur le corps de Tucker.

— Non, gamin. Pas maintenant. Nous avons tous les deux du travail, le réprimanda Tucker en le frappant avec l'enveloppe. Viens déjeuner, plus tard. Bix va venir.

Patch se figea en plein flirt.

— Il est en chemin pour Nacogdoches. Il n'y passera même pas la nuit, il fait juste un saut pour le travail. Barbecue et tournée des bars avant qu'il reparte.

Quels que soient leurs plans, Patch était le bienvenu, visiblement.

— Seulement si tu en as envie.

— Non, ça va aller.

Il préférait se faire discret.

Tucker le scruta de manière étrange.

— Pourquoi tu dis ça ?

— Je serais la troisième roue.

Patch connaissait le picotement des ennuis. Après la nuit précédente, Bix ne pourrait que ressentir les vibrations, et il s'en prendrait à lui, en ferait un jeu ou pire. *Peu importe ce que le pire pouvait être.* Une boîte de Pandore qu'il n'avait pas l'intention d'ouvrir.

— Allez-y. Je dois continuer à ranger la maison aujourd'hui, ajouta-t-il en faisant un signe de tête en direction du bazar qui l'attendait chez ses parents.

Tucker l'observa un long moment.

— Tu es certain ? Tu dois manger. C'est pas loin sur la route.

— Oui. Il fait trop chaud pour sortir durant la journée, de toute façon. Dis-lui bonjour pour moi.

Une soirée gâchée à ne pas pouvoir passer de temps ensemble. La semaine suivante, il serait de retour à New York et il s'en voudrait d'avoir perdu du temps avec Tucker, mais Bix lui fichait les chocottes.

— Si tu le dis, répondit Tucker en haussant les épaules. Je peux te rapporter quelque chose, alors. Si tu veux.

— Bien sûr. J'apprécierais.

Peut-être pourraient-ils passer la nuit ensemble, finalement.

Pourtant, voir Tucker boire son café sirupeux seul fut un coup de glacé dans l'estomac. Un avertissement qu'il décida d'ignorer.

Ce bond dans le passé était trop précaire pour compter, rien que de la nostalgie. Dans une semaine ou deux, le problème ne se poserait plus, il serait de retour au sommet du monde.

Dans l'obscurité étouffante de la maison, Patch dut se rappeler qu'il n'en avait rien à faire. Bix, les rodéos, rien de tout cela n'avait sa place dans sa vie à cent à l'heure. *Vélocité.* Batifoler avec Tucker n'avait rien de sérieux, ils le savaient tous les deux.

Se soucier de Tucker Biggs ? Il avait d'autres poissons à pêcher.

Trop miné pour faire autre chose que de se traîner, il passa l'après-midi dans la pièce de couture avec l'énorme tiroir de photos et d'albums, et tomba la tête la première dans le marécage familial. Des boîtes et des boîtes de photos personnelles sans cadre. Avec le plus gros emballé, les détails hétéroclites étaient sa dernière tâche pour que la maison soit vide.

À sa grande surprise, il découvrit qu'en plus des photos encadrées au mur, sa mère conservait avec soin des albums étiquetés et datés. Toute l'histoire de leur famille empilée par année dans des boîtes. *Je ne peux pas les jeter.* Il n'avait pas de place dans son appartement, mais ils étaient trop importants pour être bazardés. Il allait devoir les scanner ou quelque chose comme ça.

Les pneus d'un véhicule crissèrent dans l'allée. Il ne pouvait inviter personne à l'intérieur, vu l'état de la maison, alors il sortit sur le porche et vit une Chrysler bordeaux, garée n'importe comment dans l'allée.

Deux vieilles dames se trouvaient là, le regard baissé sur les azalées de sa mère, aussi grincheuses et emplumées que des oiseaux en pleine mue. Il se souvenait très bien de l'une d'elles : Doreen Keister [3], de la petite bibliothèque de Sour Lake. Il ne pouvait que se souvenir d'elle, car elle sentait toujours la menthe et toute l'école se moquait de son nom. Elle avait involontairement porté l'attention de Patch sur les Frères Hardy, jusqu'au jour où il avait rencontré un cowboy bourru qui avait réécrit les règles.

Le bruit de ses bottes craquant sur le porche et descendant les marches leur fit tourner leurs têtes blanches cotonneuses.

Doreen avança vers lui à petits pas, tendant une main rose et poudrée.

— Patrick, je suis venue te dire que je suis désolée. Combien nous sommes *désolées* pour ta perte.

L'autre femme resta en arrière, pudique et réservée, chaque centimètre de sa personne recouvert de teintes pastel.

— Vous n'aviez pas à faire ça, Miss Doreen.

Ses bonnes manières, par réflexe. Il y mit même une pointe d'accent pour la mettre à l'aise.

— Mais merci, madame.

— Voici ma sœur, Fay. Elle ne connaissait pas tes parents, mais ton père a changé son pneu un dimanche après le service.

3 Popotin en français

152

La sœur lui offrit un sourire triste et une poignée de main noueuse, qui lui donna l'impression de serrer des os enroulés dans du satin.

— Nous sommes désolées, Patrick. Ton père était un homme bon.

Avec un pneu, au moins.

— Merci, madame.

Les deux femmes ne bougeaient pas, il ne savait pas comment les contourner.

— Mesdames, je vous proposerais bien quelque chose, mais la cuisine est vide.

Doreen pinça les lèvres, sérieuse.

— Ne t'embête pas. Tu m'entends ? Nous sommes venues choisir la musique. Tu connais leurs cantiques ? Leurs préférés, je veux dire.

Son corps charpenté bougeait de gauche à droite, comme celui d'un lutteur.

— Pour le petit orgue de Fay.

— L'orgue ?

— Pour le salon. Les funérailles. Afin de rendre cela agréable pour les gens.

Patch la dévisagea, les yeux ronds. Comment était-il possible de rendre des funérailles agréables ?

— Tu vois, Fay joue de l'orgue au salon funéraire et je m'occupe des fleurs pour la famille, alors nous pensions que…

— Hum, non. Je ne sais pas, Miss Fay.

Il ferma la bouche, car il se sentait stupide, se tenant là comme poisson hors de l'eau, ne connaissant aucun nom de cantique.

— *Bringing in the Sheaves*, peut-être. Et ma mère aimait *Come Away from Rush and Hurry*.

— C'est celui-là, dit Fay, comme s'il venait de le lui rappeler au lieu de choisir un titre au hasard.

Elle rougit et se trémoussa de plaisir en voyant son sourire de magazine.

— Et pour ta gerbe des cercueils, je pensais à des delphiniums. Et des chrysanthèmes, ajouta Doreen en se penchant en avant. Je pense que les roses seraient de mauvais goût, si tard dans l'été.

Une mode funéraire. *C'est quoi ce délire ?*

Fay renifla et fronça les sourcils.

— Les roses sont mes préférées.

— Les roses sont ses préférées, répéta obligeamment Doreen en hochant la tête. Mais elles sont chères et tout le monde les empile sur un cercueil fermé. Si ce n'est pas un fait, Dieu est un opossum.

Elle lui tapota le bras, aussi sage et patiente qu'une carte de bingo.

— Tu verras. Tout cet argent, disparu dans le trou.

— Ce n'est pas vrai, intervint Fay. Je n'arrive pas à croire que tu aies dit ça, toi qui travailles dans les fleurs.

Patch hocha la tête, peignant une expression aussi raisonnable que possible sur son visage. Ces deux-là se chamaillaient-elles sur la décoration ?

— Je suppose. Je n'y ai jamais réfléchi.

Quel était le but des fleurs, de toute façon ? Mieux valait que les gens fassent des dons, mais, là encore, quelle œuvre de charité ? Ce n'était pas comme si ses parents étaient morts d'une maladie curable. La sécurité ferroviaire ? La gestion de la colère ? L'aide aux fugueurs LGBT ? Peut-être les fleurs permettaient-elles aux gens de s'en sortir facilement. *Seigneur.* Il ne savait pas comment mettre un frein à tout cela.

Les frangines avaient l'air prêtes à en découdre dans la cour… à l'aube, avec de vilains jurons et des ciseaux à cranter, alors il s'interposa avec le plus doux des sourires.

— Tout ce que vous penserez être le mieux me conviendra. Vous savez ce que mes parents auraient voulu.

En fait, non, mais les sœurs Keister pourraient brailler au sujet des détails de retour au salon funéraire.

— Je n'ai pas beaucoup dormi… depuis.

*Vrai.* Et la fatigue dans son regard n'était pas pour l'effet.

Doreen lui tapota à nouveau la main et l'enveloppa d'une chaleureuse affection, comme si elle n'avait jamais répandu de ragots sur lui.

— C'est terrible.

*Trible.*

— Ils étaient si fiers de toi. Là-bas, à la grande ville.

— Hum, marmonna Patch à ce mensonge poli.

Fay haussa les sourcils.

— *New York*, se pâma-t-elle, pleine d'émerveillement. Ça m'étourdit rien que d'y penser. Étourdie.

Il se tordit les mains, afin qu'elles comprennent qu'elles devaient y aller.

— Bon, reprit Doreen, saisissant l'allusion et jetant un regard à sa vieille Chrysler. Tu es un homme occupé et nous sommes là, à nous chicaner et te déprimer.

Patch lui offrit à nouveau son plus beau sourire, espérant ne pas dévoiler son impatience.

— Pas du tout, madame. Mais je ferais mieux de retourner travailler. Merci pour tout.

— De rien. Merci à toi, jeune homme, répondit Fay en lui adressant un lent et humble signe de tête, comme s'il leur avait fait une immense faveur en sortant sur le porche et leur disant *oui, madame*.

— Nous n'allons pas te retenir plus longtemps, dit Doreen en levant la main en guise de salut tandis qu'elle reculait en direction de sa voiture. Si tu as besoin de quoi que ce soit, fais-nous signe. Tu as toujours été un si gentil garçon.

Patch leur dit au revoir, les regardant partir, se jurant que si quiconque d'autre arrivait sans y être invité, il se cacherait dans le grenier. De retour à l'intérieur, il traîna les quatre cartons de photos dans le salon et passa les neuf heures suivantes à fouiller dans une histoire familiale dont il ne se souvenait pas.

Des photos d'un barbecue, bien longtemps auparavant, à la fête foraine. Tucker et son père, riant avec un tas d'autres hommes aux cheveux gominés et aux jeans raides. Leurs bras paresseusement passés sur les épaules de l'autre, leur pilosité faciale vintage et une pénurie distincte de sous-vêtements, comme si leurs entrejambes détenaient la vérité. Peut-être avaient-ils été baiser au milieu des arbres, dix minutes plus tard. Cette pensée l'excita et l'effraya à la fois.

Il n'avait pas envie de jeter tout ça, alors le plus facile était de tout mettre en carton et de le stocker au garde-meuble jusqu'à ce qu'il ait assez de place et de temps à New York pour s'en occuper. Une enveloppe avec des photos jaunies sans nom. Qui étaient-ils ? À qui pouvait-il le demander ?

Bon sang, il ne lui restait plus beaucoup de monde pour lui donner des réponses qui en vaillent la peine.

La brusque certitude le prit que, pour le restant de ses jours, ces étrangers dans ces albums de famille ne seraient plus que cela, des étrangers. Il ne saurait jamais plus rien. *Que l'avenir, pas de passé.*

Habituellement, lorsqu'il ne reconnaissait pas un membre de sa famille ou ne connaissait pas son histoire, sa mère lui apprenait qui était qui et pourquoi. Elle avait conservé tous leurs souvenirs, maintenant, elle était

155

morte et il était seul. Le manque le frappa cruellement, il aurait souhaité pouvoir s'excuser, s'expliquer et pardonner.

À présent, la seule personne qui se souviendrait de sa famille, ce serait *lui*, et il avait passé un tiers de sa vie à s'assurer de l'oublier. *Bon, pas exactement.* Il lui restait une autre source fiable.

*Tucker.*

La seule personne qui pourrait identifier ces visages sur ces photos était le loser sexy qui l'avait branlé dans la boue. Mais concernant ses grands-parents, ses tantes ou ses ancêtres qui étaient morts avant même qu'il puisse les connaître ? Aucune chance. Tucker ne saurait rien sur les Hastle ou les Grogan. Même avec ces gars du rodéo, Tucker était loin d'être impartial, à ce stade.

Il secoua la tête, mais cette pensée ne voulait pas partir. Que voulait Tucker, de toute façon ?

Sans surprise, Tucker apparaissait sur certaines photos, vulgaire et pourtant magnifique. Mais Patch se surprit à regarder ses parents, à la place. Avaient-ils été heureux de vivre dans le trou du cul du monde ? Les photos disaient que oui. S'ils avaient été malheureux, tous ces sourires n'auraient aucun sens. Même Patch semblait en meilleure forme et normal qu'il se sentait.

Cette preuve était des conneries. Il repensa à une vieille blague à propos d'un mari volage surpris par sa femme. *Qui vas-tu croire, moi ou le mensonge dans mes yeux ?* Dans ces albums, sa famille semblait heureuse, mais peut-être était-ce une agréable fiction que sa mère avait collée sur du papier et des Polaroids.

Seulement, Hixville ne ressemblait pas à ses souvenirs, alors peut-être que ses parents non plus. *Je suis tellement désolé.*

Il se surprit à pleurer, avant même que les larmes coulent. Il essuya son visage poussiéreux, seulement pour le barbouiller de saletés et de toiles d'araignées. *Imbécile.* Les bords acérés du manque de ses parents le tranchèrent, si froidement et si lentement qu'il en eut le souffle coupé.

À présent, les larmes pleuvaient comme des pièces dans une fontaine. Peu importe combien il avait mal, il ne les reverrait jamais. Il ne les toucherait plus jamais, ne se disputerait plus avec eux. Ils ne l'avaient jamais compris, de cela, il en était certain. Du moins… il ne les avait jamais compris, ce qui équivalait à la même chose.

Seize ans, c'était beaucoup plus jeune qu'il ne s'en souvenait.

Il ne détestait rien ni personne. De toute façon, la haine n'était pas le bon mot pour un sentiment qu'il avait eu à seize ans. Il les avait *perdus*, il était revenu trop tard pour les retrouver.

— Tu vas bien ? demanda une voix rauque qui lui fila une frousse bleue.

— Bordel de merde ! Tucker !

Son cœur battait à cent à l'heure.

— Désolé, gamin. J'ai frappé, mais tu n'as pas répondu, expliqua-t-il en soulevant un sac en papier marron. Je t'ai apporté à dîner.

Patch hocha la tête, son rythme cardiaque s'affolant comme un oiseau pris au piège. Il frotta son visage humide, empirant probablement les choses.

Tucker eut l'air triste.

— Tes parents étaient des gens bien. Et ils t'aimaient.

Même en sachant que c'était un mensonge, Patch se remit à pleurer. *Pourquoi ?*

— Impossible qu'ils puissent comprendre toutes les choses que tu allais faire. Là-bas, dit-il en relevant le menton, comme pour englober le monde entier au-delà des frontières du comté d'Hardin. Mais ils étaient si fiers.

Le ton rocailleux de sa voix épingla Patch en un seul endroit.

— De toi.

— Je ne m'en souviens pas.

Tucker posa le sac sur la table basse et s'approcha.

— Bien sûr que non. Les enfants sont censés partir.

— Peut-être.

Le souvenir de Tucker était autant un mensonge que ces albums, que toutes ces photos pour lesquelles il ne se rappelait pas avoir souri.

— Moi, je le sais.

Patch enroula ses bras autour de lui-même.

— Je ne m'étais pas rendu compte combien il faisait sombre.

— Nous devrions allumer, mais c'est impossible, répondit Tucker en faisant un autre pas en avant. Tu peux venir chez moi, ajouta-t-il, les yeux brillants.

Patch déglutit, prétendant y réfléchir, mais son corps entier ne désirait rien d'autre que de ramper dans le lit de Tucker et d'oublier le monde. Il hocha la tête.

Et juste comme ça, Tucker le prit dans ses bras, l'attirant dans le cercle de ses grands bras, contre l'odeur de sciure de bois et de métal graisseux.

157

— Ça fait beaucoup.

— Oui.

Son visage trouva sa place dans le creux de sa gorge. Petit à petit, il se détendit, cédant sa tension et son poids à Tucker. S'abandonnant, sans bouger.

— Bien, dit Tucker en le maintenant dans une prise ferme. Tu leur manquais, gamin. Chaque jour.

Patch ferma les yeux, mais le regret fuita tout de même.

— Viens, dit Tucker en l'entraînant vers la porte, drapant un bras autour de son cou, non comme un amant, mais comme un coéquipier qui le sortirait du terrain après un match merdique. Tu vas venir avec moi, je vais te préparer à dîner et te mettre au lit.

Il récupéra le sac de nourriture et ils sortirent dans l'obscurité.

Sans lampadaires, la chaleur de la nuit bouillonna le long du chemin caillouteux. Les grillons chantaient dans les champs et le ciel se dressait au-dessus de leur tête, vaste et constellé d'étoiles. *Une boîte de nuit divine.* Patch se souvint de son année de seconde, lorsqu'il faisait du stop jusqu'à Beaumont, ce qui aurait pu le faire tuer, puis rentrait en douce avec la clé cachée sous l'abri ou rampait par sa fenêtre à l'arrière de la maison. Il pouvait voir combien il avait eu de la chance.

Arrivés devant la caravane, Botchy dormait sur le porche. Sa tête massive ne bougea même pas lorsqu'ils montèrent les marches et passèrent devant elle. Elle renifla ses chevilles et soupira son consentement.

— Quel chien de garde, se moqua Patch.

Entrer fut comme monter sur le pont d'un bateau, avec le plancher grinçant et le plafond bas.

Tucker alluma la télé et se rendit dans la cuisine avec le sac.

— Ce ne sera pas long.

Patch resta dans le petit salon de Tucker tandis que Planète Animaux lui parlait de l'aérodynamisme des guépards. Le canapé et le fauteuil de seconde main semblaient plus usés de près, et son visage était sale et tirait.

D'une manière ou d'une autre, Tucker savait qu'il devait le laisser tranquille. Quand cet homme avait-il cessé d'être un connard ?

Patch se réfugia dans la salle de bain et s'aspergea le visage d'eau, puis se sécha à l'aide d'une serviette qui portait l'odeur de Tucker. Il sourit, puis réprima immédiatement ce sourire.

— Ça suffit, murmura-t-il.

L'odeur du grill le ramena dans le salon.

Tucker s'essuya les mains sur un torchon et posa un plat sur la table. Des côtelettes, de la poitrine et une salade de pommes de terre.

— Waouh, s'extasia Patch en s'asseyant.

Le facteur salive était bien réel.

— Il n'y a aucune souffrance que la viande ne puisse pas arranger.

Patch attaqua son repas en gémissant de plaisir.

— Dieu que c'est bon !

Lorsqu'il eut fini son assiette, il avala l'étrange boule de tristesse qui avait jailli plus tôt.

— Merci de m'avoir fait à manger.

Patch se toucha l'entrejambe et se renversa sur sa chaise.

Tucker ricana.

— Bix connaît un mec qui fait des grillades sur le circuit. Il s'est installé à Honey Island. Il fait essentiellement des côtelettes, mais je crois que la poitrine voyage mieux.

Patch hocha la tête.

— Il va bien ?

— Bixby ? Oui, il va bien, répondit Tucker en le dévisageant un instant. Il se rend en Arkansas, la semaine prochaine. Pourquoi ?

*Haussant d'épaules.*

— Simple curiosité. C'est ton ami.

Sa jalousie n'avait pas à être exprimée, ni maintenant ni jamais. Il se rendit dans le salon.

— Je n'ai pas beaucoup d'amis, Patch, mais la plupart sont de longue date.

Tucker continua de l'observer. S'il remarqua son envie frémissante, il ne réagit pas.

— Je ne le vois que quand il passe par là pour un rodéo.

— Oh. J'imaginais qu'il était du coin.

Dans le Texas rural, le coin pouvait signifier n'importe où à cent cinquante kilomètres à la ronde.

— Il a une maison à Clute, mais pour l'essentiel, il est toujours sur la route, dit Tucker en haussant les épaules.

Diablement fouineur, Patch poussa la porte de la chambre de Tucker, qui débordait pratiquement d'un lit en laiton antique couronné d'une couette faite main.

— C'est la seule chose que j'ai pu sauver de ma famille, murmura Tucker, la main posée sur son ventre, depuis sa chaise.

159

— Il est beau.

C'était vrai. Toute la caravane semblait réelle autour. Solide.

Patch cligna des yeux. À cet instant, il vit plusieurs Tucker assis face à lui sur des fauteuils. Le pote ivre de son père. L'entraîneur bigot du lycée. Le loser sexy du circuit de rodéo, n'ayant nulle part où aller. Le fantasme du père qu'il s'était créé dans sa tête. Le gardien buriné assis devant lui, papotant de tout et de rien. Et l'homme, l'homme, l'homme.

— Qu'est-ce qui se passe ? demanda Tucker en haussant les sourcils et relevant le menton.

— Comment ça ? répondit Patch en s'étirant.

Tucker plissa les yeux.

— Je peux te voir. Les neurones en ébullition. T'agitant et t'inquiétant.

Une gorgée de bière et un ricanement.

— Partant dans toutes les directions, comme tu le fais, poursuivit Tucker en lui lançant ce qui ressembla à un sourire affectueux.

Plutôt que de lui donner une réponse honnête, Patch développa un intérêt soudain pour les photos et les babioles dispersées dans le salon : de nombreuses rigolades à des rodéos, Tucker avec des étrangers rieurs. Les seules personnes à apparaître plus d'une fois étaient Bix et son père. *Ses amis.* Quelques clichés de lui plus jeune, si beau qu'on aurait dit une blague. Aucune photo de Tucker enfant, aucune famille, d'après ce que Patch pouvait voir.

— J'en ai quelques-unes de Royce, plus jeune. Je peux t'en faire des copies, si tu veux, dit Tucker par-dessus son épaule. Ton père, c'était quelque chose à l'époque.

*Mais encore ?*

— Non, c'est bon. Seulement, je n'avais pas vu celles-ci.

— Nous couchions à droite et à gauche. Jeunes et stupides.

Tucker leva sa canette en guise de toast avant d'en prendre une gorgée.

— C'est ça : jeunes.

Patch ne se souvenait pas avoir déjà vu son père aussi détendu.

— Vous n'avez jamais…

*Fricoté. Sucé. Baisé.* Terrain miné.

Tucker haussa si haut les sourcils qu'ils atteignirent quasiment la racine de ses cheveux.

— Seigneur, non ! Ton père flirtait avec les filles, mais il n'a jamais… Il n'était pas comme ça.

Patch hocha la tête.

— Je devais demander.

Tucker fronça les sourcils.

— Tout ça est faux. Bon Dieu ! s'exclama Tucker, ses lèvres frottant ses dents. Mais la réponse à ta question est non. Royce et moi n'avons jamais rien fait. Bon sang, pourquoi crois-tu que...

Bien sûr qu'il le croyait. Et Tucker le savait, voilà pourquoi il devait demander.

Ils se dévisagèrent, mal à l'aise.

Tucker se racla la gorge et coinça ses pouces dans sa ceinture.

— Eh bien, non. C'était un enfoiré rigide. Et à l'époque, je ne... Eh bien, je n'étais pas aussi accommodant sur le sujet, non plus. Les mecs et tout ça.

Patch se jeta à l'eau, en soutenant son regard.

— Mais Bix et toi, vous baisez.

— Ah, soupira Tucker. Eh bien, ce ne sont pas tes affaires, gamin. Mais, oui, nous couchons ensemble parfois.

Un fard rose colora la peau burinée.

— Désolé.

Patch se pencha en avant. Ce qu'il ne donnerait pas pour être une mouche posée sur ce jean.

— C'est sacrément sexy.

Tucker leva les yeux.

— Pourquoi ?

Patch sourit.

— Vous êtes tous les deux hyper sexy, c'est tout. C'est quelque chose que j'aimerais voir.

Mais c'était en partie un mensonge, car il ne voulait pas voir Tucker toucher quelqu'un d'autre.

— Oh.

La bouche de Tucker s'affaissa et son front se plissa. Il hocha la tête.

— D'accord, alors. Si tu aimes bien Bix, je suis certain qu'il se porterait volontaire.

— Euh, non. Non, monsieur, se reprit Patch en fronçant les sourcils. Pas même un petit peu. Mais Tucker jaloux, ça, il aimait.

— En y repensant, peut-être pas.

— Comment ça ?

— Bix et toi, répondit-il avant de se racler la gorge. Ça n'a aucun sens pour moi. Du tout. C'est tout.

161

Tucker pencha la tête sur le côté et croisa les bras.

— Pourquoi cela ?

— Je préfère juste nous deux. Plus facile.

— Patch, rien n'est facile à propos de nous.

Un bruissement de peau tandis que Tucker s'essuyait la bouche d'une main.

— J'espère que ce n'est pas un problème pour toi.

Patch ne rit pas, mais leurs regards se croisèrent. L'intensité se construisit dans son ventre et le renflement de son jean s'épaissit. Son visage rosit et ses lèvres s'entrouvrirent.

Tucker recula et tourna la tête sur le côté.

— Qu'est-ce que tu fais ?

Il leva les mains et les posa sur les flancs de Patch. Son sang pulsait dans sa gorge.

— Si je demande gentiment ?

Auparavant, il ne se sentait pas en sécurité, à présent, il ne se sentait en sécurité nulle part.

Tucker se tourna vers lui.

— Gamin, je ne sais pas si...

Afin de lui faire fermer sa bouche et son cerveau, Patch prit ses bourses en coupe et pressa son érection contre la jambe de Tucker, qui le scrutait.

— Seigneur.

Il fit un pas en avant.

— Patch.

Un autre pas, droit dans la chaleur du corps de Tucker et son odeur musquée.

— Hummm...

Il se pencha en avant, avec l'intention de frotter son visage contre la barbe de Tucker, cherchant la brûlure.

— Comment parviens-tu à me déstabiliser si rapidement ? soupira Tucker, la respiration lourde et ses doigts se resserrant sur les côtes de Patch. Je ne peux pas.

Patch soupesa les bourses de Tucker.

— Non ?

La raideur juste au-dessus lui prouvait qu'il était un menteur.

— On dirait le contraire.

162

Tucker grimaça, passa sa main dans son jean et balança ses hanches en arrière dans le but de se réajuster afin que sa longueur s'étire derrière la braguette.

— Enfoiré.

Il ne semblait pas trop en colère, néanmoins.

— On va juste s'amuser, coach.

Tucker se renfrogna.

— Hey !

— Allez.

Patch ne se recula pas pour parler, juste assez proche pour sentir l'odeur de bière dans son souffle lui revenir.

— Nous sommes potes, non ? Je suis prêt à exploser.

Il entrechoqua légèrement leurs érections, puis ondula des hanches d'un côté à l'autre, se frottant à lui.

— Ne m'appelle pas comme ça. Je ne suis pas ton coach.

*Plus maintenant.* Patch bascula les hanches en avant, cognant leurs chairs raidies. *Mon cowboy.*

— Ou quoi que ce soit d'autre.

— Non, monsieur.

Les paupières lourdes, Tucker laissa échapper un rire rauque et sifflant.

— Tu es dingue, dit-il en se léchant les lèvres. Je ne sais pas pourquoi. *Si* facile, grogna-t-il en poussant son érection contre la sienne.

— Quoi ? demanda Patch en gardant un rythme lent et léger.

Il pouvait sentir l'urgence dans ses bourses, à quel point il pourrait aisément exploser, juste en se frottant contre Tucker, les yeux dans les yeux.

— Je pourrais jouir comme ça. Juste là. Et toi ?

— Oui, acquiesça Tucker en hochant la tête.

Patch balança à nouveau les hanches d'un côté à l'autre, écrasant leurs membres avec une lente électricité boudeuse.

— Que veux-tu ?

— Je ne sais pas, répondit Tucker, ses mains massives de fermier le rapprochant de lui, les serrant l'un contre l'autre. Ça n'a pas d'importance.

— Dans ce cas…

Patch ne détourna pas les yeux, paralysé par les possibilités. Il voulait la totale.

— Attache-moi.

Tucker releva la tête, le regard insondable.

163

— Je le pense.

*Si tu en as envie.*

Les mots suivants de Tucker furent prononcés d'une voix rocailleuse :

— Que veux-tu dire ?

— À l'étang, tu as pris le pouvoir, comme tu en avais envie. Tu m'as pris en main.

Patch leva les yeux. Prendre les commandes, négocier sa propre reddition lui provoqua un étrange grésillement de plaisir.

— J'ai tort ?

Tucker secoua la tête. Il semblait stupéfait.

— Je demande gentiment, comme je sais le faire, continua Patch en s'immobilisant, le regard rivé dans le sien. Si tu n'en as pas envie, je vais répandre un bazar collant entre nous d'une minute à l'autre. Ce qui serait un sacré gâchis.

Il écrasa son sexe rigide contre la cuisse de Tucker, qui restait figé, le laissant faire.

— C'est vraiment ce que tu demandes ?

La tension constante dans les cuisses de Tucker rendit Patch courageux.

— J'en ai envie.

*Éhonté.*

— Attache-moi, fais-moi jouir. Fais-moi voler en éclats.

Il était aussi dur qu'un manche de hache.

Tucker semblait envisager cette idée, les mâchoires contractées et ses mains resserrant leur prise.

Patch leva ses doigts pour déboutonner sa chemise.

— D'accord ?

Tucker lui écarta la main d'une gifle, puis les prit dans les siennes.

— Tu ferais mieux de me laisser faire, dit-il en lissant le devant de la chemise de ses paumes. Compris ?

— Oui, monsieur.


LA PREMIÈRE chose que Patch apprit fut que les lits en laiton étaient solides pour une bonne raison.

Alors que Tucker partait chercher quelque chose dans l'entrée, Patch alla s'asseoir sur le bord du lit ancien. Il remplissait presque l'intégralité de la chambre et les draps étaient repassés, frais et blancs. Avec la lampe allumée, la pièce ressemblait à une grotte tamisée, et les volutes et les boucles en laiton jetaient une lueur ambrée.

Patch réprima son envie de se tortiller ou de fouiner, tentant d'anticiper et d'éviter une attaque cardiaque qui semblait plus que probable.

Impatient après seulement quelques minutes, il commença à enlever ses bottes.

— Attends.

Tucker se tenait sur le seuil, torse et pieds nus, dans un jean de travail ample, boutonné juste assez haut pour s'accrocher à ses hanches. Il tenait un écheveau de cordes à la main et sa voix paraissait sévère.

— Où vas-tu ?

— Nulle part, répondit Patch en s'asseyant, le cœur battant.

— Je veux le faire, lui dit Tucker en jetant la corde sur le matelas et s'agenouillant afin de lui ôter ses bottes et les poser contre le mur.

Il se redressa et déboutonna le jean humide de sueur de Patch avec un doigté lent et assuré : un, deux, trois, quatre boutons.

Il fit courir ses grandes mains le long de ses jambes, puis tira sur les ourlets, le libérant du denim et exposant son sous-vêtement rouge, sans porter attention à l'érection qui se cachait en dessous.

— Tucker.

En entendant son prénom, il leva les yeux.

— Non. Ne bouge pas.

Il s'installa entre les jambes de Patch et attrapa les bords de son tee-shirt.

— Lève les bras.

Ses cheveux dégringolèrent devant le visage de Patch, jusqu'à ce que des mains calleuses les repoussent en arrière.

— Tu es très beau comme ça.

Tucker ajusta le renflement indécemment tentant dans son jean, mais laissa Patch en caleçon, la crête rigide s'étendant entre eux.

*Touche-moi.* Mais Tucker ne le fit pas, alors Patch tendit la main pour le faire lui-même.

— Doucement, petit, l'interrompit Tucker en lui attrapant le poignet et le reposant sur le drap. Recule.

Il obéit et Tucker s'agenouilla sur le matelas, rampant dans une chasse indolente.

Sans avertissement, le dos de Patch heurta le laiton glacé, le faisant frémir, ses tétons et sa peau se raidissant dans un frisson.

165

— C'est froid ?

Patch hocha la tête.

— La climatisation a soufflé toute la journée.

Tendant la main vers le pied du lit, Tucker récupéra l'écheveau de cordes et tira sur le nœud qui les maintenait ensemble.

— Tu vas te réchauffer rapidement.

Sans surprise, Patch se détendit contre le métal, qui avalait sa chaleur et tendait ses muscles. .

— Je vais faire des nœuds, dit Tucker en l'observant, assis sur ses talons. Ils ne te feront pas mal.

Il déroula quelques boucles de la corde.

— Mais tu ne pourras pas beaucoup bouger.

Il fit glisser la corde dans sa paume rugueuse.

— Ou pas du tout.

La panique jaillit dans le ventre de Patch. Son cœur rata un battement et la chaleur monta de son torse à son visage.

— Au moins, cette idée n'atténue pas ton excitation, fit remarquer Tucker en baissant les yeux vers l'entrejambe de Patch et entrelaçant la corde entre ses mains. As-tu déjà été attaché ?

— Non.

La tête de lit ne semblait plus froide et son sexe faisait des choses bizarres en bas. Ses testicules se contractèrent involontairement.

— Je suis claustrophobe.

— Je comprends, répondit Tucker en lui souriant et jetant un regard à la chambre autour d'eux. La chambre est grande, le lit est grand. Je ne vais pas t'étouffer.

Patch cligna des yeux en guise d'assentiment. Il tendit les bras et les posa sur la tête de lit.

— Mais tu vas rester immobile un moment. Là, sur mon lit. Tu peux faire ça pour moi ? Rester avec moi un moment ?

Le regard noir de Tucker soutenait fixement le sien.

— Je crois.

Tucker cilla.

— C'est ce que nous allons voir.

Patch se pencha en avant, mais la main de Tucker le maintint en place.

— Voir maintenant. C'est ce que je voulais dire.

Patch secoua la tête, déglutit, puis hocha la tête.

Les phalanges de Tucker effleurèrent son torse.

166

— Laisse-moi m'occuper de toi.

Sa raideur saillait sur le côté gauche de son jean.

Les doigts de Patch se resserrèrent sur la tête de lit. En parler le rendait encore plus anxieux.

— D'accord.

— Je ne t'oblige pas, Patch. Je te pose la question.

— Oui. Non.

Pourquoi avait-il dit cela ? Il avait toujours le contrôle de lui-même.

— Je veux le faire.

C'était la vérité. Voir Tucker si excité le rendait étrangement calme.

— Certain ?

— Oui, monsieur. Promis.

Si quiconque à New York le voyait comme ça, il éclaterait de rire.

— Ce ne sont que quelques nœuds simples. Rien de difficile ou d'effrayant. Je veux juste faire ça correctement.

Patch réprima un éclat de rire à l'idée d'être *parfaitement* raide, déshabillé et attaché au vieux lit en laiton de Tucker, quelque part dans l'ouest du Texas. Il souleva les hanches et son érection entre eux.

— Oui, monsieur.

Le *monsieur* lui échappa naturellement, mais le dire resserra le nœud dans ses bourses.

Tucker sourit.

— J'aime ça, dit-il en giflant l'érection de Patch. Et toi aussi.

Il gémit. Il se sentait exposé, figé, en apesanteur, vide. Son corps semblait être en verre soufflé, sa peur crépitant entre eux. Il entrouvrit la bouche.

— Tu es si beau comme ça, siffla Tucker entre ses dents serrées. Je n'ai pas le droit de voir quelque chose de si beau.

Curieusement, il réussit à maintenir une effroyable immobilité, jusqu'à ce que Tucker pose à nouveau les mains sur lui.

La deuxième chose que Patch apprit fut que, entre de bonnes mains, une corde ne faisait absolument pas mal. En fait, c'était plutôt bon lorsque vous vous y abandonniez.

Tucker s'agenouilla entre ses jambes écartées, la respiration lourde et laissant échapper un grognement de satisfaction tandis qu'il laçait, enroulait et nouait la corde en nylon.

— J'ai des copains qui font des nœuds fantaisistes, des trucs japonais, mais je suis un gars de la campagne.

167

Au début, Patch essaya de se focaliser sur la prise ferme de ses doigts, l'odeur chaude de rouille et de sciure de bois, et l'érection immanquable à quelques centimètres de lui. Il combattit l'envie de fuir, de se débattre et de se repousser.

Tucker travaillait méthodiquement, avec une patience exaspérante, la corde échauffant sa peau en lignes atténuées. Une boucle par-ci, un nœud de cabestan par-là, la corde s'enroula autour de ses bras étirés, jusqu'à ce qu'il réalise qu'il ne pouvait plus du tout bouger. Ses poignets étaient fixés par une boucle à la tête de lit. Une autre immobilisait ses coudes et se croisait sous ses aisselles, le clouant sur place.

Il déglutit. La sueur serpentait sur le côté de son visage et il lutta pour contrôler sa respiration. *Calme-toi.* Même dans la fraîcheur de la pièce, la chaleur était terrible et l'envie de paniquer implacable.

Tucker enroula une autre corde autour de son torse, quatre brins parfaitement noués les uns aux autres afin de former une large bande en travers de ses pectoraux, puis une autre en travers de sa taille.

*Je suis certain que je dois avoir l'air stupide.* Son cœur commença à tambouriner et une autre goutte de sueur longea sa joue avant de couler de son menton. Comment pouvait avoir froid et transpirer en même temps ? Étourdi, il ferma les paupières. En quelques minutes, une corde douce maintenait son torse, sa taille et ses épaules à la tête de lit. Les boucles lâches à ses poignets avaient été élargies de plusieurs tours. Plusieurs brins alignés sous ses pectoraux définissaient ses muscles en relief. Il y aurait des marques.

Tucker murmurait en caressant les cordes et sa peau, touchant, tapotant, testant.

— Doucement.

Il aurait aussi bien pu parler à Pépite en tirant sur ses rênes.

— Doucement, gamin.

Patch plia les genoux de chaque côté du corps de Tucker.

Ce dernier leva une autre corde, la pliant en son centre. Il la fit courir le long de la jambe de Patch, jusqu'à son pied.

— Juste pour que tu ne donnes pas de coups de pied, dit-il en caressant la plante de son pied, à la limite du chatouillis. Regardez-moi ça.

Patch refusa de réagir ou de tressaillir, mais il ne put empêcher la chair de poule de se dresser. Son pouls battait sous sa peau et il gigota sur place. Il pouvait le faire. Une vague glacée le submergea.

— Tout va bien, murmura Tucker.

Il avait sécurisé Patch à la tête de lit des poignets aux côtes. Le métal dans son dos semblait étrangement confortable et il ne pouvait correctement bouger que sa tête et ses jambes.

Sauf lorsque Tucker posa les mains sous ses genoux et les plia, les repoussant contre son torse.

— Attends.

— Non, répondit Tucker, puis il appuya son visage contre son caleçon et Patch se figea à cette sensation incroyablement électrique.

Tucker mordilla le muscle et lécha les coutures du sous-vêtement. Ses doigts étaient également présents, testant son anus à travers le tissu et effleurant les bords élastiques.

Les poils sur les jambes de Patch se dressèrent et la chair de poule rampa sur ses bras. Étant donné la manière dont il était immobilisé, Tucker pouvait faire tout ce qu'il voulait.

— Je ne…

Son rythme cardiaque avait entamé un petit galop.

Tucker ne répondit pas avec des mots, mais sa salive commença à mouiller le tissu. Le grattement de sa barbe éraflait la peau de Patch. Il tira sur l'élastique d'un côté, cherchant à entrer. Il grogna tandis que Patch tentait de garder ses jambes écartées et immobiles.

— Hummm, gronda Tucker en laissant traîner sa joue râpeuse sur sa cuisse et levant les yeux. Tu sens ça ? Faites pour être mangées.

Le pouce de Tucker appuya contre le petit orifice sous son boxer, d'une manière qui paralysa Patch et lui donna envie de dire oui à tout et n'importe quoi. Il inspira profondément, les jambes tremblantes, mais ne répondit pas.

— Personne n'a jamais pris soin de toi. Très regrettable, dit Tucker en baissant la tête et léchant sa raie en de lents coups de langue qui humidifièrent le tissu.

Puis ses doigts épais tirèrent et pincèrent à nouveau, jusqu'à ce que Patch l'entende se déchirer.

Tucker n'eut aucune hésitation. Se faufilant dans la brèche, il arracha la couture tout le long de sa raie et la lécha. Un gémissement, suivi d'une chaude expiration, taquina son périnée. Poussant davantage son visage, il déchira à nouveau le coton jusqu'à ce que Patch sente son chaume contre sa peau.

Patch cria et supplia :

— Tucker ! Merde !

Ses jambes retombèrent, mais Tucker gronda et le repoussa, le pliant contre la tête de lit d'une manière affreusement bonne.

Tucker prit son temps. De longs et lents coups de langue qui goûtaient et testaient son orifice.

— Tu sens ça ? murmura-t-il. Je dois… Tu sens comme c'est bon ?

Peu à peu, Tucker mit son boxer en pièces, grognant et arrachant tandis qu'il vénérait l'anneau de muscles de sa bouche. Le coton lui céda le passage, puis Tucker s'en débarrassa et frotta son visage contre la cuisse de Patch en soupirant.

— C'est mieux.

Patch tenta de respirer. Personne ne lui avait jamais fait ce genre de choses. Il n'avait jamais laissé personne être suffisamment proche de lui pour l'épingler, ce qui lui donna l'impression d'être à la fois cinglé et courageux. Un frisson le traversa.

— Qu'est-ce qui ne va pas ? demanda Tucker en reculant lentement.

Patch secoua la tête. Vulnérable. Paniqué. Excité. Embarrassé.

— Putain, Tucker. Rien.

Il laissa échapper un petit rire nerveux et poussa son membre en avant du mieux qu'il put.

— Tu me fais… je ne sais pas.

La grande main de Tucker lui caressa les fesses.

— Personne ne t'a jamais léché correctement ?

*À part toi ?* Patch déglutit, gêné, et secoua la tête. De toute évidence, ce qu'il avait pratiqué n'était pas du sexe.

— Eh bien, alors, c'est une honte, gamin, répondit Tucker en faisant la moue, les yeux pétillants. Ces gars de la ville ne savent pas ce qu'ils loupent.

— Je ne les ai jamais laissés faire.

Patch tenta de ne pas penser à la manière dont il était exposé, comme il était piégé.

— Bien.

Respirant bruyamment, Tucker plia son genou et attacha sa cheville à sa cuisse de trois ou quatre tours de corde. Puis il la noua à la tête de lit à l'aide d'un nœud de chaise.

— C'est très bien.

Tirant lentement, il souleva la jambe de Patch du matelas. Cette jambe n'irait nulle part de si tôt.

Patch respirait difficilement. Avoir une seule jambe de libre lui donnait le sentiment d'être un dangereux alien. Son érection faiblit et la sueur recouvrit sa chair. Même avec une seule jambe attachée, l'air frais lui indiquait à quel point son postérieur était exposé. Il déplia son autre jambe et la contracta violemment.

Tucker grogna et un sourire en coin étira ses lèvres. Il était en sueur, lui aussi.

Patch regardait droit devant lui, tentant de calmer sa respiration. Il ne voulait pas que Tucker sache combien…

— Il ne se passera rien que tu ne veux pas, d'accord ? dit Tucker en se penchant jusqu'à ce que leurs visages soient *très* proches. Je te tiens.

Il répéta le processus : genou plié, cheville contre la cuisse, cordée et soulevée contre la tête de lit.

*Écartelé.*

Patch déglutit et se tortilla contre le laiton dans son dos et les draps sous lui. La transpiration lui chatouillait les côtes. Ses aisselles étaient exposées, tout comme son ventre et son anus. Son sexe piégé contre son abdomen le faisait non seulement se sentir impuissant, mais pris de panique. Visiblement, il en avait envie, ce qui ne faisait qu'empirer les choses.

— Regarde-moi.

Un sourire.

— Regarde-moi. N'aie pas peur. Nous nous amusons, c'est tout.

Patch hocha la tête, terrifié, mais obéissant.

— Je vais bien.

Tucker lui sourit, comme s'il en doutait.

— D'accord, alors.

Ses grandes mains se serraient et se desserraient, comme s'il était impatient de s'occuper de lui.

— Ça va jusque-là ?

— Promis.

Son pouls fit un bond dans sa gorge et sous les nœuds sur sa poitrine. Il était étrange d'être si proche, si nu et si impuissant. La sueur coulait entre son dos et la tête de lit.

— S'il y a quelque chose que tu n'aimes pas, dis-le-moi.

Il cligna des yeux, mal à l'aise.

— Pareil pour toi.

Tucker sourit et poussa un soupir, s'asseyant sur les talons pour admirer son œuvre.

— Il n'y a rien que je n'aime pas jusque-là.

*Calme-toi.* Patch se concentra sur le chemin de poils sombres qui menaient à la braguette de Tucker. Il se lécha la lèvre, désirant que Tucker se tienne devant lui sur ce lit et qu'il l'oblige à le prendre jusqu'à la base, qu'il l'étouffe sans pitié avec sa largeur. Il força sa bouche à s'ouvrir et à se fermer.

Tucker gloussa.

— Tout ça ?

— Tu es distrayant, répondit Patch en déglutissant.

Un ricanement.

— Gamin, je suis bien trop vieux pour grimper n'importe où.

— Foutaises. Tout ce que tu as à faire est de rester debout, vieil homme. Mets-la où elle doit aller.

— Je ne suis pas aussi décrépit, petit con.

Un sourire.

— Je suis patient, c'est tout.

— Pas moi, gloussa Patch, embarrassé par son propre soulagement.

Il avait besoin d'un instant pour reprendre le contrôle des battements de son cœur.

— Et aucun de ces mecs de la ville ne t'a jamais attaché. C'est dingue.

— Non.

Il ne les aurait jamais laissés faire s'ils avaient essayé, mais avec Tucker, c'était… autre chose.

— Hum.

Tucker sourit tout en fronçant les sourcils et se pencha plus près, très près. Son pouce retraça la lèvre de Patch.

— Trop rapide pour être attrapé.

Il plissa les yeux sans détourner le regard de celui de Patch, jusqu'à ce que l'instant devienne inconfortable.

— Maintenant… dernier tour.

*Il va m'embrasser.* Mais il ne le fit pas, ce qui le perturba davantage.

Au lieu de cela, Tucker s'empara de l'épaisse longueur spongieuse de Patch.

— J'ai envie de te couvrir les yeux.

Patch déglutit et hocha la tête.

— T'aveugler. Pour t'aider à te détendre.

Une main lui caressa la cuisse.

— Tu es d'accord ?

Il voulait regarder, mais regarder le faisait paniquer et le rendait nauséeux.

— Je crois. Je suppose.

Son esprit tournait à plein régime. *Et ensuite ?*

Tucker leva un bandana entortillé.

— Nous allons voir ça, alors. Si tu n'es plus d'accord, dis-le.

Il hocha à nouveau la tête. La pression étroite et humide de la corde le maintenait à la limite de se débattre. Le noir l'aiderait. Il ne pouvait plus bouger et n'avait pas envie d'y penser, alors il se concentrerait sur Tucker.

Celui-ci empauma ses bourses un instant, puis se pencha lentement en avant. Il appuya le bandeau contre les yeux de Patch et le noua à l'arrière de sa tête.

*Le noir.*

Alors que les doigts de Tucker redescendaient, le renflement de son jean frôla son torse. Son odeur musquée s'éleva, si étrangement familière que Patch en oublia d'avoir peur ou d'être frustré.

— C'est ça. C'est exactement ça.

Être plaqué contre la tête de lui, piégé et aveuglé dans le lit de Tucker, le faisait se sentir… quoi exactement ? En sécurité ? Fou ? Excité ? Heureux ? Plein d'espoir ? Il haletait comme un sprinteur et ne pouvait plus bouger un centimètre de son corps. Bon, pas la plupart des centimètres. Bon nombre s'agitaient, mais il ne pouvait pas contrôler ce réflexe. Sa propre respiration semblait lourde à ses oreilles. Sa peau moite picotait sous les cordes. Mais sentir l'érection de Tucker pressée contre son cœur le paralysait.

*Tu ne me fais plus peur.* Sentir l'excitation de son fantasme dénouait certains nœuds terribles en lui.

La troisième chose que Patch apprit fut que, lorsque c'était appliqué avec imagination, ce qui était bon pouvait tout aussi bien vous faire hurler.

Tucker se décala. Le bruit d'une bouteille pressée. Lorsqu'il revint, ses mains étaient graisseuses.

— Ajoutons un peu de sauce à la viande.

Patch se repoussa contre la tête de lit. La matière visqueuse sur les mains de Tucker était aussi chaude et vicieuse que de la semence fraîche.

— Humpf. Tucker !

— C'est bon, hein ?

La main autour de sa hampe allait et venait lentement de la base à la pointe.

— C'est le meilleur lubrifiant.

*Sans mentir*. La troublante douceur facilitait tant la friction que Patch dut baiser sa main plus fort afin d'obtenir le contact dont il avait besoin.

Tucker faisait aller et venir sa main sans hâte.

— Tu resteras glissant durant des heures. Toute la nuit, si besoin.

— Génial.

Tucker laissa échapper un rire grave.

— Oui. Tu apprendras à apprécier cette caractéristique.

Sa prise assurée ne varia pas ni ne se resserra.

Patch contracta ses bras dans les nœuds, puis se détendit. Il n'avait jamais été du genre à perdre du temps à se masturber. Il pompait, crachait, essuyait.

De toute évidence, Tucker avait une conception différente de la façon dont son temps était le mieux utilisé. Il s'occupait de son sexe dans un rythme souple et régulier. Le contact semblait décontracté et impersonnel, comme s'il testait une pièce d'équipement ou contrôlait du bétail.

*Il me masturbe.*

Pire que tout, la montée d'une lenteur affolante et la descente glissante de cette poigne rugueuse ne variaient pas de cadence. *Connard*. Il travaillait méthodiquement, observant les réactions et taquinant le plaisir de Patch. Il prenait tout son satané temps.

Aveuglé et frustré, Patch secoua la tête.

— Tucker, je ne peux pas…

— T'ai-je demandé de le faire, gamin ? Prends ce que je te donne.

— OK, soupira Patch en tremblant, incapable de participer ou de résister.

Le bandeau concentrait son attention sur les limites de son corps, chargeant sa peau et ses autres sens.

Il sentit Tucker reculer sur le lit, puis une main humide se posa sur sa cuisse.

— Calme-toi, maintenant. Tu ne vas nulle part.

Patch sourit en entendant la satisfaction puérile dans sa voix.

— Hum. Regarde-toi.

Il se trémoussa et grogna sur le lit tandis que Tucker se décalait. Puis un souffle balaya ses testicules. Tucker était étendu entre ses jambes écartées, une main caressant son flanc.

— Ma parole.

Une joyeuse bouffée de vanité le traversa. C'était ce que lui faisaient les louanges. Il savait que Tucker aimait le regarder.

— Reste ici avec moi. Tu sens ça ? Fais attention à ce qui se passe.

Peu à peu, sa main ralentit, s'immobilisa… puis plus rien.

— *Argg.* Allez !

Patch lécha ses lèvres sèches, souhaitant pouvoir regarder et reconnaissant de ne pas pouvoir le faire.

— S'il te plaît, Tucker.

— S'il te plaît quoi ?

— Tu le sais bien, répondit-il en baissant la tête vers sa chair tendue.

— Je le sais. Mais nous allons faire durer autant que possible. Nous avons tout notre temps. Laisse-moi faire les choses bien.

Tucker se rapprocha, sa respiration effleurant ses bourses.

Patch se cambra, haletant, réprimant sa panique et forçant son corps à se détendre, se relâcher, répondre.

Les lents va-et-vient reprirent.

— Oui. *Oui.* Bon garçon. Tu vois ? Putain !

L'éloge l'embrasa de l'intérieur, des cendres lumineuses qui pourraient prendre feu s'il était prudent et patient. Sauf qu'il ne l'avait jamais été. *Fais semblant.*

Tucker entama un rythme punitif qui lui broya le crâne de frustration. Rien n'était censé être aussi bon. S'en sortir impunément signifiait qu'ils finiraient par se faire prendre, non ?

La mâchoire rugueuse de Tucker grattait l'intérieur de ses cuisses et ses fesses. Il lutta contre le chatouillis brûlant jusqu'à ce que cela semble inutile tandis que Tucker ralentissait, allumant délibérément ses terminaisons nerveuses, les unes après les autres.

— *S'il te plaît,* Tucker. Tu n'as aucune idée… Encore un peu plus.

Tucker gronda, mais n'esquissa pas le moindre geste. Apparemment, il *savait* que Patch avait besoin qu'il accélère, mais il n'en avait rien à foutre. *Sale con.*

Patch déglutit et siffla, se tortillant contre le métal et les cordes avec une frustration constante. Ses jambes se contractaient et se relâchaient dans un tempo horrible. Sa respiration rauque s'y accorda, puis ce fut son cœur, et tous ses muscles. Ses orteils se crispaient et se détendaient, ses fesses se tendaient et cédaient contre les draps humides, ses bras tiraient sur les cordes, sa mâchoire tremblait. Son corps entier était couvert de sueur dans l'air frais. Il ne pouvait rien ralentir, rien accélérer.

Pourtant, Tucker le cajolait avec une patience brutale, utilisant le glissement du lubrifiant fait-maison pour tester chaque centimètre.

Un soulagement hors de portée.

La folie s'élevait en Patch, une impatience rageuse qu'il ne pouvait ni contrôler ni mesurer. Au début, il tira sur ses poignets, son dos se cambrant contre la tête de lit. Il se tortilla, soulevant ses hanches du lit, dressant son membre dans l'espace vide, exposant davantage son orifice, sans s'en soucier. Il tenta de se débattre, de ruer, d'avoir un contact avec quoi que ce soit, mais les cordes et le laiton l'immobilisaient.

Quelque part sur sa droite, Tucker soupira.

— Tu es tellement beau à lutter comme ça.

Une main glissante pressa sa jambe.

Patch se figea instantanément, tout son être focalisé sur cette main : une paume dure, des doigts épais, la lente accumulation de chaleur au contact de leur peau. Hypnotisé, il gémit, oubliant dans le même temps pourquoi il ne devait pas se montrer faible.

Une autre main sur sa cuisse, puis les deux remontèrent, s'arrêtant à un cheveu de ses bourses que les phalanges effleuraient.

*S'il te plaît.* Patch grimaça et se figea à nouveau, craignant de briser le sort. S'il cachait ses réactions, Tucker pourrait lui donner suffisamment de friction par accident.

Tucker pétrit le muscle assez durement pour le faire tressaillir ; avec un soulagement électrique, le lubrifiant laissait ses muscles glissants après le passage de ces mains.

Patch cria. Quelque chose chatouillait la face interne de son sexe. *Du liquide séminal.* Un mince filet de fluide coulait en direction de ses testicules. Jamais de sa vie, il n'avait fui de cette manière, avec personne, et certainement pas seul.

— Seigneur.

Où était-ce ce maudit lubrifiant ?

— Bon garçon, le félicita Tucker de sa voix rauque. Voilà la récompense lorsque nous prenons notre temps. Tu vois ?

Il se rapprocha et baissa la tête entre les jambes de Patch.

— Regarde. Regarde tout ce fluide que tu fais.

Sa respiration effleura sa peau fiévreuse et quelque chose dans sa voix figea Patch.

*Il ne veut pas que je le voie excité.* Même maintenant Tucker se cachait, à quelques centimètres de son entrejambe, la respiration lourde.

Pourtant, il était séduit par toute cette attention donnée par une personne qui ne l'avait jamais remarqué, qui ne lui avait jamais montré.

176

Tous ces fantasmes, cet espionnage anxieux, ces litres de spermes déversés dans le noir pour un fantasme qu'il n'aurait jamais dû désirer.

Le souffle de Tucker fit se dresser les poils de ses cuisses, frôlant ses bourses et refroidissant le filet de fluide qui n'avait cessé de couler.

*Ou il a trop envie de moi pour me laisser le voir.*

Tucker se déplaça sur lit et quelque chose effleura ses tibias. Plus de corde ?

Une goutte de sueur dégoulina de la racine de ses cheveux à son sourcil. Sans y penser, il essaya de lever une main pour l'essuyer, avant de se rappeler à quel point il était immobilisé. Il la laissa retomber.

Des doigts rugueux caressaient ses épaules, pinçaient ses tétons, effleuraient ses côtes à la limite du chatouillement.

Patch se figea. Le besoin de s'écarter, de se débattre, de fuir enfla en lui. Dingue. *Qu'ai-je fait, bon sang ?*

Tucker bougea à nouveau, mais Patch n'était certain de rien. Un bruit provenant de la table de nuit, un frôlement de peau tandis que le grand corps s'étirait au-dessus de lui, puis reprenait sa position.

Sa cécité était d'un noir rougeâtre et diablement sexy. Il testa les cordes contre le métal, contractant ses orteils, mais les nœuds à ses chevilles ne cédaient pas.

— Attends.

Une main sur son ventre et ce qui semblait un baiser sur sa joue.

— J'ai des projets pour toi. Reste là, compris ?

Patch hocha la tête. Au moins, il pouvait encore la bouger, mais le reste de son corps appartenait à Tucker. Il haleta et se tordit lorsque la panique pourchassa ses membres, une agitation tremblante qui lui noua l'estomac. Ses orteils et ses quadriceps se raidirent. Il déglutit, mais sa bouche était sèche.

Sa verge se dressait comme du granit entre ses cuisses. Il savait ce qu'il voulait, même s'il ne l'obtenait pas.

Aucune honte là-dedans.

— Bon garçon, le taquina la voix traînante de Tucker. J'aimerais que tu puisses te voir. Je ne sais pas, peut-être pas, finalement.

Un petit rire. Sa paume chaude et calleuse effleura son érection, une fois, deux fois.

Patch frissonna.

— Regarde-moi ça !

Les doigts de Tucker se refermèrent autour de lui, l'enserrant.

— Seigneur Dieu.

Il le caressa légèrement, son pouce appuyant contre la couronne, la lubrifiant.

Patch se cambrant en sifflant, étourdi par cette pression. Ses bras luttèrent contre la corde, ses talons se plantant dans ses cuisses. Chaque once de lui voulait protéger sa chair, couvrir son membre, se libérer et s'enfuir.

Puis, juste comme ça, Tucker le lâcha.

— Non, je ne crois pas, dit Tucker en tirant sur la peau, exposant à nouveau son gland et serrant rudement la base. Nous avons des choses à faire, toi et moi.

Son autre main tapota ses bourses, caressant durement sa raie.

Puis il recommença à jouer avec lui et Patch réalisa combien il n'avait jamais été aussi loin auparavant.

— Ahhh ! s'écria-t-il en se repoussant contre la tête de lui.

Son pouls tambourinait dans sa gorge et son dos en sueur glissait contre le métal.

— Bonté divine ! Oh, c'est… c'est… *Oui*, monsieur !

Il avait le souffle coupé, sprintant sur place.

Tucker avait entrepris un va-et-vient constant et écrasant. Une main remplaçant continuellement l'autre, passant sur sa dureté, la droite, puis la gauche, à nouveau la droite, une main après l'autre, lui donnant l'impression que son sexe poussait dans un tunnel sans fin de doigts calleux et huileux. Ce canal glissant le rendait de plus en plus raide, épaississant les veines en relief sous ces mains, Tucker murmurant des louanges et l'embrassant partout sauf sur la bouche.

Il ne parvenait plus à contrôler ses tremblements et quelque chose se brisa dans sa tête. Contrôle ou frustration, peu importe, cela vola en éclats et le laissa flottant dans l'air.

Les mains assurées de Tucker jouaient de la musique sur sa peau. Il n'avait pas de mots pour exprimer cette sensation. Terrible et merveilleuse à la fois, tandis qu'il était suspendu au laiton.

— Bravo, le félicita Tucker, l'air content de lui. Oh, *oui*.

Le pic vacillant de chaleur associé à l'éjaculation n'augmentait pas, il couvait simplement… le faisant lentement rôtir de l'intérieur.

— *Tucker !*

Ses hanches convulsèrent et l'urgence s'éleva. Son érection se tendit, ses talons se plantèrent et ses dents se serrèrent dans un plaisir primaire.

— Tucker. Tuck... *Ahhh* ! S'il te plaît, laisse-moi jouir. Merde ! Seigneur. Je vais...

Tucker le lâcha brutalement et, à nouveau, il se retrouva à donner des coups de reins dans le vide.

Un rugissement de frustration lui échappa.

— *Putain*, mec !

*Clac !* Tucker frappa son sexe, lui arrachant un flot de protestations qu'il regretta aussitôt.

— Pardon ?

Une autre gifle.

Patch se renfrogna.

— Hey !

Une goutte de liquide séminal coula sur sa cuisse.

— Excuse-moi, haleta-t-il entre ses dents serrées, le corps tendu.

— Bien sûr. Ce n'était qu'un rappel.

Le poids de Tucker se décala et le bout de ses doigts lui caressa les bourses avec une précision diabolique.

— Calme-toi, maintenant. Nous n'en avons pas fini.

Il fit courir une articulation sur son gland, sorte d'excuses graveleuse.

Patch gémit et souleva les fesses afin d'appuyer le contact, mais il n'obtint rien. Ces sensations le rendaient plus que confus. Il pleurnicha, puis ferma brutalement la bouche afin de réprimer ce son pitoyable. Derrière le bandeau, ses yeux le piquaient.

Tucker se moqua de lui, puis rit franchement.

— Bien. Retiens-toi encore un peu plus longtemps, dit-il en lui tapotant la cuisse. Tu vois, je veux tout ton sperme, pas seulement celui en surface.

Patch frissonna.

— C'est trop. Tu vas me tuer...

— Mais non, gamin. Mais non, plaisanta Tucker en le caressant, la voix étouffée. Tu dois me faire confiance.

— Hum, soupira Patch. Chut. *Chut.*

Il souffla, soulevant les cheveux de devant son visage. Sa hampe tressauta une fois, puis deux, et il s'éloigna du bord.

— C'est bien. Respire. Ce n'est pas une course. Ce n'est que ton corps qui cherche la libération. Purement mécanique, mais nous n'avons nulle part où aller. N'est-ce pas ?

179

C'était le même ton dont il se servait pour calmer les chevaux, ou dans le vestiaire de Hixville, en y repensant. Le coach Biggs avait maintenu la paix dans ses shorts et ses crampons, une serviette drapée sur son torse bronzé.

— C'est ça. Si fort.

Patch se tortilla à cette pensée, se sentant à la fois chanceux et condamné.

— Ce n'est pas une course. Personne n'est après nous.

Tucker malaxa légèrement ses cuisses, testant la tension qui s'y trouvait.

— Je veux soutirer de bonnes choses de tes couilles, dit Tucker, une main prenant en coupe ses bourses lourdes. C'est ce pour quoi nous travaillons, tous les deux. C'est un travail d'équipe.

Patch hocha la tête, abruti de désir. Pour son crédit, il ne pleurnicha pas.

— Je vais prendre soin de toi, ajouta Tucker en posant une main sur son cœur tambourinant et se penchant vers lui. Je te le promets. C'est si bon.

L'érection de Tucker frôla les muscles de sa cuisse, lui faisant dresser les cheveux sur la tête.

— Je te le promets, gamin.

— OK.

Patch détendit sciemment ses bras, ses mollets, son dos, ses fesses et ses mains, s'affaissant contre la tête de lit, ignorant son cul exposé et la proximité du corps de Tucker. Même s'il n'était pas fort ou patient, il pouvait faire semblant. *C'est la même chose.*

— C'est ça. Oui.

Patch déglutit, malgré la sécheresse de sa bouche. Sa chair, par contre, ne l'était pas. Il fit de son mieux pour se tenir tranquille afin que Tucker puisse continuer, déterminé à le duper lorsqu'il perdrait le contrôle.

— Regarde-toi. Regarde combien tu es fort.

Les paroles chaudes et traînantes l'aidèrent à se relaxer complètement.

— Merci, dit Tucker.

*Pour quoi ?* Patch ne fit pas remarquer l'évidence, il laissa juste Tucker continuer à vénérer son corps et lui soutirer chaque once de plaisir. Les cordes froissaient ses muscles. Ce lubrifiant de folie s'étalait partout afin que les mains de Tucker puissent glisser plus facilement.

Patch se débattit, trembla et hurla :

— Je vais… Seigneur, je suis trop proche… Tucker, tu vas…

Et la main disparut.

— Allez ! Ahhh. Merde !

De longues et fermes caresses sur son torse et ses jambes réveillèrent sa peau. Depuis quand ses bras étaient-ils aussi sensibles ? Son corps entier vibrait comme un violon sous les soins implacables de Tucker.

Sans avertissement, des lèvres sèches et chaudes se pressèrent contre sa joue, à un centimètre de sa bouche, ce qui fit se dresser à nouveau ses cheveux.

— Oh.

— Vois combien tu es doué. C'est ça. Retiens-toi. Fais durer.

Un nouveau bruit et du lubrifiant étalé sur sa hampe, puis Tucker enroula ses doigts, le piégeant.

Patch baisa le tunnel de ses mains en un délicieux glissement qui recroquevilla ses orteils, le cul ouvert. Il se fichait complètement d'avoir l'air stupide.

— Hum, Tucker… je vais… bientôt… c'est… *hummm*. Ah !

Tucker se mit à rire.

— Oui ?

Puis sa main s'ouvrit, plus de tunnel. Ses doigts grattèrent et pincèrent les contours de son gland.

Une main enveloppa ses testicules et tira, les éloignant de son corps, une violente douleur qui manqua de le faire hurler. Mais la fierté le garda silencieux jusqu'à ce qu'il n'en puisse plus.

— *Ahhh* !

Tucker ricana, quelque part sur sa gauche. *Connard.* Il avait l'air de bien s'amuser.

— Putain, mec. Allez !

— Allez où ? Voilà ce que je voulais dire à propos de patience, gamin.

Une autre caresse de haut en bas, puis plus rien.

— Si tu veux t'améliorer, tu dois t'entraîner, encore et encore.

Il ponctua sa phrase en tordant son poignet huileux autour de sa pointe. Puis à nouveau plus rien.

Patch grogna. Être exposé et impuissant le rendait fou de la meilleure et de la pire des manières.

— Pourquoi se presser ? C'est bon, non ?

Tucker le masturba à nouveau, trois fois. *Un, deux, trois.* Puis il le lâcha, son érection tressautant dans l'air, une caresse aussi légère qu'une plume sur ses bourses contractées.

— Voilà ce qui est bon.

181

— Va te faire foutre.

— Vraiment ? s'étonna Tucker en se décalant sur le matelas. Je vais te dire. Je vais compter. Et tu vas le mériter.

— Genre des maths ? s'insurgea Patch.

Qu'est-ce que cela voulait dire ? La main s'empara à nouveau de sa verge.

— Dix, neuf, huit...

Patch se crispa, luttant contre la libération.

— Sept, six, cinq, quatre...

Mais c'était trop lent, trop doux, trop léger.

Il pouvait sentir les bords tranchants de sa jouissance, mais il ne parvenait pas à l'atteindre. Il serra les dents et se tendit.

— Trois, deux et un.

Relâché.

Patch siffla d'agacement. Son érection s'agitait devant lui dans l'air frais et ses testicules commençaient à être douloureux, palpitation sourde et affamée.

— Encore. Et maintenant, demande gentiment. Dix...

À nouveau, Tucker entama son décompte. Sa main ne se resserrant ou n'accélérant jamais, juste cette prise constante et fluide qui le rendait dingue... puis son membre rebondit, s'agitant dans l'air.

— Encore.

— Allez. S'il te plaît. S'il te plaît, Tucker !

Tucker ne varia jamais de rythme.

— S'il te plaît quoi ? Ce n'est pas bon ?

Patch fronça les sourcils. *Tiens bon. Reste calme.*

— Encore. Dix... neuf...

Tucker le mettait à l'épreuve.

— Tu vois combien c'est bon ? Nous pouvons faire ça toute la nuit.

Patch gémit. Cela ressemblait à de la torture, une torture trop bonne. Déroutante, mais il ne voulait pas que les mains ou cette transe cessent.

— Connard !

— Bien sûr, gamin, bien sûr. Si tu le dis.

Une main serra sa cuisse et un doigt graisseux se fraya un chemin dans sa raie, frottant le petit anneau de muscles entre ses fesses. Patch frissonna et se contracta, mais Tucker n'allait pas le laisser faire aussi facilement.

— Combien de temps crois-tu pouvoir tenir ? Dix, neuf, huit...

Patch commença à transpirer sérieusement, pas à cause de la chaleur, mais de ses pulsations cardiaques. C'était comme faire la course contre son érection. Tucker se décala et Patch entendit le capuchon d'une bouteille.

— Oh oui !

Le doigt dans son anus le pénétra légèrement. Plus huileux cette fois, ce qui était... génial, en fait. Un autre baiser sur sa joue, ce dont il fut certain, car il sentit le chaume. Il lutta pour ne pas tourner la tête et capturer sa bouche.

Il se tendit, mais l'étrange pression en lui le rapprocha de l'orgasme, alors il n'allait pas s'en plaindre. Si c'était un jeu, il était déterminé à le gagner. Il grogna et se pencha vers l'avant, tentant d'obtenir davantage de sensations afin d'accélérer les choses. Mais rien. Ses boucles humides retombaient sur son visage, par-dessus le bandeau.

— S'il vous plaît, monsieur.

Supplier pour la récompense. Une larme roula de sous le bandana.

Tucker tordit son poignet et le doigt en lui fut meilleur tout à coup ; l'écoulement de son méat devint un flux régulier. *Wow !* Une vague de chaleur se propagea dans son bassin, un picotement s'enroula à la base de sa colonne vertébrale, se déversant le long de ses jambes comme la lumière du soleil.

*Il pompe mon gland.* Et c'était foutrement bon. Pour la première fois, il ressentait un chemin clair vers son orgasme. Il devait encore trouver ce chemin, mais ce doigt outrageusement épais rendait cela possible.

— Demande. Nous y voilà. C'est le moment.

Patch hocha la tête et souffla pour repousser les cheveux de son visage.

Tucker les déplaça et lui caressa la joue, sans jamais cesser ce décompte qu'il avait appris à détester.

— Je t'en prie, ne t'arrête pas. Je peux ? Tucker, s'il te plaît. *Oh !*

Il vibrait de frustration, tirant sur ses liens.

— Continue. Continue ! Je ne peux pas... je ne peux pas tenir. Je te jure. Ah, merde !

Tucker le lâcha et frappa sa verge, se moquant de son tressaillement involontaire.

— Va te faire foutre !

— Ce n'est pas très poli, jeune homme, répondit Tucker, de sa voix sévère de coach.

Il maintenait Patch en place avec sa peau, avec ses mains puissantes. Il y eut du mouvement sur le lit lorsque Tucker se positionna entre ses jambes. Un souffle contre l'intérieur de ses cuisses et sa raie.

*Il peut voir mon œillet.* Être embarrassé semblait ridicule, mais il ne pouvait s'en empêcher.

Tucker le tapota.

— Ne te contracte pas. Je veux voir combien tu as envie de moi.

Le décompte suivant lui enleva toute timidité et, cette fois, lorsque Tucker le lâcha, sa bouche trouva l'espace entre ses fesses, léchant son ouverture huileuse, poussant à l'intérieur, tandis que ses mains malaxaient et pressaient son gland.

— Nous avons tout le temps dont tu as besoin, gamin, dit Tucker en embrassant sa cuisse, sa barbe le griffant. Mais je n'ai même pas besoin de toucher ta queue pour obtenir ta semence.

— S'il te plaît, supplia Patch.

— J'ai une meilleure idée.

Il baissa la tête et laissa traîner sa mâchoire broussailleuse contre sa raie, le chatouillis abrasif le faisant tressaillir et se tordre dans les nœuds.

*Cesse de lutter.* Patch retint son souffle. Il n'arrivait plus à se contrôler. L'aurait-il fait s'il le pouvait ?

Avec un grondement, Tucker le lécha, écartant ses fesses rebondies afin d'étirer l'anneau de muscles.

— Magnifique, dit-il contre sa peau à vif, sans cesser de le goûter. Putain. Baise ma langue.

Patch toussa, s'étrangla et cria. *À l'aide.* Mais il ne souhaitait aucune aide autre que celle qu'il avait déjà.

— Ah, Tucker ! Oh !

Ligoté au lit, les jambes relevées, l'anus à découvert, et un cowboy excité, déterminé à le disperser aux quatre vents.

Tucker grogna et mordilla ses fesses, salivant sur son orifice et le pénétrant de ses doigts épais.

Pour une fois dans sa vie, Patch s'arrêta là où il était, laissant tout cela lui arriver.

Une douleur brève et étincelante, comme un feu d'artifice.

Il s'abandonna, les larmes coulant de ses cils. Pour la première fois, il comprenait ce que signifiait abandonner. Tous ces efforts extérieurs déversés en lui en direction du centre frénétique où sa peur, son désir et sa colère bouillonnaient. *À l'intérieur.*

À un moment donné, il cessa de résister et l'approbation de Tucker le fustigea d'une honte persistante. Expérimenter la fierté, la luxure et la confiance de Tucker fit quelque chose d'affreux en lui, et il se rendit volontiers.

Un gloussement entre ses jambes.

— Combien crois-tu ? Combien de coups de langue peut-il encaisser ?

Patch ouvrit grand la bouche, mais aucun son ne sortit. À nouveau une pression sur son gland. Une chaleur le mouillant, le clouant sur place, maintenu en l'air, enfermé dans son désir muet. Peut-être que son cul n'avait pas de limite, ou que si c'était le cas, elles ne s'appliquaient pas à Tucker.

Les talons de Patch se plantèrent et un embarrassant cri aigu lui échappa. Tucker savait exactement où appuyer. Quelque chose pénétra son petit œillet, le doigt de Tucker, peut-être, ou sa langue.

— Je vais jouir. Je vais *jouir*, Tucker.

L'arrière de ses jambes était couvert de sueur d'être pliées des genoux aux mollets.

Ses muscles cédèrent. Il avait besoin de s'exprimer. La tension, la terreur. Même cette terrible envie de fuir. Il jeta tout ça dans le trou noir de son cœur, comme un sacrifice à un dieu affamé.

Tucker était à proximité, le gardant en sécurité, caressant sa peau, traçant la frontière entre sécurité et folie avec des doigts glissants, tenaces et charnus.

Patch cligna des yeux, la respiration laborieuse, sa cage thoracique s'élargissant sous les cordes.

À nouveau ces mains rugueuses sur lui et cette voix traînante l'éclaboussant comme de l'huile.

— Bon garçon, c'est bien. Tenir si longtemps.

Un autre baiser sur son visage en sueur, cette fois plus près de ses lèvres.

Patch ne bougea pas, mais il s'envola, libéré du poids de la gravité. Sa peau était en feu. Sa chair picotait. Son cœur était de l'hélium. Il poussa un soupir de soulagement. Dès qu'il cessa de pousser vers l'extérieur, l'univers se déversa en lui dans un silence assourdissant.

*Un envol.* Pas le point culminant, mais la montée.

— C'est ça. Juste au bord. Regarde combien tu es beau, dit Tucker en lui caressant les jambes, le torse.

Plus bas, il pouvait sentir la contraction involontaire de ses testicules, mais sans tension, seulement une lente montée. Il s'affaissa contre la tête de lit. Sa tête roula sur le côté, dévoilant sa gorge. Son front et sa pommette glissaient contre le métal et une goutte de sueur coula de son menton sur sa poitrine. *Cède, cède.* Son érection se transforma en fer en fusion.

Tucker le léchait à nouveau, le lapant durement, le pénétrant, vénérant sa raie en sueur avec son visage et le masturbant avec une infinie patience.

— Tu ne connais rien.

Un gémissement et Tucker le transperça de sa langue, avant que celle-ci suive le filet de sperme jusqu'à goûter le gland, le suçant un moment.

Patch frissonna, grondant. *C'est trop, beaucoup trop.* Mais il en demanda plus d'une voix rauque qu'il ne reconnut pas.

Il inspirait et expirait lentement, profondément, l'air moite ayant un goût de tonnerre. Jamais de sa vie, il n'avait été avec quelqu'un comme ça. Aucune relation sexuelle ne l'avait écrasé de cette manière, retourné de cette façon. Le crépitement de ses terminaisons nerveuses lui volait son impatience.

Tucker suça l'intérieur de sa cuisse, sa barbe le grattant, mais il resta tranquille, respirant profondément.

— C'est ça. Prends ton temps, tout le temps dont tu as besoin, gamin. Nous sommes ensemble, nous avons tout le temps du monde, toi et moi.

Visiblement, il le pensait. À nouveau, sa langue faisant se dresser la chair de poule, cartographiant une tempête à venir.

Quatre doigts agrippèrent sa fesse, assez durement pour laisser des marques, donc le pouce de Tucker devait être en lui, avec sa langue humidifiant le passage.

Patch n'arrivait même plus à former de mots, et sa folie sortit en une plainte rauque, si aiguë qu'elle lui fit mal aux oreilles. Il siffla entre ses dents serrées. Il supplia, de la salive coulant de sa bouche crispée sur son torse, ses muscles pris de spasmes, ses jambes luttant contre les cordes. Ses chevilles et ses poignets se débattaient dans les liens.

— Ah. Je t'en prie, je peux jouir ? *Ahhh* ! Tuck…

Sans pitié, Tucker ne cessa jamais de le masturber, taquinant son plaisir et lui soutirant des supplications.

Aveuglé comme il l'était, Patch pouvait entendre la respiration erratique de Tucker, ressentir la tension de ses mains assurées. Être désiré et adoré de cette manière le rendait fou. Son dos humide glissait contre le métal de la tête de lit.

— Dix, neuf, huit…

Au lieu d'une randonnée frénétique à la jouissance, Tucker le forçait à s'abandonner. Pour une fois, il ne lutta pas, il n'aurait pas pu même s'il avait essayé. Son besoin était trop grand et l'envie trop puissante pour y résister. *S'ilteplaîts'ilteplaîts'ilteplaît.*

— C'est ça. Voilà.

Peut-être que cette fois, Tucker le ferait basculer par-dessus bord.

Patch commença à flotter là où la gravité faisait une pause et le laissait suspendu dans les airs, épinglé comme un papillon à la tête de lit en laiton, un bourdonnement assourdissant à ses oreilles et des vagues délirantes cuisant sa peau de l'intérieur. Aucun poids, rien pour le retenir à la terre à part la main de Tucker enroulée autour de lui, jusqu'à ce qu'il ne soit plus qu'un point blanc lumineux, un éclair de foudre luttant contre la tempête.

— TUCKKKK !

Un bruit cru le déchira tandis que le sperme jaillissait. Une chaleur éclaboussa son visage et ses cheveux – il pouvait se goûter sur ses lèvres, alors que le filet chaud coulait sur son torse. Il fut pris de spasmes et s'arqua dans les nœuds. Un grondement sourd à ses oreilles. Tucker frappant et caressant sa peau chargée, comme s'il tenait son esprit dans son corps brisé.

— Tout. Donne-moi tout, grogna Tucker.

Sa jouissance fut sans fin, et Tucker ne le laisserait pas arrêter de toute façon. Elle jaillissait de lui comme du sirop, un torrent de semence fondue qui lui retourna le crâne. Alors même que le flot ralentissait, les doigts rugueux continuaient d'attiser le feu qui lui léchait les membres.

*Merci, Seigneur. Merci, monsieur.*

— De rien gamin.

Patch se tendit de confusion. Avait-il dit cela à voix haute ? Ou Tucker lisait-il dans son esprit ? Cela comptait-il même ? Il se lécha les lèvres, s'assurant de parler à voix haute :

— S'il te plaît. Je le pense, merci. Merci. Tu ne sais pas…

Tucker dénoua le bandeau et la lumière l'aveugla.

— Je le sais.

Les yeux gris de Tucker étaient rivés aux siens, suffisamment proches pour voir les éclats argentés. Le bas de son visage était couvert de bave musquée.

— Je sais maintenant.

Il tenait le visage de Patch entre ses grandes mains, un grand sourire l'illuminant comme une lampe.

— Oh, gamin, je le sais.

Patch se crispa et frissonna sous l'écrasante torpeur et l'impossible soulagement. Tucker serra son sexe qui ramollissait, ce qui lui coupa le souffle et lui arracha un gémissement. Il sentait toujours son orgasme courir le long de sa colonne vertébrale, dans tout son corps frémissant. C'était ce genre de plaisir qui faisait dire des choses stupides aux gens.

Tirant sur les nœuds d'une main, Tucker murmura, le caressant comme un cheval primé :

— Tu as été formidable.

Les cordes de son poignet gauche cédèrent. Travaillant méthodiquement, Tucker délaça ce bras, puis l'autre. Il saisit et pétrit les muscles, doucement, y faisant circuler le sang et les sensations.

— C'est ça, c'est bien.

Patch n'essaya même pas de l'aider. Il baignait dans une postcombustion langoureuse, une part de lui triste que les nœuds disparaissent.

Il dut faire un bruit, car Tucker gloussa et lui fit un clin d'œil.

— Ne t'inquiète pas. Il y en a encore plein en réserve, je crois.

Tucker le détacha, le caressant et le libérant, centimètre par centimètre, nœud par nœud, jusqu'à ce que Patch soit simplement allongé sur le lit, affalé contre la tête de lit, du sperme coulant sur son torse et ses côtes.

— Je t'ai offert une bonne éjaculation faciale, lui dit Tucker, l'air fier de lui. Mais tu t'es sacrément bien lâché aussi.

Patch haleta un moment, planant toujours sur des décharges folles qui le submergeaient comme de l'eau clapotait dans une baignoire vide. Il poussa un soupir haché. Il n'avait pas réalisé qu'il avait retenu son souffle durant ce contrecoup vaseux.

— C'était quelque chose. Tu es formidable, gamin.

Patch essaya de hocher la tête. Même avec les yeux fermés, des étincelles brillaient au bord de sa vision et l'énergie bourdonnante ne le lâchait pas. Des doigts se posèrent sur son visage humide, puis dans sa bouche, lui faisant goûter sa propre semence. Au lieu de l'énerver, cela déverrouilla une faim ensommeillée qu'il n'avait jamais connue. Il lécha les doigts épais et glissants de Tucker, les nettoyant des filets de sperme.

— Bon garçon. Regarde-toi. Tu lèches tout. *Putain*, oui. Tu es affamé.

Puis Tucker murmura quelque chose dans sa barbe, ses pupilles si dilatées qu'elles en étaient presque noires.

— Tout ça, hein ?

Il soupira et Patch soupira en réponse.

— C'est mieux.

— Le meilleur, répondit Patch en souriant et s'étirant comme un chat. Je suis trop paresseux pour bouger.

En vérité, il n'avait pas confiance en ses muscles court-circuités pour lui obéir, et il ne voulait pas mettre de distance entre eux.

— Ah !

Il frissonna de nouveau.

— Ça me va, gamin.

Tucker rampa le long de son corps pour aller s'asseoir près de lui. Il leva la main et se lécha le pouce.

— Hum.

— Viens-tu de… ?

— Évidemment. Délicieux. Je n'allais pas le gaspiller.

Il tendit la main pour récupérer une goutte sur le téton de Patch.

— Tu ferais mieux de ne pas le gaspiller non plus, où je ne sais pas ce qui pourrait t'arriver.

Une menace sexy, une promesse, ou les deux.

Peu à peu, l'effervescence s'apaisa et il se rendit compte à quel point il avait été égoïste.

— Et toi ? demanda-t-il en jetant un coup d'œil à la bosse dans le jean de Tucker.

Celui-ci fit une grimace et haussa les sourcils.

— Sérieux ?

Il fit sauter le bouton de son jean et descendit sa braguette, dévoilant ses poils pubiens noirs.

— J'ai explosé à l'instant où j'ai goûté ton cul. *Bam.*

— Impossible.

Une heureuse fierté envahit les membres de Patch.

Tucker écarta les pans de son pantalon, s'assurant que sa verge roulait dans une flaque visqueuse qui collait ses poils humides.

— Bon sang, j'ai failli cracher une deuxième fois quand tu as joui.

— C'est fou, constata Patch en se glissant sur le matelas pour y regarder de plus près.

— Les orgasmes sans les mains sont mes préférés.

Tucker semblait plus que fier.

Effectivement, l'odeur musquée emplit ses narines.

— Juste comme ça ?

— Je suis ce qu'on peut appeler un oral, répondit Tucker en se léchant les lèvres. J'aime y mettre la langue.

189

Il leva les yeux et sourit à Tucker.

— Cool.

— J'ai manqué faire une crise cardiaque, soupira Tucker. Mais je serais mort heureux.

Il souleva les fesses, amenant son entrejambe devant le visage de Patch. Ce qui les fit rire tous les deux.

Patch se frotta les lèvres.

— Ah, mec. Tu sens si bon.

Il inspira l'odeur épicée de Tucker et l'acidité virile de sa transpiration.

— C'est vrai ? s'étonna Tucker en tendant la main vers lui. Viens ici.

Il tira et Patch suivit le mouvement jusqu'à être près de lui, son visage appuyé contre son torse ferme. Ses côtes se levaient et s'abaissaient lentement.

— Merci, murmura Patch.

Cela pouvait aussi bien être pour l'avoir attiré contre lui ou pour le câlin, il ne précisa pas.

— Enfoiré sexy.

Tucker le serra contre lui, plus fort que les cordes, puis le secoua gentiment.

— Qu'est-ce que je vais faire de toi ?

— Tout ce que tu veux, chuchota-t-il, les mots effleurant sa peau avant qu'il les regrette.

Tucker l'attira à nouveau, tentant de lui faire lever les yeux. Patch se laissa manœuvrer en dépit du danger évident.

— Qu'est-ce que tu as dit ?

Il secoua la tête.

Tucker fit de même, mais, de toute évidence, il avait entendu. Il étudia son visage rougi, son corps embrassé par les cordes. Ils se fixèrent, à quelques centimètres de distance. Leurs souffles réchauffaient l'espace entre eux.

— Je suppose que je dois le faire.

Ses yeux gris étaient à la fois chaleureux et dangereux.

— Oui, répondit Patch, attendant d'être embrassé, observant Tucker, lui posant la question silencieusement.

Tucker leva une main et la posa doucement sur son visage en sueur, enfouissant ses doigts dans ses cheveux humides et emmêlés.

— Tucker ?

Pas de réponse. *Juste une fois.*

— Tu peux, si tu veux.

— Seigneur, j'aurais aimé que tu ne dises pas ça.

— Pourquoi ?

— Parce que, répliqua Tucker en le dévisageant avec méfiance. Qu'est-ce que je ferai si je ne peux pas m'arrêter ?

Patch resta immobile, comptant les palpitations dans sa gorge. *Tout le temps du monde.* Il pouvait faire semblant, pas vrai ? Avoir l'odeur de Tucker sur lui et leurs lèvres à quelques centimètres de distance était suffisant.

*Cours vite, ne bouge plus.*

Tucker fouilla son regard et posa son autre main pour prendre son visage en coupe.

Patch chercha son visage, sans respirer, n'en ayant pas besoin.

Tucker cligna lentement des yeux et secoua la tête, tandis qu'il se penchait avec un regard blessé. Sa bouche effleura ses lèvres, encore et encore, avant que sa langue se faufile à l'intérieur. Il gémit, se pencha davantage, se frayant lentement un chemin tandis que ses mains se glissaient dans les cheveux de Patch, le maintenant en place, plongeant sa langue, savourant le lent glissement et le goût de leurs semences entre eux. *Vite-vite, lent-lent.*

Patch se figea. Il se raidit et ouvrit la bouche, s'ouvrit tout entier. Ils cédèrent tous les deux, s'abandonnant. Le baiser affamé prit racine et fleurit, courant le long de sa chair, s'enroulant dans les volutes de laiton derrière lui et les enveloppant tous les deux, aussi brûlant que des lucioles, plus doux, plus vif et plus fort que tout ce qu'il ait vécu dans sa vie. Aucun nœud ne fut nécessaire.

Peut-être qu'ils en profitèrent plus que nécessaire. Peut-être que la lune s'était levée tandis qu'ils discutaient et riaient. Peut-être que leurs prises laisseraient des empreintes sur la tête de lit. Peut-être que Botchy faisait les cent pas à l'extérieur de la chambre, ses griffes grattant le lino du couloir. Peut-être que le lubrifiant facilitait la friction entre eux. Peut-être que les draps s'enrouleraient autour de leurs jambes. Peut-être qu'ils referaient l'amour avant qu'il ne soit temps d'arrêter.

— Reste avec moi.

Tucker voulait certainement dire pour la nuit, mais, pour Patch, les mots flottèrent dans l'air comme une douce fumée.

Peut-être le ferait-il.

# VII

L E MATIN à la ferme surgissait de la terre, aussi calme et fragile qu'une fleur, et repoussait la lune.

Patch se réveilla après Tucker, aux alentours de cinq heures, aux premières heures du jour. Le ciel brillait d'un éclat pâle, avec des bords indigo.

Il avait lutté pour rester éveillé aussi longtemps que possible, tentant de mémoriser la respiration de Tucker contre sa nuque, ses doigts traçant les contours des marques de cordes, ses muscles enroulés autour de lui et les battements de son cœur contre son dos ou sous sa joue, lorsqu'ils se blottissaient l'un contre l'autre, entrelaçant leurs doigts.

Tucker était assis en contre-jour sur le rebord de la fenêtre et lui souriait, son pénis sortant du devant de son boxer.

— Les corvées sont faites.

— Tu aurais dû me réveiller.

— J'aime finir avant qu'il ne fasse trop chaud, répondit Tucker en haussant une épaule et s'approchant du bord du lit. Chut, rendors-toi, gamin.

Il soupira dans l'oreiller chaud et s'étira.

— Il fait froid.

— Mais non.

Tucker remonta le drap sur lui et tapota sa cuisse.

— Hum, marmonna Patch en s'étirant à nouveau sous le regard de Tucker. Merci.

Puis Tucker s'allongea par-dessus les couvertures, se lovant contre son dos, tout en rouille et sciure de bois, et Patch se rendormit.

Lorsqu'il se réveilla à nouveau, la caravane était étrangement silencieuse, mais il y avait du café et une note sur le comptoir qui disait : *Parti pêcher, T.*

Patch s'étira avec un plaisir patient. Il ne se souvenait pas s'être déjà senti aussi repu, si à l'aise, si bien dans sa peau sans être en mouvement.

Il n'avait pas besoin de café ni de nourriture même. Il n'avait pas aussi bien dormi depuis… jamais, en fait. Il fit rouler ses épaules et sortit sur le porche, observant les poules patrouiller de leur démarche saccadée

192

des toilettes aux baignoires et aux pièces de tracteur. Peu à peu, la brume matinale teinta le large horizon du Texas de noir et de bleu poussiéreux.

Dès que le soleil eut éclairci le ciel pour de bon, Patch traversa la cour, sans se soucier de porter ou non des chaussures. Il suivit le chemin qui menait à la colline au-delà des hêtres qui délimitaient le petit cimetière de fortune.

Les feuilles bruissaient au-dessus de lui. L'espace d'une seconde, tandis qu'il passait devant, il s'arrêta et se demanda s'il aurait dû enterrer ses parents ici, à la ferme, jusqu'à ce qu'il se souvienne que, d'un jour à l'autre, Texaco forerait l'endroit où il se tenait. Dans quelques mois, ces petites ailes d'ange en forme de parenthèses et toutes ces pierres tombales décrépies migreraient avec leur défunt propriétaire dans un autre endroit, près de ses parents, probablement. Finalement, ils seraient tout de même enterrés ensemble.

Il ne savait pas quoi penser de cet avenir inévitable. Son estomac gronda alors qu'il sortait du couvert des chênes en direction de la rive de l'étang.

Tucker s'était installé sous le cyprès chauve, l'une de ses jambes servant d'oreiller à la grosse tête pâle de Botchy. Il avait une canne à pêche, mais ne semblait pas y prêter beaucoup d'attention. Une brise constante ridait la surface de l'eau, dispersant les canards.

— Bonjour, le salua Patch d'une voix rauque et douce.

Tucker leva les yeux avec un sourire heureux.

— Salut. Tu es toujours à poil, gamin.

— Ouaip.

Il haussa les épaules. Pour une raison quelconque, il avait oublié d'enfiler un truc. Ce n'était pas comme si quelqu'un pouvait les voir et, à vrai dire, il aimait sentir l'air sur sa peau. Sous les branchages, il semblait plus frais, cependant.

Tucker lui sourit. Botchy leva une oreille et se leva avec raideur, avant de flâner vers lui à la recherche de caresses.

— Tu es incroyablement beau comme ça, monsieur, lui dit Tucker.

Patch secoua la tête et cligna des yeux.

— C'est vrai ?

Il posa son cul nu sur l'herbe fraîche et son dos contre le tronc. Passer la semaine sous le soleil avait bruni sa peau.

— J'en suis certain.

*Sour*. Tucker portait un vieux short, et rien d'autre, ce qui n'était pas un problème en ce qui concernait Patch.

Botchy s'avança vers la surface de l'eau et lapa à grands bruits. *Glob-glop-glub-glop*.

Patch tenta d'empêcher ses pensées de partir dans tous les sens, mais il ne restait jamais assis à ne rien faire. *Jamais*. Il y avait bien trop à faire. La maison devait toujours être vidée. Sa jambe rebondissait.

Tucker tourna la tête vers lui.

— S'il y a des choses à faire, ça ne me dérange pas.

— Non, répondit Patch, tentant de se détendre. Il est trop tôt de toute façon.

La vérité, c'était qu'il voulait rester ici, avec l'impression que sa place était quelque part.

— Tu as dit que tu devais emmener les jouets à Beaumont. Je pensais que je pouvais nous préparer à dîner, quelque chose comme ça.

Patch hocha la tête et caressa les cheveux emmêlés de Tucker.

— Oh.

Tucker voulait cuisiner pour lui ?

— Si tu aimes les poissons-chats. Rien d'extraordinaire.

Il ne savait même pas que ces poissons étaient comestibles. Espérons qu'ils le soient !

— Si tu le fais, je mangerai.

Tucker lui empoigna l'entrejambe.

— Voilà qui est bien vrai.

Il laissa sa grande main veinée posée là, le malaxant patiemment.

Un oiseau fondit sur l'eau et Botchy décolla, comme si le fait de courir suffisamment vite ferait pousser des ailes aux pitbulls.

Patch éclata de rire, tentant de ne pas se tortiller. Était-il censé pêcher ? Quand il était gosse, il ne supportait pas toutes ces activités bon-enfant qu'il était supposé aimer, principalement parce qu'il avait le sentiment d'être un imposteur. *Plus maintenant*. Tucker lui donnait l'impression d'appartenir à cet endroit, sous les arbres à attendre que la journée se réchauffe.

— C'est si calme.

Tucker drapa un bras sur leurs genoux pliés, mais n'en profita pas davantage.

— Le meilleur endroit.

Des cigales chantaient dans les arbres.

Les yeux posés sur leurs jambes accolées, Patch put mesurer leurs différences d'âge et d'expérience.

La peau de Tucker était plus rêche, burinée par le travail et ses petites blessures. Les veines épaisses de ses mains luisaient sous sa peau bronzée, sans la graisse enfantine de Patch. Il paraissait plus dur, car il vivait à la dure ; les pattes-d'oie, la mâchoire mal rasée, les éclats argentés à ses tempes, tout cela certifiait sa place au sommet de la chaîne alimentaire. Ses cicatrices de guerre démontraient ce à quoi il pouvait survivre.

— Tu pêches aujourd'hui, gamin ? Je t'ai apporté une canne, dit Tucker en indiquant le gros rocher d'un signe de tête.

— Si tu veux. Je ne sais pas.

— En fait, non, répondit Tucker en clignant de ses yeux gris. Tu es mon appât.

Patch ricana.

— Je sens le sperme et la sueur.

— Et alors ?

Tucker déposa un baiser sur son épaule.

— Tu peux te rincer si tu veux. L'étang est propre.

— Plus propre que moi, au moins.

Il frotta son torse collant. Et les marques. Il sentait aussi ce lubrifiant de folie.

— J'aime ça, répliqua Tucker. Mon odeur sur toi.

Son sexe se dressa en guise de bonjour dans son boxer, mais il n'y prêta pas attention.

— C'est vicieux, non ?

— Non, monsieur, répondit Patch en frottant les brûlures de cordes sur ses poignets, et sa verge s'épaissit en un battement de cœur. J'aime ça aussi.

Tucker paraissait plus heureux et plus jeune que jamais, mâchouillant un brin de paille en pêchant. Détendu, aussi.

Patch ne le souligna pas.

Une sournoise part de lui espérait que la ferme ne serait jamais vendue, que Tucker resterait pour toujours dans sa caravane près de l'étang et qu'ils pourraient s'envoyer en l'air, rire, s'embrasser et discuter de tout ce qu'ils voulaient, au milieu de nulle part.

— J'ai failli rester couché, juste pour voir ce que tu ferais si je n'étais pas encore levé.

Le regard ombragé de Tucker le scruta des pieds à la tête. Puis il enleva le brin de paille de sa bouche.

— Vraiment ?

Patch vit son désir s'épanouir, mais il le repoussa d'une légère pression, comme lorsqu'ils dansaient, complétant le circuit glissant entre eux.

Tucker poussa un grognement et se lécha les lèvres.

— J'adorerais ça : rentrer à la maison et t'attacher avant que tu te réveilles. Te caresser pendant des heures. Te sucer. Tu ne saurais jamais ni quand ni où j'apparaîtrais. Ce serait déroutant et excitant.

Patch laissa échapper un doux bruit du fond de sa gorge.

— Je m'occuperais tellement bien de toi, gamin, murmura Tucker, comme une promesse. Je te laverais, te nourrirais, et récolterais ta sève régulièrement. Tu n'imagines même pas à quel point ce serait bon.

En fait, si. Patch pouvait voir comme c'était tentant, toute cette attention focalisée sur lui, prodiguée par l'enfoiré le plus sexy à des kilomètres à la ronde.

— Hum. Ça donne vraiment envie. Je ne demande pas mieux. Ne jamais savoir. Te garder sur les nerfs.

— Je serais un homme chanceux, répondit Patch en déglutissant.

— Je me pointerais au milieu de la nuit. Tu ne saurais jamais quand ou comment je m'en prendrais à toi.

Patch hocha la tête, abasourdi, et son sexe commença à se dresser à coups de lentes palpitations, en pleine lumière, avec Botchy reniflant les herbes de l'autre côté de l'étang.

— Regarde-moi ça, bon sang ! s'exclama Tucker en reprenant le brin de paille dans sa bouche, tandis qu'il semblait ruminer quelque chose.

— De quoi ?

Tucker laissa échapper un bruit impatient.

— Je me transforme en gorille en ta présence.

— En quoi est-ce mal ?

— Je ne sais pas. C'est juste que... ça m'inquiète.

— Il ne faut pas.

Patch lui fit un sourire et s'avança vers la rive. L'eau était un peu froide et presque graisseuse.

— Et j'aime bien t'appeler monsieur.

Un sourire prudent.

— C'est vrai ?

Patch haussa les épaules.

— Oui. J'aime bien quand tu m'appelles… comme tu veux.

— Oui ?

— Eh bien… la plupart du temps.

Il avala la salive qui s'accumulait dans sa bouche. Une vrille de chaleur s'enroula autour de son membre, remontant dans son ventre.

— Monsieur.

Il déglutit à nouveau.

Tucker pencha la tête, les yeux plissés.

— J'aime que tu m'appelles monsieur quand nous sommes seuls. Ça me fait quelque chose de terrible. On dirait que tu reçois des ordres. Ça m'excite lorsque je m'occupe de toi.

Patch hocha la tête, respirant comme un noyé.

Tucker était incontestablement un vilain pervers. Que serait la suite ? Un bout de caoutchouc entre les dents ? Une selle ? *Texas rustre.*

Sa verge prit sa pleine longueur et il fronça les sourcils à ses propres bêtises. Il n'était pas un rustre du coin. N'avait-il pas dépassé ses complexes ? Ils prenaient du bon temps. Pourquoi devait-il en vouloir plus ?

— Je devrais peut-être me rincer, pour que tu me salisses à nouveau.

— Pendant que tu y es, essaie d'effrayer les poissons et de les envoyer par ici, cria Tucker.

Patch entra lentement dans l'eau, presque aussi chaude que sa peau.

— Hey ! Je suis encore tout glissant.

Il se frotta les bras, les jambes et le ventre, à titre expérimental. Sans surprise, le lubrifiant de la veille était devenu aussi lisse que de la bave à la minute où il avait touché l'eau.

Il lui fallut un moment pour l'enlever, rien que partiellement.

— Mec ! C'est quoi cette saleté avec laquelle tu m'as beurré ?

— Du J-Lube. On s'en sert pour les mises bas, répondit Tucker en souriant. Il est fait à base de poudre.

— Tu déconnes !

Tucker remonta sa ligne et la déplaça dans l'eau.

— Le plaisir des fermiers. Si je n'y fais pas attention, tu vas connaître tous mes secrets.

Patch plissa le nez, souhaitant pouvoir être écœuré. Mais il lui serait impossible de revenir à la marque Astroglide dorénavant.

— Putain !

Encore maintenant, son sexe lui glissait entre les doigts trop facilement pour que ce soit naturel.

— Si ça te dérange, j'ai du sel qui pourra te l'enlever. Dans la grange.

— Non, répondit Patch en haussant les épaules et tirant distraitement sur sa hampe. Pas vraiment. C'est juste... je ne sais pas, étrange. Naturel, quelque chose comme ça. Ça fait du bien.

— Sans blague, répliqua Tucker en riant. Mieux que bien, entre de bonnes mains.

Il baissa le regard sur l'eau, mais un sourire suffisant étirait ses lèvres. *Tes mains.*

— Sans blague, répéta Patch avec le même accent traînant, sans y penser.

Ou peut-être était-ce une partie du fantasme. Il fronça les sourcils vers le ciel. Tucker sourit.

— Quoi ? s'enquit Patch.

— J'aime quand tu as l'air du coin, quand ce petit accent se faufile. Tu es toujours un gars du Texas.

Patch n'*aimait* pas ça, mais il resta à flotter sur le dos, profitant du silence jusqu'à ce que son érection perde de sa puissance.

Un moment plus tard, une nuée d'oiseaux prit brusquement son envol, paillant et bruissant des ailes en une grande boucle au-dessus de l'étang. Botchy aboya sans discontinuer et, avant que Patch se tourne pour la regarder, elle décolla en direction de la caravane.

— Qu'est-ce qui se passe ?

Tucker ricana en secouant la tête.

— Botchy a toujours été une grande timide.

Ce qui voulait dire qu'elle rentrait à la maison dès qu'elle pouvait. Les chevaux timides rentraient toujours dans leur stalle quand ils étaient effrayés.

— À la seconde où il y a un problème, elle part en courant pour garder la maison. Tu vas bien ?

— Mieux que bien.

En cinq ans, il n'était jamais resté aussi longtemps sans être enchaîné à son téléphone.

Ils restèrent assis une bonne partie de la matinée. Aux environs de dix heures, Tucker retourna à la maison et revint avec une assiette de pastèque, fraîchement sortie du réfrigérateur. Il se réinstalla et fit tourner le moulin à poivre au-dessus du fruit.

Assis près de lui sur les rochers chauds, Patch pouffa de rire.

— Qui mange de la pastèque avec du poivre au lieu du sel ?

— Essaie et tu verras.

Patch prit une bouchée du doux fruit gorgé d'eau, le jus coulant sur son menton.

— Ohh.

Effectivement, le poivre était délicieux en fait, une sorte de saveur piquante qui atténuait la douceur. Il prit un autre morceau.

— Oui, hein ?

— Eh bien, comment aurais-je pu le savoir ? Ma mère la salait toujours.

Il cligna des yeux à ce doux souvenir. Les étés à la piscine de Honey Island. Elle lui faisait un petit sac avec d'énormes tranches et juste assez de sel pour lui donner soif. Il prit une autre bouchée, clignant à nouveau des paupières. Il avait oublié combien ils s'étaient amusés durant son enfance.

— C'est bon, hein ? demanda Tucker en tendant la main afin d'essuyer le jus qui avait coulé sur son menton, puis de sucer son doigt. Tu as une jolie bouche, gamin.

Patch prit son temps, restant sur la rive assez longtemps pour finir la première tranche, puis une deuxième, appréciant le contact et la lente inspection de son corps de la part de Tucker. Le visage et la gorge collants de jus, il replongea dans l'étang pour se rincer, puis revint tout dégoulinant.

Le soleil était chaud à présent et deux ou trois guêpes survolèrent la pastèque, se posant et repartant en volutes paresseuses, trop ivres de sucre pour piquer.

Tucker ramassa l'assiette et s'approcha de lui.

— Tu vas brûler si tu ne t'habilles pas.

Il n'avait attrapé aucun poisson.

Patch le regarda étrangement.

— Depuis quand je brûle ?

Il était vrai que sa peau tendait vers un léger bronzage, mais elle rougissait rarement, même en plein soleil de midi. Mais il le suivit néanmoins, prenant l'assiette pleine de pelures. Peut-être Tucker voulait-il le ramener à l'intérieur pour s'amuser à nouveau. Il n'allait pas certainement pas le contredire.

*Non.*

Une fois entré, Patch alla se rincer une nouvelle fois sous la douche. Tucker frappa contre le mur :

— Je vais nourrir les animaux. Puis je vais à Lumberton.

Il avait une drôle de voix. S'était-il passé quelque chose ?

— Euh… d'accord. Oui.

— Une clavette a explosé sur la faneuse la semaine dernière et je ne l'ai pas remplacée.

La faneuse étalait la paille pour le séchage. Payé ou non, Tucker ressentait peut-être le besoin de prouver qu'il avait toujours du poids en tant qu'ouvrier agricole.

— Je peux passer prendre un Frito pie pour le déjeuner. Enfin, si tu veux, ajouta-t-il avec un autre bruit sourd sur le mur. Je ne veux pas te retenir toute la journée.

Puis, juste comme ça, il fut parti.

Patch entendit le pick-up démarrer avant même qu'il soit sorti de la douche et qu'il se soit essuyé.

Perplexe, déçu, et plus qu'un peu maussade, il se dirigea vers la chambre encombrée de Tucker et remit ses vêtements de la veille, avec l'impression d'être une ventouse. Le fait qu'ils avaient couché ensemble ne voulait rien dire. *Imbécile.* L'immense lit en laiton ne le contredit pas.

Comme d'habitude, il avait été si empressé qu'il avait loupé les signaux flagrants.

Il se secoua. Il était plus avisé. *Beaucoup plus.* Combien de pigeons excités Tucker avait-il dupés avec ce genre de jeu ? Les attachant et les clouant sur place là où il les voulait. Des hommes et des femmes, apparemment.

Tucker avait probablement essayé de se débarrasser de lui pour la matinée. Et s'il avait abusé de son hospitalité ?

Il se frotta le visage. Le métal du lit était à nouveau froid, rafraîchi par l'air conditionné. À l'extérieur de la caravane, plusieurs poules caquetaient et sifflaient.

Tucker avait paru nerveux. *Pourquoi ?*

Le Frito pie, c'était un chili sur des chips, un truc que l'on servait aux matchs de foot et aux expositions de bétail. Terriblement délicieux, c'était le genre de choses qui valaient la peine d'être mangées. Une injection directe de sel et de graisse.

Dehors, visible au travers de la fenêtre brumeuse de la cuisine, Botchy fouinait dans la cour, entre la stalle et deux poulaillers rouillés.

Tucker voulait cuisiner pour lui, mais il ne pouvait pas se permettre de faire des courses.

*Je suis un connard.*

Pour lui, la ferme offrait un capital pour s'acheter un raccourci dans sa carrière. Pour Tucker, elle avait été une bouée de sauvetage. Il avait fait de son mieux pour s'en occuper. Et il était prêt à renoncer à ses droits, car il estimait que c'était honorable. Il essayait de rétablir la paix entre Royce et son fils, puisque le vieil homme n'avait pas pu, ou voulut, le faire lui-même.

Sa mère avait l'habitude de dire que la meilleure façon de connaître un homme était d'apprendre ses besoins et ses actes. *Amen.*

Il n'avait pas réalisé combien Tucker était brisé. Perdre le lieu où il garait sa caravane causerait de sérieux problèmes. Avait-il des économies ? Les cowboys de rodéo et assistants-entraîneurs n'étaient pas connus pour leurs portefeuilles d'investissement lucratifs.

Patch regarda attentivement la caravane. Pour la première fois depuis son retour, il ignora la présence indélébile de Tucker et observa le foyer qu'il s'était créé dans le dernier endroit sur Terre d'où l'on voudrait le chasser.

Ce qu'il vit fut... *du temps.* Des années à joindre les deux bouts et économiser chaque centime, des meubles de l'Armée du Salut et des nuits en solitaire. Se masturber pendant des heures d'affilée, plus seul qu'un épouvantail dans un champ brûlé.

C'était le problème avec le fait de partir. Certaines personnes ne le faisaient pas.

Une couverture sur le vieux canapé pour recouvrir les coussins déchirés. Un tapis délavé, aplati par des bottes et blanchi à force de sécher au soleil. Des moustiquaires déchiquetées aux fenêtres. Tout était propre et bien rangé, mais strictement fonctionnel. Du maïs en boîte et des semelles réparées. Même les photos sur les étagères et les murs étaient punaisées. Comme dans un dortoir ou un dressing. Tucker traitait ce lieu comme un baraquement, car il n'avait pas d'autre choix. Après tout, qui se souciait à quoi ressemblait votre caravane ?

La seule chose un tant soit peu décorative, c'était un bouquet de fleurs fraîches sur la table et il sut que Tucker l'avait mis là pour lui. *Soit un gentleman.*

Patch payait davantage pour un mois de loyer dans son petit studio d'Hell's Kitchen que Tucker n'en dépensait en une année.

Le mieux qu'il pouvait faire pour Tucker était de lui donner un coup de pouce, un raccourci, un petit pécule pour l'aider à se sortir de cette décharge. Un accord avec Texaco leur ouvrirait tellement de portes, à eux deux.

Avant de faire un truc fou ou qui venait du cœur, il s'avança vers la porte d'entrée et remonta le chemin sous un soleil de plomb en direction de la maison de ses parents, se demandant comment réparer ce qu'ils avaient cassé ensemble.

DANS SA chambre, une heure plus tard, son téléphone sonna sur la table de nuit. La vibration et ses tremblements lui fichèrent une trouille de tous les diables.

Il s'attendait à ce que ce soit Tucker, mais ce fut Mme Laundry avec de bonnes nouvelles au sujet de Texaco et pour savoir s'il voulait passer à son bureau afin de jeter un œil aux documents. Ils offraient un million sept, ce qui était peu, pensait-elle, mais puisqu'il était pressé... Il aurait dû être soulagé ou excité, mais il avait plutôt la nausée. Elle avait l'air satisfaite de cette offre, alors il fit semblant de l'être également. Puis il promit de passer dans l'après-midi.

Patch prit une douche et enfila ses vêtements « spécial cartons ». Quand il entendit les roues d'un véhicule craquer sur les graviers près de la grange principale, il alla regarder par la petite fenêtre.

Sans surprise, Tucker était arrivé avec une remorque de foin et chargeait de la paille dans les stalles où ils gardaient des chevaux des années auparavant. La personne à qui il parlait n'était pas visible depuis cet angle.

Patch hésita. Près de l'encadrement de la fenêtre, le mur en pin avait saigné d'une autre larme de sève collante. *Chaude journée en prévision.* La lumière du soleil martelait la cour comme un marteau brûlant qu'il pouvait sentir au travers des vitres.

Malgré cela, il prit la direction de la grange. Le bâtiment de métal n'était pas extravagant et la rangée de quatre stalles était à présent jonchée de ballots. Chaque porte de stalle était divisée en deux, et les autres étaient ouvertes. Il pouvait entendre Tucker travailler dans la troisième stalle en sifflant faux.

— Tuck ?

Le sifflotement cessa.

— Oui, m'sieur, répondit Tucker en passant la tête par la porte, ses mains recouvertes de gants de travail portant un ballot de paille

— À qui parles-tu ?

202

— À personne. À moi-même, dit Tucker en secouant la tête. Mme Aldridge va venir pour le zoo pour les Anciens Combattants, alors je déplace tout ça afin de nous épargner un voyage dans la grange du fond.

— Super.

Deux fois par an, les femmes de l'église créaient un zoo pour les enfants des hôpitaux de la région. Rien d'extravagant, juste une occasion pour les gosses de sortir sous le soleil s'ils le pouvaient et de toucher quelque chose de doux et de vivant.

— Un coup de main ?

— Non. J'ai presque fini.

Tucker ne s'approcha pas, alors quoi que fut l'étrange malaise, il ne s'était pas dissipé.

— La maison, ça avance ?

— Oui. Bien sûr. Ça se passe bien. Tous les gros trucs sont faits. Les papiers aussi. Il ne reste que les petites choses.

Et elles iraient aux bonnes œuvres dans les prochains jours. Il fallait seulement qu'il les charge dans la remorque, si besoin.

— Bien.

Mais cela ne semblait pas bien. Tucker balança un autre ballot sur la pile dans la stalle.

— Je suis venu parce que Texaco nous a fait une offre ferme. Pour la propriété.

Tucker cligna des yeux. Il ouvrit la bouche, puis la referma en une ligne maussade. Son regard profond se détourna, mal à l'aise, tandis qu'il jetait le ballot suivant.

— C'est beaucoup d'argent.

Le montant semblait obscène, alors il le garda pour lui. Inutile d'être insultant. Tucker pourrait faire le calcul.

Celui-ci attrapa un autre ballot et le souleva sur la pile.

— D'accord.

— C'est une bonne proposition. Je voulais en discuter avec toi. Je pense que tu pourrais en avoir une part afin que…

Une moitié de porte se referma, trop vite pour l'esquiver, et heurta le crâne de Tucker. Il s'écroula dans la poussière.

Sans réfléchir, Patch se mit à courir. Il l'avait distrait pendant son travail avec l'argent et Texaco. *Imbécile.*

— Abruti, grommela Tucker en luttant pour se redresser sur un coude. Désolé.

L'une de ses narines saignait.

*Mon Dieu !*

— Ne bouge pas.

— Ce n'est pas une commotion cérébrale, gamin. Crois-moi. J'ai juste été surpris.

Les paroles de Tucker sortaient aussi blanches et molles qu'un flocon d'avoine. Il resta un moment agenouillé dans la poussière de la grange et essuya le filet de sang.

— Hé ! Hé, mec. Je suis là.

Tucker fronça les sourcils, puis ferma les yeux sous la douleur.

— Donne-moi deux secondes.

Patch s'accroupit près de lui.

— Évidemment ! Tu vois flou ?

Un bref signe de tête.

— Je vais bien, j'ai seulement besoin d'un instant. Je suis trop vieux pour ça.

Patch se demanda ce qui serait arrivé si Tucker avait été seul ici. Qui l'aurait aidé à se remettre debout ? L'aurait emmené à l'intérieur ? L'aurait conduit aux urgences ?

*Personne.*

— Attends un peu.

— Conneries.

Patch posa un genou au sol et passa un bras de Tucker autour de son cou. L'épais biceps se contracta contre son épaule.

— Gamin, tu ne vas pas… — Patch verrouilla ses jambes et se redressa en vacillant. Ses bras se contractèrent et il se releva — … me porter. Tu ne peux pas.

— Je viens de le faire.

Il avait vraiment grandi à un moment donné. Soutenir Tucker semblait irréel. Tenu de cette façon, l'homme mûr semblait vulnérable, plus humain.

— Tu n'es pas si lourd, cowboy.

— Tu es plutôt fort, pouffa Tucker, puis il grimaça.

Ses paupières se fermèrent et un filet de sang coula au sol depuis sa lèvre.

— Beau et fort.

Une plaisanterie pour dissimuler son malaise.

— Connard obstiné, grommela Patch en ralentissant, stabilisant sa prise et repartant en direction de la sellerie.

— C'est un bon plan. Maintenant, je vais te laisser trimballer mon cul paresseux.

Patch l'emmena vers les ballots carrés afin de l'asseoir.

— Je n'aime pas ça.

Un ricanement.

— Moi non plus.

— Non. Je veux que tu ailles consulter, je veux dire.

— Gamin, je n'ai pas besoin d'un médecin pour un coup à la tête.

Il vacilla. Peut-être que Tucker n'avait pas d'assurance maladie.

— J'ai juste besoin d'un moment et ça va aller.

Au lieu d'argumenter, Patch alla au lavabo, remplit une tasse et la lui rapporta, ne sachant pas ce que Tucker le laisserait faire d'autre pour l'aider.

— Texaco t'a fait une offre.

Le ton bourru l'arrêta net. Donc, Tucker l'avait écouté.

— Oui. Mme Laundry a dit qu'ils étaient impatients. C'est quelque chose, au moins. Cette ville est destinée à s'assécher et disparaître.

Tucker leva le regard avec un sourire forcé.

— C'est exact. Royce les a combattus durant des années, dit-il en hochant la tête, et des pattes-d'oie encadrèrent ses yeux.

— Tucker, personne d'autre n'a envie de cet endroit. Personne de sérieux, du moins. Nous sommes coincés.

— Oui.

Tucker hocha la tête, le front plissé et la bouche pincée.

— C'est juste que… les pétroliers peuvent se montrer durs pour la ville.

— Elle a dit que d'autres personnes avaient fait affaire avec eux sans problème, répliqua Patch en lui apportant l'eau, plus lentement à présent. De plus, aussi près de la réserve nationale de Big Thicket, ils ont les mains liées par la protection de l'environnement, non ? Ils ne peuvent pas empoisonner les habitants.

Tucker accepta la tasse et en prit en gorgée.

— Ils ont de l'influence, c'est un fait.

Il inclina la tasse afin de mouiller ses mains et s'essuya le visage avec. La saleté obscurcit ses rides, le faisant paraître plus usé et fatigué qu'il ne l'était.

Patch s'assit près de lui afin de plaider sa cause aussi gentiment que possible. Il devait lui faire savoir qu'il aurait une place après, qu'il prendrait soin de lui aussi.

— Texaco payera. Assez pour m'offrir une chance et pour te verser un acompte et plus encore.

Il aurait aimé pouvoir faire sourire Tucker, le faire rire même.

— Pas franchement un morceau du gâteau, mais peut-être une part de tarte ?

— Hum.

La réaction de Tucker ne fit pas trembler les fenêtres. Peut-être que sa tête était plus douloureuse qu'il ne le laissait paraître. Sa bouche bougeait en silence et les rides sales de son visage se creusèrent.

— Je veux que tu aies quelques milliers de dollars pour... ce que tu veux. Mon père l'aurait voulu. Et moi aussi.

Tucker pinça les lèvres. Soit sa tête lui faisait mal, soit c'était Texaco.

— Je pensais que tu serais excité. C'est une victoire.

Il savait qu'il faisait ce qu'il fallait, pour tous les deux. *Vélocité* ouvrirait à temps pour l'été suivant. Il vivrait la grande vie. Tucker pourrait enfin quitter sa routine.

— Gagnant-gagnant.

— Oui, répondit Tucker en haussant les épaules, l'air pas le moins du monde excité. On ne peut pas tout perdre.

L'espace d'une seconde, il s'attendit à ce que Tucker lui ouvre son jean afin de le distraire ou changer de sujet.

Au lieu de cela, il se leva et épousseta la paille.

— Nous devons nous bouger.

— Tu es certain ? demanda Patch en fourrant ses mains dans ses poches.

— Cette faneuse ne va pas se réparer toute seule. Et tu as des cartons à finir. On n'a pas de temps à perdre.

— Je crois que c'est la première fois que tu dis à quelqu'un de se dépêcher.

— Eh bien... pas la première fois, non, répondit Tucker en pouffant de rire.

— À moi, alors.

Il hésita, ayant envie d'inviter Tucker à entrer dans la maison, mais ne sachant pas s'il le devrait. Il ne restait pas grand-chose qui en faisait un foyer, en fait.

Tucker n'avait toujours pas dormi ici, ce qui lui posait un sacré problème. Là encore, il n'avait pas rendu l'endroit très agréable. Pas d'électricité, pas de meubles et plein de cartons de merde. Il savait que ce n'était juste pour aucun d'eux.

*Je pars dans quelques jours.*

Il regarda Tucker s'avancer d'un pas hésitant vers son pick-up et le démarrer.

Sur le porche, Patch jeta un coup d'œil au salon sombre à travers la vitre et aux cartons entassés contre le mur, organisés selon leur destination éventuelle.

Ils restaient toujours dans la caravane. Pourquoi Tucker ne voulait-il pas entrer ?

Peut-être qu'il ne voulait aucun rappel de Royce, ou peut-être que, dans son esprit, il comparait la caravane à la maison des Hastle. *Seigneur.* Patch repensa à toutes les fois où il radotait au sujet de New York, de ses voyages et de ses fêtes.

*Il mérite mieux.* À cet instant, il décida de donner à Tucker un capital de départ, une sorte d'arrangement. Dix mille, vingt mille. Pas de folies, mais suffisamment pour se réinstaller correctement. Il n'aurait pas de terrain, d'étang de pêche ou de grenier à foin où Botchy pourrait grimper, mais… au moins, il n'aurait pas à emménager dans une caravane à Clute avec Bix.

Cette pensée lui retourna l'estomac.

*Bon Dieu !* Pourquoi son père n'avait-il rien laissé à Tucker ? Quoi que ce soit pour vivre. Bien sûr qu'il l'avait fait ; il lui avait laissé la terre. L'usufruit d'un lieu qu'il aimait.

Si Patch n'était pas pressé, et qu'il pouvait utiliser la propriété comme caution, peut-être que Tucker pourrait rester ici et que *Vélocité* pourrait ouvrir à New York. Happy end pour tout le monde.

La proposition de Texaco rendait cela impossible. Leurs plans prévoyaient de raser cette propriété, ainsi que les alentours, probablement. *Un développement.*

Peu importe l'option, ça craignait. Pour la première fois, peut-être de sa vie, Patch souhaitait que ce ne soit pas à lui de prendre cette décision.

*Ressaisis-toi, espèce de chochotte !* retentit dans sa tête la voix du coach Biggs, ainsi que son regard brûlant. Un autre Tucker, d'une autre époque, l'humiliant dans les vestiaires parce qu'il avait l'air différent, parce qu'il regardait les autres garçons bander sous la douche. Chose amusante ? Ce soir, ce n'était pas Tucker qui le lui disait. C'était lui.

Ils n'étaient plus les mêmes personnes que sept ans auparavant. Ou s'ils l'étaient, ils connaissent le meilleur et le pire d'eux-mêmes.

Patch haïssait cette pensée, mais il savait qu'il se montrait honnête.

Lorsqu'il était jeune, stupide et plein de sperme, Tucker n'était pas une *personne* pour lui. Et vice-versa, de toute évidence. Pendant qu'il fantasmait, Tucker n'avait vu en lui qu'une épineuse douleur dans le cul qui tentait de se faire tuer.

Que se serait-il passé à seize ans ? Si Tucker avait lu les signaux et était venu à lui sous la douche ? S'ils s'étaient pelotés sous le jet, puis qu'il l'avait immobilisé contre le carrelage et ravi, ruinant leurs deux vies ? Le fantasme avait été si réel qu'il pouvait sentir l'herbe coupée, les taches de transpiration, il pouvait entendre les sifflements et le bruit des crampons, la main du coach Biggs se tendant vers lui, le faisant supplier.

Ou si Tucker l'avait surpris dans la grange et l'avait attaché aux poutres au-dessus du foin pour le doigter ou plus ? Et ensuite ? L'ouvrier louche l'aurait ouvert de sa langue et l'aurait pris comme un animal, s'accouplant brutalement avec ses parents de l'autre côté de la cour. Il se serait faufilé dans sa chambre la nuit. Que lui aurait-il fait ?

*Absolument rien.* Car toutes ces conneries n'étaient pas réelles.

À l'époque, il était jeune, excité et ne connaissait rien à la vie. Il en connaissait à peine plus maintenant, mais, au moins, il se rendait compte à quel point il avait eu de la chance qu'*aucun* de ses scénarios pornos ne se soit réalisé. Il n'aurait jamais foutu le camp, si ça avait été le cas. Ces fantasmes auraient foutu en l'air le restant de sa vie.

Combien d'hommes des petites villes finissaient coincés dans une vie qu'ils détestaient après avoir reçu une brève dose de queue qui les laissait cloués sur place, sans nulle part où aller ? *Des appâts pour campagnards gay...* comme une grossesse pour une adolescente, mais en pire, car la possibilité n'était que dans votre tête et ne vous laissait ni en sécurité, ni sain d'esprit.

Tucker n'était pas comme ça. Pervers, peut-être, mais il ne blesserait pas un enfant. Tous ceux qu'il avait baisés en quarante-trois ans l'avaient fait les yeux grands ouverts. De nombreux solitaires qui traînaient par ici.

Patch le savait de première main.

Se préparant à l'air vicié de l'intérieur, il ouvrit la porte et entra dans la maison de ses parents.

Les quelques heures suivantes, il apporta tous les cartons aux bonnes œuvres, aux Vétérans et à la décharge. Des livres, des babioles et divers appareils. Il fit en sorte d'obtenir des reçus pour les impôts, afin de compenser le prix de vente. Pour l'ouverture de *Vélocité*, il avait besoin de chaque centime qu'il pouvait mettre sur la table.

Plus rapidement qu'il ne le pensait possible, il vida la maison jusqu'à ce qu'il ne reste que quelques cartons de papiers qu'il prévoyait d'expédier au nord et plusieurs grands meubles, pour lesquels il avait appelé un camion : une penderie, les armoires, le canapé et le frigo. Les bonnes œuvres lui avaient dit qu'ils enverraient un camion dans le week-end pour le débarrasser.

Plus tard dans l'après-midi, la maison résonnait étrangement. À présent vidée de son contenu, vingt ans de crasse et de poussière étaient dévoilés. Il envisagea de nettoyer, mais il n'en voyait pas l'intérêt. Texaco allait certainement démolir cet endroit ou le transformer en bureau de chantier. Peu importe les problèmes qu'ils achèteraient avec le terrain, ce n'était pas les siens.

Avant de vérifier les placards et les coins, il ouvrit toutes les fenêtres dans l'espoir que la brise disperserait l'air rance. *Non*. Il avait correctement fait le travail. La maison était bel et bien à nue.

Il ne savait pas trop quoi faire. Rien ne s'était passé comme il l'avait prévu. Son côté paresseux et excité voulait se rendre chez Tucker et s'envoyer en l'air. Son côté sensible voyait combien c'était un piège.

Selon son plan d'origine, après les funérailles le lendemain, il rentrerait par le premier vol disponible, et Tucker irait... eh bien, pas bien loin. Seulement, cela semblait impossible maintenant.

Peu importe combien le sexe était bon ou combien ils s'amusaient à ne rien faire d'intelligent, il savait où il devait aller et pourquoi. Tucker et lui n'avaient pas à passer plus de temps ensemble. Ses sentiments étaient déjà assez compliqués comme ça.

Ce grand cowboy robuste, brisé et blessé. Même dans l'abstrait, la vulnérabilité de Tucker l'avait transpercé. Il aurait été si facile de céder.

Même un Frito pie semblait trop risqué. Il décida de se rendre à Port Arthur pour aller chercher un Tex-Mex, espérant aller aussi loin que possible, puis il hésita et y repensa durant près d'une heure. *Aucune bonne raison, sauf une.*

Évidemment, le pick-up de Tucker tourna dans l'allée et passa devant le porche, comme si de rien n'était, exactement comme il ne le voulait pas. Il lui fit un signe de la main et Patch lui répondit de la même manière, en colère contre la douce ruée de plaisir qui le traversa tandis qu'il descendait lui dire bonjour.

*Imbécile.*

Tucker sauta du véhicule et ôta immédiatement son tee-shirt boueux.

— Foutue longue journée, gamin.

Il frotta son torse humide et renifla ses aisselles en grimaçant.

Il ne l'admettrait jamais à voix haute, mais même comme ça, il aimait l'odeur rance de Tucker, mélange de savon et de sueur propre, par-dessus son odeur de sciure de bois. Patch détourna le regard. Vous saviez que vous étiez mal barré lorsque la sueur d'un homme ne vous dérangeait pas.

Tucker s'assit sur les marches du porche et enleva ses bottes. Il se redressa et épousseta la poussière et la paille de ses jambes.

— Cette faneuse est réparée, au moins. Et j'ai vérifié la clôture arrière.

— Tu n'avais pas à faire ça.

Tucker lui adressa un drôle de regard.

— Eh bien, il fallait que ce soit fait. Surtout si tu vends.

Patch savait qu'il avait raison, mais il voulait ignorer le nœud dans son estomac à cette perspective, comme si cela pouvait fonctionner.

Tucker se dirigea vers l'angle du porche et brancha le tuyau d'arrosage. Il se pencha et se rinça la tête et le torse, l'eau étincelant sur ses muscles abondants, tandis que Patch le contemplait, hypnotisé.

Il s'imaginait tout un faux scénario de lui sur la ferme : *Le vieux MacDonald est un pervers.* Tucker le suçant à l'étang. Lui, le pelotant sur le tracteur. Tucker le montant à cru dans le grenier à foin. Eux, assis sur le porche, buvant une bière et se caressant jusqu'à ce qu'il soit temps pour les cordes et les ébats dans l'un de leurs lits.

*Arrête ça !* Il se secoua. Plus il s'attarderait à Hixville, plus grand serait le mensonge. Il était à court d'excuses pour rester.

Mieux valait qu'il stocke ses souvenirs, sachant que le temps passerait et qu'il repartirait vers New York et *Vélocité* après les funérailles et la vente.

Tucker essora l'eau sur son corps. Curieusement, seule la ceinture de son jean avait été mouillée par le jet. Le bouton était ouvert, l'étroit chemin de poils qui partait du nombril jusque sous la braguette, diablement sexy. Patch fronça les sourcils. *Ce n'est pas qu'une baise torride.*

— Quel est le problème ?

Patch secoua la tête.

— Rien. Je te regarde.

— C'est aussi moche que ça ?

— Je te regarde comme un morceau de viande. Tu n'es pas seulement beau, Tucker. Tu es plus que ça. Je crois que tu ne t'en rends pas compte.

Tucker lui fit un sourire rayonnant et ses satanées fossettes lui fichèrent un coup.

— Tu penses que je suis *beau* ?

— Va te faire voir. Tu sais bien que oui.

— Moi aussi. Je pense que tu l'es, je veux dire. Pas à propos de la viande.

— Merci, murmura Patch.

Silence gêné.

Tucker s'accouda à la rambarde.

— Les gens ne viennent pas vers toi ? Ils ne te regardent pas comme tu viens de le faire ? demanda Tucker, l'eau dégoulinant de ses mains et de ses cheveux.

— Non.

L'avaient-ils fait ? Patch ne se souvenait de personne le tracassant de cette manière, du moins pas d'une manière qu'il ne pouvait pas gérer.

— Tu veux dire comme un troll ? Ça fout les jetons.

Tucker avait l'air sérieux.

— Tu n'as jamais laissé personne te toucher ? Tu ne voulais pas qu'ils te touchent ?

Patch cligna des yeux. Il savait ce que Tucker voulait dire.

— Non.

Il s'était déjà rapproché plusieurs fois, lorsqu'il avait débarqué à New York, mais rien de plus que des rendez-vous dans des restaurants qu'il n'avait pas pu s'offrir. Il connaissait des hommes qui se seraient battus, mais lui jamais.

— D'accord.

Tucker pinça les lèvres, le regard tourné vers la fenêtre.

Patch étudia son expression tendue.

— Qu'en est-il de toi ? Personne qui ne t'a regardé de cette manière ? demanda Patch en trempant un orteil dans l'eau boueuse.

— Ce n'était pas assez, répondit Tucker en resserrant ses doigts sur sa bière. Se faire sucer par des hommes plus vieux.

— Tuck.

Une douce tristesse envahit Patch, l'étranglant. Son père s'était douté de tout cela ? Connaissait-il suffisamment son ami pour s'inquiéter ? Comment Tucker avait-il survécu à cela ?

— Pas quand j'étais gosse, mais plus tard, tu sais, ajouta Tucker en haussant les épaules, le regard baissé. Vingt dollars signifie un lit et de la nourriture. Mais ce n'est rien que tu veuilles faire.

Il pinça les lèvres et baissa la tête.

— Pas moi, du moins. Pas à l'époque.

— Désolé.

Le sexe, c'était le sexe. Mais baiser des connards afin de ne pas mourir de faim n'était pas du sexe.

— Je veux dire, je comprends, mais j'aurais souhaité que ta famille...

— Oui, répondit Tucker, d'un air renfrogné. C'est triste.

Était-ce la raison pour laquelle Tucker s'était montré si horrible avec lui au lycée ? Pour le protéger et le prévenir, comme un berger méfiant dans un costume de loup ? Pour faire ce que ses parents ne faisaient pas et que lui n'aurait pas voulu qu'ils fassent ? Une sorte de sens tordu afin de lui faire peur ?

Tucker leva la tête, les yeux brillants.

— Voilà pourquoi je détestais mon regard. Ma queue. Chaque putain d'enfoiré que je rencontrais voulait quelque chose que je ne me sentais pas de leur donner.

— Je comprends.

— La plupart du temps, les gens voyaient ce qu'ils voulaient voir de moi. Finalement, tu joues le rôle qu'ils te donnent.

— Tu n'as pas à le faire.

— Il y a pire. Je trouve que j'ai eu de la chance.

La balancelle se balançait d'avant en arrière sous la brise.

— Je ne suis pas infirme ou demeuré. Je suis plutôt fort. Je m'amuse. Et je suppose que je ne suis pas trop désagréable à regarder.

— Hum, non.

— J'ai une belle vie. Ça me convient.

— C'est ce qui compte, convint Patch.

*Foutaises.*

— Tu ne t'es jamais demandé...

— Moi ? le coupa Tucker en fronçant les sourcils.

— ... ce que tu aurais fait si tu étais sorti du placard ?

— Non. Pourquoi ? Il y a des gens bien moins lotis.

Tucker donnait l'impression de s'être installé dans un cercueil confortable.

— Je suppose.

— Il y a des kilomètres entre là où j'ai commencé et là où j'ai fini, gamin. Ma famille ? Tout le temps avide. Pas d'école à proprement parler. Des emplois que tout le monde pourrait faire, expliqua Tucker en souriant, le regard tourné vers la cour. Mais maintenant, j'ai une caravane, plein de cordes et un citadin frimeur qui m'excite à travers tout le comté d'Hardin sans même me toucher. Aucune rivière ne coule pour moi.

Patch faillit poser la main sur sa jambe, mais se ravisa, la laissant retomber sur la balancelle.

— Bon plan, pouffa Tucker avec un clin d'œil. Patch, je ne suis pas en colère. À propos de cette époque. Tu as posé la question, c'est tout. C'est de l'histoire ancienne, je suis ici, maintenant. C'est juste et équitable.

Patch tenta de le prendre à la légère. Tucker méritait mieux, mais ce n'était pas à lui de le lui faire remarquer.

— Tu n'es ni juste ni équitable. Tu n'es qu'un grossier personnage, ricana Patch.

— Je pourrais être mort en plein désert ou en train de mourir d'une maladie dans un service quelconque. Les gens auxquels je tenais ont redoublé d'effort pour s'assurer que ça ne se produise pas.

Patch sourit.

— Je comprends.

*De la même façon que tu t'en es assuré avec moi.*

— Je comprends, vraiment.

Quand il avait atterri à Houston ou à New York, la première fois, c'était exactement ce qu'il avait fait. Trouver des gens qui ne soient pas des monstres, qui riaient à ses blagues et le traitaient convenablement. La plupart des gays avaient suffisamment de chance pour grandir en un seul morceau.

— Tu as construit ta propre famille.

— Exactement.

Patch ne s'était jamais senti aussi proche d'une personne de sa vie. Ça ne pouvait pas durer, n'est-ce pas ?

*Qui a dit ça ?*

Le grand sourire de Tucker chassa les ombres.

— Tu veux une bière ? J'ai un pack de six dans la grange.

Sans s'arrêter, il descendit les marches du porche dans la poussière et se tourna vers lui. Le coucher de soleil sculptait son visage de pierre dure.

— Je vais nous en chercher une autre, ajouta-t-il avec un clin d'œil.

Patch hocha la tête, sans vraiment écouter. *Et si nous n'arrêtions pas ?*

Comme une étincelle sur de la paille, cette idée couva dans son esprit.

Si Tucker n'était plus lié à la ferme, il pourrait venir faire la fête avec lui de temps à autre. Pourquoi pas ? Ils étaient deux adultes consentants. Un lien à longue distance qui n'aurait pas lieu d'être, comme une stupide romance.

Évidemment, il devrait rentrer à New York, mais personne n'en mourrait. *Vélocité* ouvrirait et ils pourraient aller de l'avant. Seigneur, il voyageait deux semaines par mois. Ils seraient amis et copains de baise.

Cette pensée s'enflamma. Une part de lui aimait l'idée de se montrer dans les fêtes du Circuit avec ce papa cowboy au bras, au beau milieu de tous ces proxénètes et de ces frimeurs. Il pouvait imaginer les réactions d'envie et de luxure. Baiser avec Tucker une ou deux fois par an garderait ses harceleurs à distance et leur donnerait du temps pour traîner ensemble. Tous ceux qui l'accusaient d'être froid seraient obligés de reculer. Seigneur, la perversion de Tucker serait sa réputation.

De plus, Tucker savourerait l'attention. *Probablement.* Chien de garde et jouet sexy. Ils n'en feraient qu'une bouchée.

Après des années à être l'homme le plus sexy du comté d'Hardin, Tucker pourrait enfin déployer ses ailes.

*Laisse-toi aller et joue, papa.*

Beaucoup d'hommes sexy seraient ravis d'être menés à la baguette par un véritable cowboy.

Il fronça les sourcils. *Ce n'est pas juste.*

Tucker n'avait à jouer au papa avec personne pour garder son intérêt.

En fait, quel que soit le fantasme du père avec lequel il s'était amusé, cela n'avait rien à voir avec Royce et tout à voir avec *la masculinité*. Ce qu'il ressentait n'était pas de l'envie, de la faiblesse ou de la honte.

*Va te faire foutre, Freud.*

La pensée du corps nu de son père biologique ou de sa vie sexuelle le rendait malade… épidermique, même. *Non.* Aux dires de tous, Tucker était un mauvais père, mais, aussi certain que la nuit tombait, il ferait un *papa* parfait.

Peut-être que tous ses ex-fermiers n'avaient été que de pâles imitations de la virilité et du fantasme de papa de Tucker. Peut-être que ses fantasmes pornos lui avaient donné une excuse pour démanteler cette impossible masculinité. Comme éclater une montre pour en voir les pièces tout en ne sachant pas comment la refaire fonctionner.

Une fois que la suspicion avait pris le dessus, impossible de s'en débarrasser.

Peut-être que fantasmer sur les papas n'était pas à prendre au sens littéral, mais plus au sens de la paternité en tant que notion : honneur, protection, intégrité, discipline, courage. Quel garçon des petites villes n'avait pas senti l'attraction gravitationnelle de cette force qui punissait et récompensait ? Le pouvoir brut de prendre et de donner, défauts y compris ? Une virilité enracinée qui ne demandait pas de permission.

Peut-être que *papa* correspondait à un homme assez fort pour se montrer fermer et aimer sans limites... un homme qui se fichait du reste, mais se souciait de vous. Patch secoua la tête, fronçant les sourcils à sa dangereuse logique. Il ne pourrait plus regarder Tucker de la même manière si elle prenait racine.

Tous ses éléments déclencheurs et ses penchants étaient mis à nu. *Vite-vite, lent-lent.*

— Attention, gamin.

L'avertissement de Tucker lui fit tourner la tête et, sans surprise, une bouteille de bière arrivait à pleine vitesse vers lui.

Pour son grand plaisir improbable, il l'attrapa au vol et gloussa à sa propre coordination.

— Tu devrais jouer au foot, lui dit Tucker avec un clin d'œil. Bien attrapé.

— J'ai eu un bon coach, répondit-il en levant la bière en guise de toast.

— Il est possible que ce soit un choc pour toi... commença Tucker en balançant la capsule de sa bouteille dans les plates-bandes, tandis qu'il montait les marches. Mais je suis très sensible à la flatterie, gamin.

— Ce n'est pas un choc, répondit Patch en dévissant sa capsule et prenant une gorgée.

Presque comme s'ils l'avaient prévu, ils se retrouvèrent sur le porche à boire leur bière, avec l'impression de se tenir à la proue d'un chalutier dans un silence confortable.

Patch s'assit sur la balancelle grinçante de sa mère, qui faisait face aux champs.

Après un moment, Tucker le rejoignit, entrechoquant leurs bouteilles en lui faisant un clin d'œil.

— Tu crois qu'elle va supporter notre poids ?

Il s'installa tout contre lui, la balancelle les soutenant aisément.

— Regarde, dit Tucker en pointant quelque chose qu'il ne pouvait voir. Même les étoiles en pincent pour toi.

Oh ! *Tucker*.

Mais il se mit à rire et poussa son grand cowboy, appréciant le balancement un moment. Mais il accepta le compliment tant qu'il le pouvait. La semaine suivante, il serait de retour à New York.

Assis là, Patch ne ressentait pas le besoin de parler et visiblement, Tucker non plus. Ils se balançaient doucement et de temps à autre, il surprenait Tucker le regardant.

La maison vide semblait se profiler derrière eux et les lucioles étaient de sortie. Petites têtes d'épingle lumineuses parsemées dans l'air tout autour d'eux, comme des étoiles un peu éméchées.

Patch prit une gorgée et pencha sa bière vers les petites lumières chancelantes.

— J'ai toujours voulu les attraper. Les lucioles.

— Moi aussi, acquiesça Tucker en soupirant et arrachant l'étiquette de sa bouteille. C'est ce que font les enfants.

Ils se balançaient d'avant en arrière dans la douce brise aux notes d'herbe fraîchement coupée. Patch sourit, bien que personne ne puisse le voir.

— Quoi ? demanda Tucker, comme s'il avait senti son sourire.

— Elles me rendaient dingue quand j'étais jeune. Beaucoup plus jeune. Toutes ces choses que tu ne peux pas avoir.

— Eh bien...

Tucker lui fit un clin d'œil et accéléra leur balancement.

— Tu connais la meilleure façon d'attraper ces petites bêtes lumineuses ?

Il rendit cette simple phrase tout à fait obscène.

Patch tourna la tête.

— Non ?

— Vis près d'elles et invite-les à jouer, répondit Tucker en faisant courir le dos de sa main sur l'avant-bras de Patch. Elles s'attrapent très bien sans pot. Elles vivent plus longtemps aussi.

Patch se mordit l'intérieur de la bouche et pouffa de rire.

— Pff. Oui.

— Tu ne peux pas faire vivre les choses là où elles ne le veulent pas.

Patch cligna des yeux. Qu'est-ce que cela voulait dire ? Il pressa la main de Tucker et se tourna pour voir son expression.

Une lueur illuminait les yeux de Tucker, couleur chatoyant de cognac derrière les éclats de gris. Patch pouvait presque voir le petit garçon qu'il avait été avant que la vie s'acharne sur lui.

— Tu es encore en train de ressasser, gamin ?

— Non, monsieur.

Tucker se déplaça sur la balancelle.

— Bonne réponse.

Sans demander la permission ou essayer d'abord, Patch posa la tête sur l'épaule de Tucker. Celui-ci grogna et se rapprocha, son menton se calant sur sa tête.

L'un d'eux soupira, puis l'autre fit de même, sous le léger balancement, tandis que les minuscules étoiles ivres dérivaient autour d'eux dans la brise chaude, exactement là où elles voulaient être.


*LES FUNÉRAILLES, ça craint.*

Patch portait le costume noir qu'il avait acheté au magasin caritatif de Kountze, et il avait passé toute la journée près d'une porte, peu importe l'endroit où il se trouvait : à la maison, à la mise en bière, à l'église, à l'enterrement.

La plupart du temps, il avait couru comme au ralenti entre des scènes affreusement émotionnelles avec des gens qui ne le connaissaient pas ou se fichaient de lui.

La plupart du temps.

Afin de rester immobile, il s'était imaginé attaché au laiton du lit dans la caravane sombre de Tucker... comme un jeu, une épreuve, un test. Lutter contre les nœuds imaginaires lui donnait autre chose à faire que de devenir fou.

Dieu merci, le pasteur Snell fit les choses de manière courtes : deux cantiques et pas d'anecdotes. Les sœurs Keister firent un travail miséricordieux avec l'orgue (bruyant) et les fleurs (des lys), ne se chicanant que peu, et après les faits. Vicky se déplaça depuis Kountze avec ses trois enfants et un Fred dégingandé à sa suite, bénie soit-elle. Elle s'arrêta même lui faire un câlin et prononcer quelques paroles plausibles, ce qu'il apprécia, puis le laissa seul, ce qu'il apprécia encore plus.

En théorie, un enterrement, c'était un au revoir groupé afin que la communauté puisse laisser ses regrets six pieds sous terre sous leurs semelles.

Il aurait aimé pouvoir faire entrer Botchy en douce dans l'église à côté de lui. Elle aurait pu lui tenir compagnie sans lui poser de questions auxquelles il ne pouvait pas répondre, ou faire des promesses qu'elle ne tiendrait pas. À vrai dire, elle aurait probablement plus senti ce qui se passait que la plupart de ces hypocrites.

En pratique, un enterrement finissait par être un mariage en noir, sauf que vous épousiez la poussière.

Tucker l'emmena à l'église et au cimetière, mais resta en retrait, ce qui fut à la fois un soulagement et une déception.

Janet et Dave le flanquèrent devant la tombe, tandis que Tucker se tenait derrière lui, comme une sentinelle blessée. Même s'ils ne purent lui permettre d'échapper aux vagues de sympathie qui menacèrent de le faire suffoquer. Après des années d'utilisation excessive, il s'était retrouvé à court de sourires feints.

*Pas de pluie aujourd'hui.* La lumière aveuglante du soleil transformait les deux trous en un vorace signe égal.

Être n'importe où sauf ici lui paraissait bien. Les funérailles faisaient supposément de l'effet à la famille, mais lui se sentait surtout éreinté, instable et hystérique. Au moment où les cercueils avaient été descendus dans les parcelles parallèles, Patch avait décidé qu'il voulait être incinéré et qu'il aurait donné son bras droit pour être au lit avec un homme bourru, beau et à la main ferme. Ce n'était pas de l'excitation – c'était de l'auto-préservation. Seule la pensée de la barbe de Tucker sur sa peau l'empêchait de craquer et de s'effondrer devant tous ces sympathisants venus lui souhaiter du bien devant témoins.

Il n'avait pas voulu de réception, mais Mme Laundry n'avait pas écouté et avait organisé un petit quelque chose dans la grande salle en tôle près de l'église : des sandwichs et des poignées de mains molles. Il se tenait de manière rigide à l'intérieur du foyer noyé sous les condoléances, tandis que la paroisse de ses parents reniflait et grignotait les hors-d'œuvre détrempés.

La panique s'était de temps à autre élevée en lui, un rire hystérique et précipité qui voulait se libérer. L'adrénaline secouait ses entrailles comme le cliquetis d'alarme, et il ressentait le besoin à tout instant de s'enfuir, *vite-vite*. Il ne parvint à rester cloué sur place qu'en fermant les yeux et imaginant ses mains frottant les cicatrices de Botchy ou simplement le doux glissement du laiton du lit sous son dos tandis que Tucker racontait de lentes, lentes vérités à sa peau.

Des nœuds imaginaires. *Calme-toi.*

— Lent-lent, murmurait-il dans sa barbe lorsque ses mains tremblaient. *Lent-lent.*

Janet garda les sympathisants à bonne distance, hormis pour les gloussements et les applaudissements, fondant sur eux pour les entraîner en direction des tables des pains de mie et de la de mayonnaise. Et Tucker montait la garde, rôdant à quelques mètres de lui, comme une tempête menaçante, magnifique dans son costume baggy. Il ne plaisantait ni ne flirtait avec quiconque lui disant *bonjour*. Et après les dix premières minutes, il ne regardait plus personne d'autre que Patch.

Exactement cinquante-neuf minutes plus tard, une main forte se posa sur son coude.

— Il est temps d'y aller, gamin, dit Tucker en lui indiquant la porte d'un signe de tête et le conduisant avec fermeté. Tu n'as plus rien à leur dire.

Il secoua la tête à l'intention de Janet qui approchait, l'air inquiet.

— Rentrons à la maison. Je te tiens.

Patch hocha la tête et ferma les yeux, laissant son gardien prendre soin de lui. Avec cette main sur son bras, il ne trébucherait pas. Il le suivit à l'aveuglette à travers les murmures de la pièce et ne reconnut l'extérieur qu'à cause du soleil sur son visage.

— Tu es toujours avec moi, dit Tucker, sans que ce soit une question, sa voix basse et préoccupée résonnant à ses oreilles. Puis vint la question : gamin ?

Patch hocha la tête, muet et docile. Il pourrait s'endormir juste là. Ouvrant les yeux, il s'aperçut qu'il était près du pick-up de Tucker. Les nœuds imaginaires étaient devenus une corde imaginaire autour de ses pieds.

— Nous allons y aller. C'est bon pour toi ?

Un autre hochement de tête. Quelque chose s'était-il brisé en lui, ou était-ce un état préexistant ? *Les objets dans le miroir sont plus près qu'ils n'y paraissent.*

Tucker ouvrit la portière et le poussa en quelque sorte sur le siège, avant de contourner le véhicule vers le côté conducteur et de s'y installer.

— Ils n'auraient pas dû faire ça. Les sandwichs et le reste. Ils pensaient bien faire, mais bon sang !

Patch ferma à nouveau les yeux et le pick-up démarra, quittant le parking et rejoignant Hixville. Il poussa un profond soupir, forçant l'air à s'expulser afin de ne pas le ramener à la maison avec lui.

Tucker posa une main sur sa jambe et la caressa.

— Je devrais me couper les cheveux comme maman les aimait, dit Patch en grattant les boucles qui entouraient sa tête.

— Non, gamin, répondit Tucker, l'air perplexe.

Ses paupières se fermèrent à nouveau.

— Tout couper, en brosse.

— Je ne te laisserais pas faire. Tu es... parfait.

— Merci, Tucker, répondit-il, puis il se tourna vers son profil ciselé, sa main sur le volant, les fermes blanchies qui défilaient dehors et la route de la maison. Merci.

Tucker hocha la tête et pinça les lèvres, semblant penaud, mais il laissa sa main sur la cuisse de Patch, là où était sa place.

— Tu devrais faire une pause demain. Faire ce que tu veux. Demande et nous le ferons.

Patch ouvrit la bouche, mais ne trouva rien de normal à répondre. L'idée de retourner à New York lui donnait l'impression de percuter un mur de brique à cent cinquante kilomètres/heure.

— Et toi ?

— Je pense que c'est possible, si tu me le demandes.

— Je te le demande... monsieur.

Tucker sourit, les yeux rivés sur la route.

— D'accord.

Peu à peu, bercé par la vitesse et le calme, Patch s'endormit.

De retour à la caravane, Tucker le nourrit de chili et le fit s'étendre sur le canapé pour une sieste.

— Tu n'as besoin de rien d'autre que de dormir.

Il avait raison.

Patch se réveilla affamé et vaseux aux environs de vingt-deux heures ce soir-là et mangea un autre bol du chili de Tucker, les yeux à peine ouverts. Il remplit le bol d'eau de Botchy sur le porche et se cogna dans un cowboy nu et musclé.

Tucker lui ouvrit les bras et Patch se blottit contre lui sans rien dire, le regard tourné vers les champs. Ils restèrent lovés l'un contre l'autre dans cette chaude immobilité, la douce pression ressemblant à une dance sans mouvement.

Patch soupira, fatigué, mais content.

— À quoi penses-tu ?

Tucker secoua lentement la tête.

— Je n'ai plus rien.

— Pas vraiment rien.

— C'est tout comme, gamin, insista Tucker en lui caressant le flanc, comme pour apaiser un poulain. Je ne sais pas. C'est juste l'impression que j'ai.

Patch fronça les sourcils. Dans quelques jours, il était censé rentré chez lui, mais il pouvait à peine marcher. Il aurait déjà dû acheter son billet. Il aurait déjà dû faire un tas de choses. Comment pouvait-il rentrer à New York et oublier cette semaine passée ?

— Je suis désolé.

— Non. Je parlais de mes pensées. Beaucoup trop et trop rapides.

Tucker n'en dit pas plus, il contempla la nuit dans un silence empli de gêne.

Patch souleva la main musclée de ses côtes et noua leurs doigts.

— Tu sais, Tucker, je vais…

— Non. C'est mon problème, tout ça. C'est que… C'est comme…

Tucker se frotta le visage avant de continuer :

— Le paradis ne veut pas de moi et l'enfer craint que je prenne les commandes. Toi, moi, les deux, finit-il en souriant.

Puis il se redressa, le dévisageant attentivement, déchiffrant quelque chose sur son visage. Quoi qu'il vît, cela lui fit plisser le front et le reconduire vers la porte d'entrée.

— Viens, gamin. Au lit.

Patch se laissa guider et entra d'un pas hésitant, longeant l'étroit couloir menant à la chambre de Tucker, rampant dans le lit et drapant le bras de Tucker sur lui, sans se soucier de ce que cela signifiait.

Il eut un sommeil sans rêves et lorsqu'il se réveilla dans le grand lit en laiton, Tucker était toujours en cuillère derrière lui, respirant profondément. Il se tortilla avec un plaisir indolent.

Tucker bougea lentement en réponse.

— Hummm. Mieux, dit-il, ou peut-être était-ce Dieu.

Patch reposa son visage sur l'oreiller, restant désespérément à l'horizontale, accordant sa respiration aux profondes inspirations et expirations de Tucker jusqu'à ce que ses paupières se ferment.

221

Aux environs de six heures, il entendit de petits cris hauts perchés. Certainement Botchy qui pleurait dehors ou des souris, ou son imagination.

Les bras de Tucker étaient un poids stable sur et sous ses côtes. Que feraient-ils aujourd'hui ? Tout semblait possible et tentant, comme si un poids suffocant avait disparu pendant qu'il dormait. Il se souvint de la journée de la veille, en partie, mais même là, il put respirer aisément.

Tucker ne faisait jamais la grasse matinée, mais il avait, de toute évidence, décidé de prendre une journée de repos après les funérailles, ce qui était à la fois gentil et intelligent. La couverture sentait la sciure de bois. Peut-être était-ce de là que Tucker tirait son odeur, ou inversement.

*Arrête ça.* Il était bien réveillé et son esprit tournait à plein régime. Il entendit à nouveau ces cris ou pépiements. Il se tourna un peu dans les bras de Tucker, qui avait les yeux fermés.

Il tenta d'identifier ces bruits.

— Tu entends ces cris ?

— Hum, marmonna Tucker en resserrant son étreinte.

— C'est la chienne ?

— Poulettes, grommela Tucker.

Patch observa son visage buriné.

— Quel genre de fille crie comme ça ?

— Les poules, se reprit Tucker en ouvrant un œil. Dans la baignoire. Dors.

Il se mâchouilla la lèvre et referma les yeux, se rendormant sans vergogne et tentant de lui faire la même chose.

Patch n'avait plus sommeil. Il se glissa hors du lit, ignorant les grognements érotiques qu'il laissait derrière lui dans le lit, et alla dans la salle de bain la plus proche. Pas de poules ici, le bruit semblait venir de plus loin.

Se frottant le visage, il se guida à l'oreille vers l'autre bout de la caravane, la chambre d'amis et…

— Des poussins, s'exclama-t-il en riant sur le pas de la porte de la salle de bain inutilisée.

La totalité de la baignoire était remplie d'une couche de paille et de boules de duvet jaune, blanc et brun qui pépiaient d'un air indigné contre le courant d'air. Un couple dormait en un tas instable. Un petit espace plus chaud, qui rendait la pièce inconfortable, certainement pour eux, et une haute fenêtre qui renvoyait une faible luminosité. L'espace clos donnait l'impression que les gazouillis étaient plus forts qu'ils ne l'étaient en réalité.

Il s'accroupit et tendit la main pour les toucher.

— Si doux ! Salut.

L'armée duveteuse ne sembla pas du tout apprécier ce grand monstre penché au-dessus d'elle. La plupart reculèrent loin de sa main, mais quelques rares courageux, ou stupides, bébés restèrent suffisamment près pour picorer ses doigts. Ils ressemblaient à des petits nuages soyeux au toucher.

— Regardez-vous, les gars.

— Désolé.

Tucker se tenait sur le seuil, plus beau que jamais dans son boxer et avec ses cheveux emmêlés.

— J'espérais que tu dormirais un peu plus, que tu prendrais un peu de repos.

Patch secoua la tête et fit un geste de la main en direction de la baignoire remplie de boules de plumes, comme s'il avait découvert un nouveau continent.

— Des poussins.

Tucker leva les yeux au ciel.

— Je te l'ai dit.

— Eh bien, tu ne l'as pas dit clairement, comment l'aurais-je su ? Ils sont hilarants.

Visiblement, ils pensaient que voix signifiait nourriture, car ils étaient à présent très agités.

— Ils ont faim ?

— Quand n'ont-ils pas faim ?

Ses parents détestaient les poules et avaient refusé toute sa vie d'avoir des volatiles, même pour des œufs frais.

— Je ne m'étais pas rendu compte que tu élevais aussi des poussins.

— Juste pour le business. L'année dernière, j'ai fait de bonnes ventes avec les œufs, je pensais que ce serait un investissement. Les gens viennent de partout. Les œufs frais sont de l'argent facile. Trois dollars la douzaine. Cinquante-six douzaines par jour. Et Janet me prend le surplus pour le Feed & Seed.

Patch hocha la tête, honteux. Tucker était fauché à ce point : soixante-dix ou quatre-vingts dollars la semaine faisaient une différence. Il se sentit comme un connard de classe A.

Appuyé contre le chambranle, Tucker le dévisagea avec une douce affection.

— Ces petits connards t'aiment beaucoup. Tu sais t'y prendre.

Patch lui fit un sourire rayonnant.

— Je peux les nourrir ?

— Bien sûr, répondit Tucker en frappant de son pied un seau près de la porte. Il y a ce grain riche en protéines mélangé à d'autres trucs. Donne-moi deux secondes. Si tu veux, tu peux remplir leur eau.

Puis il disparut et Patch attrapa les deux plats entrecroisés avec du scotch. À quoi servait les bandes adhésives, il n'en avait aucune idée, mais il les vida dans le lavabo et les remplit à nouveau. Après être revenu près de la baignoire, il caressa un courageux poussin marron jusqu'à ce qu'il s'écroule.

— Ce sont mes corvées que tu fais, cria Tucker depuis la cuisine. Je suppose qu'il va falloir que je te récompense. Quelque chose de spécial.

— Évidemment que tu le feras.

Tucker revint avec deux saladiers, écrasant quelque chose avec une cuillère.

— Il s'est évanoui. Il va bien ? demanda Patch en pointant le poussin assoupi.

— Oui, ils courent toujours dans tous les sens, alors ils s'endorment aussi vite qu'ils se réveillent, répondit Tucker en lui passant les saladiers. Tu ne pourrais même pas suivre.

Patch posa la nourriture et, brusquement, sa main gauche fut un objet d'adoration jubilatoire des deux côtés de la baignoire. Les poussins se pressèrent pour picorer le contenu granuleux, gazouillant leur approbation.

— Ils fouillent un peu. L'instinct, je suppose. Alors je mélange les grains avec jaune émietté, de la laitue et du riz bouilli. Ça leur donne quelque chose à chercher.

— C'est bien.

Sans aucune raison valable, Patch se sentit mieux qu'il ne l'avait été de toute la semaine, assis là sur le sol de la salle de bain, à regarder des bébés volatiles. Plus propre, d'une certaine manière, plus stable.

— À quoi sert le ruban adhésif ?

— Pour qu'ils ne se noient pas, répondit Tucker en secouant la tête avec un sourire contrit. Certains petits gars sont si fous qu'ils tombent dans l'eau et s'étouffent. Ils sont très agités, il faut toujours les surveiller.

— C'est logique.

Patch tenta de les compter, mais ils ne cessaient de sautiller et de rebondir les uns sur les autres bien trop rapidement. Trois d'entre eux entrèrent en collision près de l'eau et se frappèrent, comme une bande d'ivrognes cotonneux. Ce qui le fit rire. Il caressa un autre courageux visiteur qui picorait de la paille près de lui.

Tucker secoua lentement la tête, comme déconcerté.

— Je ne savais pas que tu aimais autant les animaux.

— Que je les aime ?

— Eh bien, eux en tout cas, expliqua Tucker avec un signe de tête en direction de la baignoire. Et Pépite, Botchy, les lucioles… Tu es un garçon de la ferme, en fait.

Il lui tendit la main pour l'aider à se relever.

— Peut-être, oui.

Patch lui prit la main et se redressa, frottant ses paumes sur son jean. Ils sont géniaux.

*Tu es génial*, eut-il envie de dire, mais il ne savait pas comment ce serait perçu, après tout.

— Tu vas bien ? demanda Tucker en repoussant les cheveux devant les yeux de Patch afin qu'ils puissent se voir clairement. Après hier ?

— Je crois, acquiesça Patch avec un hochement de tête, puis il jeta un coup d'œil aux poussins. J'étais lessivé, je pense. Je ne me souviens pas du trajet retour à la maison. Ni de beaucoup de choses, je suppose.

— Eh bien, tu n'as pas à travailler aujourd'hui. Essaie et je te donne la fessée.

— Oh, tu crois ça ?

— Tout à fait, et l'église après.

Ses dents blanches sur son visage mal rasé firent leur apparition.

— Douterais-tu de mes paroles, gamin ?

— Non, monsieur.

Tucker lui fit un clin d'œil et repartit dans le couloir. Sans se tourner, il ajouta :

— Ne m'oblige pas à sortir les cordes.

Patch sourit et se tourna vers la baignoire pleine de plumes. Quelque chose avait changé entre eux, il ne pouvait pas dire quoi.

Il jeta un dernier regard aux poussins qui se dandinaient, puis partit à la recherche d'un petit-déjeuner. Lorsqu'il arriva dans la cuisine, son téléphone vibra sur le comptoir, là où Tucker devait l'avoir branché la veille.

Sirotant son café, Tucker fit un signe de la tête par-dessus sa tasse en direction des vibrations.

— Ce truc n'arrête pas de bourdonner.

Patch le récupéra et découvrit un texto de Priscilla, une DJette Latina qu'il avait rencontrée à Mykonos l'hiver précédent.

*SCOTTY DIT QUE TU ES DANS LE SUD* précédait une chaîne de messages qu'elle lui avait envoyés aux petites heures du matin, lui offrant deux sets au *Southern Decadence* [4]. Au dixième ou onzième message, elle s'excusait et le suppliait essentiellement, *BESOIN DE DERNIÈRE MINUTE. REMPLACEMENT, PRONTO.*

La New Orléans attirait toujours beaucoup de monde et était proche. *Opportunité folle.* Il pouvait faire la route en trois heures s'il conduisait le pied au plancher. Neuf cents dollars assurés pour le vendredi et plus du double si le happy hour se passait bien. L'horloge au mur indiquait sept heures. *Hé, girl ! Je suis au Texas, j'arrive si le job à la NOLA est toujours dispo.*

Tucker remplit prudemment sa tasse, la crémant et la sucrant.

— Que se passe-t-il ?

Une autre vibration.

— Un travail de dernière minute.

Il frappa dans les mains et inclina la tête avant de récupérer son téléphone.

— Près d'ici.

Tucker fit une moue qui disait « sans blague » et prit une autre gorgée.

Sur l'écran de son téléphone, Priscilla scellait l'accord avec des cœurs et des baisers. *VENDU, MIJO ! JE VAIS CONFIRMER AVEC L'ORGANISATEUR.*

— Bonnes nouvelles ?

— Très bonnes. Un grand concert.

Il avait un set de défini au Pub Bourbon le vendredi soir en prime time. Et une piste solide pour un set privé le samedi après-midi, s'il assurait le vendredi.

— Peut-être un bonus aussi, si je bosse bien.

— Tu vois ? La merde fait pousser les roses, dit Tucker.

— Je t'en prie, et merci.

Le grand cowboy sourit, comme s'il avait prévu cette proposition.

— Est-ce pour la musique ou le mannequinat ?

— Faire le DJ pour une énorme fête du circuit.

---

4 Évènement annuel de six jours qui se tient à La Nouvelle-Orléans pour la communauté LGBT durant le week-end de la Fête du Travail et qui est clôturé par une parade à travers le Quartier Français le dimanche.

Dès que les mots furent sortis, il réalisa que Tucker ne pouvait pas imaginer ce que cela représentait ou combien ils s'amuseraient ensemble à explorer La Nouvelle-Orléans. Et juste comme ça, il eut envie de le lui montrer. Il lui rendit son sourire, à pleine puissance, et leva les mains.

— Viens avec moi.

Tucker s'étrangla sur sa gorgée de café, puis reposa sa tasse sur le comptoir entre eux.

— À une fête ? Dans ce truc de rodéo disco ?

— À La Nouvelle-Orléans, acquiesça Patch en hochant la tête.

— Je n'y suis jamais allé.

— Allez, c'est impossible.

Il regretta ses paroles dès qu'il les eut prononcées.

Toutefois, Tucker n'en prit pas ombrage.

— Pourquoi l'aurais-je fait ? Il n'y a pas de travail pour moi là-bas. Et je n'ai jamais trop voyagé, pas vrai ? répondit Tucker en haussant les épaules.

— Nourriture, amusement... je te promets que tu vas adorer. Les concerts sont vendredi et samedi – nous serons de retour rapidement.

— Ce n'est pas important, gamin. Tu le penses vraiment ?

Le sourire de Tucker s'agrandit.

Empocher quelques dollars. Montrer le paysage à Tucker. Manger, boire et se mettre en danger. Être loin de cet endroit pour quelques jours, juste eux deux. *S'oxygéner avec un péquenaud sexy.*

— C'est pour ça que je te l'ai demandé.

— Alors, je suppose que oui, répondit Tucker en vidant sa tasse avec un sourire béat. Deux jours. Janet et Dave viendront s'occuper des animaux, si je le leur demande. Ils l'ont déjà fait.

Patch poussa un rire triomphal.

— Je te le promets. Tout ce que tu as à faire est de te détendre et de profiter.

— Mon genre de week-end, répliqua Tucker en riant à son tour, et le son heureux rebondit dans la cuisine douillette de la caravane, ce qui donna à Patch l'impression d'avoir gagné à la loterie. Marché conclu.

— Merci, Tucker. Merci.

Faire ce voyage semblait juste, important et nécessaire. *Séjour secret.* Quand auraient-ils la chance de passer un autre moment de ce genre ensemble ?

Il envoya un e-mail à l'organisateur du set avec le lien vers son site, persuadé que ses photos en sous-vêtements et ses mix scelleraient le deal. Effectivement, dix minutes plus tard, il eut une réponse avec pour titre « SAUVEUR » et le set du samedi fut également sien, ainsi que mille dollars supplémentaires et un petit extra pour le voyage.

Dehors, un coq endormi chanta, puis chanta encore, rassemblant son courage pour se mettre au travail.

Tucker prit la cafetière et se servit une autre tasse. Il la remplit à la moitié, puis surmonta le tout d'une couche épaisse de crème et de cuillères de sucre : une, deux, trois, quatre. Le jus noir devint beige clair. Il le touilla paresseusement, sa cuillère *tintant* contre le fond. Il leva un sourcil et ses pattes-d'oie se creusèrent.

— Quoi ?

Déconcerté par tout ce processus, Patch jeta un coup d'œil à la tasse sur le comptoir et demanda :

— Pourquoi le bois-tu si sucré ?

Tucker ne répondit pas au début, il prit une gorgée, puis traça l'anse de sa tasse du bout des doigts un moment en fronçant les sourcils.

— Quand j'étais enfant, mes parents n'étaient pas doués pour la nourriture. Ils la conservaient dans la maison, expliqua-t-il en souriant, mais ses yeux, eux, ne souriant pas. Nous vivions sur d'autres ranchs familiaux, essentiellement. Ma mère faisait le ménage et mon père s'occupait des stocks, quand il était assez sobre pour rester debout. Tous les matins, j'allais dans le bureau de la grange et il y avait ce café. Un truc dégueulasse, noir. Assez fort pour réveiller un mort. Épais et bouilli.

Patch savait quel goût avait le café de grange, surtout sur une grosse exploitation. La plupart des ouvriers s'en servaient pour garder leurs gants au chaud par temps froid.

— Les gars le réchauffaient, encore et encore, tout au long de l'année. Ils ne lavaient jamais la cafetière, continua-t-il en grimaçant. Mais il était chaud et gratuit, et j'avais faim.

Patch hocha la tête, s'assurant de ne pas cligner des yeux une seule fois. *Seigneur*. Il tenta de contempler le visage stoïque de Tucker, aussi gentiment que possible.

— Alors, je me servais une demi-tasse de ce café d'adulte, comme si j'étais l'un d'entre eux et je remplissais l'autre moitié avec du sucre et de la crème. Les gars devaient savoir pourquoi, mais ils n'ont jamais rien dit.

Tucker leva le regard, les yeux brillants.

— Deux, trois tasses, et j'étais prêt pour la journée. Qui a besoin d'œufs ? conclut Tucker en prenant une gorgée de sa tasse.

Dehors, le coq chanta à nouveau, un bon cri qui fendit l'air et poussa le soleil à se lever.

Patch fronça les sourcils, les yeux secs.

— Certains parents ne méritent pas d'avoir d'enfants.

— C'est vrai. Et certains enfants n'ont pas de famille pour bien débuter dans la vie.

Son regard était si clair, ses mains si fortes.

L'espace d'un instant, Patch vit le petit garçon que Tucker avait été : un fermier bronzé, les bottes rembourrées avec du carton, des haillons prit sur la corde à linge de quelqu'un d'autre. Ses parents merdiques l'avaient laissé pourrir dans la poussière comme une poire tombée par terre.

— Quoi ? demanda Tucker en le scrutant, mal à l'aise.

Cette voix traînante, cette fossette au menton et ces muscles durement gagnés n'avaient presque pas d'importance. *Appât.*

— Plutôt stupide, hein ?

Cowboy, coach, papa, autoritaire, enfoiré, pote : tous ces fantasmes faciles et sordides se retirèrent pour dévoiler l'enfant que Tucker avait été, la personne qu'il était et l'homme qu'il voulait être.

*Je t'aime, Tucker Biggs.*

Patch serra les poings, ne combattant même pas ce sentiment. Cette certitude inébranlable tournait en boucle dans son cœur et dans sa tête, l'espoir tirant sur sa cage thoracique comme une corde jusqu'à ce qu'il ne bouge plus, ne veuille plus bouger.

Que pouvait-il faire d'autre ?

Incapable de prononcer ces mots, ou de prendre une autre inspiration par lui-même, il se leva et se pencha jusqu'à ce que leurs torses se frottent l'un contre l'autre, posant son front et sa joue dans le creux de sa gorge.

Tucker embrassa le haut de sa tête.

— Hum, tu sens bon, gamin.

Son souffle était chaud dans les cheveux bouclés de Patch.

— Tu sais ce que nous allons faire aujourd'hui ?

Patch marmonna des excuses contre sa pomme d'Adam.

— Oui, monsieur. Quelque chose de bien.

Tucker tendit la main et releva son visage contre le sien, sa joue de papier de verre contre la mâchoire de Patch. Ce sourire, ce clin d'œil, cette voix rauque…

— Qui a besoin de sucre ?

Patch embrassa ses lèvres douces et rêches, levant leur bouche ensemble pour murmurer :

— Pas toi.

# VIII

LE VENDREDI, ils se réveillèrent avant l'aube, car le réveil de Tucker n'avait qu'un seul réglage, et partirent bien trop tôt pour voir clair ou marcher droit. Ainsi, ils arriveraient vers sept heures à La Nouvelle-Orléans, bien avant le début de la fête, qui était prévue à midi, ce qui permettrait à Patch de vérifier et de tester son matériel avec l'équipe son. Il proposa de conduire à tour de rôle, mais Tucker lui jeta un regard en biais et prit le volant.

— Gamin, je conduisais déjà pour me rendre à des rodéos à travers tout le pays quand la Mer morte était encore malade, dit-il en démarrant. Sans même faire d'excès de vitesse, nous serons arrivés avant le petit-déjeuner.

— Parfait. Nous prendrons des beignets à Du Monde.

— Où ça ?

Patch haussa un sourcil et posa sa botte sur le tableau de bord.

— Tu verras.

Ils restèrent silencieux tandis que les pneus du véhicule avalaient la route, les amenant hors de Hixville, au-delà des bois de pins de Big Thicket, puis à l'est de la Louisiane, sur une autoroute vide en tous sens jusqu'à l'horizon.

Fidèle à sa parole, Tucker resta dix kilomètres/heure au-dessus de la limitation, même à cette matinale de la journée. Patch le laissa choisir la musique (du Bluegrass) et la circulation fut fluide jusqu'à la I-10.

Aux alentours de cinq heures du matin, Tucker s'arrêta dans un Buc-ees, un énorme relais routier en périphérie de Lake Charles, pour aller aux toilettes et acheter un soda.

— Je dois évacuer tout ce café. Tu viens ?

Il obtempéra, mais uniquement parce qu'il avait envie de se dégourdir les jambes. Pour sa part, il ignora les camionneurs vaseux qui le lorgnaient et resta à distance des sanitaires résonnants. Il entendait les douches couler, mais, en pleine cambrousse, un regard mal interprété pouvait vous faire passer à tabac. Il se sentait en sécurité avec Tucker penché par-dessus son épaule, mais ils n'avaient pas besoin d'épisodes déplaisants ce week-end.

Le but de ce voyage était d'apaiser les choses : quitter la ferme, Patch retournant à New York et Tucker trouvant un emploi et un endroit où loger.

Patch écarquilla les yeux et repoussa les cheveux de son visage.

— Eh bien, c'était sacrément bizarre.

Tucker plissa les yeux par-dessus le toit avant de s'installer, tendant le bras pour déverrouiller la portière.

— Buc-ees ?

— Tous ces camionneurs tournant à la recherche d'une queue. Tu n'as pas remarqué ? Se reluquant les uns les autres, nous draguant.

— Euh… non. Je suppose que non.

Tucker recula et regagna l'autoroute.

— Eh bien, non. Je n'ai pas remarqué. Je ne suis pas gay, Patch. Qui je mets dans mon lit n'a rien à voir avec comment je vis ou ce que j'écoute.

— C'est vrai.

Patch savait qu'il n'aurait pas dû insister, mais il ne put s'en empêcher :

— Jusqu'à ce que quelqu'un te dise non.

— Qu'est-ce que ça veut dire ?

Le visage de Tucker était figé dans une confusion évidente. S'il avait déjà réfléchi à ce genre de choses, il ne l'avait pas beaucoup fait.

— Il y a tout un monde autour de toi. Tout ne se finit pas à la clôture de la ferme parce que c'est plus simple comme ça. Des gens se font tabasser. Des enfants se font enlever. Bon sang, à Sour Lake, il y a des prédicateurs qui nous feraient brûler vif juste parce que nous nous tenons la main, encore plus pour ce que nous avons fait la nuit dernière et ce que nous prévoyons de refaire plus tard, plus d'une fois.

Tucker laissa échapper un son grincheux.

— C'est stupide. Ça n'a pas à être comme ça.

— Non, c'est vrai, mais ce n'est que parce que certains gays en font toute une histoire.

— Qui veut faire des histoires ? Pas moi, répondit Tucker en changeant de voie, sans regarder dans les rétroviseurs.

Patch secoua la tête, impuissant et impatient. C'était chacune des disputes qu'il avait eues avec ses parents, en particulier son père. C'était la même chose.

— Ce n'est pas différent de ces gamins avec leur drapeau que tu as remis à leur place. Les Confédérés. C'est important.

— Ce sont les affaires de personne.

— Je suis d'accord. C'est la raison pour laquelle il est important de s'assurer que ça reste les affaires de personne.

Tucker ne répondit rien, il se replia sur lui-même comme un sandwich plié.

— Pas pour moi. Désolé, gamin. Je ne suis pas comme ça.

Qu'il veuille dire gay, courageux ou reconnaissant, il ne le précisa pas, mais il laissa tomber le sujet comme si c'était un serpent à sonnette.

*Embarrassant.* Patch n'insista pas, laissant la radio remplir le silence.

Une heure plus tard, ils arrivèrent en périphérie de Baton Rouge et, peu de temps après, Metairie, en bordure de La Nouvelle-Orléans, avant la rampe en forme de looping vers le Quartier Français.

— Donc, euh… je ne t'ai jamais demandé, commença Tucker en sortant la main par la vitre pour attraper la brise, avant de lui faire un sourire en coin. Ces gars font tout ce chemin pour une fête ? Ça doit être une sacrée fête.

— Le Circuit…

Patch secoua la tête, le regard rivé au plafond du pick-up. Comment expliquer une armée de top-modèles survoltés, payant quelques milliers de dollars pour baiser sur une piste de danse dernier cri durant plusieurs jours d'affilée ? Il opta pour une version édulcorée.

— C'est une sorte de carnaval de boîte de nuit sexy sous stéroïdes. C'est comme… je ne sais pas, un chapelet de fêtes itinérantes qui peut durer jusqu'à soixante-douze heures.

*Pitié, faites que ça lui semble amusant.*

— C'est une grosse fête. Que des hommes, que des gays ?

— Oui. C'est un tout autre niveau. L'amusement de niveau olympique avec paratonnerre, aucune limite et des stars de la pop surprises. Les hommes les plus sexy que tu aies vus arrivent en avion, se lâchent et s'envoient en l'air. Du sexe sur scène. Des célébrités légitimes. Indice d'octane élevé. Tu vas adorer.

Du moins, il l'espérait.

Tucker cligna des yeux.

— Hum.

Il semblait en douter.

— Tu ne peux pas imaginer. Des magouilles bruyantes, folles et moites avec les hommes les plus sexy dans les endroits les plus beaux de la terre.

— Et tu les connais tous, ces hommes ? demanda Tucker en le regardant d'un air méfiant.

C'était donc ça.

— Pas comme… Eh bien, non. Mais j'ai beaucoup d'amis sur le Circuit. Faire le DJ pour ces organisateurs bâtit votre réputation et paie beaucoup d'argent.

— C'est bon pour toi.

— Oui.

Patch n'avait jamais navigué dans ce genre de conneries, car il n'avait jamais été avec quelqu'un qui ne comprenait pas le Circuit.

— Donc, tu es d'accord pour que les gens regardent ?

— Regardent qui ?

— Moi, Tucker, répondit Patch en croisant les bras par-dessus la ceinture de sécurité. Les gens me regardent. Ça fait partie du fait d'être DJ. Je suis une partie du spectacle.

Tucker s'arrêta et fronça si fort les sourcils qu'une ride apparut entre ses yeux.

— Hum.

— C'est pourquoi je m'entretiens.

Tucker lui lança un sourire narquois et un regard en coin.

— Et pourquoi tu fais ces pompes, ces abdos et ces flexions, je parie.

*Grillé.*

— Pas seulement pour moi, je veux dire. Certains gars du Circuit soulèvent assidûment pour ce genre de week-end. Ils s'entraînent dur à la salle de sport juste pour montrer leur corps. Mais j'aime attirer l'attention.

— Amen, répondit Tucker en haussant les épaules. Ça ne me dérange pas. À quoi bon ? Les hommes sont les hommes. Nous vérifions la marchandise, je suppose. Les gays sont comme nous.

— Oui.

Patch n'insista pas. Tucker semblait avoir une idée assez vaste de cette affaire de sexe entre hommes.

— Ils te regarderont aussi.

— Eh bien, ça vaut pour tout le monde. Ce sont des hommes. Vais-je leur rendre leurs regards ? Évidemment. Tout le monde va à la foire pour caresser le cochon.

Tucker ricana, les sourcils haussés.

— Hé !

— Ce n'est pas ce que j'ai dit, répliqua Tucker en souriant. Bon, si, mais ce n'est pas ce que je voulais dire. Qui ne voudrait pas te regarder ?

Il secoua la tête calmement.

Patch s'imprégna de la louange.

— Ils ne t'embêteront pas, parce que s'ils le font, je leur dirai deux mots. Tu ne m'appartiens pas, dit Tucker.

Il cessa de sourire.

— Non.

Le mensonge le plus court de sa vie.

Au Pub Bourbon, il laissa Tucker faire une sieste dans le pick-up et vérifia les niveaux. *Aucun problème.* Selon les techniciens du son, les fêtes du jeudi s'étaient bien passées et ils s'attendaient à cent cinquante mille personnes dans la ville ce soir. Un bon week-end qui s'annonçait.

Ils garèrent la voiture dans un garage à proximité de leur hôtel et déchargèrent leurs bagages. Tucker n'en avait jamais assez de la vue, contemplant une petite cour avec une « véritable fontaine ».

Son émerveillement juvénile secoua Patch comme une joyeuse canette de soda chaude. Après cela, ils s'enfoncèrent dans le Quartier, marchant lentement le long de Decatur et de Jackson Square. Les gens balayaient et arrosaient les trottoirs et les rues étaient suffisamment vides pour ne pas se soucier des véhicules.

— C'est là-haut, dit Patch en pointant le café en plein air, peu peuplé à cette heure de la matinée et à cette période de l'année.

L'été à La Nouvelle-Orléans, les hôtels coûtaient trois fois rien, ce qui était la raison pour laquelle le *Southern Decadence* avait débuté et s'était développé si rapidement. De la bonne nourriture, des habitants chaleureux et des bars sympathiques.

Ils s'installèrent et Tucker le laissa passer la commande, le regard tourné en direction du fleuve.

— Pas de murs. Je ne pensais pas que c'était ce que tu voudrais, fit-il remarquer en fronçant les sourcils et haussant les épaules.

— Bien. J'aime te surprendre.

— C'est assez vrai, répliqua Tucker en clignant des yeux. Je crois que je suis affamé, gamin. Qu'as-tu commandé ?

235

— Café et beignets, répondit Patch en tapotant le menu sur le distributeur de serviettes. *Au lait* [5] signifie qu'il y a déjà du lait et déjà sucré. Comme tu l'aimes. Je te le garantis.

En peu de temps, le serveur revint avec deux grands bols de café et une assiette de beignets sous une épaisse couche de sucre en poudre.

Tucker rajouta une cuillère de sucre et prit une prudente gorgée.

— Hum. Ça a le goût du... chocolat ? C'est bon.

Une autre gorgée, plus grosse.

— C'est de la chicorée, répondit Patch en poussant l'assiette de beignets vers lui, se sentant plutôt confiant quant à sa réaction. Et pour mon prochain numéro, essaie ça. Avec les mains, c'est très bien.

L'air nerveux, Tucker s'essuya les doigts et en prit un, sans même faire tomber le sucre. Il prit une grosse bouchée et se figea. Ses yeux fondirent et il grogna de plaisir, parlant la bouche pleine sans même s'excuser :

— Seigneur ! Génial !

— Essaie avec le café.

Tucker fut foutu.

À partir de là, trois beignets devinrent une douzaine, avec un litre de café au lait en accompagnement. Cela ne s'arrêta que pour une raison : Tucker rendit les armes.

— Mon pantalon va éclater. Et tu dois t'ennuyer à me regarder manger.

— Non, monsieur. Tant que ça te plaît. Je pourrais te regarder manger, gémir et lécher toute la journée.

Tucker leva les yeux, suçant le sucre en poudre sur ses doigts avec une lente délectation.

— Comme ça ?

Patch fixa son cowboy, le sang bourdonnant comme jamais à ses oreilles.

Avec un sourire indolent, Tucker lécha le sucre sur le côté de ses moustaches.

— J'aime quand c'est doux et chaud, tu le sais.

— Putain, Tucker ! s'exclama Patch en serrant son entrejambe. Maintenant, je suis dur. Je n'ai pas de sous-vêtement, putain. Seigneur, qu'est-ce que tu me fais ?

5 En français dans le texte

236

— C'est vrai ? s'amusa Tucker en s'essuyant la bouche. Je t'avais dit de mettre un short.

— Eh bien, je ne l'ai pas fait. Maintenant, elle est pliée dans le mauvais sens et trop difficile à retourner.

Tucker prit une autre gorgée de son café, absolument pas pressé.

— Et ?

— Et je vais devoir aller aux toilettes pour me débarrasser de ça avant de pouvoir croiser des familles. Je vais y aller avant de me faire arrêter, dit-il en faisant un signe de tête en direction des clients qui bavardaient çà et là dans le café, même à cette heure.

— Non, l'en empêcha Tucker en lui agrippant le poignet dans une prise ferme. C'est à moi.

Il hocha la tête, abasourdi.

— Tu te moques de moi ou tu as vraiment autant besoin de jouir ? demanda Tucker en suçant la pulpe de son pouce et lui faisant un clin d'œil.

Peut-être le masturberait-il dans le pick-up, lui faisant éclabousser le tableau de bord. Ou au relais routier. Ou à l'hôtel. Peut-être tout ça à la fois, et un bon point pour avoir joué.

*Lubricité élevée en plein air.*

Patch réalisa que Tucker le ferait, il l'entraînerait dans les toilettes d'un café ouvert vingt-quatre heures sur vingt-quatre et le masturberait derrière une porte mince avec des gens de l'autre côté et les rues à proximité. Pas vrai ? Seigneur, il apprécierait davantage, *savourerait* même, la lente souffrance.

— Non, monsieur. Je suis bien ici, avec toi. Je préfère attendre.

— Tu as un problème, je m'en charge. C'est compris ? Ne le gâche pas. Pas tant que tu es là.

Là… dans le Quartier Français ? Là… pendant ce road trip ? Là… à Hixville ? Il n'en avait aucune idée.

— Oui, monsieur.

Tucker plissa, puis cligna des yeux, peut-être pour le taquiner, ou pas. Il mangea un autre beignet, prenant tout son satané temps.

Maintenant que la journée avait démarré, les rues commençaient à grouiller autour d'eux. Patch emmena Tucker faire un tour. Il avait fait plein de fêtes ici, il savait donc ce qui serait divertissant. Ils s'arrêtèrent de temps à autre pour manger et se promener dans des galeries qu'ils ne pouvaient pas se permettre, mais plus que tout, ils prirent leur temps, ensemble.

À un moment durant la semaine passée, Patch avait appris à attendre. Quand ça comptait.

Sur le chemin du retour vers leur petit hôtel dans l'après-midi, Tucker observa son reflet dans une vitrine sombre.

— Il faut que je me rase.

En réalité, il ne s'était pas rasé depuis les funérailles, alors son chaume avait commencé à franchir la ligne, devenant une barbe, essentiellement noire, avec moins de stries argentées que plus haut.

— Si tu veux. J'aime les deux.

Sans y penser, Patch tendit la main et la caressa. Les rues étaient quasi vides, mais Tucker ne semblait pas s'en soucier. Il sourit.

— Eh bien… je m'en occuperai dès que nous serons installés. Je n'ai pas envie de ressembler à un foutu bouseux.

— Parle pour toi.

Puis Patch réalisa que c'était le premier voyage de Tucker hors de l'État. Il voulait probablement se montrer sous son meilleur jour.

— C'est La Nouvelle-Orléans. On peut s'habiller comme on veut.

Un plan commença à germer dans son esprit. Il indiqua les affiches criardes aux fenêtres de chaque côté de l'avenue Toulouse.

— Je veux dire, même en tongs et en serviette si tu veux. Franchement.

Tucker sembla sceptique.

— Je ne vais pas t'embarrasser, gamin. Tu travailles pour ces cinglés. Si je n'ai pas amené la bonne chemise, nous pouvons aller acheter autre chose.

— Non, répondit Patch d'une voix traînante.

Pourquoi se sentait-il si texan quand il avait quitté le Texas ? Il surprit le sourire de Tucker, qu'il comprit, et lutta contre l'envie de jouer au péquenaud.

— Dans le Quartier Français ? Tu peux t'afficher dans une salopette, une robe ou un body à paillettes cul nu que personne ne cillerait. Bon, pas ciller. Ils pourraient te kidnapper et t'enchaîner à un lit. La chair est faible.

Tucker ne mordit pas l'hameçon.

— Tu m'arranges comme tu veux.

Alors comme ça, il était nerveux.

— Tu n'as pas à t'arranger.

— Je suis sérieux, insista Tucker en plissant les lèvres sur ses dents. Tu peux m'habiller comme tu le souhaites. D'accord ?

— Marché conclu. Pareil pour toi.

Tucker se tourna brusquement.

— Que je t'habille ? Aucun moyen.

— C'est donnant-donnant. C'est un concert relax et je suis dans la cabine, de toute façon. Tu me dis ce que je dois mettre et j'irai comme ça, répondit Patch en pressant sa cuisse noueuse. Mais je fais la même chose. Je veux t'exhiber devant tous ces riches pervers.

— Bah voyons, soupira Tucker, mais il semblait plus calme et rentra à l'hôtel sans autre commentaire.

Ils s'arrêtèrent pour acheter des packs de bières pour le frigo. Tucker prit de la Bud, et Patch répliqua avec de la Guinness, alors ils sortirent avec les deux.

Arrivés dans leur chambre d'hôtel, ils se déshabillèrent et se versèrent une Guinness fraîche dans un verre avant d'aller se laver, Tucker le masturbant afin que Patch puisse se détendre. Il lui maintint les poignets en hauteur et le caressa rapidement sous la douche, avant de s'agenouiller pour le sucer tandis qu'il éclaboussait ses mollets de sperme chaud.

Voir son grand cowboy le servir si avidement fit un bien fou à ses craintes. Lorsqu'il se redressa pour se rincer et embrasser Patch sous le jet, il avait un goût de sperme et de bière.

De toute évidence, tout pouvait arriver ce week-end, et tout arriverait certainement.

Quand ils se furent séchés, ils laissèrent tomber leurs sacs entre eux sur le lit. Patch tendit la main à Tucker :

— Tous les coups sont permis.

Tucker la prit, déconcerté :

— J'imagine que je vais avoir un tas de problèmes, maintenant.

Il décapsula une autre Guinness et remplit son verre.

— Elle est bonne cette bière brune. Très riche, dit-il en léchant la mousse de sa moustache.

Puis Patch inspecta le contenu du sac de Tucker. Il s'était préparé comme pour un rodéo : des chemises à boutons perlés, des jeans repassés et deux ou trois tee-shirts délavés.

Logique. Les rodéos étaient la seule occasion pour Tucker d'avoir l'air présentable devant des étrangers.

Les seules choses que Patch sortit furent des chaussettes, des bottes noires striées (en alligator) et une ceinture noire de rodéo (en crocodile) avec une boucle primée (MONTE DE TAUREAUX). Il récupéra un boxer, le soupesa, puis, le regard rivé sur Tucker, le jeta sur le lit comme un poisson-chat miniature.

— Oh, Seigneur, soupira Tucker, mais il semblait content. Puis-je avoir un pantalon, au moins ? proposa-t-il en ouvrant la porte de la salle de bain.

— Que crois-tu faire ?

— Je dois me raser, au moins. Avant que tu fasses défiler mon cul sur Bourbon.

— Hors de question ! rétorqua Patch en le frappant.

— Quoi ? Sérieux, Patch ? grimaça Tucker. D'accord, maintenant tu as l'air diabolique.

Il prit le sabot de la tondeuse et le clipsa.

— Puis-je faire quelque chose pour ta moustache ?

Tucker haussa les épaules.

— À toi de jouer.

Trois minutes plus tard, il l'essuya à l'aide d'une serviette humide et laissa Tucker se regarder dans le miroir.

— Bon sang !

Il avait taillé l'épaisse moustache en une moustache en guidon version porno à l'ancienne qui encadrait sa bouche et son menton fendu. Il ressemblait à un hors-la-loi arrogant de western spaghetti.

— Classe ! fit remarquer Tucker en souriant et lui faisant un clin d'œil dans le miroir.

— Comme ça…

Patch passa sa main sur sa mâchoire râpeuse et la fossette sur son menton.

— Tu ne sais même pas… tu ne peux pas.

— Tu devrais voir la manière dont tu me regardes en ce moment.

Patch rougit, la chaleur grimpant le long de son torse, de son cou et de ses tempes.

— Je vais aller en enfer.

Tucker se positionna derrière lui, son menton calé sur sa clavicule.

— Garde-moi une place, tu veux ? répliqua-t-il en tournant la tête et déposant un baiser sur ses cheveux.

— Maintenant, les fringues, dit Patch en le repoussant et retournant dans la chambre.

Tucker lui sourit avec indulgence et le laissa jouer à l'habilleuse porno, lui enfilant ses chaussettes. Il prit une autre gorgée de la bière brune qui restait dans le verre, puis le leva :

— Courage !

Patch vida son propre sac sur le lit et fourragea dans son contenu. Un maillot de corps à l'air soyeux. Un jean noir Diesel, trop grand pour lui, mais moulant sur Tucker.

Tucker fronça les sourcils en enfilant le jean.

— Attends, gamin. J'y vais commando ? Et où est ma chemise ?

Patch lui tendit le débardeur blanc.

— C'est pour l'effet. Si tu transpires, tu pourras l'enlever ou le jeter.

— L'effet, hein ?

Tucker passa le débardeur et le lissa sur son corps.

La vérité, c'était que le coton le faisait paraître encore plus nu que nu, vu la façon dont il comprimait ses pectoraux et son abdomen. De plus, Tucker se glissant torse nu contre lui dans une pièce noire et moite lui semblait idéal. L'astuce garderait n'importe qui à bonne distance de lui.

Tucker ajusta son attirail, remonta la braguette et s'assit pour mettre ses bottes.

Patch apprécia la vue, puissance mille. *Pourquoi je ne prends pas de photos ?*

— Les lunettes aussi, ajouta-t-il en lui lançant une paire de verres miroirs de 1977.

Tucker se redressa et grogna devant le grand miroir.

— Putain !

*Putain.*

— Bonjour, problème.

Le jean taille basse moulait l'entrejambe de Tucker en une bosse ronde sur la gauche de la braguette, sous une boucle de la taille d'un hamburger. Debout dans ses bottes provocatrices, les veines courant sur ses bras, son torse carré, sa moustache guidon et les lunettes d'aviateur dissimulant ses yeux, Tucker avait tout l'air illégal.

Tucker bougea d'un pied sur l'autre.

— Je suis bien ?

— Euh… tu es…

Patch ferma la bouche et posa sa main sur son dos.

— Oui.

241

— Si tu le dis, marmonna Tucker en fronçant les sourcils, comme s'il ne voyait pas la même chose. À ton tour.

— À mon tour.

Patch adorait s'habiller pour sortir, mais il n'avait aucune idée de ce que Tucker avait en tête pour lui, ou même ce qu'il voudrait voir.

— Ce que je veux ?

— Aussi bizarre que tu en as envie.

Patch ne savait pas ce que Tucker sortirait de son sac de tenues de soirée. Un costume ? Un uniforme de boy scout ? Des chaps et un plug en forme de queue de cochon ?

Au lieu de cela, Tucker fouilla dans sa pile et en sortit un tee-shirt blanc Hanes et un jean qui serait lâche sur lui. Il surprit le regard confus de Patch.

— Quoi ?

— Rien.

À quoi jouait-il ? Patch allait vraiment aimer ce jeu loufoque.

— Ils t'iront bien. Tu porteras tes bottes.

Tucker passa sa langue sur ses moustaches et plissa les yeux.

— Et pas de sous-vêtements, non plus, ajouta-t-il en pinçant les lèvres.

Patch n'avait aucun problème avec cette option.

— Autre chose ?

— J'aime tes cheveux bouclés. Tu sais ? Libres et fous.

— Mon agent appelle ça fraîchement baisé.

Tucker haussa un sourcil.

— Ah oui ? J'aime ça.

— Mais nous sommes attendus, alors ne te fais pas d'idées, répliqua Patch.

— Bon, fraîchement baisé, alors. Oui. Comme ça, je pourrais passer mes mains dedans.

— À ta convenance.

Patch se mit un peu de produit dans les cheveux à l'aide de ses doigts, puis les sécha avec une serviette. Ils boucleraient à l'air libre au moment où ils arriveraient.

Tucker pencha la tête sur le côté.

— Hum. C'est le plan.

Il mit ses chaussettes, son jean et se redressa pour le boutonner. Il tombait bas sur ses hanches, son aine presque dévoilée jusqu'à son buisson.

242

— Attends une seconde, réfléchit Tucker en plissant les yeux. Non. Non. Continue. Je veux du blanc aussi. Pour que je puisse l'enlever.

Souriant intérieurement, Patch passa le tee-shirt par-dessus sa tête et Tucker le lissa, l'observant dans le miroir.

*Sain.* Était-ce comme ça que Tucker l'imaginait ? Fort et robuste ? Le tee-shirt pendait mollement et le jean faisait des plis sur ses chevilles. Difficilement festif et absolument pas excentrique. Il ressemblait à un jeune père branché qui se rendait dans un bar sportif.

Patch jeta un coup d'œil au reflet de Tucker.

— Je pensais que tu opterais pour une vengeance. Un jock, des chaps ou quelque chose comme ça.

— Tu n'as pas besoin de ça, répondit Tucker en clignant doucement des yeux. Regarde-toi. Je n'ai besoin de rien d'autre pour voir combien tu es beau.

Patch ferma son clapet et hocha la tête, une boule froide obstruant sa gorge. Impossible qu'il soit sérieux.

Puis il reporta son regard sur le miroir, qui lui prouva qu'il avait tort : ils semblaient très assortis, Tucker sexy et élégant, et lui, propre sur lui. *Papa, fiston.*

— Et puis, je ne veux pas que les gens te reluquent avec ma permission, marmonna Tucker, l'air renfrogné.

— Oui, monsieur.

— Bon sang, si tu ne devais pas travailler, je préférerais rester ici et t'enlever tout ça pour quelques heures.

Patch déglutit. Cela ne se passait pas du tout comme il l'avait prévu. Il se tourna pour faire face à son cowboy.

— C'est vrai ?

Il avait le sentiment que Tucker essayait de lui dire quelque chose, de lui montrer quelque chose qu'il ne pouvait pas voir.

Tucker siffla entre ses dents et s'approcha :

— Je te le jure. Tu me donnes des envies, gamin.

— Oui ?

Il n'était pas trop fier pour ne pas aller à la pêche aux compliments.

— Quels genres d'envies ?

— Violentes.

Ses joues et son torse se réchauffèrent en constatant l'expression sur le visage de Tucker, qui secouait la tête.

— Exactement, reprit Tucker en empoignant ses fesses à travers le jean.

Une légère pression et ses doigts appuyèrent contre sa raie.

— Fait pour être mangé. Tu le sens ?

Oui. Le pouce de Tucker appuyait contre sa petite ouverture sous le denim d'une manière qui le paralysait, qui lui donnait envie de dire oui à tout et n'importe quoi. Patch inspira brusquement, les jambes tremblantes, sans rien répondre. Leurs yeux se croisèrent dans le miroir, racontant quelque chose d'effrayant, quelque chose de doux.

Dehors, la foule riait et s'amusait dans les rues. Leur chambre se trouvait au deuxième étage, au-dessus d'une petite cour dallée, avec des escaliers menant vers le bas et une allée qui s'ouvrait sur Chartres, afin qu'ils puissent entendre les bruits et les amusements de la foule du week-end.

Patch hocha la tête et balaya la pièce du regard une dernière fois. Se sentir nerveux semblait stupide, vu son CV, mais c'était le cas.

— Haut les cœurs ! dit Tucker en ouvrant la porte et récupérant sa sacoche d'ordinateur qui attendait à l'entrée. Tout ce dont tu as besoin est dans ce sac ? Rien dans tes poches ou autre ?

— Seulement ma pièce d'identité et cinquante dollars dans ma chaussure en cas d'urgence, répondit Patch en refermant la porte et descendant les escaliers. C'est la pleine lune ce soir, alors… ça pourrait être la folie.

Arrivés en bas, l'air de la nuit fut plus léger et le bruit de la foule plus fort.

Tucker se mit à rire derrière lui alors qu'il entrait dans la cour vide.

— Tu fais comme moi.

— Comment ça ?

— Prêt pour le rodéo. Les poches vides et habillé pour la bataille.

Patch y réfléchit un instant.

— Je suppose, oui. La musique est sur mon ordi, les clés à la réception, dit-il en hochant la tête en direction du hall. Et les consommations seront gratuites.

— Exactement. Ne jamais aller à un rodéo avec de l'argent dans les poches, dit Tucker en enlevant ses lunettes de soleil et le regardant d'un air solennel.

Patch se mit à rire.

— Pourquoi cela ?

— Les poches vides donnent à l'agent un endroit où aller.

— Nous ne sommes pas dans un rodéo.

— C'est pareil, répliqua Tucker en fronçant les sourcils comme une mule entêtée. Nous ne sommes pas si différents, toi et moi. Pas comme tu le penses.

Patch sourit.

— C'est toi qui le dis.

Il prit son ordinateur et se dirigea vers l'allée voûtée, puis vers Chartres, au-delà.

— Je peux le porter, dit Tucker en arrivant à sa hauteur. Attends, une seconde.

Patch souleva la sangle de sa sacoche.

— Je l'ai.

Tucker était-il nerveux, lui aussi ? Bien sûr qu'il l'était.

— Nous avons du temps devant nous. Je ne suis pas attendu avant vingt-trois heures.

Tucker le dévisagea l'espace d'un instant, lissa son tee-shirt blanc, puis serra son épaule.

— Tu vas bien ? demanda Patch.

— Hum. Pleine lune, gamin.

Les yeux de Tucker brillaient dans la ruelle sombre et il remit ses lunettes miroir, renvoyant à Patch son propre reflet.

— Allons faire la fête.

Patch sourit et ils se mirent en route en direction du *Southern Decadence*, côte à côte.


LA NUIT était tombée sur le Quartier, les hommes étaient sortis et les rues étaient bruyantes. Regarder Tucker contempler toute cette folie lui donna une impression des plus étranges, comme regarder un enfant ouvrir ses cadeaux de Noël en pyjama… un grand enfant effrayant avec des hormones et des moustaches en guidon.

À l'angle de Bienville, Tucker empoigna ses cheveux et les tira, à la limite de la brutalité.

— J'ai faim, gamin.

— Oh.

— Tu ne vas pas manger ?

— Plus tard. Enfin, au petit-déjeuner. Généralement, je grignote quelque chose à la fin de la soirée.

— Ce n'est pas sain. Mon nombril ne va pas tarder à coller à ma colonne vertébrale si nous n'y mettons pas un peu de protéines.

Ce qui était la raison pour laquelle ils en étaient venus à déambuler au milieu de Dauphine à la recherche muffuletta.

— Un muffu… quoi ? demanda Tucker, l'air sceptique.

— Un gros sandwich italien. Fais-moi confiance. Avec du salami et des poivrons, des olives et du fromage, tu vas adorer, alors calme-toi, cowboy.

Ce fut ce qu'ils firent. Ils s'en partagèrent un et Tucker finit par en manger les trois quarts.

— C'est la meilleure chose que j'aie jamais mangée. Enfin, la deuxième, ajouta-t-il en agrippant les fesses de Patch sur le pas de la porte.

Manger quelque chose en chemin pour un set donnait l'impression à Patch d'être repu et graisseux, mais définitivement plus détendu.

— Je suis en coma alimentaire. J'ai l'impression d'avoir fumé un joint.

Tucker passa son énorme biceps autour de son cou et embrassa sa tempe.

— Gamin, tu iras m'en chercher un autre sur le chemin du retour. J'ai un gros appétit.

— Oui, monsieur.

— Bon garçon.

Un baiser et un soupir contre sa tête.

— Nous allons avoir besoin de toute notre énergie.

— Qu'en est-il de *ton* énergie ?

— Tu n'as pas à t'inquiéter pour ça.

Dauphine était bondée, mais, à vingt-deux heures, Bourbon Street était en plein ouragan.

Un vendredi soir de *Southern Decadence* au *Bourbon Pub & Parade* signifiait une foule immense et des mecs le sexe à l'air. Même avant le coucher du soleil, Bourbon était remplie d'hommes du Circuit… muscles bandés, vêtements enlevés et bourrelets se balançant déjà. Nombre d'entre eux étaient debout depuis la veille déjà et n'avaient aucune l'intention de dormir avant le vol de retour du lundi.

À nouveau, Patch laissa Tucker prendre son temps. Cet homme n'avait jamais été nulle part et ils avaient pas mal de temps avant son set.

Voir le plaisir enfantin de Tucker lui fit quelque chose de drôle, le rendant tout à tour patient et protecteur.

À travers tout le Quartier, ils firent une forte impression, évidemment, surtout lorsqu'ils allèrent vers le nord-est en direction de la section plus gay. *Southern Decadence* avait la réputation d'attirer les canons et les putes, alors ces gars avaient leur dose de régal pour les yeux, mais les gens commencèrent à prendre des photos, avec ou sans permission.

Le mannequin en lui était tout à fait conscient de l'image qu'ils renvoyaient sur Bourbon Street, flânant aisément ensemble. Bien avant le coucher de soleil, la foule entre Bourbon Street et Oz se devait d'être tapageuse et impressionnante, mais elle recula lorsqu'ils arrivèrent. Un photographe les prit en chasse, jusqu'à ce que Tucker se retourne pour lui lancer un regard noir qui le fit détaler.

Patch avait défilé en sous-vêtements, il savait comment obtenir une réaction, mais Tucker... c'était autre chose, sans même qu'il s'en rende compte.

Peut-être était-ce le cowboy souplement musclé qui déambulait au milieu de Bourbon. Peut-être était-ce la mâchoire ciselée et les fringues du père autoritaire. Peut-être était-ce le renflement sous la boucle de ceinture, le sourire en coin de son propriétaire et la main dans le dos de Patch.

Lorsqu'il passait, les gens arrêtaient de boire, se tournaient pour regarder. L'un d'eux était même resté bouche bée et avait heurté un panneau de signalisation, ses amis se moquant de ce pauvre gars. Davantage de photos également, sur téléphones et quelques véritables appareils photo. Patch aurait dû s'y attendre, et ce n'était certainement pas une mauvaise chose pour sa réputation. Quand ils entrèrent dans le club, les hommes leur créèrent un chemin, comme si leur arrivée avait été chorégraphiée.

*Voilà, mesdames, messieurs, à quoi ressemble une entrée !*

Tucker ne sembla pas remarquer ces réactions. Il ne pouvait pas savoir que l'espace qu'ils dégageaient en se tenant l'un près de l'autre avait quelque chose d'étrange. Patch se présenta à l'organisateur, au barman et à quelques membres du personnel, afin de s'assurer que les boissons seraient gratuites et Tucker en sécurité. Pour un homme, ils avaient craqué sur le grand « assistant » de Patch. Double ration pour moitié prix.

Tucker avança jusqu'aux escaliers menant à la cabine, puis hocha la tête en direction du bar.

— Tu as soif ?

— Ça va aller. Ils vont m'apporter de l'eau. Je dois garder les idées claires.

Tucker sourit, ce qui donna une étrange image avec sa moustache et ses lunettes.

— Tu vas assurer, gamin. Tu as besoin de moi, je suis juste là.

Son signe de tête en fit une promesse et Patch le regarda fendre la foule de ses admirateurs. Au moins, ils n'étaient plus sur son passage.

Patch passa la tête dans la cabine et laissa tomber sa sacoche sur une chaise vide.

— Quoi de neuf, beauté ? le salua un black maigrichon en lui frappant le dos de ses grosses mains. Ils sont tous prêts pour Patch.

Il lui fit un grand sourire avec des dents blanches et tordues et lui offrit une poignée de main chaleureuse.

— Je m'appelle Amadeu.

Il portait un maillot de foot (de Sao Polo) et son accent (portugais ?) donnait à ses mots une impression de doux froissement flou.

— Écrase ces chiennes pour moi. Fais-les raquer.

— Je vais faire ce que je peux, répondit Patch en écartant les mains.

Amadeu se tourna vers la porte avant de demander :

— Tu as soif ?

— De l'eau, ce sera bien. En bouteille.

Il le remercia, sans s'excuser pour sa paranoïa à propos des renversements.

Un membre du personnel, costaud, mais petit, avec un tatouage tribal au niveau du col, revint avec trois bouteilles d'eau Fiji fraîches, se contentant de les passer par la porte avant de disparaître. Même à l'ère de la musique digitale, les gens pouvaient se montrer superstitieux au sujet des cabines.

Son téléphone vibra, et il découvrit une série de textos de la part de Scotty, envoyés une heure auparavant : *Bonne chance ce soir, mon chou. SDecadence, c'est ça ?* Puis cinq minutes plus tard : *XXX. Suis avec toi par la pensée. Super fier de toi.*

Scotty ne jalousait pas le succès des autres, ce qui était rare chez les DJs. *Southern Decadence* était un festival populaire et Scotty savait ce que cela pouvait signifier pour *Vélocité* : une grande foule scandant votre nom faisait une grande différence lorsque vous parliez à votre banquier.

Patch le remercia avec un : *Merci. C'est la folie ici.*

*Tu es le meilleur de tous les temps ! Roule comme le tonnerre !* fut la réponse de Scotty.

En bas, Patch aperçut Tucker grâce aux lumières qui se reflétaient dans ses lunettes. Il ne dansait pas, il était appuyé contre une colonne tandis que des hommes l'encerclaient comme des alligators affamés. Comme s'il pouvait sentir son regard sur lui, Tucker leva le visage et lui fit un sourire en coin.

La dernière piste d'Amadeu commença à faiblir, alors Patch prépara un peu de folie pour s'annoncer : des basses, et un sample de la respiration de Beyoncé. Comme l'on pouvait s'y attendre, les gens hurlèrent en le reconnaissant et tendirent la main vers lui. Pour les récompenser, il lança son nouveau remix d'Hamilton, deux hommes rappant à voix feutrées par-dessus des basses et des synthés.

— C'est parti.

Et ils furent partis, juste là où il les voulait.

Il mélangea Hamilton à Disclosure, juste pour les embrouiller, puis une pincée de Madonna en marge, qui prit petit à petit le dessus. *Je suis le Boss.*

Son ordinateur envoyait la musique à la table de mixage pendant qu'il déchiffrait la foule et déplaçait ses options sur son menu. C'était une partie du métier de DJ que personne ne pouvait apprendre : savoir comment amadouer une horde en sueur, comment les garder au bord de l'épuisement sans qu'ils y tombent tout à fait, de la même façon que Tucker aimait le garder à la limite du plaisir. Anticipation. Et de la même façon, ils devaient être sous pression, avoir mal et transpirer avant qu'il leur accorde la libération.

Son téléphone vibra sur la table de mixage. *Tu fais exploser Twitter.* Scotty lui envoyait de bonnes ondes. *Fais-les manger et je vais twitter aussi longtemps que je le peux.*

Patch aurait pu l'ignorer, mais il ne le fit pas. Pour une raison idiote, il avait besoin de dire à quelqu'un ce qui se passait. *Je crois que j'ai rencontré quelqu'un. #HistoireVraie.* Pourquoi l'avait-il dit de cette manière ? Il connaissait Tucker depuis des années, mais, là encore, peut-être que non.

*!!!!!!!* fut la réponse. *Sans déconner ? Détails !*

*#LongueHistoire aussi. Pas le temps. Je mixe.* Puis il ajouta : *Je crois qu'il m'a appris à danser.*

Scotty lui renvoya un : *Super content d'entendre ça. <3.*

249

Au même moment, Patch se mit à danser, le cœur battant, se penchant pour se donner en spectacle à la foule, car il avait partagé une partie de la vérité avec son ami et que son corps ne savait pas comment contenir la joie qu'il ressentait. La foule hurla et agita les mains avec reconnaissance.

Piste suivante, gorgée d'eau, et la suite. Vite. Le temps s'écoulait comme il l'aimait, car tant qu'il mixait durant cette première heure, le monde entier le suivait, s'efforçant de le toucher, de le lécher, même. Il se sentait comme un ange fougueux planant au-dessus de l'enfer, ses ailes grattant la boule à facettes. Intouchable.

Une main se posa sur sa nuque, rugueuse et familière.

— Hé.

Tucker sentait le whisky et la rouille.

— Comment es-tu monté ?

— Personne ne peut m'empêcher d'aller où j'ai envie d'aller, gamin.

Son grand cowboy vacillait légèrement. À présent en sueur et torse nu, il avait l'air encore plus beau dans sa tenue de soirée. Une marque de rouge à lèvres était imprimée sur sa gorge. Une égratignure incurvée de peinture corporelle argentée sous son mamelon gauche. La blancheur de ses dents étincelait sous ses moustaches noires. Ses doigts caressaient le chemin de poils qui attira les yeux de Patch sous la boucle de ceinture.

— Peut-être parce que j'ai l'air pas mal.

Patch déglutit péniblement.

— Non, monsieur. Tu as l'air méchant.

Papa coach cowboy porno. Tucker, simplement.

— Ceci dit, tout le monde est vraiment très sympa.

Patch pouvait l'imaginer. La foule pensait probablement que Tucker était une star du porno habillée pour les affaires ou un grand Dom citadin allant à la pêche aux minets sur Bourbon Street.

— Tu es beau, répliqua Tucker en lui souriant.

Puis il l'attrapa par la nuque, une main emmêlée dans ses cheveux, et planta un baiser humide sur sa bouche, poussant sa langue à l'intérieur tandis que la ligne de basse pulsait dans l'interlude menant à la chanson suivante.

— Je suis mort et au paradis.

Patch cligna des yeux lorsqu'il s'écarta en souriant.

— Amen !

— J'ai perdu ton tee-shirt, je crois, lui dit Tucker en secouant tristement la tête.

Patch hocha la tête, toujours sans voix. Le voir comme ça valait tout l'or du monde.

— Ou bien il est là, reprit Tucker en sortant le débardeur mouillé caché dans sa poche arrière et l'essorant jusqu'à ce qu'il goutte sur ses articulations.

— Même cette rue est folle. Bon sang, dehors, j'ai croisé deux mecs que je connais.

— Ont-ils aimé ta tenue ?

— Beaucoup. Mais je préfère mes vêtements sur toi, gamin. Tu es si beau, et je suis venu y mettre le désordre.

— Oui, monsieur. Pour sûr.

*Sour.*

En dessous, il remarqua que la foule s'essoufflait un peu, alors il se pencha sur son ordinateur et choisit un beat plus dur pour leur donner un léger coup de fouet. Nicki Minaj, a capella, puis Funky Fuckery.

Tucker lui caressait le dos avec désinvolture et affection.

Pourquoi ne pouvait-il pas avoir cela tous les jours ? Pourquoi Tucker ne pouvait-il pas se tenir près de lui à Milan, Hong Kong, Rio ou Palm Springs ? Il regarda sa montre.

— Encore trente-cinq minutes, je pense. Tout va bien ?

— Hum, répondit Tucker en croisant les bras sur son torse. Patch, je voulais te remercier de m'avoir emmené ici pour te regarder travailler. Tu n'avais pas à le faire et…

— Non. Merci à toi de m'y avoir conduit et d'être venu. C'est mieux que l'avion, de toute façon.

Sauf que Tucker n'avait jamais pris l'avion. Juste comme ça, Patch se sentit puissant, chaud et responsable du bien-être de Tucker. De son homme. *Qui est le papa ?*

— Je n'ai jamais rien fait de si amusant. C'est une super fête. Danser comme ça, toutes ces lumières… à La Nouvelle-Orléans. Et j'adore ce truc Muffa-latté.

Son sourire boy-scout transforma le costume sordide en mensonge compliqué.

— Alors, merci.

Patch hocha la tête. Un tendre instinct de protection le transperça.

— Tu as encore faim ?

— Je suis affamé, répondit Tucker en poussant le renflement à demi dur de son jean contre ses fesses. Tu n'as pas idée.

251

— Deal ! Nous allons attendre que tu sois un peu plus à l'étouffée [6]. Avec plaisir.

— Comme tu veux, gamin. Je suis tout à toi... avec intérêt.

Patch sourit à cette déclaration honnête et éméchée, mais refusa d'y lire quoi que ce soit. Il vérifia son ordinateur et cliqua sur la double piste de David Guetta qu'il voulait comme bouquet final. Un jour, il créerait sa propre musique, un jour, le monde le suivrait. Il participerait à la course et imposerait son rythme. Il avait tant de choses à faire et si peu, si peu, si peu de temps.

Tucker l'observa caler la prochaine transition en silence.

— J'aimerais bien une danse.

Patch fit la moue.

— Je ne...

— Arrête. Tu as dansé avec moi sur le porche.

— C'est...

— Et tu as chauffé toutes ces gentilles gens, ajouta Tucker en faisant un signe de tête en direction de la foule heureuse en bas. Personne ne t'embêtera et si c'est le cas, ils devront me passer sur le corps. Et *bonne chance.*

Il tapota son torse brillant et pailleté, puis étala la sueur jusqu'à la marque de rouge à lèvres sur sa gorge.

— J'aimerais juste une danse. Avec toi.

Avant d'y réfléchir davantage, Patch accepta :

— Mon set se finit dans trente minutes. Le DJ de la maison revient vers une heure.

— Ça me va. Je veux une chanson avec toi. En bas. Et tu lui diras d'en mettre une bonne.

La demi-heure suivante passa à l'allure d'un escargot. Patch ne dansait jamais, il descendait rarement dans la fosse durant les fêtes où il travaillait. Le mystère comptait et rester en mouvement empêchait les organisateurs de le pourchasser. Il hocha la tête, excité malgré lui. *Une danse.* Tucker Biggs pour lui tout seul, en public, dans une ville qui avait fait plein de prisonniers et ne racontait pas d'histoires.

Amadeu réapparut dans la cabine, sa tête puis le reste de son corps mince, son maillot de foot tout mouillé et sentant la bière.

— Joli set, bro, dit-il en cognant son poing.

6 En français dans le texte

Patch nettoya la table de mixage et démêla les câbles de son ordinateur.

— Tu mets les voiles ?

— Non. La journée a été longue, mais je suis chaud, répondit Patch.

— Super. Ça ne fait jamais de mal d'avoir un mannequin dans la foule en bas. Ça mélange la soupe.

— Je ne sais pas, répondit Patch en baissant les yeux sur ses vêtements indéfinissables.

— *Xodó* [7], ils ne me connaissent qu'à travers deux ou trois clips CockyBoys. J'ai vu ta pub pour Andrew Christian, tu dandinais des fesses dans ton slip, fit remarquer Amadeu en le regardant remballer ses affaires, les mains tremblantes. Tu vas bien ?

— Je dois une danse à quelqu'un, mais je ne danse jamais.

— À quelqu'un ou *quelqu'un* ? demanda Amadeu en se penchant en arrière et l'observant.

— Il est… je ne sais pas.

— Un papa à moustache avec des bottes en alligator ?

Patch se mit à rire.

— Tu l'as vu ?

— Ton cowboy ? Mec, tous ces gamins l'ont vu. Ils étaient comme des puces sur le dos d'un chien.

Le regard d'Amadeu brilla d'appréciation.

— Tu le connais ?

— Depuis longtemps, acquiesça Patch. Et il m'a demandé une danse.

— Laisse tes affaires ici jusqu'à ce que tu sois prêt, dit Amadeu en posant sa sacoche sur une chaise pliante. Une demande particulière ?

— Oui, répondit Patch en retenant son souffle et soutenant son regard l'espace d'un instant. Mets-en une bonne.

— C'est une promesse.

Il descendit les marches à la recherche de Tucker. Se tenir au milieu de la foule semblait irréel après la vue panoramique de la cabine.

Au-dessus de lui, Amadeu avait introduit un backbeat sinueux dans le subsonique qui faisait trembler la piste. *Sympa*. Des cordes derrière un contralto qu'il ne connaissait pas.

Les reines du club et les péquenots en strass qui faisaient mine de ne pas le regarder voyaient certainement un joli garçon de ferme habillé pour

7 Mot doux en portugais

la campagne. Il était impossible qu'ils sachent qu'il avait mixé ici. Pas de paillettes, pas de protection, pas de manières, pas de dispositif exigé.

*C'est notre premier rendez-vous.*

Il n'avait jamais vraiment eu de rendez-vous qui ne venait pas après un coup d'un soir en boîte. Il n'avait jamais laissé personne l'habiller, le diriger en public ou le regarder travailler.

En y repensant, il n'avait jamais eu de rendez-vous où il n'avait pas eu besoin de faire semblant.

Tucker n'avait pas pu prévoir cela. Ils n'avaient décidé de venir que très peu de jours auparavant. Même l'histoire de sa tenue était arrivée, car il voulait détendre Tucker. Visiblement, l'inquiétude venait des deux côtés. Des accidents magiques et des miracles de dernière minute.

Patch s'arrêta au bar et sonda la piste, son regard errant entre les têtes qui se balançaient et les mollets rasés des stripteaseurs. Croisant son regard, un trio d'accroc au sport lui fit signe, plein d'espoir depuis la piste, mais il se contenta de leur sourire et retourna vers l'avant.

— Tu veux danser ?

Une voix basse, traînante et aussi rocailleuse que du gravier.

*Seigneur Dieu !*

Tucker était appuyé contre une colonne, un whisky Coca à la main. S'il avait remarqué les piliers de bar soignés qui bourdonnaient autour de lui, il n'en montrait aucun signe. Les lunettes aviateur renvoyaient son reflet à Patch en des confettis colorés. Il lui offrit son verre en se léchant les lèvres.

Patch accepta la boisson et la vida jusqu'aux glaçons, reposant le verre vide contre la rambarde.

Tucker ricana et se pencha en avant.

— Viens, gamin. Avant que j'explose dans ton pantalon, dit-il en caressant la bosse à travers le pantalon emprunté.

— D'accord.

Le son d'Amadeu s'était emparé de la piste, une pulsation de timbales qui s'enroulait le long des murs jusqu'au plafond, tranchant l'air en rubans lumineux.

— Bon son.

— Hum. Ça me va.

Patch tenta de replacer la mélodie. Une femme entonna quelque chose au sujet de rentrer à la maison dans un lit vide.

— Jolie voix.

— C'est…

Tucker s'interrompit et leva les yeux vers la cabine tandis que la voix de la chanteuse chantait une supplique brumeuse et lancinante.

— Bon Dieu ! Il joue du Reba McEntire pour nous.

— Une bonne ? demanda Patch en se tournant et levant les pouces en direction de la cabine, articulant :

— Amadeu ! Merci !

Le DJ lui fit un signe de tête en guise de réponse.

Lorsqu'il se retourna, Tucker lui adressait un sourire de prédateur. Il l'entraîna vers le centre de la piste, entouré de tous ces corps qui s'agitaient. Il entra dans le cercle des bras de Patch, appuyant leurs torses l'un contre l'autre.

Patch cligna des yeux, bouche bée.

— Tu es fou.

— Tu es beau.

Un murmure rauque contre son visage. Ce n'était pas une déclaration pour la foule, uniquement pour lui.

Patch ne savait pas comme répondre ni où se mettre.

— Danse avec moi.

Un bras autour de son dos, ils se mirent à danser, *vite-vite, lent-lent*, sur place. Pressés l'un contre l'autre, leurs muscles humides glissaient dans la musique et la foule. Tucker allait et venait, maintenant leurs corps proches et fredonnant dans ses boucles humides.

Patch posa son visage contre son torse dur et se détendit, laissant Tucker conduire, car c'était tellement bon de suivre.

— Je te tiens, dit Tucker, son torse glissant sous sa joue. Je te tiens.

La pièce, les corps disparurent, les laissant danser ensemble dans des cercles paresseux.

— Comme de la fumée, remarqua Patch en gloussant. Je ne savais pas danser avant.

— Moi non plus.

*Vite-vite, lent-lent.*

— C'est toi qui m'as appris.

Les rais de lumières ratissaient la foule grâce aux boules à facettes au-dessus de leurs têtes. Le mal du pays chanté par Reba tissait une ligne de basses lancinante qui secouait la pièce comme un tonnerre de Bollywood. Tucker chantait doucement, si près que Patch eut l'impression qu'il connaissait aussi les paroles.

*Je n'ai jamais dansé avec personne auparavant.*

255

Lorsqu'il ouvrit à nouveau les yeux, il se rendit compte que la moitié de la piste de danse avait reculé pour regarder Tucker le conduire en cercles rêveurs qui se dirigeaient vers l'extérieur. *Vite-vite, lent-lent.* Seulement maintenant, ils avançaient sous les lumières et la fumée dans une transe, se faisant de la place là où il n'y en avait pas.

Le souffle de Tucker dans ses cheveux, ce baryton bourru qui transformait ce remix en berceuse. Sa main était coincée dans le haut du jean de Patch, ses doigts traçant la base de sa colonne vertébrale.

Patch suivit, se pressant contre Tucker au lieu de s'en écarter tandis que la voix de Reba tombait sur eux comme des pétales.

Tucker gloussa.

— Voilà. Bon garçon. Nous avons tout notre temps.

Patch déglutit et grogna son acceptation. Sous lui, ses pieds savaient où aller. Tant que leurs mains étaient entrelacées et que Tucker continuait de chanter doucement, il pourrait aller n'importe où, n'importe quand.

— Merde ! s'exclama un homme près d'eux et Patch sut exactement ce qu'il voulait dire.

*Il est à moi, je suis à lui.*

Seconde après seconde, ils tournaient en cercles lents et vacillants, et la foule heureuse s'écartait pour les regarder bouger ensemble comme un seul corps.

Le DJ en lui pouvait sentir la fin du refrain, la fin de la chanson, ne voulant pas qu'elle s'arrête et se demandant combien de temps elle pouvait durer.

Bien trop tôt, le contralto de Reba écorcha l'air une dernière fois, s'estompant sous le beat électro tandis que la lumière argentée flottait autour d'eux comme des cendres mousseuses.

*Juste Tucker.*

— Patrick.

La main de Tucker se glissa autour de sa taille, longea la courbe moite de son dos et plongea dans son jean jusqu'à ce que ses doigts appuient contre sa raie.

Le pouls de Patch battait si fort sous sa mâchoire, si fort que ça lui faisait mal aux oreilles. *Il va m'embrasser devant tous ces gens. Il veut apposer sa marque sur moi en public.*

Entre eux, le maillot de corps trempé de Tucker traînait sur leur peau chaude, jusqu'à ce qu'il le remonte afin que leurs muscles glissent facilement. La musique tourbillonnait et la foule reprenait les paroles d'Alicia Keys, se serrant contre eux et leur donnant des tapes appréciatrices.

Patch déplaça son poids et les bras de Tucker se resserrèrent.

— Du calme. Où crois-tu aller, hein ?

Visiblement, Tucker n'en avait pas fini avec lui.

— Je ne vais nulle part. Promis, murmura Patch contre son torse en sueur qui avait un goût de sel.

— Il n'y a rien d'autre au monde, chuchota Tucker dans ses cheveux. Nulle part où aller. Juste toi.

Les basses Bollywood d'Amadeu revinrent à la vie autour d'eux dans l'obscurité vacillante. L'air était humide et lourd sur ses épaules tandis que leurs hanches se frottaient lascivement et que leurs sexes se caressaient. Ils ne partaient pas et cela lui convenait parfaitement.

— J'aimerais pouvoir te mettre dans mon grand lit en ce moment, lui dit Tucker, ses grandes mains calleuses et patientes lui caressant le visage, demandant quelque chose. De la graisse, des cordes.

— S'il te plaît, gémit Patch, étourdi par la lenteur.

Son érection était douloureuse et picotait dans son jean.

— Je prévois de t'enlever à tout instant, de t'attacher et de te faire voler en éclats, gamin.

Puis Tucker se pencha et sa moustache frôla les lèvres de Patch jusqu'à ce qu'il s'ouvre et qu'il soit à l'intérieur, impatient et affamé. Patch cessa de lutter, cessa de courir, il s'arrêta là où il devait être et laissa Tucker déchirer sa santé mentale en poignées aveugles, là, sur cette piste de danse, sans même bouger un muscle.

Patch grogna et son cœur *tambourina* sous son sternum. Tucker pouvait lui mettre un collier, le tatouer, le marquer s'il voulait. Les marques ne comptaient pas puisqu'il était déjà à lui.

*Je t'aime.* Mais il ne le dirait pas, il ne le dit pas.

Tucker suçait sa langue en gémissant, avalant leurs salives mélangées sans broncher. Il passa la main entre eux, soulevant le tee-shirt emprunté pour déboutonner la braguette de Patch avec impatience, puis la sienne, empoignant leurs érections fuyantes dans l'obscurité. Sa chair souple et juteuse glissait entre eux avec une pression électrique.

— Qu'est-ce que tu me fais ?

La foule se bousculait autour d'eux, inconsciente ou envieuse.

— Moi ? Tu me fais me sentir… commença Patch, sans protester. Je vais jouir trop vite.

— Bon garçon.

La main rugueuse du fermier les masturbait sous l'ourlet de son tee-shirt avec une patience hypnotique, l'entraînant, lui donnant la permission.

— Je t'ai dit que j'étais affamé, dit Tucker en penchant la tête et crachant sur leurs érections. Tu comptes me nourrir rapidement ?

Patch hocha la tête. Ce léger glissement le clouait sur place ; il n'aurait pas pu bouger, même s'il l'avait voulu, et il ne le voulait pas.

Les callosités de Tucker éraflaient et pompaient sa raideur, lui soutirant son plaisir qui le traversait sous les lumières vaporeuses et plongeantes.

Il frissonna et trembla, gémissant contre la gorge de Tucker, trop fort pour faire semblant. Ses hanches tressautèrent et sa résistance tomba comme les nœuds d'une corde brûlante. *Tout ce que tu veux, monsieur.* Hypnotisé par cette langueur, il poussa dans ce tunnel glissant formé par la paume de Tucker et son propre ventre crispé.

— Je peux ?

— Chaque putain de goutte. Je veux tout. Dans ma main. Compris ?

Tucker frissonna et se pencha pour sucer le lobe de son oreille.

— Pour toujours et à jamais.

— Oui, monsieur, chuchota Patch, puis il tomba en avant, son membre atteignant un sommet impitoyable, et les premiers jets frappant son torse.

Le plaisir ceignait ses hanches. Il s'affala, déversant ses fluides sur les doigts de Tucker et sa braguette bien trop longtemps pour rester stable.

— Je te tiens, gamin. Je te tiens.

Tucker le masturba avec fermeté, l'aidant à rester debout et près de lui.

— Donne-moi tout.

Patch gémit et lutta pour rester debout dans la pénombre, pressé contre le seul homme qu'il avait toujours voulu. *S'il te plaît, s'il te plaît.* Il haleta lorsque les jets mouillés fouettèrent les articulations de Tucker, ce dernier les étalant entre eux avec son torse.

— C'est ça. C'est ça, gamin.

Tucker malaxait leurs érections avec douceur. Il continua de les masturber, étalant le sperme sur ses doigts.

— Donne-moi tout.

Autour d'eux, les hommes devaient certainement sentir l'odeur du sperme, ils devaient voir Tucker le masturber sous les lumières clignotantes, mais se tenir debout demandait bien trop d'effort pour que Patch se préoccupe des témoins. Les mains de Tucker nettoyaient son gland.

258

— Tu m'as tout donné. J'en avais besoin, tu n'as pas idée.

Sans ciller ou hésiter, il porta ses doigts collants à sa bouche et suça son pouce avec un gémissement et un sourire.

— Je suis affamé.

Il suça le sperme sur ses doigts comme s'ils étaient seuls, comme si ce n'était les affaires de personne d'autre qu'eux.

Toujours tremblant et hébété, Patch tendit la main pour se rhabiller, bien que les boutons le dépassent.

— Merci, dit Tucker, léchant chaque doigt avec une gourmandise féroce. C'est savoureux.

Il lui fit un clin d'œil et lécha sa paume, barbouillant sa moustache, puis embrassant Patch pour partager la récompense.

*À lui.* Il ne voulait être nulle part ailleurs et avoir la permission de rester.

Il devait y avoir de la musique, des lumières colorées, des corps pressés, mais il ne restait que Tucker, remplissant son champ de vision et ses bras comme un horizon.

Si quelqu'un les avait vus, il s'en fichait. S'il ne retravaillait plus dans ce club, il n'aurait aucun regret. Si leur photo finissait sur Buzzfeed, il en voulait des copies pour ses cartes de vœux. S'il ne touchait plus jamais Tucker Biggs, il n'oublierait jamais son regard brûlant tandis qu'il léchait son sperme alors que tout le monde regardait et les enviait.

Enfin, Tucker soupira et l'attira contre lui, frottant son dos en cercles paresseux.

— On rentre ?

À l'hôtel, voulait-il dire, mais une certitude ardente envahit Patch. L'idée que la maison lui manque lui avait toujours paru impossible. Il avait plaisanté en disant que le mal du pays était ce qui conduisait les enfants à abandonner leur famille. La maison vous rendait si malade que vous deviez en partir.

— Oui, monsieur.

Pour la première fois de sa vie, Patch avait réellement le mal du pays sans qu'aucune maison ne lui manque.

# IX

LE BRUIT de la porte réveilla Patch, endolori et repu, les draps frais enroulés autour de ses jambes.

Tucker venait de revenir avec un sac en papier.

— Je ne voulais pas te réveiller. Je n'arrivais plus à dormir.

Patch hocha la tête. Dix heures du matin était le milieu de la journée pour quelqu'un qui se levait avec les poules. Dehors, les rues étaient encore calmes ; à La Nouvelle-Orléans, cela signifiait qu'il était quelque part avant midi.

— Je t'ai rapporté du café et un truc avec des œufs.

Tucker mâchait et souriait, visiblement fier de son expédition à la recherche de nourriture.

Patch bâilla et repoussa ses cheveux afin d'y voir plus clairement.

— Merci.

— Ou tu peux avoir l'un de mes petits pains sucrés. J'ai trouvé cette boulangerie tenue par une jolie fille à quatre ou cinq rues de là, il n'y avait même pas d'enseigne. Mon nez m'a guidé et boum !

— Je suis surpris que tu ne sois pas allé te chercher un muffuletta aussi.

Tucker cessa de mâcher, les yeux écarquillés.

— Je n'y ai même pas pensé. J'aurais pu. Ou ces beignets. Seigneur, la nourriture est bonne ici, dit-il en tapotant son ventre plat.

— Où diable mets-tu tout ça ? Il va falloir brûler les calories.

Tucker haussa les sourcils et tira sur sa ceinture.

— Si tu continues à me nourrir comme ça, il va falloir que je m'achète de nouveaux pantalons.

Il s'approcha, laissant une vingtaine de centimètres entre eux. Définitivement vingt centimètres. Son gland humide frappa le biceps de Patch qui, en souriant, tourna la tête pour poser sa joue contre l'abdomen dur de Tucker.

— Je t'achèterai tous les pantalons que tu veux.

Alors qu'il tendait la main vers son érection, Tucker s'écarta, le taquinant, puis se laissa tomber sur la chaise, les cuisses écartées tandis qu'il mangeait.

— Quel est le programme, mon homme ?

— Je mixe cet après-midi, mais nous avons toute la matinée, puis toute la nuit après cela, répondit-il en lui tendant une invitation.

— Je suis invité à ce truc ?

— Bordel ! Bien sûr ! On ne fait que danser. Évidemment que tu es invité.

— À deux heures de l'après-midi, fit remarquer Tucker, l'air sceptique tandis qu'il prenait une autre bouchée de son petit pain.

— C'est pour cela qu'on appelle ça un thé dansant, répondit Patch en se redressant. Je vais travailler, mais ils t'adorent. Et je me disais…

En vérité, il connaissait de nombreux hommes qui vivaient en pleine cambrousse et qui participaient au Circuit. Tucker pourrait même trouver deux ou trois âmes sœurs, sortir de sa coquille et se faire des amis. *Objectif secret.*

Le samedi était le plus grand événement et Patch avait accepté de mixer pour un thé dansant privé près de la digue. Un certain producteur de porno en ligne qui avait de l'agent à dépenser, information qu'il n'avait pas partagée avec Tucker. Ce week-end l'avait déjà forcé à vivre beaucoup d'étranges premières fois.

Leur hôte était Russe, mais basé à Brooklyn : Alek quelque chose. *Mâles brûlantes, Queues brûlantes ?* Quelque chose comme ça. *Southern Decadence* offrait un paquet d'argent à ces entreprises du porno, qui en dépensaient un paquet pour y être.

— Eh bien, je viendrai te voir travailler, je suppose, lui fit savoir Tucker en léchant ses nouvelles moustaches et s'essuyant le visage à l'aide d'une serviette en papier.

— Tu veux prendre une douche ?

— Oui, monsieur, répondit Tucker en levant les yeux et souriant. Je me sens très sale, continua-t-il en déboutonnant son jean. Plus sale que toi, je parie.

Sans surprise, leur douche prit près d'une heure et demie. Lorsqu'ils se séchèrent, Patch se sentait plus propre qu'il ne l'avait été de toute sa vie et le sourire de chat satisfait de Tucker paraissait être une caractéristique permanente.

Ils emportèrent l'ordinateur de Patch et jouèrent les touristes, flânant jusqu'à l'adresse de Marigny Street qui lui avait été donnée.

— C'est un jardin ? demanda Tucker en levant les yeux vers le toit en verre.

— Les fêtes demandent un grand espace et du clinquant.

Comme on pouvait s'y attendre, passé les portes massives se trouvait une grande serre d'environ soixante-dix mètres de profondeur et trente de largeur. Les vitres avaient été recouvertes de bâches sombres ; la condensation perlait et coulait à l'intérieur, à cause des corps et à l'air conditionné.

— C'est la première fois que je vois une telle configuration.

— HotHead.com, hein ? rétorqua Tucker en faisant un signe de tête en direction d'une bannière représentant un flic basané, ceinture débouclée et pubis noir apparent. Eh oui.

— C'est le sponsor. Un site porno, répondit Patch en haussant les épaules. Ils ne vont pas tourner ici.

Pas qu'il le sache, du moins. Merde, il aurait dû demander plus de détails. Les thés dansants avaient tendance à être assez décontractés, alors Patch avait opté pour un jean moulant et une chemise ajustée, déboutonnée jusqu'au nombril avec quelques traces artistiques de paillettes corporelles sur la courbe de ses muscles exposés.

— Les gars en uniforme, c'est leur truc, donc non.

— D'accord.

— Je ne fais que de la musique, Tuck.

Bon, sans sa chemise et en flirtant avec la foule, mais Tucker s'en foutait.

— La paie est bonne, les gens dansent et tout va bien.

Tucker jeta à nouveau un regard à la bannière porno, puis reposa son regard sur lui.

— Et tu vas travailler durant douze heures ?

— Non ! se mit à rire Patch. Aucun moyen ! Deux heures, max. Je fais une apparition, c'est tout, mais je vais me faire de l'argent.

Il ne pouvait pas dire à Tucker combien il gagnerait, car le montant lui filerait les jetons.

— Je ne suis booké que pour cet après-midi.

— D'accord.

262

— Après, je suis tout à toi, ajouta-t-il en lui frappant l'épaule. Nous pourrons danser, manger ou… je ne sais pas, aller à la pêche aux crabes, si tu veux. Comme tu veux.

— Oh.

Les épaules de Tucker se détendirent.

— Oh, bien. Je vais juste passer un bon moment avec toi.

— Moi de même, monsieur.

À l'intérieur de la serre, la fête battait déjà son plein et toute la pièce sentait les feuilles coupées et la fumée chimique. Un entrepôt de fleuriste, puis une plate-forme basse installée contre un mur servait de cabine au DJ. Les invités avaient l'air jeunes, stupides et shootés, pour la plupart. Le thème semblait être sur la jungle, de la gélatine émeraude et beaucoup d'animaux imprimés sur le Lycra des invités. Il n'était pas vraiment habillé pour, mais il enlèverait sa chemise et en peindrait certains, ce qui irait très bien. À la fin du week-end, *Southern Decadence* se faisait plus discret, mais une foule porno uniquement sur invitation ? Les choses pouvaient *dégénérer*.

Tucker semblait stressé, sérieux ou quelque chose comme ça.

— Tu crois que cette tenue convient ? demanda-t-il en tirant sur son tee-shirt noir et regardant ses chaps et son jean d'un air sceptique.

— Croix de bois, croix de fer, cowboy. Je n'ai pas envie que ces gars du porno te recrutent.

— Hum, d'accord.

Sur la piste, quelques visages familiers lui firent signe et il leur répondit. *Pouces levés, enfoirés.* Il les vit jeter un œil à Tucker et se dit qu'il avait fait le bon choix. Dans deux heures, il emmènerait Tucker chercher des huîtres, de la bière, et l'aiderait à se détendre.

Patch se mit d'accord avec l'organisateur, installa son ordinateur et pourtant, Tucker ne souriait toujours pas.

— Tu vas bien ?

Patch commençait à transpirer, alors il enleva sa chemise.

— Mets-toi à l'aise, si tu veux. Ou danse. Ou reste ici avec moi.

— Je… oui, ça va, répondit Tucker en faisant un signe de tête aux mecs qui se pressaient sous eux. C'est bruyant.

— Oui.

Peut-être que cette fête était une mauvaise idée. La veille, la fête s'était déroulée en soirée dans un bar local avec des touristes, et des filles à pédés, mais ici, c'était une scène du Circuit, indiscutablement : survoltée,

263

à l'étroit et moite. Les fêtes du Circuit pouvaient étourdir même les fêtards les plus expérimentés et Tucker n'était jamais sorti du Texas.

Patch se débarrassa de son appréhension, tentant de trouver ses marques. Au moins, en hauteur, personne ne pouvait s'approcher d'eux. Il surplombait la foule tourbillonnante, comme un shaman agitant un chaudron paré de bijoux avec rien d'autre que du rythme.

Il repéra des pros du porno sur des podiums allumant les clients, mais pas de queue de sortie ou d'ébats en public. Ce n'était pas le Hustlaball [8]. Seulement des visages souriants et de la chair dure qui se pressaient sous les projecteurs. Même les gigolos étaient là pour se détendre et mettre du beurre dans les épinards.

Environ quarante minutes plus tard, il jeta un coup d'œil à sa montre. Il mit la piste suivante en position, en file d'attente avec une ligne de basses qu'il avait extraite d'une vieille face B de Jamiroquai. Il prit une gorgée d'eau, suant déjà à grosses gouttes dans cette humidité à effet de serre.

— Patch ?

Tucker se tenait près de lui, les yeux plissés.

— Je crois que je vais sortir… prendre l'air.

— Bien sûr ! répondit Patch en lui adressant un sourire heureux. Pas de problème. Tu as ton bracelet ?

Tucker tripota son poignet.

— Oui, mais je crois que j'ai besoin de respirer. Il n'y a rien de mal. Tu te débrouilles bien. C'est trop. C'est trop pour moi. Tous ces hommes, ajouta-t-il en baissant les yeux, l'air penaud.

Patch posa une main rassurante sur son torse.

— Je sais. Je suis désolé. C'est… je comprends totalement.

Il ne voulait pas forcer le lien qu'ils avaient forgé ou obliger Tucker à rester s'il paniquait.

— Tu veux rentrer à l'hôtel ?

— Non. Je pourrais aller prendre une bière. Tu vois ? M'asseoir un moment, répondit Tucker, embarrassé. Ça peut paraître stupide à dire, mais j'ai besoin d'un peu d'espace autour de moi. OK ? Ça te va ?

— Je comprends, Tucker, vraiment. C'est une maison de fous, hein ? Je voulais juste que tu voies ça. Désolé. Vas-y, dit-il en jetant un coup d'œil à sa montre. Encore une heure et trente-six minutes et je suis tout à toi.

---

8 Le Hustlaball est une convention de travailleurs du sexe et de leurs fans qui se déroule chaque année à Las Vegas ou dans d'autres villes à travers le monde. En 2017, elle se déroulait à Berlin.

— C'est vrai ?

Ils échangèrent un sourire obscène.

— Oui, monsieur. Tout ce que tu voudras faire. Avec moi. À moi. Pour moi.

— Eh bien… commença Tucker en haussant les sourcils. Tu ferais mieux d'être prêt, alors, j'ai deux ou trois choses à l'esprit.

— J'en suis certain.

Il scanna la foule (musclée) la piste (six minutes) et les organisateurs sur leur plate-forme (en hauteur).

— Je t'envoie un message dès que je suis sorti.

— D'accord, chuchota Tucker.

Il resta près de lui, comme s'il était sur le point de l'embrasser, mais il ne le fit pas.

Il y eut un embarrassant instant de flottement. Puis plus long, lorsque ni l'un ni l'autre ne rompit cet étrange instant avant qu'ils ne s'en rendent compte.

— D'accord, alors, répéta Tucker en souriant et lui faisant un signe de la main avant de disparaître, laissant Patch avec une curieuse impression sur laquelle il ne pouvait pas mettre le doigt.

— J'aurais dû le dire, se murmura-t-il, pour lui-même.

Mais quoi exactement, il n'en avait aucune idée.


DEUX HEURES et neuf minutes plus tard, Patch sortit sur Dauphine Street, dans le soleil de l'après-midi, avec un rouleau d'une centaine de billets en poche et son téléphone à la main. Émerger d'une fête en plein jour donnait toujours l'impression de sortir d'un miroir en technicolor qui se fondait en noir et blanc.

*Hé,* envoya-t-il au téléphone de Tucker. Il fit craquer son cou et s'appuya contre la porte en métal, ignorant la foule qui se bousculait sur le trottoir. Il fit bouger plusieurs fois sa mâchoire afin de faire cesser le bourdonnement de ses oreilles.

Quelques secondes plus tard, Tucker répondit : *nous t'avons acheté une bière,* ainsi que la photo d'une enseigne entre Bourbon et St. Ann's. *OZ.*

*Merde.* Oz était une boîte touristique dans le Quartier Français, connue pour ses stripteaseurs cajuns qui trempaient leur queue dans votre verre si le pourboire était conséquent. Ce coin était une plaque tournante du

265

*Southern Decadence*, alors ça devait être la folie. Au temps pour le besoin d'espace de Tucker.

Il regarda à nouveau le texto « nous t'avons acheté une bière ». *Qui nous ?* Dauphine était noire, blanche et grise de partout. Une jalousie égoïste le prit. Bien sûr, Tucker s'était trouvé des potes de beuverie louches durant la dernière heure, maintenant il allait devoir faire le beau pour organiser leur évasion.

Patch traversa la rue, contrarié. Après son set, il n'avait pas envie d'être tripoté par des étrangers. Les touristes et les stripteaseurs lui semblaient une véritable corvée, mais il avait déjà traîné Tucker dans un endroit où il s'était senti mal à l'aise, alors il pouvait difficilement se plaindre.

— Prends sur toi, bouton d'or, se réprimanda-t-il en entrant dans le Quartier Français, ses pieds se dirigeant vers le bruit.

Le jour déclinait et les garçons étaient de sortie en force. Il garda les yeux baissés et se dirigea vers le sud de Bourbon, attendant Tucker et cette bière. Il envoya un nouveau message à son cowboy et accéléra le pas.

Plus il approchait du quartier gay, plus tout était bruyant et brillant. Une drag-queen perchée sur un balcon soufflait des bulles aux passants. Cinq culturistes bronzés aux UVs dans un massif ne portaient rien d'autre que des rangers et un bandana rouge, qui retenaient leur sexe contre leur jambe en une lourde protubérance... cul nu, techniquement habillés, mais seulement selon les termes de la loi. Bourbon était de plus en plus bondée, de plus en plus bruyante, jusqu'à ce qu'il atteigne l'angle de St Ann et Bourbon et le club Oz.

Pas de Tucker.

Comment diable allaient-ils se retrouver dans ce panier de crabes ? Le bourdonnement était assourdissant et plus il scannait la foule, plus les hommes pensaient qu'il draguait. *Délicat.* Il s'avança sur le trottoir pour avoir un meilleur angle de vue, mais ne vit aucune trace du beau visage de Tucker.

Quelqu'un l'attrapa par-derrière, enroulant ses bras charnus autour de lui et le soulevant du béton par la taille, mais ce n'était pas Tucker et il n'était pas d'humeur.

— Où comptes-tu aller, mon beau ? demanda une voix familière avec une allusion grivoise.

Une barbe douce contre son cou et sa joue, et un souffle bas de gamme.

Quelques touristes huèrent et les montrèrent du doigt depuis le bar et les balcons environnants.

266

Patch se raidit, se débattit, et ses bottes furent de retour sur le sol, le grand corps étranger toujours plaqué contre son arrière-train, une bosse ferme poussant contre lui.

— Ne te débats pas, boy.

Il réussit à se libérer.

— Je ne suis pas votre…

*Bix.*

— Putain ! Il y a plus de viande dans un tacos, ricana Bix, complètement ivre et instable sur ses grandes jambes, une chaîne se balançant à sa hanche, un jean déchiré, des bottes de motard et sa veste de cuir noir sur son torse et son ventre velus. Nous avons été au Phoenix boire une bière.

Le bar cuir du coin.

— Ils la servent au pichet et j'en ai bu trois.

Il leva deux doigts, puis un troisième avec un sourire satisfait. Sa barbe était mouillée.

— Qui nous ? demanda Patch, tentant de cesser de froncer les sourcils et observant la foule bourrée.

Il ne parla pas de Tucker, car ils ne s'étaient pas trouvés, il n'avait aucune intention que cela se produise.

— Concours de l'Ours Musclé. *Grrr*, répondit Bix en ouvrant un côté de sa veste et dévoilant ses côtes meurtries et un téton raidi, comme si cela expliquait tout.

Un minet qui passait tira sur ce téton, mais Bix ne détourna pas le regard de Patch.

— Mention déshonorable, ajouta Bix en s'essuyant la bouche, le souffle alcoolisé.

— Ouais, bien, répliqua Patch en s'écartant sur le trottoir, instaurant une distance supplémentaire entre eux et fouillant l'intersection du regard à la recherche du profil sévère de Tucker.

— Bras de fer, j'ai perdu, continua Bix en pinçant les lèvres, sceptique. J'avais pas la tête à ça. *Pff*. Tucker aurait pu, lui. Il le dit lui-même. Ce fils de pute peut arracher la tête d'un serpent à sonnette à mains nues.

Il ferma les yeux et les frotta avec sa main aux multiples tampons.

— Tu as fait la tournée des bars alors.

Bix hocha la tête et regarda la foule.

— Boy. Tu es seul.

Une froideur envahit ses membres, comme de l'eau glacée parcourant ses veines. Patch ne répondit pas. Il fit mine de ne pas avoir entendu.

Bix se rapprocha et posa les mains sur les épaules de Patch.

— Tu es un beau mec.

Il puait le gin bon marché et ses lèvres étaient mouillées. Il tira la langue, léchant l'air.

— Hum. Ouaf.

Il avait beau regarder dans toutes les directions, Tucker n'était nulle part en vue.

— Viens avec moi, boy. Je vais bien m'occuper de toi, dit Bix en levant le menton. On va jouer un peu. Nous avons une histoire inachevée, toi et moi.

— Je travaille. Dans la musique. Je suis DJ, répondit Patch en pointant l'intérieur, comme si c'était une preuve.

Tucker avait-il dit quelque chose ? Promit quelque chose, même par inadvertance ?

— J'ai un boulot à faire, Bix.

— Dommage, rechigna Bix en levant à nouveau la main, mais sans le toucher. Nous avons besoin d'un verre, boy. Je pourrais aller te chercher un verre. Se rafraîchir le gosier. Te détendre.

Patch fouilla la foule du regard et vérifia à nouveau son téléphone. *Rien.* Ignorant les requins qui l'encerclaient, il murmura :

— Allez, Tucker. Sors-moi de là.

Bix dut imaginer qu'il avait une ouverture.

— Nous pourrions traîner ensemble un moment. Faire plus ample connaissance, insista-t-il en empoignant son paquet, comme un forçat avec les boules bleues.

Patch fronça les sourcils, en colère contre lui-même d'être excité. C'était le *Southern Decadence*, après tout. Pourquoi ne pouvait-il pas coucher avec Bix, ou n'importe qui d'autre, pour ce que ça valait ? Il avait eu de nombreux plans à trois douteux qui ne voulaient rien dire et s'étaient bien passés. Qu'est-ce qu'il en avait à faire ? Ce n'était pas si grave.

*Si. C'était grave.*

Parce qu'il ne voulait partager Tucker avec personne, encore moins un bouseux excité qui connaissait déjà trop bien ses pires désirs. Bix avait envie de s'incruster, car il savait qu'il le pouvait, car Tucker le laisserait faire, Patch n'était que de passage, après tout.

Une main se faufila contre l'arrière de son pantalon, un doigt traçant sa raie, se pliant contre son ouverture.

— Hé ! s'écria Patch en s'écartant et se retournant, repoussant violemment cette main. Va te faire foutre !

— Je ne fais que m'amuser avec toi, boy, déclara Bix de sa stupide voix traînante et avec un sourire méchant. Viens jouer avec Bix.

La foule recula, sentant le danger dans sa colère brute. Patch secoua sa main, comme si elle le brûlait.

— Ce n'est pas une raison pour que tu me touches le cul.

Bix leva les mains, essuya sa barbe mouillée et se lécha les doigts incriminés. Essayait-il sérieusement de débuter quelque chose ?

— C'est cool, boy, lui dit Bix avec un clin d'œil.

— Qui a dit ça ? répondit Patch en baissant les bras, fusillant le clown du regard. Et ne m'appelle pas comme ça.

— D'accord, d'accord.

Bix vacilla, ivre. Il soupira et secoua la tête.

— Tout le monde est amical.

Patch recula à nouveau. Il détesta son excitation animale et la paralysie sordide qui le clouait sur place. Il se détesta de penser à ces deux soudards lui faisant des choses. Il détestait que Tucker lui manque et de ne pas être en mesure de trouver quiconque d'autre que ce tas de graisse bourré.

— Tu n'as qu'à dire quand. Nous sommes tous les deux amis avec Tucker, j'aimerais beaucoup t'aider.

— Dégage, génie. Je suis occupé.

— Qu'est-ce qui te contrarie autant ? demanda Bix en s'essuyant la bouche et titubant. C'est Decadence, non ?

— Pas pour moi. J'ai un job à faire, Bix. Seul.

Bix hocha la tête, étourdi, et claqua son épaule nue de sa patte rugueuse.

— D'accord. Tu viendras quand tu seras prêt à t'envoyer en l'air.

Puis il descendit les marches à la recherche de problèmes. Un étalon, sans aucun doute, exactement le genre de papa cochon autoritaire sur lequel Patch avait l'habitude de fantasmer.

*Avant que je sache que c'était faux.*

Son impatience le frustra, mais il n'avait jamais été celui qui chassait l'autre. *Tucker, où diable es-tu ?*

— Te voilà ! S'exclama Tucker de quelque part à proximité.

Patch se tourna, le cherchant du regard dans la mer de corps en sueur. Le vif soulagement l'embarrassa.

269

— Gamin ! l'appela Tucker en faisant un signe de la main à quelqu'un derrière lui.

Plusieurs colliers de Mardi Gras bon marché se balançaient autour de son cou.

— Tu as fini ?

Patch opina, contrarié, et contrarié d'être contrarié. Bix lui avait mis les nerfs.

— Tu as eu des colliers, à ce que je vois.

— Ils m'ont demandé de montrer ma queue, mais j'ai tenu bon, malgré une proposition plus ferme, répondit Tucker en posant la main sur sa taille, sans le serrer contre lui, mais marquant son territoire. Tu veux un verre ? Autre chose ?

Patch secoua la tête. Il voulait être n'importe où sauf ici.

— Désolé, je suis en retard. J'ai eu une proposition pour le Nouvel An à Vienne. Autriche.

Ça pourrait aussi bien être sur Mars. Il aurait mieux fait de se taire. Tout ce qu'il disait semblait déplacé ici.

— Bix est quelque part par ici.

Patch se raidit.

— Je l'ai vu.

— Il a participé à un concours, raconta Tucker en ricanant. Il s'est coincé quelque chose dans la queue, qu'il a dit. Un plug recourbé, ou un truc comme ça. Je ne sais plus. Fils de pute cinglé.

Davantage de ricanements éméchés.

Patch le dévisagea, incapable de joindre son rire au sien. Il ignora la ruée de stress et de regrets qui le submergeait. Il détestait l'idée de vouloir revenir en arrière et d'arranger les choses, de changer les choses, de faire les choses différemment.

*Tucker et Bix*. Ils avaient des années d'histoires, de sexe, de blagues et encore plus entre eux. Qu'est-ce que Bix avait fait que lui ne pouvait ou ne ferait pas ?

Une pointe de dégoût et de jalousie l'envahit, si forte qu'elle lui retourna l'estomac. Franchement, le départ de Bix serait probablement une bénédiction. Il trancherait ce connard rusé dans le sens de la longueur et le recoudrait avec du fil barbelé.

— Tu vas bien, gamin ?

— Non, répondit Patch en lui lançant un regard noir, mesurant le risque, avant de balancer la grenade contre le mur. Bix a essayé de coucher avec moi pendant dix minutes.

Tucker laissa échapper un rire sifflant qui n'atteignit pas ses yeux.

— Où ça ?

— Ici. Pendant que je te cherchais. Juste sous ton nez. À l'instant.

— Alors tu ferais mieux de m'acheter des lunettes parce que je ne l'ai rien vu faire du tout, rétorqua Tucker en croisant ses gros bras sur son torse, l'air absurdement raisonnable, torse nu et en chaps et bottes en croco, tandis que des ivrognes en costume les observaient à distance de sécurité.

— Il a dit des choses. Sur toi.

Tucker se comportait comme si tout cela n'était qu'une blague.

— Allez, gamin, il s'amusait, c'est tout. Tous ces gens s'amusent et flirtent. Ça ne fait de mal à personne.

— Ce connard m'a proposé un plan à trois.

— Évidemment. Il en meurt d'envie et tu es sacrément sexy.

La plupart des hommes autour d'eux s'étaient arrêtés pour regarder cette scène embarrassante qui se jouait en public.

Son regard et sa voix se durcirent.

— Tucker, il semblait penser que nous avions un arrangement, toi et moi.

— Eh bien, il a tort, non ? Patch, je traîne avec Wayne Bixby depuis près de quatre ans, tu crois que je ne sais pas quand il frétille de la queue ? Bien sûr qu'il tourne autour de toi. Jusqu'à ce que tu dises le contraire, c'est entre vous deux.

Tucker ne semblait pas jaloux ni contrarié, même.

— Ce n'est pas… ce que j'essaie de t'expliquer. Je parlais de toi.

Il fronça les sourcils. Que *voulait*-il dire ?

— C'est ton petit ami.

— Patch, ce n'est pas mon *petit ami*. C'est mon… rien du tout. Bix squatte à la maison quelques nuits par an quand il est de passage dans le coin.

Patch hocha la tête. Bix n'avait rien fait en fait, mais une impatience folle rampait en lui.

— Eh bien, il est parti, maintenant. Tu vois ?

Tucker croisa les bras et s'écarta de la foule devant la porte d'entrée du Oz.

— Tu as super bien joué à cette fête. Vraiment bien. C'est une chouette journée. Et nous sommes là.

Patch hocha la tête, incapable de rester tranquille.

— Bon, tout à coup, tu es plus furieux qu'un moustique dans une usine de mannequins.

Patch gigota à nouveau, les mettant dans l'ombre. Au moins, la foule ne pouvait plus les observer aussi facilement.

— Qu'est-ce qui se passe, gamin ? Tu imagines qu'il me connaît mieux que toi ?

— Non, je… Non, soupira-t-il. C'est la façon dont il l'a dit. Je pensais que tu lui avais donné l'autorisation. C'est pratiquement ce qu'il a dit. Tout à l'heure.

Il parcourut la foule du regard à la recherche de ce trou du cul, comme si une preuve l'aiderait.

— Écoute, j'étais ici à tuer le temps en t'attendant. Une demi-heure plus tard, Bix est arrivé, plus que déchiré. Il tenait à peine debout, il avait du sperme de stripteaseur dans les poils de son torse et il a dit un tas de conneries. Et j'en ai dit aussi, ajouta Tucker en haussant une épaule. Je lui ai dit de se trouver son propre lit. Que nous avions le nôtre.

Tucker sourit, pas du tout contrarié.

— Ah oui ? Et qu'avons-nous ?

*Du calme, du calme.*

— Une chambre louée, je suppose. Six mètres de cordes et un tube de graisse de retour à Hixville.

Il commença à reculer, se fichant de tomber.

— Attends, l'arrêta Tucker qui ne souriait pas du tout. Bix est peut-être un escroc, mais il est correct avec moi. Il s'excuse quand il le doit, demande ce qu'il veut, et dégage quand il le faut.

— Je ne crois pas. Il *te* veut, Tucker.

Ce qui stoppa Tucker, net.

— Oh, gamin. C'est…

— Tu ne comprends pas, insista Patch, s'étranglant sur le noyau dur de la jalousie. Il fait tout ce qu'il peut pour nous foutre en l'air, pour revendiquer son territoire. Il te veut.

— Je ne suis pas *à vendre*. Et il n'y a pas une once de complot dans tout son corps, car Bix ne veut rien qu'il n'ait pas déjà. Il est trop bousillé pour bousiller quelqu'un d'autre.

Patch repensa à cette grande main posée sur ses fesses, à ces deux doigts, imagina cette main sur Tucker et eut envie de tuer quelqu'un.

— Il te prendrait en un battement de cils.

— Personne ne peut me *prendre*. Je suis un homme, rétorqua Tucker en relevant le menton. J'ai mon propre libre arbitre, crois-le ou non. Je vis la vie que je me suis construite, comme tout le monde.

— Nous n'avons pas la moindre chance. Pas la moindre.

Patch secoua les mains et recula jusqu'à heurter le mur. *Trop vite. Trop vite.*

— Attends, dit Tucker en levant les paumes, comme si Patch était un poulain craintif. Tu n'es pas logique. Tu n'es pas juste.

Patch le savait mieux que personne. Il était aussi mauvais que Bix. Il avait emmené Tucker ici pour l'exhiber comme un taureau à une vente aux enchères. Il voulait que tous ces ploucs bavent sur ce cowboy sexy qui portait sa marque.

*Fais semblant.* C'était ce qu'il avait fait. Comme son père l'avait dit, *rien n'est juste, rien ne l'a jamais été.* Ce voyage n'était que pour retarder l'inévitable instant où il retournerait à New York et laisserait Tucker pourrir, comme tous les autres au cours de sa vie. C'était comme mettre le feu à une grange de foin. *Nos deux vies.*

Bien qu'aucun d'eux ne bouge, ce fut comme si un gouffre caverneux s'ouvrait entre eux.

Patch cligna des yeux.

— Je n'ai pas assez réfléchi.

— Un bon moment, lui rappela Tucker. C'est ce que tu as dit. N'est-ce pas ce que nous faisons ? Bon sang, lundi ou plus tu t'envoleras pour Dieu sait où et tu quitteras mon cul osseux de toute façon. Qu'est-ce que ça peut te faire si je m'envoie en l'air quand tu seras parti ?

Mais il ne semblait pas excité par cette perspective.

— Tu as raison. Tu as raison.

Il n'avait jamais eu aussi peur ni ne s'était jamais disputé de cette manière avec quiconque. Parce qu'il ne tenait à personne suffisamment pour cela ? Parce qu'il s'en fichait ? Choix cornélien.

Patch secoua lentement la tête, distinguant tout avec une vicieuse clarté. Ils s'étaient mutuellement bernés, tout comme ils avaient berné tout le monde dans leurs vies séparées. Deux hommes souriant qui couchaient ensemble et jouaient à s'impliquer.

Patch laissa échapper un rire bref et laid.

— Tu as raison.

Un mouvement attira son regard. Bix se tenait sur le trottoir, vacillant, ses sourcils blond foncé broussailleux et froncés, tandis que plusieurs centaines d'hommes du Circuit dérivaient entre eux comme des plumes échappées d'un oreiller déchiré.

— Ce n'est pas ce que tu veux ?

Tucker avait l'air si perdu, là sur Bourbon Street, sous les néons et le ciel nocturne.

*Fuis.* Son corps entier brûlait de ce besoin. Il avait juste envie de partir. *Vite-vite.* De s'enfuir avant que tout le monde commence à dire un tas de vérités destinées à l'épingler.

— Des lieux à voir et des gens à être.

— Oh, Patch. Ne fais pas ça. Allons-y, d'accord ? Toi et moi. Je meurs de faim, de toute façon.

Tucker se servait de sa voix de coach à présent, raisonnable et sévère, ce qui ne le fit se sentir que plus agité.

— Si nous ne pouvons pas prendre de décisions, nous allons rester ici jusqu'à ce que le ciel devienne rouge et que ce soit la fin du monde. Allez, viens, fiston.

— Dans un mois, nous ne nous souviendrons même plus de la raison pour laquelle c'était une bonne idée, dit Patch en haussant les épaules.

*Fais semblant.*

— Je serai une histoire salace que tu raconteras à tes potes.

— Écoute, gamin… je ne sais pas qui est quoi. Tout ce que je veux, c'est être ici avec toi, tant que je le peux, répondit Tucker en haussant les épaules, les bras pendant mollement. Je pensais que tout le monde pouvait être heureux. Même moi. Nos vies sont bien trop courtes pour être tristes.

— Je…

*Suppose ?* Il ne savait pas comment finir cette phrase. *Laisse tomber ? Renonce ?*

— … veux aller autre part. N'importe où ailleurs.

Le regard rivé au trottoir, Patch commença à s'éloigner du Oz.

Tucker le suivit, tentant de le faire ralentir, puis finalement le tirant par le coude et le forçant à se retourner devant un bar abandonné avec des chaînes aux portes et vitres savonnées.

— Hé ! Hé, gamin ! Tu es toujours avec moi ?

Patch cligna bêtement des yeux. Il avait oublié ce sentiment, celui de désirer une personne qui ne voulait pas de vous. *J'ai à nouveau quinze ans sous les gradins.*

— Tu ne m'écoutes même pas. Tu es déjà parti, dit Tucker en croisant les bras et penchant la tête sur le côté. Après tout ça, ces deux dernières semaines, ce soir et le reste, tu n'es même pas là avec moi. Je ne suis qu'un vieux chnoque dont tu te souviendras.

— C'est facile pour toi de…

— Rien de tout cela n'est facile, Patch. Je ne te connaissais même pas il y a deux semaines.

— Conneries ! Tu m'as vu grandir.

— Tu étais un enfant ! Le gosse énervant de Royce qui déchaînait l'enfer. Courant partout en faisant du grabuge. Tout ce que je savais c'était que tu étais un trou du cul d'adolescent qui ne cessait de s'attirer des problèmes pour des conneries. Aussi sauvage qu'un rat de champ de maïs. Les garçons te passaient à tabac et tu en redemandais.

— Stupide pédé.

— Ce n'est pas ce que j'ai dit, se récria Tucker, qui semblait à présent à colère.

— Putain, ils me terrorisaient, Tucker !

— Eh bien…

Tucker s'interrompit, le visage crispé et les paupières baissées.

— Tu nous as fait peur de nombreuses fois.

— Tu aurais dû le dire.

— Et tu aurais dû écouter, Patch.

— *Tu* me terrorisais.

Patch sortit ses mains de ses poches, mais ne trouva nulle part où les poser.

— Pour te *protéger*. Tu cherchais à te battre avec quiconque tenait debout assez longtemps. Baiser avec des mecs qui auraient pu te faire du mal. Ou des hommes prêts à te faire je ne sais quoi. C'était foutrement stupide. Tu aurais dû le savoir.

— J'étais…

Patch n'avait pas vu les choses de leur point de vue.

*Stupide. Borné. Excité.*

— … en colère.

— Tu étais un *enfant*. Tes enseignants, tes entraîneurs ont tous essayé de te protéger. La ville cherchait à te protéger. Ton père s'est battu pour te

275

protéger du mieux qu'il a pu. Mais c'était comme serrer un rosier dans ses bras. Nous avons peut-être mal fait, mais au moins, tu es encore en vie.

— Putain d'hypocrites.

— Peut-être. Mais c'était un sale coup, fiston. Tu continuais de te faire attraper pour des choses risquées, qui n'étaient même pas légales. C'est un fait. Je ne vais pas entrer dans les détails.

— Ils ont essayé de me tuer.

— Alors tu t'es enfui et t'es construit une vie là où tu le pouvais. C'est bien. Tu as vingt ans, maintenant.

— Vingt-deux.

— Et j'en ai le double. Je m'étais construit une vie, là-bas, qui me convient. J'imaginais que c'était à cela que ressemblait le bonheur. Je croyais avoir la vie belle.

Patch secouait la tête.

— Puis tu débarques comme un ouragan. Tu me renverses. Tu me traînes avec toi. Tu me rends heureux. Et tout ce que j'ai pu faire a été de m'accrocher tant que j'ai pu. Je savais que tu décamperais dès que tu le pourrais. Tu me l'as dit.

— Nous sommes des étrangers.

— Alors, oui, répondit Tucker en clignant des yeux et écartant largement les bras. Mais je te connais maintenant.

— Tu m'as connu toute ma vie !

— Foutaises !

Tucker déplaça son poids maladroitement.

— Je te voyais. Je te parlais quand je passais à la maison. Je te tombais dessus au lycée. Mais je ne...

— Eh bien, moi je *te* connaissais. Toute ma vie tu t'en es pris à moi, me faisant sentir comme un échec, un raté, un *pédé*. Je suis allé là où je pouvais me battre mieux que tu ne le pouvais, expliqua Patch en s'essuyant le nez de ses mains tremblantes, espérant que ce n'était que de la sueur sur son visage. Même après la fuite, tu foutais le bordel dans ma tête. Je te connaissais. Dire des conneries et me frapper.

Il ricana.

— Patch, tu ne me connaissais pas. Tu savais des *trucs* sur moi.

— Comment peux-tu dire ça ?

Sur le trottoir près d'Oz, Bix riait fort, encerclé par des ours musclés tout en cuir, ne leur prêtant plus la moindre attention. Sa ceinture était débouclée, sa braguette baissée jusqu'à sa toison pubienne et il se frottait le ventre d'un air absent.

— Toute cette merde est dans nos têtes. Ce n'est pas réel. Rien de tout cela.

Le visage de Tucker s'affaissa, comme s'il se souvenait de quelque chose de triste.

— Rien de tout cela.

Il se balança sur ses talons et recula de plusieurs pas, levant les yeux vers les lumières de Bourbon Street, comme s'il les voyait pour la première fois.

— Je ne suis plus un petit garçon, dit Patch.

— Non, répondit Tucker, la lueur s'éteignant dans son regard. Mais moi non plus. Je ne suis plus jeune ou plein d'espoir.

Il fronça les sourcils.

— Seigneur, je quittais l'armée quand tu n'étais pas plus qu'une empoignade sur le siège arrière d'une voiture.

— Et tu t'y connais en empoignade, hein ? rétorqua Patch, sentant la lueur dans son regard s'éteindre, le vert devenir glacial et toxique. Te faufiler afin de baiser les femmes des autres ou pire. Prendre ce que tu pouvais avoir là où tu pouvais le voler, pas vrai ?

— Ça suffit, gamin !

Tucker déglutit, fermant la bouche en une ligne mince.

— N'y pense même pas !

Patch se tut. Il se demanda ce qu'il avait dit et même s'il avait voulu le dire.

Tucker semblait absolument certain.

— J'ai compris la première fois.

— Tu pourrais avoir tout ce que tu veux, Tucker.

— Non, Patch, soupira Tucker, avant de sourire, ce qui le fit ressembler au foutu Homme Marlboro. Personne ne peut tout avoir.

— Plus, alors. Tellement plus que…

Que quoi ? Des tracteurs ? Des couchers de soleil ? Botchy ? Une bière fraîche dans une journée chaude ? Des lucioles ? Patch réalisa comment il paraissait insultant, mais il ne savait pas comment comparer équitablement leurs vies.

— Tu attends moins que ce dont tu as le droit.

— Peut-être. Les gens ne désirent pas les mêmes choses, cependant.

Sans bouger, Tucker s'éloigna de lui.

— C'est triste.

Patch hésita. Les larmes dansaient à l'orée de ses cils.

— Je sais. Je pensais que toi et moi…

*Quoi ?* Quel avenir avaient-ils ? Pourquoi était-il en colère que Tucker l'ait utilisé ou non ? Avaient-ils une chance de finir ensemble ou non ?

— Je suppose que rien de tout cela ne compte.

— Attends. Qu'est-ce qui ne compte pas ? Tu vas retrouver tout ce béton à New York. Et je vais aller à Kountze, Honey Island, ou peu importe, tant que je trouve des raccordements pour ma caravane. Nous allons tous les deux quelque part et ce n'est pas ensemble. Tu l'as dit, gamin. Tu n'as pas cessé de me le dire.

Son regard était comme du nickel.

*J'ai fait cela ?*

Patch avait envie de le contredire, d'ajouter quelque chose, de faire de folles promesses. Un millier de choses impossibles à nommer.

Un silence tendu s'étira et vacilla entre eux. Leur brève fenêtre brûlante de temps partagé se refermait tandis qu'ils se tenaient, parfaitement sobres, sur Bourbon Street.

La foule tapageuse passait devant eux, impassible, sans même s'arrêter pour les regarder au milieu du *Southern Decadence*. Une rivière de discorde et aucune réponse.

— Exactement. C'est ça. Tu vas retourner retrouver tes amis et je vais traîner avec les miens, ajouta Tucker, stoïque.

Patch se raidit.

— Va te faire foutre !

Alors, finalement, il n'avait été qu'un morceau de viande. À la seconde où les choses devenaient sérieuses, Tucker tournait les talons. *Comme toujours.*

— Qu'est-ce que ça peut me faire, de toute façon ?

— Fiston, dit Tucker d'une voix douce et déçue. Ne sois pas comme ça.

— Comment ?

C'était leur voyage. Il se sentait trahi, mais ne trouvait aucune réaction où il ne se sentait pas humilié.

— Tu pars.

— Euh… du moins, je pensais que tu ne restais pas. Tu dois te rendre dans des lieux où je n'ai pas ma place, gamin.

Colère et déception incessante l'envahirent.

278

— Alors, c'est comme ça.

— Comment, comme ça ?

— Comme le fait que Bix connaisse la vérité. Comme le fait que toi non. Comme le fait que je ne suis qu'un indésirable de plus qui rentre chez lui avec un suçon dès que tu en as fini avec lui. Comme le fait que cela ne veut rien dire et que tu t'en contrefous.

— Possible, répondit Tucker en haussant les épaules et regardant le ciel d'un air absent. Dieu me pardonnera. C'est son job.

— Tu sais ce que je veux dire. Tu sais que ce n'est pas vrai. Tu sais que tu n'en as pas envie, même, mais tu restes coincé, Tucker Biggs, t'agitant alors que le monde s'éloigne, s'exclama Patch en le repoussant. Et je le sais, parce que je t'ai vu... entièrement.

Tucker écarta les mains et les leva, comme si Patch visait ses côtes avec une arme.

— Fiston, toutes ces conneries sont dans ta tête, elles ne sont pas réelles.

Patch le foudroya du regard. Cette vérité caustique n'avait pas à être déballée au milieu de Bourbon Street avec Bix se tenant à quelques mètres de là, ignorant un gâchis qu'il n'avait pas tout à fait créé.

— Nous avons un problème. Tu as du travail. Je dois rentrer. C'est aussi simple que ça, conclut Tucker en secouant la tête.

*Simple.*

Patch fronça les sourcils.

— Va chevaucher le clown.

La moustache de Tucker passa sur ses dents, comme si la vérité pouvait se répandre d'un instant à l'autre.

— Je ne sais pas ce que tu veux, gamin.

*On est deux.*

— Non.

Avant qu'il ne puisse se duper en croyant à nouveau à ce fantasme, Patch se couvrit les yeux et quitta Bourbon à l'aveugle, se frayant un chemin à travers une foule de marins heureux, musclés et affamés qui cherchaient à se noyer.

# X

Patch ne s'arrêta à l'hôtel que pour récupérer son sac et passa une nuit lugubre dans un Travelodge près de la station de bus. Il paya avec les espèces de son enveloppe du thé dansant, comme un ripou payerait un pot-de-vin. Il se lava pour enlever les paillettes, mais ne ferma pas l'œil. Le dimanche fut pire. Il tenta de manger, de bouger, mais n'y parvint pas.

Aux environs de onze heures le lundi matin, il prit un bus en direction de Beaumont et, après avoir dormi sur une chaise cette nuit-là, il attrapa la correspondance pour Lumberton, ce qui signifiait qu'il ne serait de retour dans le comté d'Hardin que le mardi après-midi.

Il descendit au Shop'n Go avec une tête de déterré. Dieu merci, son téléphone avait deux barres ici, alors il put appeler le salon funéraire et supplier une pauvre Vicky abasourdie de venir le chercher.

Une urgence, lui dit-il. Dès que possible, lui répondit-elle.

Tandis qu'il patientait, il essaya de dormir ou de manger, mais n'arriva pas forcer ses yeux à se fermer ou son estomac contracté à se détendre. Il envoya un message à Scotty pour lui faire savoir qu'il rentrait récupérer ses sets au Beige et lui confirmer que les fonds pour *Vélocité* arrivaient. Il tapa trois essais de messages pour Tucker qu'il échoua à envoyer, avant de renoncer et d'aller attendre sur le bord de la route dans son jean Diesel, comme un réfugié dans une zone de guerre chic.

Vicky se gara des heures plus tard, l'air agitée et terrifiée, tandis qu'elle ouvrait la portière passager.

— Seigneur, Patch. Tu as l'air tout chiffonné.

— C'est une longue et horrible histoire. J'étais…

Que pouvait-il dire qui paraîtrait sain d'esprit ?

— … coincé.

À son crédit, Vicky se contenta de hocher la tête et conduisit les trente-trois kilomètres jusqu'à la ferme sans le mitrailler de questions. De la variété à la radio remplissait le blanc, ce qui lui convenait parfaitement. Les nuages étaient bas et épais dans le ciel, comme de la laine sale, gonflés par tempête qui refusait de craquer.

Une fois arrivé, il remercia Vicky et l'obligea à accepter quarante dollars pour l'essence qu'elle avait dépensée avant de la faire sursauter en lui faisant un câlin de remerciement. Elle lui donna une autre étreinte et redémarra, le regardant dans le rétro avec une expression inquiète sur le visage.

*Pas de ça, frangine.*

Il déverrouilla la porte, balança son sac à l'intérieur et se dirigea droit vers sa rutilante voiture de location. Les nuages caillés semblaient encore plus bas, plus gris tandis qu'il conduisait en direction de Hixville.

Le Feed & Seed était fermé, une pancarte marquée « Je reviens » sur la porte, alors Patch se fraya un chemin jusqu'à la maison aux bardeaux manquants des Rodman à l'arrière. Un coq grincheux le surveilla depuis la boîte aux lettres installée sur un poteau. Dave lui fit un signe depuis le toit, un marteau à la main.

— Te voilà, retentit la voix tonitruante de Janet du fond du magasin, là où ils stockaient les bennes à ordures entre deux hangars. Quoi de neuf, citadin ?

— Qu'est-ce que tu fais ?

— Je réfléchis.

Dans le grand hangar à foin, Janet se tenait dans un enclos temporaire entouré de fils barbelés, nourrissant des poules.

— Elles m'aident, dit-elle, les yeux baissés sur les poules. À réfléchir, je veux dire, ajouta-t-elle en balançant une poignée de grains.

— Qui...

Patch s'approcha et remarqua un van familier où étaient posées des boîtes.

— Ce sont les poules de Tucker.

Il ne les avait jamais vues parquées. Normalement, elles picoraient dans la cour encombrée autour de chez Tucker.

— Je les surveille jusqu'à ce qu'il revienne de Dieu sait où.

Un noyau glacé de peur se logea dans son estomac.

— Où ça ?

— Qu'est-ce que j'en sais ? répliqua-t-elle en haussant les sourcils, l'air carrément sceptique. Silsbee ou Batson. Quelque part. Il est parti, comme il le fait quand il n'a pas le choix.

Elle jeta une autre poignée de grains depuis le seau attaché à sa hanche.

— Je suppose qu'il n'avait pas le choix, ajouta-t-elle, apparemment à l'attention des poules, mais il savait bien que ce n'était pas le cas.

Il s'avança vers l'enclos.

— Tout le monde a le choix, Janet.

— Ah ! ricana-t-elle, le visage rougi. Ce garçon a grandi coincé. Partout où il a été, ce putain de comté ressemblait à un nœud coulant tandis que tout le monde chantait un autre couplet de « Il était un bon raté ».

Il savait que c'était vrai. Lui aussi l'avait fait, toute sa vie, pendant qu'il fantasmait et suivait ce pauvre gars partout. *Électron libre. À fleur de peau. Un véritable désastre.*

Cette dernière pensée le fit tressaillir.

— Même ton père, paix à son âme. Tu crois que Tucker a voulu tout ce qui est arrivé ? continua Janet en écartant les poules de son chemin du pied. Il était à la dérive. Comme toi, comme tout le monde.

— Je dois partir, Janet. Je veux dire, il le savait, tout comme toi. Je n'ai pas d'autre choix.

— Qu'en est-il de Tucker ?

Elle ne le regardait pas, ou ne voulait pas le regarder.

— Comment ça ?

De son menton, elle indiqua quelque chose derrière lui.

— Il m'a laissé un cadeau.

Pour la première fois, il se tourna et vit l'imposante montagne de ballots empilés jusqu'aux poutres au-dessus de sa tête. Dans la pénombre, il l'avait confondue avec le mur.

— Merde !

— Il a tout ramené hier soir, vers vingt-deux heures. Dave a eu la peur de sa vie, dit-elle en croisant les bras sur sa poitrine. Je suis sortie en peignoir, il a déchargé la remorque dans le hangar. Il a fait six voyages en conduisant lentement, car il dépassait le poids légal. Puis il a ramené les poules. Pépite est dans la grange. C'est un sacré gâchis, voilà ce que c'est.

— Mais pourquoi ? demanda-t-il en secouant la tête.

— Pour débarrasser, il a dit. Tu vends.

Elle renifla.

— Tu vends ?

Juste comme ça, la décision fut prise. Elle ne pouvait pas savoir ce qui se passerait par la suite jusqu'à ce qu'il prononce les mots à voix haute :

— Oui. Pour payer mon club. *Vélocité.*

Il se balança sur ses talons, marchant sur une ligne imaginaire. Il ne l'avait pas dit à voix haute, car dès qu'il le ferait, la décision serait prise, sans retour en arrière possible.

— Dès que j'aurais signé les papiers avec l'avocate. Je pense qu'elle a fait une bonne affaire.

Alors pourquoi avait-il envie de vomir ?

— Plus vieux, plus riche et plus sage, c'est tout toi, gamin.

Elle examina le hangar plein à craquer et retira un brin de paille de son chemisier.

— C'est beaucoup de foin.

— Il a dit que c'était de la Jiggs, l'informa-t-il en regardant le brin qu'elle tenait à la main. Il a planté de la nouvelle Bermudes, ça pousse comme du chiendent.

— C'est cette beauté, dit-elle en faisant tourner le brin entre ses doigts. Elle est meilleure fraîche et pousse jusqu'à ce que tu la coupes.

Puis elle lui lança un regard sévère. Il secoua la tête, ne voulant pas entendre ce qu'elle taisait.

— Donne-lui l'argent, l'informa-t-il. Peu importe le prix.

C'était le moins qu'il puisse faire pour Tucker, qui avait fait tout le travail, de toute façon.

— C'est mérité.

Mais elle ne paraissait pas convaincue.

Il ne pouvait pas dire si elle le félicitait pour sa jugeote ou si elle le réprimandait pour sa lâcheté. *Peut-être les deux.*

— Et je vais lui donner une part de l'argent de Texaco. À la place de l'usufruit que lui avait laissé mon père.

— Hmmf.

Elle ne clarifia pas.

— Tu trouves ça correct, non ?

— J'espère, marmonna-t-elle en nourrissant davantage les poules. Quoi que tu fasses, ce sera définitif. Ou alors tu ferais mieux d'y réfléchir à deux fois. Réfléchis vite, mais décide-toi lentement. À toi de voir, gamin.

— Je l'ai déjà fait.

Il ne parla pas du gâchis de La Nouvelle-Orléans ni du long trajet dans ce bus puant, ou de Vicky le ramenant à la ferme mardi après-midi. Personne d'autre que lui n'était au courant de tout cela, et la croûte n'était pas assez ancienne pour la gratter.

Elle le dévisagea un moment.

— Eh bien, d'accord. Tu sais exactement ce que tu veux, donc.

— J'espère.

Il croisa les bras afin de ne pas se trémousser.

— Alors, retourne en ville. Danse et fais-toi de l'argent rapidement. Des minets et des réponses faciles. Qu'est-ce que ça peut te faire de toute façon ?

— Rien, convint Patch.

— Alors c'est bien. Si c'était le cas, tu as brûlé le pont avant de le franchir, gamin.

Une brusque rafale balaya sa queue de cheval sur le côté.

— Nous avons des poules à nourrir.

Patch se demanda où étaient les poussins ou Botchy, mais il craignait de poser la question de peur qu'elle le sache, ou pire, qu'elle le lui dise.

— Je sais que c'est le bon choix. Pour…

*Lui.* Il cligna des yeux, embarrassé.

— … tout le monde.

— Alors tu dois trouver un moyen d'éliminer les doutes, n'est-ce pas ? répliqua-t-elle en appuyant son doigt sur son torse. Partir pour un lieu qui ne ressemble pas à la maison et oublier.

Il fronça les sourcils.

— Oublier ?

— Ça arrive assez facilement. C'est quoi la maison, de toute façon ? Elle paraît grande quand tu es enfant, mais elle rétrécit. Tu n'avais pas de temps à perdre, tu sais. Seize années de fantasmes, de conneries et de souvenirs dont tu ne te souviens pas.

Il l'avait déjà fait. Ces deux dernières semaines avaient démantelé tant d'erreurs et d'incompréhensions. Des fantasmes stupides au sujet de cowboys et de coach qu'il avait gardés au frais tandis qu'il sortait à la va-vite avec des imbéciles mielleux.

*Tout ce que nous avons, c'est du temps*, retentit la douce voix rauque de Tucker dans sa tête, ainsi que ses mains calleuses sur son corps. *Vite-vite, lent-lent.*

La brise humide tourbillonnait autour d'eux, faisant caqueter les poules affamées. Patch se pencha à l'extérieur pour regarder. Quelque chose de mauvais se préparait, sans aucun doute. Le ciel s'était figé et abaissé, comme une purée de mauvais augure.

— Tu veux savoir ? reprit-elle en clignant des yeux et déglutissant. Tu as l'air d'avoir été avalé par un coyote et chié sur une falaise.

284

— Non. Je ne suis pas si mal en point.

Mais cela ressembla à un mensonge, dès que les mots furent sortis.

— C'est ton point de vue.

Son front s'assombrit comme si elle l'avait surpris fumant dans les toilettes des garçons et qu'elle voulait lui donner une fessée.

— Je ne t'ai jamais vu si misérable, gamin.

— Pas vraiment. Le marché avec Texaco se passe bien. Tout le monde est pris en charge. Tucker aura son argent. Mon club pourra ouvrir à tout instant. Ils auront leur plate-forme pour pomper ce qu'il y a sous cette terre.

— Je suppose.

Elle haussa les épaules et ramena quelques mèches de cheveux vers sa queue de cheval.

— C'est dur pour lui, cependant. Il n'y a pas de retraite sur une ferme. Tu travailles jusqu'à ce que la mort te coupe les jambes.

Il hocha la tête, silencieux et amer.

— Regarde Dave…

Elle renifla.

— Cet imbécile ne peut pas compter jusqu'à vingt et un à moins d'être nu. Mais c'est le meilleur mari que j'ai épousé.

— Le seul, tu veux dire.

— J'imagine, oui, ricana-t-elle en lui tapotant le bras de sa main pleine de taches de rousseur. La bonne personne.

Elle le fixa du regard comme si elle était au courant. Peut-être l'était-elle.

— Parfois, ton chevalier en armure étincelante se révèle être un campagnard en jean délavé.

De chaudes larmes montèrent et il les laissa couler, humilié, ce qui ne sembla pas déranger Janet.

— Assieds-toi. On dirait que tu vas t'écrouler.

Il s'assit sur un ballot, le dos appuyé contre le mur du hangar. Ses mains tremblaient.

— Patch, nous ne tombons amoureux que pour savoir avec exactitude ce que nous pouvons tolérer.

Patch hocha la tête, hébété.

— Il a été merveilleux depuis que je suis là et je l'ai quitté. Tout ce temps, et je l'ai quitté parce que je voulais arranger les choses. Dégager le passage, tu vois ? Alors, ça fonctionnerait avec…

— Toi.

Elle ne cilla pas et la question resta suspendue entre eux. Les poulets déambulaient autour de ses chevilles.

Il ne bougea pas au début.

— As-tu déjà fait la bonne chose pour la mauvaise raison et la bonne personne ? demanda-t-il en secouant la tête. Je me suis mal exprimé.

Elle s'essuya les mains sur la serviette qui pendait sur son épaule et passa devant les volatiles criards sur la pointe des pieds, l'observant avec une expression patiente. Elle déverrouilla prudemment la porte avant de demander :

— Tu n'as pas dit qui *il* était, gamin.

Il hocha la tête et déglutit.

— Tucker. Je parle de Tucker.

Prononcer son nom à voix haute devant elle, alors qu'il était si à vif lui donna l'impression que des couteaux le transperçaient lentement.

L'espace d'une cinglante seconde, il s'inquiéta d'avoir pris la mauvaise décision en venant nettoyer. Son envie de fuir s'accrut et il se prépara à bondir. Mais non.

Elle sortit de l'enclos et le prit dans ses bras. Elle sentait les poires.

— Viens à la lumière.

Elle le poussa en direction du banc usé derrière le magasin où elle venait fumer quand elle se chamaillait avec Dave.

Patch s'y laissa tomber, croisant ses bras sur sa poitrine creuse. Il plissa les yeux vers elle.

— Tu ne le savais pas.

— Comment diable l'aurais-je su ? Je ne sais pas ce que fait Dave la moitié du temps et il n'est qu'à quelques mètres chaque foutu jour. Ce ne sont pas mes affaires.

Elle sourit, plus que ravie.

— Hé ! Tucker et toi. Eh bien, je suis sur le cul.

— Il est assez vieux pour…

— Savoir ce qu'il veut, le coupa-t-elle en pointant son doigt sur son torse. Et tu es assez vieux pour y mettre du tien, alors boucle-la. *Pff.* Assez vieux !

— Je suis tellement amoché, Janet. Brisé. Et c'est moi qui ai fait ça. Peut-être que de mauvaises choses sont arrivées, mais je m'y suis tellement accroché que je n'arrive plus à réfléchir correctement. À aimer correctement.

— Je vois ça.

— Il ne reste rien en moi. Pas d'espoir, de confiance ou d'amour. Comme si j'en manquais.

— Oh, Patch. Tu ne manqueras jamais d'amour. Il transpire de nous, répondit-elle tandis qu'elle le berçait et lui caressant les cheveux en fredonnant.

— J'ai fait une chose horrible. À lui. Je croyais que c'était la chose à faire, mais j'ai fait quelque chose qu'il ne pourra jamais oublier, expliqua-t-il en fermant ses paupières brûlantes de honte. Il me rendait heureux.

— Oh, gamin. L'amour n'existe pas pour rendre les gens heureux.

Janet s'assit et lissa les cheveux emmêlés de Patch.

— Il existe pour nous déchirer et nous changer. Nous apprendre à quoi nous pouvons survivre avant de flancher. Il est comme le soleil. Il te fait pousser tout en te cramant le cul.

Son rire fut étranglé par ses larmes.

— Sans blague.

— Seigneur, vous savez comment foutre le bordel, tous les deux, brailla-t-elle. Dieu merci.

— Pourquoi ?

— Vous êtes si seuls, si excités et si brisés.

Elle ricana, puis gloussa de satisfaction.

Patch baissa les yeux vers la poussière.

— Je ne pensais pas que ça se passerait de cette façon. Je pensais qu'il voudrait de moi. Qu'on s'en ficherait. De tout, vraiment. Je ne pensais pas, en fait.

— Les gens sont plus flexibles que tu ne le penses.

Elle baissait les yeux, mais ne croisa pas son regard.

— J'avais peur. Tu sais comment ça se passe ici. Il ne le cachait pas, mais nous ne l'avons pas crié sur tous les toits.

— Eh bien, une partie de moi aurait aimé que tu me le dises, mais, en même temps, je suis contente que tu ne l'aies pas fait. Je veux dire, j'aimerais bien regarder vos sextapes, mais…

— Répugnant !

— Ne m'en veux pas. Je suis un être humain. Et vous deux, les garçons, vous êtes assurément…

Il éclata de rire. Elle l'avait fait rire, ce qui signifiait qu'au moins, il respirait. *Des petits pas, des petits pas.* Il avait parlé de Tucker à une personne qui comptait pour lui lorsqu'il était trop tard pour que cela fasse une différence.

— Mais je crois que certaines choses ne sont pas faites pour être partagées, dit-elle en pinçant les lèvres et plissant les yeux vers le ciel. C'est la vraie vie.

Pas un fantasme, voulait-elle dire.

— Oui, m'dame.

— Mais je suis heureuse que tu me l'aies dit. Heureuse pour vous deux.

Ses traits se brisèrent et tout le contrôle qu'il avait sur sa tristesse se brisa en même temps.

— Quoi ? Qu'est-ce qu'il y a, gamin, s'inquiéta-t-elle, ses bras l'enveloppant. Je ne le dirai à personne.

Il se mordit la lèvre, gardant la bouche fermée. Elle étudia son visage mouillé de larmes.

— Il a fait quelque chose ?

— Non. C'est moi.

— La belle affaire, gamin. Tu devais avoir envie de le faire ou tu ne l'aurais pas fait.

— Non, répondit Patch en secouant la tête.

Janet cligna des yeux, mais ne le poussa pas.

— Je… je me suis enfui et je l'ai planté. C'est mal.

Il secoua la tête, mais ne retrouva sa voix que lorsqu'il se fut raclé la gorge.

Janet fit un bref signe de tête.

— Tu es un adulte, avec deux oreilles et une tête coincée entre les deux. Peu importe ce que tu as fait, c'est fait.

— C'était quelque chose d'horrible.

— Horrible… Les gens sont comme ça. Certains râlent et s'en vont. D'autres restent les mêmes. Certains se plaindront si tu les attaches avec une nouvelle corde.

*Une corde.*

— Oui, soupira-t-il avec effort. Je crois que j'ai oublié combien j'étais jeune à l'époque. Encore maintenant.

— C'est ça la jeunesse. Comment pourrais-tu t'en souvenir ?

Pour la première fois de sa vie, tout se passait plus vite qu'il ne pouvait le gérer. Pour la première fois de sa vie, il avait besoin d'une pause, pédale de frein au plancher et frein à main tiré. Il serra les poings pour empêcher ses mains de trembler. *Imbécile.*

— Tout…

Il fixa les poules, puis la paille. Il se demanda si Botchy était avec son maître, s'il la revoyait un jour, bavant au sommet d'une montagne de foin.

— ... me manque.

Peut-être Tucker lui pardonnerait-il d'avoir été jeune et stupide. Il l'avait déjà été. Même si rien d'autre ne se passait, s'il avait raté sa chance, il pouvait peut-être arranger les choses et s'excuser avant de décoller pour New York.

— Es-tu certain que les choses sont aussi mauvaises que tu le dis ? Tucker est quelqu'un de stable. Ça pourrait s'arranger.

— Peut-être avant. Mais plus maintenant. Il a amené les poules. Et le cheval, ajouta-t-il avec un signe de tête en direction des animaux de Tucker.

— Tu crois ? Eh bien, les hommes sont stupides, concernant certaines choses.

— C'est fini. Je suis stupide, bon débarras.

Il cligna des yeux et essuya les larmes de ses cils.

— Peut-être que j'ai appris ma leçon.

— C'est déjà ça.

Toutefois, elle n'avait pas l'air très contente.

— Oh, Patch. Si je le pouvais, je te donnerais le monde, et la clôture qui va avec, dit-elle en lui tapotant le bras.

Il la laissa faire, essayant seulement de respirer, rien d'autre, tandis que le ciel bouillonnait au-dessus d'eux. Il allait pleuvoir d'un instant à l'autre.

— Je vais peut-être rentrer à New York, mais je vais cesser de courir dans tous les sens. Peut-être ralentir un peu. Je le saurais pour la prochaine fois.

— Possible.

Janet lissa à nouveau ses mèches, les yeux plissés vers le ciel lourd.

— Qui sait ? Pas moi.

— Il est grand temps que je me comporte comme un homme.

*Fais semblant.* Le conseil de son père dans sa tête ne le fit pas grincer des dents.

— Je ne suis pas en sucre.

Il pouvait le prétendre jusqu'à ce que ce soit la vérité.

— Gamin, tu dois choisir. C'est tout ce que c'est, être un adulte. Tu choisis.

Elle écarta ses mains couvertes de taches de rousseur, l'anneau d'or cabossé scintillant.

— Tu peux être un miroir ou tu peux être une fenêtre.

Patch fronça les sourcils.

— Comment ça ?

— Parfois, tu veux montrer aux gens ce qu'ils sont, faire tout rebondir, mais parfois, tu peux leur montrer quelque chose qui est passé.

Et il sut exactement ce qu'elle voulait dire. Tucker était passé par là. Patch avait regardé les deux. Toute sa vie, en fait.

— Passé.

— Cela est plus difficile pour la plupart des gens. Rester clean sans être brisé. S'écarter du chemin afin que les gens puissent voir le passé et de l'autre côté du miroir, expliqua-t-elle en lui tapotant la jambe.

Il tourna la tête pour croiser son regard.

— Tu crois ?

— Les gens regardent, mais ils ne voient pas toujours. Tu dois les aider.

— Merci, Mme Rodman.

Patch lui sourit et la serra dans ses bras. Il n'avait pas repris espoir, mais, au moins, il savait ce qu'il devait se passer, même s'il ne savait pas comment faire pour cela.

— Tu es d'une grande sagesse.

— Dis ça à Dave.

Elle sourit et le frappa, pour plaisanter.

— Regarde-moi, je donne des leçons devant un poulailler avec une tempête en prévision.

Elle se leva et le regarda s'éloigner en direction de sa voiture, lui faisant signe de la main tandis qu'il démarrait.

Alors qu'il regagnait la route, il la vit revenir lentement dans le hangar à foin, le regard baissé sur le gravier sous ses pieds.

Le trajet retour le ramena droit vers la vilaine tempête qui se préparait.

Avant chaque orage, le parc de Big Thicket se parait de couleurs, de feuilles et d'aiguilles gonflées d'un vert dense qui ne se dévoilait à aucun autre moment et ne durait que jusqu'à ce que la foudre éclate. Durant ces quelques heures, les troncs d'arbres suintaient de sueur froide et les animaux sensibles trouvaient un endroit où se terrer.

Celui-ci allait être unique en son genre.

Curieusement, il fut certain que Tucker attendrait dans la caravane, à la maison, près de l'étang ou dans la grange, à enfourcher du foin. Il avait prévu de lui remettre l'enveloppe de son thé dansant. Hormis ses conneries

290

personnelles, mille cinq dollars en cash était le moins qu'il puisse faire pour Tucker, pour tout le travail qu'il avait fait ici, ainsi que l'argent de la vente du foin. Ils discuteraient, au minimum, et même s'il avait merdé jusque-là, il pourrait s'excuser et faire ce qu'il fallait pour la seule personne qui le méritait.

Patch conduisit jusqu'à la ferme, prêt à présenter ses excuses, à dire la vérité, rester immobile et en payer les conséquences, afin qu'ils puissent tous les deux trouver une voie à suivre, même si c'était un chemin séparé.

Il se gara dans l'allée de Tucker, et fixa le spectacle le plus triste qu'il ait jamais vu.

Les luminaires dans la cour avaient disparu, tout comme les vitres de la caravane. Dans la cour, l'un des vans à poules était silencieux, rongé par la rouille sur son axe fissuré. De l'autre côté, il ne restait rien d'autre qu'un rectangle de mauvaises herbes qui avaient poussé en dessous.

Tucker était parti depuis des jours – parti précipitamment. *Pas d'erreur.*

Patch sortit de l'Impala, ignorant le vent humide. En haut des marches, le petit porche était vide et balayé. Toutes les plantes avaient disparu. Aucune poule ne se baladait dans la cour, semant pêle-mêle des œufs ninjas, car elles se trouvaient au Seed & Feed.

Il tenta de faire abstraction du creux de tension glacial dans son estomac, certain qu'il trouverait une horrible surprise qu'il ne pourrait pas supporter. Puis il sut.

*Je vous en prie, non.*

À son contact, la porte ébréchée s'ouvrit, déverrouillée et délaissée.

À l'intérieur, la caravane de Tucker avait été vidée de tous meubles et bibelots, à la hâte, de ce qu'il pouvait voir.

Le bruit de ses pas grinça dans le petit espace, résonnant étrangement. Sans son contenu, la caravane tout entière semblait avoir rétréci d'une certaine manière, comme si le fait d'être désengorgée des possessions de Tucker la faisait paraître ratatinée et tordue, semblable à un pneu crevé.

— Cet enfoiré à tout vidé.

Il aurait dû en être heureux.

Dehors, la stalle de Pépite était grande ouverte, près de la remorque abandonnée sur des parpaings. Le bol de Botchy et ses balles de tennis mâchouillées avaient aussi disparu. La salle de bain arrière était vide de tout poussin et de paille. Les placards et le frigo avaient été lavés. Pas de nourriture, pas de vaisselle, pas même un rouleau de serviettes en papier.

291

*Plus rien.*

Il n'avait jamais vu un spectacle aussi triste de sa vie.

Il se dirigea vers la chambre de Tucker et figea sur le pas de la porte, les mains tremblantes.

L'immense lit en laiton de Tucker, celui qu'il avait traîné toute sa vie, remplissait la pièce nue, avec son encadrement orné. La seule chose qui restait dans cette caravane était ce vieux cadre de lit recroquevillé dans un coin comme un squelette d'or monstrueux qui garderait la chambre… pas de draps, pas de matelas, juste un enroulement étincelant de métal.

De toutes ses affaires, pourquoi aurait-il laissé cela ?

Peut-être avait-il été à court de temps. Peut-être avait-il prévu de revenir. Peut-être n'avait-il pas de place dans le camion de déménagement et qu'il l'avait laissé ici le temps de s'installer.

*Enfoiré stupide !* Que ce soit lui, Tucker ou toute autre personne convenait parfaitement. Le coin de ses yeux commença à piquer, alors il les frotta jusqu'à ce que ça fasse mal.

Qu'est-ce que Tucker avait fait, bon sang ? Patch fronça les sourcils. Il avait déménagé, voilà ce qu'il avait fait. Comme il l'avait dit, comme Patch le lui avait dit. Il avait réglé les derniers détails comme il avait promis de le faire, le laissant sans bazar à nettoyer. *Bon, essentiellement.*

Patch posa les mains sur le pied du cadre du lit, qui l'avait attendu dans la pénombre, comme une lettre écrite à la maison dans une langue étrangère, en lettres d'or. *Seigneur.* C'était la seule partie de son passé que Tucker était parvenu à conserver et il l'avait abandonnée.

*Il te l'a donné, abruti.*

Une terreur nauséeuse s'enroula autour de lui, pompant un trop-plein d'adrénaline qui n'avait nulle part où aller. Il s'essuya la bouche et s'enfuit à toutes jambes de la caravane.

*Mon Dieu, qu'est-ce que j'ai fait ?*

Il rentra lentement à la maison principale, tentant de déterminer le moment exact où les choses avaient si mal tourné, si vite et si facilement.

Il finit par prendre une décision, en quelque sorte. Il se rendrait au cabinet de Mme Laundry pour signer l'accord autorisant Texaco à expertiser et échantillonner. Une formalité, à ce stade. Ils voulaient cette terre depuis des années. Aucune raison d'attendre, et le temps comptait pour *Vélocité*, de toute manière. Même si les choses avaient pris une tournure un peu bancale, son plan d'origine était toujours bon.

Il se lava et s'habilla dans la maison sombre, se préparant à la tempête.

Pour un million de raisons différentes, le trajet jusque chez l'avocate ne se déroula pas comme prévu. Les routes, le ciel noirci, son trouble complotaient pour le faire dévier. Curieusement, il passa devant la même station-service inutile deux fois. Il continua d'errer tandis que le vent et la pluie gagnaient en intensité, comme s'ils l'induisaient délibérément en erreur. Il finit par arriver, mais par un étrange chemin qu'il n'aurait pas pu trouver même s'il avait essayé.

Au moment où il fut de retour à Kixville, il avait vidé la moitié de son réservoir pour un trajet de vingt-huit minutes et le ciel noueux et laineux était si bas qu'on aurait cru pouvoir le toucher.

De retour à la maison, il s'allongea sur la moquette bleue de sa chambre d'enfant, écoutant la tempête bouillonner. Pas un ouragan, mais sans aucun doute un grand désastre pour tout le comté. La foudre éclairait la maison vide de ses parents, révélant les pièces nues dans ses flashs sporadiques d'un blanc aveuglant qui le laissaient aveugle et nerveux. Vers vingt-trois heures, les premières gouttes frappèrent les fenêtres et peu après, ce qui ressemblait à des cailloux heurtait le toit.

Effectivement, quand il jeta un coup d'œil dehors, il grêlait. Des éclats et des boules de glace bombardaient l'allée et claquaient contre les bardeaux. À cause de l'humidité, les tempêtes de grêle pouvaient être mauvaises en cette saison d'ouragan ; il les avait souvent vues faire éclater des parebrises et érailler les peintures des voitures jusqu'à la couche d'apprêt.

Bravant le froid humide, il courut jusqu'à la voiture de location, le vieux ciré de son père sur la tête. Les grêlons le frappèrent au point de lui faire mal. La plupart avaient la taille d'une pièce de cinq cents, mais il repéra plusieurs blocs de glace de la taille d'un poing tandis qu'il esquivait les flaques d'eau et les branches tombées. Les branches d'arbre humides pendaient et la pelouse était criblée de boue.

Sautant dans l'Impala, il la gara dans la grange abandonnée afin qu'elle ne soit pas martelée. La dernière chose dont il avait besoin était d'une facture de carrosserie quand il rendrait le véhicule.

Retraversant la cour, il fit le tour de la maison, ferma tous les volets du mieux qu'il put, recouvrant les vitres exposées. Il avait aidé son père à les installer en guise de cadeau de fête des Mères quand il était en cinquième, mais les charnières étaient grippées de désuétude.

De retour à l'intérieur, il ôta ses vêtements trempés, se sécha avec une serviette, et se prépara à passer une mauvaise nuit. Le vent et la grêle résonnaient étrangement dans les pièces vides.

Vingt dollars que le courant allait sauter, ce qui ne ferait pas une grande différence, en ayant été privé depuis le départ, mais cela voulait dire aussi les bornes relais. Les gens seraient coupés du monde jusqu'au matin, partout dans Hixville. Raison numéro cinq millions pour laquelle il devait retourner en ville, non ? De toutes les tempêtes, celle-ci ne rentrerait pas dans le Livre des Records, mais ici en pleine cambrousse, la nature semblait rappeler aux gens qui possédait quoi, de temps à autre.

Quelques heures plus tard, il s'endormit seul sur le sol, écoutant le martèlement furieux contre le toit, semblable à de gigantesques phalanges, ne sachant pas comment répondre et espérant que Tucker était en sécurité, dans un quelconque endroit qui n'était pas chez lui.

# XI

FINALEMENT, LA tempête explosa en mille morceaux, laissant la ferme meurtrie et silencieuse.

Patch se réveilla épuisé, sur les nerfs, comme si un sifflement subsonique l'avait maintenu en alerte, inaudible, mais incessant. Tout son corps avait envie de courir vers la première sortie disponible, de fuir si vite que la chair fondrait sur ses os.

Dehors, l'air moite et lourd ne s'était pas encore réchauffé ou assez déplacé pour sentir le propre. Quelques grêlons tenaces parsemaient encore les flaques de boue éparpillées dans la cour. Les azalées et les roses de sa mère avaient été réduites en bouillie. Le ciel livide avait été récuré jusqu'à l'os.

Sans protection, les champs étaient encore pires. L'herbe fraîche était aplatie, le dernier fauchage de Tucker écrasé en bouillie verte. Peu importe. Texaco ne mettrait pas ce foin en ballots de toute façon.

Dieu merci, il avait garé la voiture dans la grange.

S'il en avait envie, il pouvait être en route pour Houston avant midi et de retour à New York pour le coucher du soleil. Après tout, n'était-ce pas ce qu'il désirait ?

Il termina d'empiler les cartons contre le mur pour le transport. Il bourra ses affaires dans son sac à dos, se demandant s'il ne ferait pas mieux de les brûler. Il pouvait se le permettre. Après tout, ce n'était pas la fin, c'était le début de tout ce qu'il avait toujours voulu.

En dernier, il alla faire ses adieux au cimetière et à l'étang. Il ne les reverrait jamais.

La grêle avait arraché les feuilles et cassé les branches. Le terrain accidenté était détrempé et, dans certains endroits ombragés, les plus gros blocs de glace fondaient comme des balles de golf difformes. Les arbres drapés de kudzu devaient avoir protégé les tombes des plus petits grêlons. Il se demanda si les morts enterrés ici appréciaient le sacrifice des arbres, ce qui l'arrêta net.

Après toutes ces années à avoir utilisé cet endroit comme un refuge, il n'avait jamais vraiment réfléchi aux restes humains qui gisaient sous ses pieds. Enfant, il avait considéré ces pierres comme rien de plus qu'un paysage crasseux.

Seize pierres tombales piquées par des centaines d'années de pluie, les dates et les noms presque effacés. Neuf d'entre elles étaient des carrés de grès clair et se dressaient comme des dents déchaussées. Elles se trouvaient là depuis si longtemps que les hêtres avaient poussé tout autour, même près de la petite statue d'ange, ses ailes repliées et penchées vers l'avant, comme pour protéger un enfant oublié. En cet instant, les ailes arquées abritaient un unique grêlon de la taille de son poing.

Il ne connaissait même pas les noms de cette famille enterrée ici. Sa mère avait essayé une fois de le découvrir durant sa période scrapbooking, mais aucune information publique n'existait.

La famille Slope avait cultivé ces terres depuis que le Texas avait rejoint les États-Unis, mais au-delà du titre de propriété, les dossiers de la ville avaient été perdus, tout comme l'histoire de cette famille. Ça n'avait pas dû être facile de survivre à la chaleur des étés et aux ouragans, subvenant à leurs besoins dans la poussière avant qu'il y ait une véritable ville dans laquelle s'échapper, alors que le Texas était encore un pays.

Ce n'était pas comme si le forage dérangerait ces os. Mais là encore, il n'était pas géologue.

Patch fixa l'ange aux ailes en parenthèses et s'interrogea sur l'enfant allongé en dessous. Ces gens avaient eux aussi des familles, des parents qui les aimaient suffisamment pour les mettre en terre à proximité et se souvenir d'eux.

Agacé, il arracha une mauvaise herbe qui avait survécu à la pluie de grêlons à la base de l'ange. Quel genre d'abruti essaierait de vivre sa vie ici, en pleine cambrousse ? Ils devaient être idiots, désespérés ou dérangés. L'enfant sans nom le dérangeait, comme un caillou dans sa chaussure.

Bien évidemment, les descendants des Slope avaient abandonné leur passé pour découvrir le monde : Austin, Chicago et peut-être même New York. Peut-être qu'un fils avait rejoint le cirque, lancé une entreprise ou avait foutu le camp pour se trouver une vie.

*Le mal du pays.*

Il arracha une autre mauvaise herbe.

Ils déménageraient probablement, ces ossements. Ça n'avait pas d'importance. Qui le remarquerait à part lui ? Huit ou neuf fermiers trop butés pour trouver un meilleur endroit où vivre. Ils méritaient d'être abandonnés, à part l'enfant.

Les paroles de Tucker le hantaient. *Certaines personnes n'ont pas de famille pour commencer dans la vie.*

Le visage de l'ange, patiné, sans relief, soutenait son regard. Il y avait quelque chose de triste dans le fait que vos os soient déplacés comme une voiture sur un parking.

Un corbeau croassa au-dessus de sa tête.

— Je déteste cet endroit.

Ça aussi c'était un mensonge. Il aimait cette bulle de verdure et de tranquillité. Certaines lui avaient manqué ici, il les avait aimées. Une part de lui aimerait toujours vivre dans cet endroit.

Tucker lui rappellerait les bons moments qu'il oublierait. Comment se faire une vie simple, avec rien d'autre que son charme, le sexe et son chien.

Une autre mauvaise herbe et un autre arrachage. Le sol était frais et rougi par l'argile.

Il se demanda comment était cet enfant. Quel âge avait-il lorsqu'il était mort ? Combien avait coûté cet ange ? Depuis où avait-il voyagé ? Combien ses parents avaient-ils sacrifié pour le poser ici, sous les arbres pour que la pluie le lave en douceur ? Au moins, à New York, là où tout allait à toute vitesse, il avait toujours quelqu'un pour regarder.

*Je n'aurais jamais dû revenir ici.*

Il aurait mieux fait de rester loin d'ici, de s'en laver les mains, de se bâtir une enfance qui fonctionnait mieux.

Il fronça les sourcils à l'idée de mentir autant, à l'idée d'éradiquer sa famille.

— Stop, murmura-t-il.

*Au revoir, adieu.*

Une larme coula, puis une autre. *Imbécile.* Il ne connaissait même pas cet enfant mort sous cet ange et il pleurait pour lui.

*En partie.* Pour ses parents aussi probablement. Et pour Tucker.

Patch s'essuya le visage du dos de la main, honteux de sa tristesse et de ses doutes. Il ramassa le gros grêlon sur l'ange, le laissant fondre dans sa paume, se fichant que ce soit douloureux.

— Je t'aime, retentit la voix de Tucker, semblable à un ronronnement derrière lui, et les mots crus ouvrirent un horrible trou dans sa poitrine.

Patch se tourna, le silence, comme sous l'eau, bourdonnant à ses oreilles et sa peau picotant sous la chair de poule.

Tucker se tenait à l'orée du bois, son chapeau de paille à la main et Botchy assis contre sa jambe. Tous les deux avaient l'air sérieux.

— Tu le savais, j'imagine, mais je ne te l'avais pas dit.

— Que fais-tu ici ? demanda-t-il, la gorge gluante et sensible.

— Je suis venu te le dire.

— Tucker.

Patch ferma les yeux, luttant contre les larmes.

— Je ne… Tu ne m'as pas donné l'occasion de m'expliquer.

La bouche de Tucker avait l'air brisée.

— Je t'aime, Patrick. Je n'ai jamais dit ça à personne de toute ma foutue vie.

Patch posa son regard sur le petit ange, soupesant le grêlon comme un cœur de glace.

Botchy vint lentement vers lui, sa queue charnue s'agitant, les yeux comme des soudures à chaud, mais sa gueule champagne était toujours douce. *Comment les chiens font-ils pour savoir lorsque vous êtes bouleversé ?* Elle lui lécha la main et le grêlon, se blottissant contre lui, cicatrices et tout, avec son odeur de paille.

— Regarde-moi, gamin. S'il te plaît.

Patch ne le fit pas.

— J'ai tenté de te le dire à La Nouvelle-Orléans. Au bar. Au lit. Dans ce foutu pick-up, en conduisant ici. À chaque instant.

Tucker ne s'approcha pas, il tenait son chapeau, la respiration lourde. Il déglutit.

— Mais j'ai merdé. Au thé dansant, je ne sais pas. Dans mon lit. Avec les conneries de Bix. Tout est devenu fou.

Patch releva le menton en direction de la caravane vide, le regard éteint.

— Tu as tout nettoyé très rapidement.

— Tu ne voulais pas de moi ici, gamin. Tu n'as cessé de le dire et j'ai écouté. Je n'avais pas à être ici pour commencer. Vivre chez tes parents. Mais je ne suis pas aussi courageux que toi.

— Ouais. Prendre la fuite. Vraiment très courageux, ricana-t-il. Je me suis enfui de chez moi, mais je n'ai fui nulle part. C'est être aveugle, pas courageux.

— Je ne pourrais jamais dans une grande ville me lever et tout recommencer. J'apprends lentement. Je suis obstiné et paresseux.

— Ce n'est pas vrai.

— Tu avais raison sur ce qui était important, continua Tucker en fronçant les sourcils.

Patch haussa mollement les épaules.

— J'imaginais que tout allait plus vite que moi, reprit Tucker. Tu m'as dit la vérité quand moi-même je ne le pouvais pas. Tu as vu au-delà de mes conneries. Tu m'as sauvé. À l'époque. Maintenant.

Une autre larme idiote coula le long de sa joue, mais Patch ne l'essuya pas. Il caressa le dos robuste et meurtri de Botchy – *là où se trouvaient ses ailes* – et elle lécha son visage salé.

— Ce n'est pas tout à fait vrai, poursuivit Tucker en s'accroupissant, les mains tremblantes. Je suis brisé, gamin. Je t'aime trop pour te laisser m'aimer en retour, car je ne veux pas te bousiller comme j'ai bousillé tout ce que j'ai eu entre les mains.

— Ce n'est pas vrai.

— Patch, ricana-t-il. Toi-même, tu le sais.

Patch faisait rouler le grêlon lisse entre ses doigts. *Le sais-je ?*

Tucker pointa son chien du doigt tandis qu'elle revenait vers l'étang.

— Tu sais qu'elle s'est enfuie la nuit dernière ? Au beau milieu d'une tempête, ce cabot a décampé ventre à terre dans le noir. Le ciel était sur le point de se déchirer et elle a disparu je ne sais où. Je n'ai pas fermé l'œil parce que je l'ai cherchée encore et encore.

— Ce foutu chien est plus intelligent que n'importe lequel d'entre nous, rétorqua Patch.

— C'est vrai. Elle est revenue directement. Ici, je veux dire. Plus de seize kilomètres. Elle m'a foutu la trouille. Quand je suis arrivé, elle était près de la grange, reniflant partout, se demandant où étaient ses bottes de foin.

— Comment as-tu su qu'elle serait ici ?

— Je ne le savais pas. J'étais venu te voir. Seulement, elle était arrivée la première. Ma meilleure chienne.

Il se mit à rire, se frottant les paumes.

— Je suis content, répondit Patch en déglutissant, ne sachant pas où Tucker voulait en venir.

Ce dernier cligna rapidement des yeux.

— Patch. J'ai ce sentiment. Comme je n'en ai jamais eu, dit Tucker en levant le regard et ouvrant les bras. Si je décide de te laisser partir, si je décide de ne rien faire, je suis coincé pour le restant de mes jours, ma vie volant en éclats, me masturbant pendant que je n'attends rien.

299

— Tu m'ôtes les mots de la bouche... commença Patch en toussant et s'essuyant les yeux. C'est ce que je ressens. La même foutue chose. Comme un ouragan sans aucune maison à frapper.

— Alors, non, reprit Tucker en lui prenant sa main vide, prudemment. Je ne vais pas rester à *ne rien* faire. Plus jamais. S'il y a bien une chose que tu as faite, c'est de me sortir de la poussière et de me regarder.

Il tourna son regard au-delà de l'étang où Botchy lavait ses jarrets dans l'eau peu profonde, regardant derrière elle, l'eau dégoulinant de son museau.

Patch sourit.

— Je n'en ai pas honte.

— Je ne m'en plains pas. Écoute, gamin.

Tucker regarda le petit ange, comme si sa langue venait de trouver un trou dans ses molaires.

— Tu es jeune. Intelligent. Magnifique. Dieu le sait. Beau pour les yeux, dur pour le cœur.

— Je ne suis rien de tout cela, rétorqua Patch en secouant la tête.

— Je ne parle pas de ton apparence ou de ce que tu dis. Je parle de ce que tu fais, de qui tu es, Patch. Tu es un fil conducteur. Tu cours dans tous les sens, faisant passer les lucioles pour de la *foudre*. C'est...

— C'est crétin.

— Non. Lorsque tu es arrivé et que les choses se sont passées, je croyais que c'était un jeu. Juste un jeu, facile. Personne ne perdrait, car ça ne comptait pas.

Patch haussa les épaules.

— Je comprends. Bien sûr.

Il avait pensé la même chose. Il s'était faufilé et avait espionné dans le noir, se moquant de tout cela, de tout le monde, mais surtout de Tucker.

— Jusqu'à ce que ça compte. En plus de la raison pour laquelle tu es revenu, je pensais que tu ne voulais pas que quelqu'un soit proche de toi. Tu voulais me haïr, pour que les choses soient plus simples. Dans les deux sens, expliqua Tucker, son doigt allant et venant entre eux. Comme si tu étais autre part, tout le temps. Nous étions tous les deux en sécurité, car personne n'était à la maison.

Patch plissa les yeux avant de répondre du mieux qu'il put :

— Peut-être quand nous avons commencé, ou quand j'étais au lycée. Peut-être à l'époque où j'essayais de me faire baiser à mort et que tu ne pouvais pas m'empêcher d'essayer ou de le dire à mes parents. Mais maintenant ? Hum hum.

— Seulement, je me suis comporté de cette manière toute ma vie. Chevaucher, laisser en nage et va te faire foutre, Biggs, dit Tucker en lissant sa moustache. Je ne... Il faut le dire franchement, je restais où j'étais, pour que personne ne puisse m'atteindre.

Patch hocha la tête.

— Peu importe combien ils essayaient d'être proches de moi. Peu importe qui c'était, je pouvais les frapper, les abandonner, les baiser, les virer, mais ils ne pouvaient plus me blesser, poursuivit Tucker en levant les yeux. Et tu faisais la même chose. Exactement la même chose.

— Nous sommes amochés.

— Suffisamment amoché pour ne pas avoir peur d'être avec quelqu'un d'amoché, soupira Tucker en s'essuyant la bouche. Tous ceux qui auraient été en mesure de me supporter devaient être bousillés aussi.

— Assez bousillé pour survivre, oui, ricana Patch.

— Alors, je suppose que je reste. Toi, tu pars. Ces deux dernières semaines ne seront qu'un souvenir fou à se rappeler de temps à autre. J'ai merdé de la meilleure des façons, je suppose.

Patch contempla le petit ange un moment. Le vent caressait les branches au-dessus de leurs têtes et le kudzu près de l'étang.

— Gamin ? J'ai raison ?

Il haussa les épaules, honteux.

— Toute ma vie, j'ai couru d'un endroit à un autre. J'ai couru dans tous les sens pour que les gens pensent que ma vie allait quelque part.

Tucker pinça les lèvres en une étrange grimace.

— Ma femme avait l'habitude de dire « Ne jamais confondre mouvement avec action ». Mon ex-femme, tu sais.

— Luanne, oui.

Patch se rappelait très bien d'elle. Il avait été trop jaloux d'elle pour se montrer agréable et il avait été heureux quand elle était partie à El Paso.

— Elle avait mon numéro à l'époque. De toute évidence, je n'ai fait que mélanger mouvement et action.

— J'ai fait la même chose, Patch, dit Tucker en pressant les lèvres avant de continuer. J'ai confondu rester immobile et ne rien faire. En restant assis ici, j'ai fait du mal à beaucoup de gens. Toutes ces femmes parties. Tous ces enfants élevés par d'autres hommes, car j'imaginais que ma malchance était contagieuse. J'aurais dû essayer plus tôt. Le travail, le sexe,

301

tout. J'ai laissé ma vie partir en fumée. Je l'ai choisi. Je l'ai fait, le meilleur comme le pire. Et ce n'est pas bien non plus.

— Comme un cheval timide.

Il avait couru vers la maison.

Tucker baissa la tête.

— Oui. Et pire. Ne suis-je pas rentré en courant à la maison pour tenter de mettre une luciole dans un bocal ? Ne suis-je pas ici ?

— Ne sois pas désolé pour ça, répondit Patch en serrant le grêlon, le faisant rouler entre ses doigts comme un bout de savon. Je n'aurais pas dû dire toutes ces conneries à La Nouvelle-Orléans, j'avais tort.

— Nous avions tous les deux tort. Mais nous avions raison aussi, tu le savais et je le savais. Les gens se disputent et c'est très bien.

— Je ne voulais pas me disputer.

— Non. Tu voulais que je t'aime en retour, et c'était le cas. J'avais terriblement *besoin* de toi, mais nous ne pouvions aller nulle part ensemble après ce week-end. Plus jamais. C'était notre dernière chance, alors que nous nous tenions au milieu de la rue avec un million d'autres abrutis solitaires.

— Je suis désolé.

— Moi aussi. Plus encore que tu ne l'imagines.

Tucker agrippa son chapeau et baissa les yeux sur ses mains.

— Je ne pouvais plus bouger et tout ce que j'ai fait a été de courir dans tous les sens de peur de manquer le pas qui compterait. Deux pas, frappés par les lucioles. Toi et moi.

Ils se sourirent, hésitants.

— Comment es-tu rentré ? demanda Tucker en posant son chapeau sur une tombe et faisant un pas vers lui.

— Bus. Vicky, répondit Patch en attrapant une autre poignée de mauvaises herbes. Janet a manqué de m'incendier pour ce que j'ai fait.

— À qui le dis-tu. J'ai vidé la caravane. J'ai viré la moitié de mes merdes à la décharge, parce que je n'y tenais pas et que ça ne semblait pas important. J'ai déposé les poules à Janet et Dave, mais je ne lui ai rien dit. Puis cette nuit… soupira Tucker. C'était l'enfer, non ? J'ai dormi dans mon pick-up, garé sur le parking d'un ranch en périphérie de Honey Island où j'avais l'habitude d'aller dormir il y a dix ans.

Il fronça les sourcils et baissa la tête.

— Ma vie entière a été dispersée. Mes vêtements dans des sacs-poubelle. Mes meubles dans le garage du pasteur. Les poules et Pépite au Feed & Seed. Dispersée, et je n'ai jamais ressenti ça.

Botchy choisit cet instant pour revenir vers eux, reniflant le sol et les herbes arrachées. Elle s'assit près de son maître et posa sa tête sur ses genoux. Tucker lui caressa distraitement les oreilles.

— La tempête a éclaté. Le pick-up était garé sous un hangar, mais j'entendais la grêle. La chienne pleurait et tremblait sur la plate-forme, alors je suis sorti pour la ramener dans la cabine. Je l'ai détachée et boum, elle a détalé.

Tucker laissa échapper un rire sifflant sans joie.

— J'ai cru mourir. J'ai couru après elle, mais je ne l'ai pas trouvée. Je ne l'ai pas trouvée. J'ai conduit toute la nuit, cherchant et priant.

— Elle va bien. Elle va bien maintenant, répondit Patch.

— Je ne sais pas. J'ai conduit à l'aveuglette toute la nuit. Toute ma vie était éparpillée, dispersée. La glace frappait la cabine comme si le ciel s'était déchiré. L'enfer tombait en morceau tout autour de mon pick-up, je te jure.

Tucker leva les yeux, la bouche pincée en un rictus triste.

— Elle n'était nulle part. Alors j'ai continué de conduire. Je n'avais aucune idée d'où aller jusqu'à ce que je comprenne.

Il tapota puis frotta durement les flancs de Botchy. Elle tourna la tête, la langue pendante, semblant lui sourire fièrement.

— Alors enfin, enfin, je suis revenu ici à la recherche de mon chien. Je n'avais nulle part où aller. C'était le dernier endroit où je voulais être, car je savais que tu étais parti avec quelqu'un de plus intelligent que moi, de mieux que moi, et j'étais déjà mort à l'intérieur. Puis je t'ai trouvé, ton cœur rempli d'espoir et un morceau de ciel dans la main, comme si tu attendais.

Tucker posa une main sur sa nuque. Patch se pencha en avant.

— Moi, continua-t-il, le regard rivé au sien, inébranlable. Tu m'attendais, moi.

Patch sourit et baissa la tête.

— Je suppose, oui. Je n'ai jamais rien attendu de ma vie, à part toi.

— À part moi.

Il repoussa les cheveux de Patch, la main toujours sur sa nuque.

— Et tu ne sauras jamais à quel point j'en suis heureux, gamin. Je ne pourrais même pas l'expliquer si je le devais.

Patch regarda ces grands yeux gris et y vit… quoi ?

*Tout.* Les lucioles, les cordes, le café sucré, les cicatrices de Botchy, les planchers grinçants, ce grand lit en laiton qui l'attendait comme des lettres d'or en cursives.

— Je sais, Tucker. Je sais.

Il posa son front contre celui de Tucker, soupira, et ses épaules se détendirent pour la première fois en deux jours. Il laissa tomber son grêlon dans l'herbe pour qu'il y fonde et posa les mains sur les côtes de Tucker à travers le coton délavé.

— D'accord, murmura Tucker, de façon presque inaudible, puis il se racla la gorge. D'accord. Alors ? Tu as un avion à prendre. C'est triste.

Le visage rugueux de Tucker ne trahissait rien.

— Non, monsieur, chuchota Patch.

— Non quoi ?

— Pourquoi cela devrait-il se passer de cette façon ? Qui l'a dit ? reprit Patch avec impatience. Je n'ai jamais dit ça, Tucker. C'est toi qui l'as dit. Je te jure, tu es le crétin le plus intelligent que je connaisse.

— Eh bien, je pensais…

Patch retrouva toute sa voix pour continuer :

— Non, Tuck. Courir dans tous les sens ne signifie pas aller quelque part. Pas question que je passe le reste de ma vie à regarder derrière moi en me demandant « et si… » alors que je sais déjà combien ça pourrait être bon.

Tucker ne répondit pas.

— Je veux être avec toi, dit Patch en prenant une profonde inspiration. Toi, Tucker Dray Biggs… et tes bottes, ton bluegrass, ta chasse aux œufs, ton café, ton ruban adhésif et tes conneries de génie. Parce que tout cela, ce ne sont pas des conneries. Je t'aime, ça peut fonctionner si tu te tais et tu te laisses faire.

Tucker hocha la tête, les lèvres pincées et les yeux brillants.

— Je veux dire, tu fais ce que tu veux. Nous avons tous les deux notre mot à dire, si c'est ce que nous voulons. Mais si tu poses la question, c'est ma réponse.

Il embrassa le visage de Tucker, ses yeux, goûtant la piqûre minérale de ses larmes sur sa langue.

— Nous y arriverons.

— Je suppose que oui, répondit Tucker en se raclant la gorge. Nous ne pouvons pas tout perdre, pas vrai ?

— Non, monsieur.

Puis Patch l'embrassa, une lente pression assurée de leurs lèvres sous les arbres et le vent, avec un ange à leurs genoux.

— Nous ne pouvons pas perdre.

Un grognement et Tucker l'embrassa à nouveau, plus profondément, enfouissant ses doigts épais dans les cheveux de Patch et rapprochant leurs visages, ne le laissant pas partir, goûtant l'intérieur de sa bouche et gémissant comme un homme assoiffé, le visage relevé vers la pluie d'été.

Patch ne lutta pas, il rendit la même douce pression que lorsqu'ils dansaient... sur la piste, à La Nouvelle-Orléans. Il se pencha dans cette flexion donnant-donnant qu'ils avaient créée l'un contre l'autre, inclinant la tête pour se rapprocher tandis que Tucker faisait courir ses mains calleuses le long de son dos, sous son tee-shirt. Leurs sexes se frottaient l'un contre l'autre, *lent-lent*, et la friction entre eux épaissit l'air, réchauffa leurs peaux.

Tucker recula et, au départ, Patch suivit, ne voulant pas que ça s'arrête.

— Hé. Attends.

Il gloussa à sa propre faim.

Tucker lui caressa les épaules avec une pression régulière et apaisante.

— Seigneur, tu m'as manqué, gamin. Ces deux jours m'ont paru plus longs qu'une année en prison.

— Nous allons prendre notre temps et trouver une solution, dit Patch en reculant. Réfléchir avant d'agir.

Tucker poussa un soupir.

— Je suis suffisamment égoïste pour accepter, mais je m'inquiète que tu sois très frustré avec moi.

— Toi aussi, je parie. Et je n'arrive pas à être patient, alors je ferai semblant, pas vrai ?

— J'aimerais bien voir ça.

— Et si nous prenions notre temps ? C'est le nôtre après tout, non ? D'ailleurs, s'il y a bien une chose que tu m'as apprise, c'est qu'être frustré n'est pas si mauvais, non ? Des cordes, de la graisse, susurra-t-il en gloussant, un son bas et taquin. Un peu de retenue ne fait de mal à personne.

— Je suppose que non.

Ils entendirent un bruit mouillé, signe que Botchy léchait encore et encore le grêlon.

— Foutu chien.

— Meilleure chienne, le reprit Patch en caressant sa fourrure brillante.

— C'est vrai.

Tucker étudia son visage un moment.

— Vas-tu être capable de supporter de vivre dans un endroit calme avec moi ?

— Je vais faire plus que le supporter, maintenant que je l'ai compris.

Patch espéra que Tucker comprenait ce qu'il voulait dire.

— Je suppose qu'il n'existe aucun endroit comme la maison. Il n'y en a jamais eu.

— Je n'en suis pas vraiment certain.

— Non, Tuck, le coupa Patch en secouant la tête. Je veux dire... Je courrais trop vite pour voir clairement ce qui se passait autour de moi. J'avais oublié combien j'étais jeune. Je suis jeune.

Patch laissa échapper un rire sec. Tucker lui sourit, patient et fier.

— Gamin. Il n'y a aucun endroit comme la maison, parce que la maison n'est pas un lieu, dit-il en posant sa grande main sur le cœur de Patch. Pas un lieu où nous pouvons aller.

Patch se pencha en avant, comme s'il dansait.

— Tout ça semble si facile avec toi.

— C'est facile, répliqua Tucker en clignant des yeux. Après. Si tu es intelligent, tu t'accroches comme si tu montais un taureau. Tu l'encordes et tu luttes au sol jusqu'à ce qu'il n'ait nulle part où aller.

Il caressa le front de Tucker du sien.

— Je ne vais nulle part.

— Bien. Qu'est-ce que je vais faire ?

— Tucker. Tu peux ouvrir un zoo. Vendre des œufs. Un stand de barbecue. Chevaucher Pépite et être dans mon lit la nuit. Nous avons le temps pour décider.

— Oui ?

— Beaucoup de temps.

Tucker posa le regard sur la grange abîmée par la tempête à travers les arbres.

— Alors je suppose que nous allons déménager, gamin.

— Tu crois ?

— Oui. Ce n'est pas grand-chose. Et ce n'est pas nécessairement une mauvaise affaire. Pas en tant que fermiers, bien sûr. Le foin, c'est bien, mais il n'y a pas beaucoup de gens qui en vivent. Nous trouverons un lopin de terre, plus loin sur la route. Le barbecue n'est pas une mauvaise idée. Les gens du coin pourraient venir. Un genre de bistro. Tu pourrais jouer de la musique. Danser, peut-être, ajouta Tucker en lui faisant un clin d'œil. Je pourrais superviser et manger les bénéfices. Et tu pourrais aller sur le Circuit quand tu le devras.

— Barbecue.

Patch sourit à cette idée. Ils avaient l'assurance, de toute façon.

— Je pense que c'est une bonne idée, Tuck.

— Un genre de… lieu pour bouseux. Tu vois chez Dick l'Habile… les gens roulent des heures pour trouver un endroit où aller. Un lieu pour les fêtes et les trucs comme ça.

Une lueur cognac alluma le gris sévère de ses yeux, faisant apparaître le fauteur de troubles juvénile sous l'homme meurtri.

— Pour les anniversaires, le rodéo, les mariages… Un endroit à nous.

— C'est vrai ?

Il savait que Tucker ferait un hôte parfait. Il pouvait mettre n'importe qui à l'aise et le faire sentir en sécurité. Il aurait fait un super papa, dans une autre vie, avec une famille derrière lui, pour le soutenir.

— Un taureau mécanique.

— Merde, je pourrais mettre des cornes à Botchy, elle serait à la hauteur, ricana Tucker en caressant les flancs du chien, qui agita la queue et courut autour d'eux.

— Mais tu crois que nous devons déménager.

Tucker parut confus.

Patch caressa son visage mal rasé.

— Plus j'y pense, plus je me dis que nous serons mieux ici. Je n'ai pas envie de vendre cet endroit.

Tucker se tourna vers lui, les yeux plissés.

— Mais tu as signé les papiers.

— Non.

Patch se renfrogna à ce souvenir et secoua la tête.

— Sérieux ?

— Deux fois, j'ai fait l'aller et retour à ce bureau avec les papiers à la main, dans cette bagnole merdique. Mme Laundry pense que je suis cinglé, du moins, plus qu'elle ne le pensait déjà. Mais je n'ai pas pu m'y résoudre. J'ai essayé, mais je savais que c'était mal. Alors j'ai annulé.

Il soupira, le regard rivé à l'ange aux ailes en parenthèses.

— Courir vite et rester immobile, pas vrai ?

— Ce n'est pas vendu ? demanda Tucker en se redressant. Pas du tout ?

— Non. *Vélocité* n'a pas à ouvrir si ce n'est pas ce que nous voulons. Je dois retourner à New York pour faire mes valises, mais nous allons prendre notre temps et décider de ce que nous voulons. Ensemble. J'avais cette idée stupide, j'en avais besoin, je ne sais pas, ce club… c'était pour rester sur la voie rapide. Mais je crois que c'est quelque chose que nous devons décider ensemble, toi et moi, comme tu l'as dit.

Tucker semblait assommé, les yeux brillants.

— Nous ? Je l'ai dit ?

— À moins que tu connaisses quelqu'un d'autre qui a voix au chapitre... ce maudit chien, peut-être.

La tête massive de Botchy se redressa d'un coup et courut ventre à terre dans leur direction, prête à gravir une montagne.

— Viens là, gamin.

Tucker ouvrit les bras et Patch s'y jeta tandis qu'un lent plaisir paresseux l'envahissait, l'enracinant là où était sa place.

— Je te tiens, je te tiens.

Patch hocha la tête et poussa un gémissement. Une petite brise faisait danser l'herbe autour des tombes et la tête de Botchy cogna leurs jambes.

— Je te le promets, chuchota Tucker en embrassant ses cheveux et inspirant. Du temps.

Son soupir se transforma en grognement heureux.

— Du temps pour quoi ?

— Du temps pour tout, répondit Tucker en le serrant contre lui.

# XII

NEW YORK n'avait pas remarqué son absence et l'accueillit comme un chien dans un jeu de quilles.

Une semaine après la tempête, Patch était de retour juste assez longtemps pour emballer sa vie et, après onze jours à Manhattan, il se souvenait de la raison pour laquelle il s'était toujours battu pour se créer un foyer ici.

À présent, l'animation fébrile et surcaféinée et le fourmillement de la ville ressemblaient moins à un rythme et plus à une maladie. Pour la première fois, marcher parmi la foule lui donna l'impression d'être un saumon luttant pour remonter le courant. Pourquoi se battre pour ce dont vous ne vouliez pas ?

Il ne se sentait plus comme un résident, mais comme un touriste. Pire, son partenaire financier, ses amis, tous les gens sur qui il comptait l'avaient rapidement remplacé, tout à fait disposés à remplir le vide laissé par son voyage à Hixville avec un autre immigré sexy qui détestait sa maison.

*Pas moi.*

En tant que DJ, il pouvait exercer son métier de n'importe où. *Vélocité* n'avait pas besoin de lui pour naître. Scotty s'était confortablement installé aux manettes de son set au Beige. S'il n'essayait plus de grimper au sommet de la vie nocturne, à quoi bon qu'un club branchouille ait besoin qu'il coure comme un dératé pour rester au même endroit ?

Son petit appartement à Hell's Kitchen et toutes les particularités sexy et folles de la ville qu'il en était venu à aimer s'étaient détériorées, d'une certaine manière. Tout ce dont il avait envie à présent l'attendait dans une caravane volée dans l'ouest du Texas, étendu sur un lit en laiton et ne portant que des bottes en crocodile et un beau sourire.

Patch ne perdit pas une seconde. Son appartement était si petit que faire les cartons ne lui prit que deux jours et deux heures pour les expédier. En un peu plus d'une semaine, il avait coupé la plupart des fils qui le retenaient à New York. Il avait imaginé qu'il lui aurait fallu plusieurs semaines pour se dépatouiller et envoyer ces biens à la maison. Il prendrait congé et ramènerait son cul fissa chez Tucker.

*Mais non*. L'agence de mannequinat avait à peine cillé, mais rompre son bail et régler ses factures s'avéra un peu plus compliqué que prévu, alors il décida de sous-louer. Le retard le dévorait. Il parlait à Tucker au téléphone plusieurs fois par jour, ce qui aidait, mais cela semblait étrange de ne pas le voir, de ne pas le toucher, lorsqu'ils discutaient.

À sa grande surprise, il se surprit à être nostalgique des routes poussiéreuses et des foires du comté, mais il savait ce que c'était. Ce n'était pas Hixville qui lui manquait ; c'était le sentiment d'être au bon endroit avec le bon homme.

Scotty et le reste de ses amis essayaient de gagner du temps, de le maintenir en place ; un anniversaire à rallonge, une visite de dernière minute, un dîner d'adieu improvisé, un apéro ou un barbecue de plus. *Quelques jours de plus, quelques jours de plus,* jusqu'à ce que dix jours s'écoulent et qu'il soit encore coincé.

Puis, un jour, à la fin de cette deuxième étrange semaine, alors qu'il traversait un passage piéton entre Broadway et la 33ème, il s'arrêta et ce qui ressemblait à la moitié de New York commença à klaxonner à l'unisson. *Cacophonie.* Il se figea net dans ses bottes de cowboy. Une femme revêche dans une Porsche personnalisée lui hurla :

— Putain, magne-toi, branleur ! Merde !

Sans y penser, Patch lui sourit, parce qu'il venait du Texas et qu'il n'était absolument pas pressé.

— Du calme, m'dame, lui répondit-il d'une voix traînante.

S'entendre le dire le réveilla en sursaut. *Bam !* juste devant tous ces taxis qui klaxonnaient.

Tout ce qu'il sut ensuite fut qu'il achetait un billet plein tarif sur son téléphone et faisait promettre à Scotty d'attendre les déménageurs. Il se dit de se calmer et de penser au conseil de son père avec compréhension : *Fais semblant.* Il n'avait jamais été patient, mais il pouvait faire semblant... ce qui était assez proche pour compter.

Une autre nuit, onzième jour, et il balança son sac dans un taxi jaune qui ramena son cul à l'aéroport (Newark) et un aller simple vers Bâton Rouge (rangée allée), et il fut trop heureux de ronchonner au sujet d'être coincé sur le siège du milieu. Il n'avait même pas appelé Tucker, espérant lui faire une surprise en arrivant quelques jours plus tôt. Pour une fois, il ne pensait pas que Tucker lui en voudrait de s'être précipité.

Il arriva en Louisiane aux environs d'une heure du matin et à la ferme bien après quatre heures. Évitant la maison, il se dirigea droit vers la caravane de Tucker, mais la trouva aussi vide et sombre qu'il l'avait laissée.

*Eh bien, merde !*

C'était l'inconvénient de surprendre quelqu'un : en général, il ne connaissait pas les pas. *Vite-vite, lent-lent.*

Déçu et anxieux, Patch ramena ses fesses chez ses parents, souhaitant pour une fois avoir mieux prévu son plan. Où Tucker était-il parti ? Était-ce une erreur ? Un frisson glacé de doute se fraya un chemin entre ses côtes.

*Les imbéciles se précipitent.*

Moins pressé et rendu maussade par son impulsion tordue, il balança la bandoulière de son sac sur son épaule et remonta l'allée vers la grange. Il était à mi-chemin du porche lorsqu'il aperçut le vieux pick-up et, niché dans le tronc du poirier, un parfait œuf blanc luisant sous la lumière de la lune, semblable à une perle géante.

Il se mit à rire et sauva l'œuf chaud d'une main prudente. Le doute se transforma en espoir et ses pieds le portèrent jusqu'au porche dans une course pétillante. *Il est là. Il m'attend.*

Sur la balancelle, Botchy leva la tête et aboya doucement. Sa langue pendit lorsqu'il lui caressa la tête en guise de salutation.

— Hé, ma fille. Salut. Regarde-toi. Seigneur, c'est bon d'être à la maison.

Elle cogna sa jambe de sa tête massive, puis roula sur le dos afin qu'il puisse chatouiller son ventre rose poudré.

— Bonne fille. Où est ton maître, hein ? Où est papa ?

Il la laissa monter sérieusement la garde de la petite maison, guettant le coucher de la lune.

À l'intérieur, l'entrée était propre et sombre, le salon vidé et fraîchement repeint. Tous les cartons étaient empilés contre un mur de la salle à manger et une brise fraîche traversait les moustiquaires. Il posa l'œuf dans la coupelle à clés, près de la porte.

— Tucker ? murmura-t-il dans le nouvel espace bleu de la maison.

Mais il faisait sombre. Il jeta un œil à sa montre, presque cinq heures du matin. Pratiquement le lever du jour pour les gens du coin.

Souriant, il s'assit dans le vestibule pour enlever ses bottes et ses chaussettes. La cuisine était sombre et vide, mais le réfrigérateur cachait un pack de Bud et un litre de lait à moitié vide. Il s'arrêta rincer l'odeur du chien sur ses mains et les sécha avec une serviette usée. Il sourit et rebroussa chemin vers les pièces sombres. *Sors, sors, où que tu sois.*

— Où es-tu, Tucker, demanda Patch d'une voix douce dans le silence.

Il longea le couloir en direction des chambres sans allumer les lumières. Les sols étaient propres, les murs étaient à nu et la maison l'accueillait dans un silence confortable. *Ma maison.*

Dans sa chambre, rien. La pièce de couture, rien. Mais une lueur ambrée lui fit signe de la porte entrouverte de la chambre de ses parents. Le sourire sur son visage s'agrandit, plus calme, plus stable. Il poussa la porte et les derniers nœuds de tension se démêlèrent et tombèrent au sol, dans la poussière, dans un doux soulagement.

Patch soupira. *Tu es là.*

Le grand lit en laiton remplissait à présent la chambre principale, son propriétaire étendu sur des draps repassés, dormant uniquement vêtu d'un jean déboutonné. Un bras épais était drapé sur son visage et ses orteils se recroquevillaient pendant son sommeil.

Quel était l'opposé du mal du pays ? Quoi que ce soit, c'était ce qu'il ressentait.

Retenant son souffle, il se faufila du côté de Tucker pour contempler son cowboy endormi.

*Salut, mon pote.*

Tucker ne s'était probablement pas rasé depuis qu'il était parti pour New York. Il y avait des égratignures fraîches sur ses avant-bras bronzés et son biceps crémeux était rond sous sa joue. Son visage semblait satisfait, presque innocent dans le sommeil, même avec ses cheveux parsemés de gris et ses traits ciselés. Sa cage thoracique s'élevait et retombait dans un rythme doux, puissant et paisible.

Son odeur de sciure de bois et de fer flottait dans la chambre, probablement parce qu'il avait dû dormir ici. *Depuis que je suis parti.* Ces murs étaient-ils peints aussi ? Avec l'apprêt, il semblerait. Et quand avait-il déménagé le lit ?

Patch réalisa que ce n'était pas important. Il appartenait à cet endroit autant que Tucker. Il aurait aimé être là pour l'aider à l'installer là où il devait sans trop de soucis.

— Tu m'as manqué, monsieur, chuchota Patch à son cowboy endormi. Tu n'imagines pas à quel point.

Il posa sa montre et son portefeuille sur la table de nuit et ôta sa chemise humide.

— Tellement.

Tucker dormait, inconscient et confiant.

Patch referma lentement la porte et revint doucement vers le lit.

— Tucker ?

Une idée vicieuse et sournoise étira un sourire sur son visage.

Tucker semblait si détendu, ses lèvres ourlées et entrouvertes, comme s'il était sur le point de raconter une histoire cochonne.

Vicieusement déterminé, Patch décida de lancer les dés, pour une fois, comme le lui avait demandé Tucker. Avant qu'il n'ait eu le temps de douter de lui ou de demander la permission, il ouvrit le tiroir de la table de nuit et attrapa la bobine de corde qu'il savait y trouver. Avec des doigts rapides, il fit une double boucle et un nœud.

Tucker l'avait cherché.

Faisant de son mieux pour rester silencieux, il glissa la boucle autour du poignet droit de Tucker, mais ne le tendit pas. Il balança la corde derrière la tête de lit et fit un autre nœud et une autre boucle pour correspondre à son poignet gauche. *Si fort.* Même au repos, les muscles étaient bandés sous sa peau, comme une poésie salace.

Réprimant un rire, il posa un genou, puis l'autre sur le lit, chevauchant Tucker avant qu'il n'ait le temps de se réveiller complètement.

— Qu'est-ce que… Hé, mon pote.

Un sourire heureux tandis que Tucker s'étirait sous lui.

— Humm. C'est agréable. Je dois être en train de rêver, non ?

— Possible.

— C'est un bon rêve. Je crois que je me suis endormi.

Il frotta son visage groggy contre les cordes.

— Il semblerait, répondit Patch en imitant son accent et tirant sur les cordes jusqu'à ce que les poignets de Tucker se soulèvent du matelas comme ceux d'une marionnette.

— Qu'est-ce que tu fais, gamin ?

Mais il ne résistait pas, il accueillait cette idée avec un sourire indolent et un épais renflement sous les fesses de Patch.

— Il semblerait que j'ai des problèmes.

Patch s'installa sur la chair rigide.

— Hum. Tu crois ?

— Visiblement, quelqu'un profite de ma nature confiante.

Ils se sourirent.

Patch tira sur la corde, soulevant les bras de Tucker jusqu'à ce qu'ils rencontrent le laiton.

— Moi qui pensais que tu voudrais m'accueillir à la maison.

— C'était le plan, mais maintenant... répondit Tucker en se léchant la lèvre inférieure. Je ne vais pas être d'une grande aide, je le crains.

— Des excuses, des excuses, répliqua Patch en se penchant pour embrasser le coin de sa bouche, puis il chuchota contre son sourire : enfoiré paresseux.

Tendant la main derrière Tucker, il attacha les extrémités à la tête de lit.

— Ah, tu vois ? ricana Tucker en soulevant ses hanches. J'aime quand tu le dis.

— Tu aimes, hein ?

Il souleva à nouveau les hanches, se frottant contre les fesses de Patch.

— Beaucoup.

Patch baissa les hanches en réponse.

— Eh bien, j'aime ce que tu as fait à cette chambre. Le lit.

— Tant mieux.

Il testa à nouveau les cordes, vérifiant les nœuds.

— Nous avons besoin d'un lit solide.

— Oui, monsieur, soupira Tucker en se tortillant sous lui. J'espère que tu n'en as pas fini avec moi.

— Aucune chance.

Juste comme ça, tout fut à la fois pareil et différent, parfait.

— D'accord ?

Mais il ne posait pas vraiment la question. Nerveux et diablement excité, il sécurisa les bras de Tucker contre la tête de lit, des poignets aux épaules. Se redressant pour accrocher les nœuds et fixer ses bras aux boucles en laiton, il amena son entrejambe à quelques centimètres du visage de Tucker.

Tucker combla avidement la distance, frottant son visage contre sa braguette.

L'un d'eux gémit, bien que Patch ne puisse dire lequel. Ses bourses étaient douloureuses et, en quelques minutes, il avait fixé les bras et le torse de Tucker à la tête de lit, piégeant et exposant ses muscles épais.

— Je me demande ce qui te prend, fit remarquer Tucker, mais il ne semblait pas trop ébranlé.

— Je me demande.

Il testa les cordes, traçant les creux et déliés que créaient les nœuds, s'assurant que rien ne pinçait ou ne coinçait la belle chair.

Sous lui, Tucker était rouge et frustré, la bouche humide de salive.

— J'étais inquiet…

Il s'interrompit et ferma la bouche, avant de reprendre :

— Foutaises. J'ai pensé à toi.

— C'est vrai ?

Patch s'abaissa, son érection piégée contre le denim. Ils étaient tous les deux en sueur et respiraient lourdement.

— Bien. J'aime quand tu penses à moi.

Pour la première fois, Tucker lutta contre ses restrictions. Son torse et ses biceps étaient tendus et ses mains étaient serrées en poings tandis qu'il testait la résistance.

— Enfoiré sournois. Comment vais-je pouvoir te toucher comme j'en ai envie ?

— Il n'y a pas le feu.

Patch caressa son abdomen dur, jusqu'au chemin de poils qui menait dans son pantalon. Tucker sursauta et tressaillit.

— Es-tu… *chatouilleux*, cowboy ?

— Wow !

Effectivement, ce grand corps se cabrait sous lui tandis que Tucker tentait de s'échapper, n'ayant nulle part où aller.

— Arrête ! Attends !

— Oui, tu l'es. Je ne connaissais pas ce détail particulier.

Tucker déglutit, pantelant.

— Moi non plus. Connard !

— Tu vois ? Ça, ce n'est pas poli. Je…

Patch posa ses mains sur le torse de Tucker et les glissa jusque sous ses aisselles.

— … vais devoir te donner une leçon.

— Attends, Patch ! s'écria Tucker en décollant ses hanches du lit, tentant de désarçonner son cavalier. Ce n'est pas juste !

— Non ?

— Allez. Je n'ai encore rien fait. J'étais juste allongé là, tout seul, tout beau, tout poli, attendant que tu me reviennes, répondit Tucker en agitant à nouveau les doigts. Pauvre homme.

Il utilisa le tortillement et les ruades de Tucker pour lui retirer son jean, révélant les lignes minces de son corps nu.

315

Tucker se débattit, se cambrant, la respiration sifflante d'un rire tendu.

— Attends... attends... ce n'est pas juste. *Enfoiré !*

Ses hanches se soulevèrent à nouveau, le décollant du matelas, ses talons creusant, en vain.

— Ahhh ! Attends ! D'accord. D'accord ! S'il te plaît, *Patrick* ! cria-t-il.

Patch s'arrêta pour le chevaucher à nouveau, installant ses hanches sur celles de Tucker. *Étrange.* Le pouvoir le rendait vaseux et étourdi de plaisir absolu. *Génial.*

— Je t'en prie.

— Comment m'as-tu appelé ? demanda Patch en plissant les yeux.

— Par ton prénom. Patrick, c'est ton prénom, non ? répondit Tucker, sa respiration lourde le soulevant et l'abaissant, puis sa voix chuta : Monsieur ?

Patrick hocha la tête. Pourquoi cela lui donnait-il une impression aussi étrange ?

Peu à peu, la tension s'échappa du corps rigide de Tucker, mais ses yeux brillaient de désir.

— Ça va ?

— Mieux que bien, répondit Patch en soupirant et souriant.

*Égaux.* Il se pencha en avant, posant ses lèvres sur celles de Tucker, puis plongeant sa langue. Tucker gémit dans sa bouche et souleva les hanches, le chevauchant par en dessous. Patch s'enfonça plus profondément, savourant la douceur salée et épicée de sa bouche.

— Oh mon Dieu !

Tucker laissa retomber sa tête contre le lit et la fit rouler d'un côté à l'autre.

— C'est dingue.

— Quel est le problème ? demanda Patch en embrassant son pouls sous sa mâchoire, léchant sa peau, puis glissant le long de son corps chaud pour s'accroupir entre ses jambes.

— J'ai envie de te toucher.

— Eh bien, c'est vraiment dommage, répondit-il en enroulant sa main autour de la raideur lisse et tendue de Tucker. Parce que c'est moi qui vais te toucher.

Tucker déglutit.

Patch caressa lentement sa longueur, faisant courir son pouce sur son gland humide.

316

— Tu es juteux, dit-il en se baissant pour lécher les fluides.

Tucker hocha la tête, les lèvres pincées. Mais ses yeux pétillaient.

— Je suis si vieux que je fuis.

Patch fit coulisser sa bouche, le prenant aussi profondément qu'il le pouvait dans cet angle, puis laissant sa langue courir de haut en bas, ses lèvres étirées embrassant la couronne.

— *Merde !*

Tucker se mordait la lèvre, l'air hypnotisé. Son membre tressauta violemment un instant, et il ferma les yeux.

— Gamin.

— Toute cette douce sève, s'extasia Patch en barbouillant le liquide séminal sur le gland et le long de sa hampe, afin de pouvoir resserrer sa prise.

Puis il goûta à nouveau la pointe.

— On dirait que tes couilles sont pleines, non ? Laisse-moi voir. Tu as quelque chose pour moi, cowboy ?

Les yeux de Tucker étaient étincelants avec des éclats humides couleur whisky, tandis qu'il grondait et grognait sous les doigts de Patch.

— Je l'ai gardé pour toi.

— Depuis dix jours ?

— Onze, soupira Tucker en secouant la tête.

Patch siffla.

— Foutrement stupide.

Il pompa la pleine longueur incurvée jusqu'à la couronne, libérant une goutte, qu'il essuya de la langue.

— S'il te plaît, gamin, supplia Tucker en frissonnant.

Une autre goutte de liquide séminal glissa sous le pouce de Patch.

— Patch. Tu vas me tuer.

— Calme… toi…

Patch continua ses va-et-vient réguliers, serrant suffisamment fort pour lui faire mal et léchant les gouttes qui fuyaient.

— Oh, tu peux critiquer, tu ne supportes pas non plus. Vas-tu demander gentiment ?

Tucker ne se plaignit pas.

— Je ne peux pas. Je ne peux pas. Je t'en prie.

La douleur plaintive dans sa voix fit quelque chose de drôle à l'estomac de Patch.

— C'est trop. *S'il te plaît*, gamin.

317

Ils avaient tous les deux le regard rivé sur les mains de Patch qui le masturbaient patiemment, hypnotisés par ce lent duo de sexe et de gémissements. Patch se pencha en avant pour sucer son gland. La chaleur musquée fit saliver sa bouche plus qu'elle ne l'aurait dû, mais ce goût le rendait fou. Il put sentir lorsque Tucker s'approcha de la limite à la soudaine rigidité dans sa bouche.

— Attends. Retiens-toi, dit Patch en se rasseyant. Je veux voir.

— Non.

Tucker haleta et trembla un moment.

Ses tétons étaient raides et ses abdos formaient un relief dur. Enfin, il enfonça ses talons sur le matelas et ses épaules se détendirent contre le laiton et les nœuds.

— Je ne sais pas combien de temps je peux tenir.

La propre érection de Patch picotait et poussait contre son jean. La pression frissonnante et douloureuse s'enroulait dans son ventre, menaçant ses os. Il savait qu'il pourrait jouir, juste comme ça, avec un petit effort. Cette lente montée se contractait en son centre, le poussant inexorablement, involontairement vers le sommet. Il inclina les hanches pour montrer à Tucker le renflement qui soulevait le bouton de son jean.

— Regarde ce que tu me fais.

Tucker baissa les yeux et lécha sa moustache.

— Hum.

— Tu le sais, hein ? Tu vas me faire jouir sans même poser un doigt sur moi. Je ne peux pas le contrôler.

La verge de Tucker se raidit dans sa main.

— Tu aimes ça.

Tucker hocha la tête.

— Tu aimes ce que je te fais.

Un autre hochement de tête, ses yeux luisant de permission.

— Beaucoup.

— Moi aussi.

Patch le masturbait lentement, durement, tirant la peau jusqu'à la pointe, la cartographie des veines de Tucker montrant son impatience.

— Ce que tu me fais...

Monter. Descendre.

— Ce que je te fais...

Tucker déglutit, hypnotisé par son gland enflé et pourpre au-dessus du poing de Patch.

Celui-ci frotta sa paume sur la pointe, taquinant l'endroit plus tendre où le gland s'évasait.

— Comment ça se fait, hein ?

— Patch, supplia Tucker.

— Ces bourses me semblent plutôt pleines, partenaire, dit Patch en les tapotant.

Tucker grimaça et frissonna. Ses testicules se contractaient dans leur sac duveteux, et le mont ferme en dessous fléchissait, une fois, deux fois, faisant rebondir sa chair au-dessus.

Patch continua à masturber son impossible circonférence jusqu'à ce qu'il se raidisse, puis il resserra son poing, à la limite de la douleur. La pointe devint sombre et luisante.

— Oh, oui. Si tu ne... Tu vas me faire jouir ! Je vais jouir ! s'écria Patch en relâchant le membre de Tucker qui s'agita et tressauta dans l'air comme un pic rougeâtre.

Tucker fronça les sourcils.

— Putain !

— Langage, cowboy.

— Connard. Et pour le langage aussi.

Patch souleva les hanches pour se débarrasser de son jean, sans se presser, heureux de regarder Tucker attendre.

— Seigneur.

Rampant à nouveau sur le matelas, il amena son visage au cœur du sujet, afin de pouvoir voir les veines et le gland gonfler, fasciné par le spectacle de la reddition de Tucker. Pourtant, il ne se sentait plus paralysé, il se sentait *calme*.

*Vite-vite, lent-lent.*

Les jambes de Tucker tremblèrent et fléchirent de chaque côté de lui. Usant de chaque astuce que lui avait enseignée Tucker, il commença par la base et cartographia son érection, millimètre par millimètre, les veines fermes, la crête dodue, la peau tendue, apprenant les endroits où Tucker tressaillait, criait et gémissait. Visiblement, il avait besoin de pratique, mais il fit de son mieux.

Et puisqu'il ne put s'en empêcher, il baissa le visage et suça ses testicules. Les jambes de Tucker se raidirent tandis qu'il descendait plus bas, repoussant le sac poilu.

— *Oh mon Dieu* ! siffla Tucker.

319

Patch lui offrait de bons coups de langue, s'approchant toujours plus et humidifiant son orifice avec une pression constante.

Tucker était mou au-dessus de lui, ses cuisses s'écartant et ses bras s'affaissant dans les cordes. Sa hampe poignardait l'air et sa respiration sortait en râles hachés.

Petit à petit, le muscle serré s'abandonna sous la bouche de Patch, mais celui-ci ne renonça pas. Il lui écarta les fesses et plongea, malaxant et suçant, ce qui suscitait chez Tucker des réactions drastiques et épileptiques.

— *Hannn*, grogna Tucker, ses hanches minces se soulevant involontairement du lit. Mets-moi un doigt. Donne-m'en un.

Patch se figea. Avait-il bien entendu ? Il se souvint de Tucker se doigtant cette nuit-là dans sa caravane. Il y avait combien de temps ?

— S'il te plaît ! Dans mon cul, gronda Tucker en soulevant à nouveau les hanches. Donne-le-moi. Mets-le-moi, gamin. Allez !

L'érection de Patch était dure comme du marbre et fuyait tandis qu'il obtempérait. Il suça, puis plongea son index en une seule poussée. Tucker rua au-dessus de lui. Patch tordit son doigt, cherchant.

— Comme ça ?

— Oh ! cria Tucker en appuyant sur sa main. Oh, *oui* ! Putain ! Ah ! Juste là !

Patch pouvait le voir. Il lécha les poils parsemés dans sa raie et sortit son doigt, l'anus de Tucker se contractant sur son articulation.

Tucker gémissait au-dessus de lui, les bas épinglés et les jambes repliées.

— Non. Allez. Continue. Il y a du lubrifiant dans le tiroir.

C'était le cas, une petite bouteille remplie de cette matière magique, visqueuse et vicieuse. *J-Lube*.

— Ce truc est dingue.

Il en versa une petite flaque filante dans sa paume, puis referma ses doigts dessus, les lubrifiant et les frottant d'une seule main. Il sourit et passa sa langue sur ses dents avec un appétit salace.

— On va en mettre partout.

— Hum. C'est l'idée.

Le sexe épais de Tucker s'assombrit, les veines gonflées, déjà luisant de fluide et de salive.

Patch enroula sa main glissante autour de sa verge, allant et venant pour graisser la peau chaude.

Tucker écarquilla les yeux. Il serra les dents et siffla :

— S'il te plaît.

— Du calme, répondit Patch en passant ses doigts sous ses fesses. Je te tiens. Je suis juste là.

Il lui offrit deux nouveaux coups de langue, puis le pénétra de deux doigts.

— Mieux ?

Il tenta de chercher le bon endroit, à l'aveuglette et avec avidité. Avoir autant de contrôle sur cette chair flexible le rendait fou.

— Presque. Attends un… Merde, Patch ! Oh putain… *là* !

Tucker haletait et ruait comme un taureau. Il tirait sur ses cordes, ses hanches baisant l'air dans un staccato urgent.

— Oh, oui !

Sa poitrine se soulevait lourdement.

Patch s'employa à caresser cette masse graisseuse et douce tandis que les muscles de Tucker l'attiraient en lui, exigeant ce qu'ils désiraient tous les deux. Il n'osait pas se toucher. Sa propre érection était trop raide. De toute évidence, elle aimait l'idée, et s'il ne faisait pas attention…

— Oh ! Ah, putain ! *Presque…*

Tucker tirait sur ses cordes, les muscles tremblants sous la lutte infernale qu'il menait.

— Descends un peu. Oui, là ! *Oh mon…* Putain ! Patch…

Il s'affaissa contre la tête de lit et Patch suivit le mouvement, lui écartant violemment les cuisses, poussant son visage et ses doigts, léchant la peau douce, là où ses doigts le pénétraient.

Tucker devenait fou, ses jambes tremblaient de chaque côté du visage barbouillé de salive de Patch.

— Oui, mec. Lèche-moi.

Tucker grondait, grognait, gémissait, se détendant contre les cordes, attirant Patch plus près.

— *Ahhh* !

Il laissa échapper un petit rire et contracta les muscles de son anus sur la langue de Patch.

— C'est ça. Oh, *oui*, monsieur. Oui, monsieur.

*J'ai envie de le prendre*. Patch essuya la sueur de ses yeux. Il n'avait jamais eu envie de cela. *Avant*. Tout ce qu'il aurait à faire serait de se redresser sur ses genoux, de s'aligner, et il pourrait le pénétrer.

— Hum, murmura Tucker, pantelant, frénétique et commençant à trembler violemment. Fais-le.

*Qu'est-ce qu'il entend par là ?*

— Allez, gamin. Mets-la-moi. Donne-la-moi avant que je crache, insista Tucker en soulevant les fesses et lui laçant un regard affamé. S'il te plaît.

Sa respiration était laborieuse, sortant en halètements courts et rapides, avant qu'il grogne :

— Monsieur.

Patch hocha la tête, tout en sachant qu'il pourrait bien exploser avant d'y arriver. Il vacillait déjà très près du bord. Il se releva sur ses genoux et posa les jambes minces de Tucker sur ses épaules.

— Tuck, tu es certain ?

Tucker hocha la tête, le regard à la fois affamé, plein d'espoir et effrayé.

— Mets-la-moi, en une fois. Vite, gamin, je suis prêt à…

Il se mordit la lèvre.

— D'accord, répondit Patch en positionnant son sexe nu sur l'anneau de muscles glissants.

— Attends un…

— *Han.* Oh mon… oui, mec. Vas-y.

Ses cuisses puissantes enserrèrent les côtes de Patch, puis sa taille, le rapprochant brutalement. Ses chevilles se croisèrent dans son dos, l'attirant plus profondément, plus durement, plus brutalement.

— *Là !* Oui ! Bon Dieu, oui, monsieur. C'est *ça !*

Patch tomba tête la première dans le paradis, un lent glissement délirant qui leur faisait des choses impossibles à tous les deux, les ancrant ensemble. *Un Mississippi, deux Mississippi…* Son érection durcissait, compressée, tendue à la recherche de sa propre libération, luttant pour ne pas jouir si rapidement.

— Oh, Tucker.

Tucker se cambra et siffla sous lui. Son fourreau glissant s'agrippait à chaque centimètre de la verge de Patch avec une pression tendre et constante qui le massait avec plus de perfection que ses mains massives. *À l'aide !* Coincée entre leurs torses glissants, l'érection de Tucker pulsait et fuyait, aidée par le lubrifiant et la sueur.

— Ne bouge pas ou je vais…

Patch retint son souffle, puis le libéra lentement.

— Oh… haleta-t-il dans un soupir étranglé, ses mains serrées sur les draps. Non !

Immobiles, ils chevauchèrent les sommets en tandem, se fixant du regard avec une surprise figée.

— Tu vas me faire jouir.

— Merde, retiens-toi.

Patch s'efforça de tenir, usant de tous les trucs que les cordes de Tucker lui avaient enseignés, restant immobile et concentrés sur les sensations, mais Tucker le masturbait sans même se servir de ses mains, à l'intersection de leurs corps.

— Tu vois ? Wow… ne bouge pas un muscle.

Tucker lécha sa gorge, sa joue, puis plongea dans sa bouche avec insistance. Son corps tremblait dans les cordes, sa hampe palpitait contre le ventre de Patch. Ses gémissements devinrent des cris gutturaux tandis que sa tête se cambrait contre la tête de lit et qu'il s'arquait, impuissant. Ses jambes se verrouillèrent autour des hanches glissantes de Patch.

— *Humm…*

Du sperme chaud frappa le torse de Patch lorsque Tucker explosa sous lui.

Son propre orgasme vacillait en équilibre sur le fil du rasoir, soutenu par la pression constance et indolente de son désir de jouir. Il retint son souffle, immobile, tandis que Tucker hurlait dans ses cheveux.

L'anus de son amant s'affola autour de son sexe, le malaxant sur toute la longueur, encore et encore, avec une urgence implacable… un désir qu'il ne voulait pas combattre. L'anneau de muscles compressa sa base, refusant de le laisser s'échapper, et il n'eut d'autre choix que de s'enfoncer plus profondément, écrasant Tucker sous lui.

Patch pressa Tucker contre les nœuds et le laiton tandis que le grand cowboy murmurait des remerciements et les barbouillait de son sperme. Il trembla, frissonna, puis sombra inexorablement, s'éparpillant en mille morceaux dans son fourreau glissant, avant qu'ils ne retombent tous les deux sur Terre.

Tucker marmonna et frotta ses moustaches contre les lèvres de Patch, puis lui donna un doux baiser.

— Salut, murmura-t-il.

— Mon cowboy, répondit Patch en poussant ses hanches en avant, faisant bouger son membre.

— *Putain !* gémit Tucker, ses paupières se fermant d'un air rêveur.

Son orifice se contractait et se détendait autour de la longueur de Patch. Un frisson parcourut son torse et il soupira, heureux.

— Oui, *monsieur*.

— Merde ! gémit Patch.

— J'en avais sacrément besoin, soupira Tucker en frissonnant à nouveau. Tu n'imagines même pas.

— Si. J'en avais besoin aussi.

Tucker ferma la bouche et regarda Patch dans les yeux.

— Tu m'as bien coincé, gamin.

— Je suis dans un sale état, dit Patch en l'embrassant prudemment, ne voulant pas rompre la transe. Tes bras doivent être endoloris, non ? demanda-t-il en s'asseyant sur ses talons. Tu as l'air assez content de toi.

En fait, Tucker avait l'air *pourri gâté*. Ses bras épais étaient cloués contre la tête de lit, ses cheveux noirs étaient humides et des gouttes de sperme perlaient sur son torse et sa joue. L'un de ses genoux reposait sur le lit tandis que l'autre était négligemment plié.

— Tu es magnifique, dit Patch d'une voix traînante afin de soutirer un sourire à Tucker.

Tucker le contemplait avec une grâce indolente et somnolente, puis il lécha sa lèvre inférieure.

— Tu m'as mis la tête à l'envers.

Lorsque Patch sortit de son corps, son sexe roula mollement sur le côté et retomba sur ses testicules.

Patch avait envie que Tucker s'enroule autour de lui, ce qui signifiait dénouer les cordes.

— Je vais te libérer.

Tucker cligna des yeux et soupira. Ses yeux se fermèrent tandis que Patch le détachait.

— Si tu le dis. Je pourrais m'endormir comme ça.

Patch l'enjamba.

— Bon sang, Tucker.

Le sourire béat de Tucker lui raconta toute l'histoire.

— Tu planes toujours ? N'est-ce pas ? demanda Patch en se penchant en avant, son sexe humide effleurant le torse de Tucker.

— Hum.

Tucker lui sourit, l'observant dénouer les nœuds coulants.

Patch détacha son bras gauche jusqu'à son poignet, l'attrapant avant qu'il retombe. Il embrassa sa main salée et la posa sur son torse collant.

— Salut, lui dit Tucker en empoignant son propre membre. Bienvenu à la maison, gamin.

Patch libéra son poignet droit du nylon tout aussi facilement. Il embrassa cette main-là aussi et la posa prudemment sur le genou de Tucker. Ce dernier leva les yeux vers lui, à la fois impuissant et viril.

— Prends tout le temps dont tu avais besoin. Tu m'as bien arrangé, dit Tucker en poussant un profond soupir.

Patch détacha le torse de Tucker, frottant ses muscles.

— Si... *cela* doit se produire chaque fois que je rentre à la maison, je vais voyager régulièrement.

— Bien sûr.

*Shore.*

— Peu importe où tu veux aller, je suis partant. Les voyages forment l'érection.

Patch malaxa ses bras, ses épaules, et l'étendit sur les oreillers.

— Viens là, dit Tucker, ne frottant même pas les marques sur ses poignets, se contentant de rouler sur le côté et d'attirer Patch devant lui, s'installant en cuillère contre lui.

Le sperme glissait entre eux.

— Tu te sens bien ?

— Tu plaisantes ? ricana Patch en levant leurs doigts entrelacés à ses lèvres.

Il se sentait apaisé. *Solide.*

— Tu m'as fait jouir sans les mains.

— Sans blague.

Son instinct de protection le fit s'interrompre, comme s'il était responsable de la meilleure des manières.

— Hé.

Il se tordit et roula sur le côté entre les bras de Tucker afin de pouvoir voir son visage. Leurs sexes à demi-flasques se cognèrent.

— Ton cul, ça va ?

— Mieux que bien, répondit Tucker en faisant une moue stupide. Les vibrations sont bonnes. *Hum.* Je n'ai jamais joui comme ça. *Wow.*

— Je suis sérieux, répliqua Patch en tendant la main dans son dos et serrant sa fesse dodue en guise d'excuse.

— Moi aussi. Tu m'as très bien baisé. Merde, tu as pris les *cordes*, gamin. Ne t'en fais pas.

Tucker semblait imperturbable et désintéressé, ne faisant pas grand cas d'avoir été ligoté et baisé à en perdre la tête.

— Tu m'as vu jouir.

Patch hocha la tête.

— Je n'ai jamais…

— Mis ta queue dans le cul de quelqu'un ?

Il secoua la tête.

— C'est bien, répondit Tucker en embrassant sa pommette, ses paupières, sa bouche. J'aime beaucoup ça. Avoir été le premier.

Il ronronna et le rapprocha de lui, écrasant leurs sexes l'un contre l'autre.

— Nous avons tout notre temps pour nous découvrir. *Génial.*

Patch acquiesça d'un grognement et le serra contre lui. Si Tucker aimait autant ça, il avait très envie de lui retourner la faveur.

Tucker lova son visage contre sa gorge, ses soupirs humides réchauffant sa peau. Il embrassa son cou, là où il rejoignait son épaule.

— C'est salé. Tu as faim ?

Patch se redressa en riant.

— Sérieux ?

— Je ne sais pas. Tu viens de nulle part en avion. Je ne savais pas que tu rentrais, mais j'ai des fajitas dans le frigo, répondit Tucker avant de froncer les sourcils. Je… je veux prendre soin de toi aussi.

— Tout comme moi, j'en suis certain.

Il posa sa main contre les pectoraux moites de Tucker. Il caressa les marques laissées par les cordes sur ses épaules, ses biceps et ses avant-bras. Par expérience, il savait combien ils fourmillaient et lançaient après coup.

— C'était comment la Ville ? demanda Tucker et Patch eut l'impression d'entendre le V majuscule.

— Bien, répondit-il en haussant les épaules. Non. C'était… *rapide.* Ce n'était pas la maison.

— Non ?

Il secoua la tête et se blottit contre lui.

— Tu m'as manqué, monsieur.

Tucker sourit.

— Bien. À moi aussi. Quelque chose de féroce. Je n'ai pas bien dormi pendant douze jours, et tu sais combien j'aime dormir.

— Amen.

Tucker se redressa et s'adossa contre la tête de lit, jetant un regard à la pièce sombre.

— J'ai mis de l'apprêt sur les murs afin que tu puisses choisir.

— La couleur ?

— Je me suis dit que tu saurais, moi non.

Il haussa les épaules, satisfait.

— D'accord.

Patch inspira, expira, tentant de trouver de quoi ils avaient besoin en se réveillant chaque matin.

— Eh bien, j'imagine que nous avons du travail à faire.

— J'y ai réfléchi. Au foin et tout. Et à réparer la grange. Peut-être commencer à chercher un lieu pour le barbecue, si tu es toujours partant. Le bistro.

Patch s'étira et poussa un soupir.

— Ça aussi. Faire le DJ aussi. Je vais avoir besoin d'un assistant, plusieurs fois par mois. Le week-end, principalement, mais ça signifie prendre l'avion.

Il espéra que Tucker comprenait ce qu'il voulait dire, cet avenir fou dont il rêvait pour eux.

— Ces fêtes, répéta Tucker en plissant les yeux sur ce mot, comme s'il pouvait vibrer et frapper.

— Oui. En fait, non. Tu viendrais avec moi. Mais elles sont…

— À New York.

Patch fronça les sourcils.

— Partout. Avec moi.

— Alors, c'est là que j'irai, répondit Tucker, l'air catégorique.

— Le week-end, essentiellement. Je veux dire…

Il savait que cela pouvait être effrayant. Il se doutait que Tucker rechignerait. Patch le caressa comme s'il était un cheval timide.

— Ça va aller, Tuck.

Tucker le dévisageait, le visage grave et les yeux vitreux, avec une question muette.

— Nous resterons ici, je suppose, jusqu'à ce qu'une fête soit prévue, puis nous irons. Si tu en as envie. Comme ça, je pourrais mixer. N'importe où. Ensemble.

— Sérieux ?

— Je veux être ici. Avec toi. Je ne vois pas où je pourrais être d'autre, dit Patch en croisant les bras.

Les épaules de Tucker se détendirent.

— Je ne le savais pas.

— Quel est le problème ?

Tucker pressa ses paupières meurtries et les essuya.

327

— J'essayais de trouver le courage pour New York. Je ne pensais pas que tu viendrais ici, alors je pensais le faire. Tu as toute ta vie là-bas et je ne suis…

— Non.

Patch l'embrassa, goûtant le sel sur sa langue, puis il l'embrassa à nouveau.

— Tu es à moi, Tucker Biggs. Chaque centimètre obstiné.

— Non. *Tu* es à moi. J'ai l'ancienneté, l'expérience et les putains de cheveux gris que tu m'as donnés, alors tu es à moi, c'est comme ça.

— C'est ce que je disais.

Tucker le scruta.

— Laisse le vieux grincheux se faire un sang d'encre.

— Vieux ? Maintenant, tu es vieux ? Quand tu te tapais la moitié du comté, tu n'étais pas vieux. Ou quand tu dansais jusqu'à trois heures du matin à La Nouvelle-Orléans, torturant ces pauvres hommes, tu n'étais pas vieux.

Tucker hocha la tête et croisa les bras, s'adossant à la tête de lit.

— Mature. C'est tout moi. J'ai vécu toute ma vie d'une façon jusqu'à ce qu'un gamin débarque et essaie de m'attacher.

Patch leva les yeux au ciel.

— Et maintenant, tu vas me grogner un refrain de *Don't Fence Me In* [9].

— Va te faire foutre ! se mit à rire Tucker. Ce n'est pas à ce point. Mais tu me rends plus jaloux que d'ordinaire.

— Parfait. Je prévois de te marquer avant de te laisser hors de ma vue dans une fête du Circuit. Juste…

Patch appuya un doigt contre sa fesse gauche.

— … là.

Tucker haussa un sourcil.

— Glissant quand c'est mouillé ?

— Non.

Patch caressa sa peau et lui vola un baiser.

— Te revendiquer.

Allait-il tenter le coup ou était-il trop fier ?

— Qu'en dis-tu ?

9 Don't Fence Me In est une chanson américaine populaire écrite en 1934 par Cole Porter pour la musique et Robert Porter et Cole Porter pour les paroles. Les membres du Western Writers of America l'ont choisie comme l'une des 100 chansons de Western de tous les temps.

— J'en dis que…

Le regard de Tucker s'illumina et il agita la main. Il leva les sourcils et hocha la tête.

— J'*aime* ça.

— C'est la vérité.

Patch essaya de rester immobile, pas de mouvements brusques.

— Ou pas. Tu sais. Nous pouvons décider ensemble.

— Une revendication.

Tucker serra ses côtes et soupira, embrassant le creux de sa gorge.

— J'aime beaucoup ça.

Ses mains glissèrent le long de son dos, puis empoignèrent sa longueur.

— Et j'aime être brutalement malmené. J'ai l'impression que tu es sur le point de me malmener à nouveau, gamin.

Sans surprise, le sexe de Patch tressauta entre eux, dans cette grande main.

— Eh bien, je vais peut-être devoir le faire dès maintenant.

De près, la douce lueur couleur brandy étincela dans les prunelles grises de Tucker. Il caressa la gorge de Patch de son nez, son menton râpeux le chatouillant jusqu'à ce qu'il tressaille.

— Plus d'une fois, même, ajouta Tucker.

— On dirait un bon plan, monsieur.

Patch lui mordit l'épaule, ce qui fit glousser Tucker.

Dehors, un coq grincheux s'échauffa la voix.

— Le soleil se lève, dit Tucker en se levant et jetant un coup d'œil par la fenêtre.

Effectivement, une douce lueur jaune taquinait l'horizon.

— Eh bien… c'est un peu exagéré, répliqua Patch en redressant sur un coude contre les oreillers humides. Ce n'est pas ce que j'appellerais un lever de soleil. Nous avons encore quelques heures. Reviens te coucher.

— Voilà ce qu'on obtient en voyageant si tard dans la nuit. On réveille les honnêtes gens… on se faufile dans leur lit, si tard qu'il est tôt.

Tucker éteignit la lampe, ce qui plongea la chambre dans la pénombre de l'aube et des chiffres du réveil.

— N'oublie pas, nous avons tous les deux des corvées.

— D'accord. Je suis prêt.

En réalité, il était prêt à dormir. Toute la panique et l'impulsion l'avaient déserté quelque part en chemin.

329

— Tu me diras ce qui doit être fait.

*Vite-vite, lent-lent.*

— Eh bien…

Tucker saisit la base de son membre et le secoua.

— Je suis encore tout glissant. Ton sperme est toujours en moi. Ce serait dommage de gâcher.

Patch laissa échapper un bruit entre gloussement et soupir.

— Je t'ai dit que j'étais fatigué.

— C'est vrai. Et je ne m'en plains pas. Je vais m'occuper de toi.

Patch haussa un sourcil somnolent.

— Hum ?

— Je suis le gardien, répondit Tucker en clignant des yeux, sa main effleurant son torse, avec un sourire.

— Hum. Viens là.

Patch bougea pour lui faire de la place dans le grand lit.

— J'imagine que ça fait de moi ton employé, non ?

— Je suppose. Tu es certain ? insista Tucker en s'avançant vers lui avec un sourire. Tu es un travailleur acharné, de ce que j'ai entendu dire. Rapide sur tes pieds. Souple, aussi.

— Eh bien, monsieur, je dirais que je suis ouvert à toute proposition.

— Si c'est comme ça, gamin. Alors…

La voix de Tucker fut comme un grondement dans la pénombre de la pièce. Il rampa sur le lit, comme s'il comptait y rester un certain temps, puis il prit Patch dans ses bras.

— Tu as sacrément pris ton temps, grogna-t-il à son oreille.

Patch tourna la tête pour l'embrasser.

— Je suis revenu aussi vite que possible.

DAMON SUEDE n'a jamais hésité à fièrement proclamer son homosexualité même alors qu'il grandissait dans le trou de l'aile conservatrice de l'Amérique. Il s'en est échappé dès qu'il a pu légalement le faire. Ayanr vécu un peu partout, il a gagné sa croûte comme mannequin, messager, promoteur, programmeur, sculpteur, chanteur, stripteaseur, comptable, barman, technicien, enseignant, directeur… mais l'écriture a toujours été son hobby préféré. Depuis dix ans, il est l'heureux partenaire de l'homme le plus aimant, le plus beau, le plus intelligent et le plus amusant de la planète.

Damon est fier d'être membre de Romance Writers of America (la ligue des écrivains romantiques aux États-Unis) dont il préside actuellement la section LGBT, Rainbow Romance Writers. Bien que récent auteur de littérature gay, Damon écrit depuis près de vingt ans pour l'édition, le théâtre ou le cinéma, ce qui est à la fois plus et moins glamour que vous pourriez l'imaginer. Il a remporté quelques prix, mais se flatte tout particulièrement d'avoir des amis incroyables, une famille démente, un mari superbe, des fans fidèles et une muse séduisante, à la fois volage et sérieuse, qui ne cesse, année après année, de chuchoter à son oreille…

Site Web : www.DamonSuede.com
Goodreads : www.goodreads.com/damonsuede
Facebook : www.facebook.com/damon.suede

**DAMON SUEDE**

# LA CAGE
# DORÉE

UNE CAGE DORÉE : mélanger affaires et plaisir – et se planquer. Ruben Oso est venu à Manhattan pour refaire sa vie. Garde du corps à la petite semaine, il atterrit par hasard dans un luxueux penthouse sur Park Avenue. Ce qui a débuté comme un contrat pour protéger un milliardaire jovial devient peu à peu une affaire personnelle. Et Ruben doit remettre en question tout ce qu'il croyait savoir de lui-même.

Surveiller les arrières d'Andy Bauer, requin de la haute finance, met rapidement Ruben dans une situation impossible. Il ne connaît rien aux lois impitoyables des marchés internationaux et son arrogant patron s'enferme dans une tour de verre remplie de secrets et de non-dits, dont l'atmosphère aseptisée pue la paranoïa.

*Le danger est-il réel ? Ou Andy se joue-t-il de lui ? Qu'attend-il au juste de son garde du corps ?*

Ruben perd le contrôle de ses émotions en tentant de démêler, avant qu'il y ait mort d'homme, les arcanes d'un complot financier compliqué. Si ses soupçons se confirment, Andy risque de payer un prix exorbitant. Pour le protéger, Ruben est prêt à tout risquer, y compris son cœur.

# www.dreamspinner-fr.com

DAMON SUEDE

# TÊTE
# BRÛLÉE

*Il n'y a pas de fumée sans feu…*

Depuis le 11 septembre, Griff Muir, pompier à Brooklyn lutte contre ses sentiments impossibles envers son ami et co-équipier de l'unité 181, Dante Anastagio. Malheureusement, Dante est un parfait homme à femmes et le Corps des Pompiers de New York ne voit pas exactement l'homosexualité d'un bon œil. Pendant dix ans, Griff a caché son cœur dans un semblant de vie faite d'exploits publics et d'angoisses privées.

La prudence de Griff et l'effronterie de Dante font d'eux une équipe imbattable. Pour protéger son ami, Griff serait prêt à tout… jusqu'à ce qu'un Dante criblé de dettes lui propose le pire plan qui soit : tetebrulee. com, un site porno gay où des beaux gosses en uniforme se déshabillent et se donnent en spectacle. Et Dante veut qu'ils apparaissent là… ensemble. Griff devra protéger son cœur et vivre ses fantasmes les plus sombres devant la caméra. Peut-il sauver l'homme qu'il aime sans ruiner leurs carrières, leurs familles ou leur amitié ?

# www.dreamspinner-fr.com

Par DAMON SUEDE


À toute vitesse
La cage dorée
Tête brûlée


Publié par DREAMSPINNER PRESS
www.dreamspinner-fr.com

www.ingramcontent.com/pod-product-compliance
Lightning Source LLC
Chambersburg PA
CBHW020530020726
47494CB00006B/1710